CHAPITRE PREMIER

L'immense passerelle de commandement plongée dans la pénombre était plus calme, plus paisible que jamais. Le faible bruit de fond produit par les capteurs environnementaux mis à part, tout était silencieux. Les cloisons étaient invisibles, masquées par l'image projetée du vide spatial constellé d'étoiles et la forme blanc bleu d'un monde fécond. Tout était parfaitement normal, parfaitement conforme à la situation habituelle – l'ordre, la sérénité –, tout était aussi étranger au chaos qu'on pouvait l'espérer.

Cependant, le visage du commandant Druaga était sombre : il se tenait à côté de son fauteuil de commandement tandis que les données affluaient dans ses neurorécepteurs. Le sifflement stridulé des décharges d'énergie émises par les phaseurs lui fit l'effet de fers chauffés à blanc plongés dans l'eau froide : la salle des machines ne répondait plus. Et ce n'était guère surprenant. Il avait aussi perdu biocontrôle un et trois. Personne ne tenait plus les hangars d'appontement. Il en avait scellé les accès pour contrer les mutins, mais les bouchers d'Anu avaient bloqué les puits de transfert au moyen de champs de force gravitiques, couverts par des tirs d'artillerie lourde. Il tenait encore le poste de contrôle de mise à feu et la plupart des systèmes externes, mais les mutins avaient d'abord pris pour cible les postes de communication. La première explosion les avait réduits à néant, et même un vaisseau de classe Utu ne pouvait être équipé de plus d'une seule hypercom. Druaga ne pouvait donc ni déplacer

le vaisseau ni même émettre un rapport sur ce qui s'était passé…
et les hommes restés fidèles étaient en train de perdre la bataille.

Alors qu'il allait se mettre à grincer des dents, Druaga relâcha délibérément les muscles de sa mâchoire. Sept mille années s'étaient écoulées depuis que le Quatrième Empirium avait péniblement émergé des ruines du dernier des mondes à avoir survécu à la chute du Troisième ; il avait ensuite refait surface, et de tout ce temps il n'y avait jamais eu de mutinerie à bord d'une unité principale de la Flotte de guerre. Au mieux, on se souviendrait de lui comme du commandant qui avait violemment réprimé la rébellion de son équipage. Au pire, il sombrerait dans l'oubli le plus total.

La transmission du rapport sur la situation prit fin. Druaga émit un soupir puis se reprit.

Les mutins étaient largement inférieurs en nombre, mais ils avaient l'avantage inestimable que leur conférait l'effet de surprise… et Anu avait bien planifié sa stratégie. Druaga émit un grognement. Les professeurs de l'Académie auraient été fiers de sa tactique, ça ne faisait aucun doute. Néanmoins, il n'était qu'ingénieur en chef sur ce vaisseau, le Créateur en soit loué, et non officier de passerelle. Il y avait des codes de commandement qu'il ignorait.

« Dahak, dit Druaga.

— Oui, commandant ? » La voix calme, suave, émanait de partout et de nulle part, emplissant la passerelle de commandement.

« Combien de temps encore avant que les mutins n'atteignent commandement un ?

— Trois heures standard, commandant, plus ou moins quinze pour cent.

— Et on ne peut pas les arrêter ?

— Négatif, commandant. Ils contrôlent toutes les voies d'accès à commandement un et ils repoussent l'équipage resté loyal à presque tous les points de contact. »

LA LUNE DES MUTINS

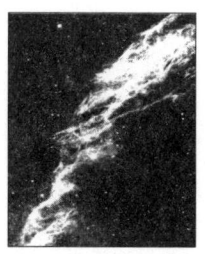

LA DENTELLE DU CYGNE

Honor Harrington

Mission Basilic
Pour l'honneur de la reine
Une guerre victorieuse et brève
Au champ du déshonneur
Pavillon de l'exil
Mascarade silésienne (2 tomes)
Aux mains de l'ennemi (2 tomes)

David Weber

LA LUNE DES MUTINS

TRADUIT DE L'ANGLAIS PAR
ARNAUD REGNAULD DE LA SOUDIÈRE

L'ATALANTE
Nantes

Illustration de la couverture : Didier Florentz

MUTINEERS' MOON

© David M. Weber, 1991
© Librairie L'Atalante, 2004, pour la traduction française

ISBN 2-84172-281-3

Librairie L'Atalante, 11 & 15, rue des Vieilles-Douves, 44000 Nantes

LIVRE PREMIER

Évidemment, pensa amèrement Druaga. Les mutins avaient des armures de combat et des pièces d'artillerie lourde. La grande majorité des hommes qui lui étaient restés fidèles n'en détenaient pas.

Il balaya une fois encore du regard la passerelle déserte. Il n'y avait plus personne à l'artillerie ni au traceur de route, ni dans la salle des machines, ni à la computique de bataille et à l'astro-navigation... Lorsque les alarmes avaient retenti, il avait été le seul à pouvoir atteindre son poste avant que les mutins ne coupent l'alimentation des puits de transfert. Le seul. Et, pour arriver jusque-là, il avait dû tuer deux traîtres de son propre état-major au moment où ils se jetaient sur lui comme des assassins.

« Très bien, Dahak, dit-il avec fermeté à la voix omniprésente, si nous ne contrôlons plus que bio deux et les systèmes militaires, nous allons nous en servir. Déconnecte bio un et trois.

— Exécuté, dit instantanément la voix. Mais il ne faudra pas plus d'une heure aux mutins pour les remettre en ligne manuellement.

— Certes. Mais cela nous laisse assez de temps. Passe en état d'alerte rouge de niveau deux, interne. »

Il y eut une courte pause, et Druaga contint un sourire amer.

« Vous n'avez pas de combinaison, commandant, dit la voix sans aucune émotion. Si vous passez en état d'alerte rouge de niveau deux, vous mourrez.

— Je sais. » Druaga aurait voulu être aussi calme qu'il en avait l'air, mais il savait que les données bio de Dahak indiquaient tout le contraire. Cependant, c'était sa seule chance – ou plutôt la seule chance de l'Empirium.

« Tu procéderas à un compte à rebours de dix minutes pour avertir l'équipage, continua-t-il en prenant place dans son siège de commandement. Cela devrait lui donner assez de temps pour atteindre une pinasse de sauvetage. Une fois que tout le monde aura été évacué, nos armes extérieures deviendront opérationnelles. Tu procéderas alors à une décontamination immédiate du vaisseau, mais seul l'équipage loyal sera autorisé à le regagner, et ce jusqu'à ce que tu reçoives des ordres contraires de... ton nouveau commandant. Tout mutin qui s'approchera du bâtiment dans un rayon de moins de cinq mille kilomètres avant que les officiers loyaux n'en aient repris le contrôle sera détruit dans l'espace.

— Compris. » Druaga aurait juré que le ton de la voix était plus doux. « Les programmes vitaux d'Infomatrix nécessitent cependant l'authentification de cet ordre.

— Alpha-huit-sigma-neuf-neuf-sept-delta-quatre-alpha, dit-il d'une voix monocorde.

— Code d'authentification reconnu et accepté, répondit la voix. Prière de spécifier l'heure de mise en application.

— Sur-le-champ, ajouta Druaga tout en se demandant si c'était la peur de perdre son sang-froid qui le poussait à parler aussi vite.

— Enregistré. Souhaitez-vous entendre le compte à rebours, commandant ?

— Non, Dahak, dit Druaga d'une voix très douce.

— Compris », répondit la voix, et Druaga ferma les yeux.

C'était une solution draconienne... si on pouvait parler de « solution ». Rouge deux, interne, était l'avant-dernière mesure de défense contre une intrusion hostile. L'alerte déclenchait l'ouverture de toutes les trappes de ventilation – ce qui ne pouvait être effectué que sur l'ordre express et dûment authentifié du commandant du vaisseau. Tout l'espace du formidable vaisseau spatial se trouvait alors envahi par des agents chimiques et radioactifs. De par sa nature même, rouge deux n'épargnait *aucun* compartiment... y compris celui-ci. Le vaisseau deviendrait alors inhabitable, véritable piège mortel, et seul l'ordinateur central, dont *le commandant seul* avait le contrôle, pouvait alors le décontaminer.

Le système n'avait jamais été prévu pour cette situation-là, mais cela marcherait. Les mutins, tout comme ceux qui étaient restés loyaux, n'auraient pas d'autre choix que de prendre la fuite, et aucun appareil de sauvetage jamais construit ne pouvait résister à l'armement de *Dahak*. Évidemment Druaga ne serait plus en vie et ne pourrait en voir l'issue, mais on aurait au moins suivi son ordre pour l'Empirium.

Et si rouge deux échouait, il y avait encore rouge un.

« Dahak, dit-il soudain sans ouvrir les yeux.

— Oui, commandant ?

— Ordre de catégorie un, fit Druaga avec formalisme.

— Enregistrement commencé.

— Moi, capitaine de la Flotte impériale commandant le bâtiment *Dahak*, immatriculation un-sept-deux-deux-neuf-un, dit-il sur un ton encore plus solennel, convaincu de l'existence d'une menace de classe un pour l'Empire à bord de mon vaisseau, j'émets un ordre de catégorie un à l'attention de l'ordinateur central Dahak, conformément au règlement de la Spatiale sept-un, section un-neuf-trois, sous-section sept-un. Code d'authentification alpha huit-delta-neuf-neuf-sept-delta-quatre-oméga.

— Code d'authentification reconnu et accepté, dit froidement la voix. J'attends les ordres de catégorie un. Prière de spécifier.

— Dès maintenant la première mission de la présente unité devient la répression des mutins, conformément aux instructions données auparavant, articula Druaga d'un ton acerbe. Si les mesures spécifiées précédemment échouaient à rétablir le contrôle du vaisseau par l'équipage loyal, les éléments mutins seraient détruits par tous les moyens possibles, y compris, si nécessaire, le déclenchement de l'état d'alerte rouge un, interne, et la destruction complète de ce vaisseau. Ces ordres sont de catégorie prioritaire alpha.

— Enregistré », dit la voix, et Druaga appuya sa tête contre le dossier rembourré de sa chaise. C'était fait. Même si Anu

réussissait d'une manière ou d'une autre à atteindre commandement un, il ne pourrait annuler l'ordre que Dahak venait juste
de confirmer.

Le commandant se détendit. Au moins, pensa-t-il, tout cela
se passerait vraisemblablement sans grande souffrance.

« ...core neuf minutes », dit la voix électronique, et le capitaine de vaisseau Anu, ingénieur en chef du vaisseau de guerre
Dahak, jura : « Damné sois-tu, Druaga ! » Il n'avait pas prévu
que le commandant atteindrait la passerelle vivant, et avait
encore moins compté avec *ça* ! Druaga lui avait toujours semblé
n'être qu'un automate, tellement dépourvu d'imagination, tellement prisonnier de sa routine et si consciencieux.

« Qu'allons-nous faire, Anu ? »

Derrière la visière de son armure, le capitaine de frégate
Inanna avait le regard anxieux, et il ne le lui reprochait pas.

« Repliez-vous dans la baie quatre-vingt-onze, grinça-t-il
furieusement.

— Mais c'est...

— Je sais, je sais ! Il faudra simplement que nous les utilisions
nous-mêmes. Maintenant faites avancer les nôtres, capitaine !

— À vos ordres », répondit-elle, et Anu se lança dans le sas
de transit central. Les parois défilaient à toute allure sans qu'il
ait pour autant une impression de mouvement et ses lèvres se
retroussèrent pour révéler un affreux rictus. Sa première tentative avait échoué, mais il avait encore un ou deux tours dans son
sac. Des tours que même Druaga ne connaissait pas, et que le
Briseur l'emporte !

Des vairons de cuivre se détachèrent de *Dahak* dans un tonnerre d'explosions. Des appareils de sauvetage bondés de
membres d'équipage loyaux s'éparpillèrent sur la surface glacée
de la planète étrangère, à la recherche d'un refuge. Parmi ces
appareils, il y avait aussi d'autres bâtiments plus massifs. Com-

parés au vaisseau lui-même, ce n'étaient que d'infimes parti-
cules, même si leurs masses respectives se mesuraient en milliers et milliers de tonnes. Ensemble, ils descendaient en flèche,
dépassant les plus petites pinasses de sauvetage. Anu n'avait
nullement l'intention de rester dans l'espace où Druaga – à supposer qu'il fût encore en vie – pourrait s'apercevoir que ni lui ni
ses partisans n'avaient abandonné le vaisseau dans des pinasses
de sauvetage. Il se servirait alors des armes de *Dahak* pour
abattre un par un ses parasites subluminiques comme un enfant
écraserait des mouches.

L'ingénieur occupait la chaise de commandement du parasite
Osir et regardait la masse gargantuesque du vaisseau mère
camouflé diminuer à mesure qu'il s'en éloignait. Il arborait un
affreux sourire. Il avait besoin de ce monstre spatial pour
accomplir sa destinée, mais il pourrait encore s'en emparer.
Une fois que les programmes qu'il avait dissimulés dans les
ordinateurs de l'ingénierie auraient fait leur travail, toutes les
salles des machines à bord de *Dahak* ne seraient plus qu'un tas
de gravats. Les systèmes de secours continueraient à alimenter
Infomatrix pendant un temps, mais, lorsqu'ils cesseraient de
fonctionner, Infomatrix s'éteindrait une fois pour toutes.

Et, avec sa mort, le vaisseau *Dahak* lui appartiendrait.

« Entrée dans l'atmosphère, commandant », dit le capitaine
Inanna depuis la couchette du second.

CHAPITRE DEUX

« Papa-Mike Contrôle, ici Papa-Mike Un-Rayon-X, me recevez-vous ? »

Le radar du capitaine de corvette Colin MacIntyre émit un tintement faible alors que le tractochargeur de masse Copernic lançait encore quelques tonnes de roches lunaires en direction des appareils récepteurs de l'habitat Éden trois. Sur l'écran, il regardait son spot disparaître hors champ en attendant que la tour de contrôle secondaire de la mission à Terechkova réponde. Pendant ce temps, il se délectait de pouvoir voler en solo.

« Un-Rayon-X à Contrôle Papa-Mike, acquiesça une voix grave. Poursuivez la manœuvre.

— Papa-Mike Contrôle à Un-Rayon-X, manœuvre d'insertion orbitale achevée. Tout va bien vu d'ici. Terminé.

— Un-Rayon-X, affirmatif. Voulez-vous que nous vous indiquions une ou deux orbites où vous placer avant de commencer la manœuvre ?

— Négatif, Contrôle. Le but de cette opération est précisément que je fasse tout ça moi-même, pas vrai ?

— Affirmatif, Un-Rayon-X.

— Allons-y alors. Tous mes voyants sont au vert, Pasha – confirmez-vous ?

— Affirmatif, Un-Rayon-X. Et, selon nos indicateurs, vous approchez aussi de notre horizon radio, Colin. Interruption des communications dans vingt secondes. Vous avez le feu vert pour commencer l'exercice.

— Un-Rayon-X à Contrôle Papa-Mike, bien reçu. À tout à l'heure, les gars.

— Roger à Un-Rayon-X. De toute façon, c'est à ton tour de payer la tournée.

— Et c'est rien de le dire », répondit MacIntyre en riant, mais, quelle qu'ait été la réponse de Contrôle Papa-Mike, elle fut coupée : Un-Rayon-X passa derrière l'horizon lunaire et perdit le signal radio.

MacIntyre passa en revue son ultime liste de contrôle avec une attention toute particulière. Ceux qui avaient planifié cette mission d'essai avaient eu d'immenses difficultés à choisir une orbite assez éloignée du trafic de la face visible de la Lune et qui couvrirait aussi une portion de la planète encore totalement inexplorée. Mais la population de la face cachée se résumait à quelques observatoires et batteries de radiotélescopes, et cet itinéraire nécessitait un territoire vierge et une orbite basse pour les instruments d'observation, combinaison qui le couperait du reste de l'humanité pendant les quelques instants qui allaient suivre, expérience inédite à ce jour, même pour un astronaute.

Il termina sa liste et activa ses instruments. Puis il s'enfonça dans son fauteuil et se mit à fredonner en tapotant sur les accoudoirs de sa couchette d'accélération pour faire passer le temps, tandis que les voyants des ordinateurs de bord clignotaient tout en faisant défiler les programmes de la mission. Il pouvait toujours y avoir un *bug*, mais, si cela devait arriver, il ne pourrait pas y faire grand-chose. Il était pilote et connaissait parfaitement les appareils électroniques de son véhicule d'observation monoplace Beagle Trois, mais il n'avait qu'une très vague idée de la manière dont fonctionnait cet attirail électronique-là.

La rapidité des progrès techniques accomplis depuis Armstrong durant les soixante-dix dernières années suffisait à faire prendre un retard irrémédiable à n'importe quel spécialiste sorti de son propre domaine de compétence. Et l'équipe de Géo

Sciences du Shepherd Center s'était aventurée sur des chemins singuliers pour pouvoir produire l'actuelle génération d'instruments ésotériques de sondage et de saisie. La « résonance gravitonique » était un terme merveilleux... et MacIntyre aurait souvent bien voulu savoir exactement ce qu'il signifiait. Mais pas assez pour passer encore six ou huit ans à accumuler les diplômes. C'est pourquoi il se contentait de comprendre ce à quoi servait le « proctoscope planétaire » (c'est ainsi que l'avait baptisé un plaisantin anonyme) plutôt que de comprendre comment il fonctionnait.

Une manœuvre des réacteurs plaça son Beagle exactement à l'altitude requise, et MacIntyre posa un regard compétent sur les données qui s'affichaient. C'était au moins quelque chose qu'il comprenait. Ce qui était parfait puisqu'on l'avait choisi pour être premier pilote d'observation de la mission Prométhée, et...

Tout à coup, il cessa de fredonner, suspendu au milieu d'une note, et fronça légèrement les sourcils. C'était très étrange. Peut-être un dysfonctionnement ?

Il pressa quelques touches et fronça encore un peu plus les sourcils. Selon son diagnostic, tout fonctionnait parfaitement, mais, quelle que soit la nature de la Lune, elle n'était pourtant pas *creuse*.

Il tira sur la pointe de son nez proéminent tout en observant les données grotesques qui s'affichaient sur les écrans. L'imprimante qui se trouvait à côté de lui se mit à ronronner, crachant une copie papier de la représentation graphique des chiffres bruts. En les lisant, il tira un peu plus fort sur son nez. Selon ses instruments déments, quelqu'un avait dû jouer les taupes industrieuses là-dessous. Cela ressemblait exactement à un vaste labyrinthe de tunnels, de passages, et Dieu sait ce qui avait été creusé sous quatre-vingts kilomètres de roche lunaire compacte !

Il laissa échapper une imprécation entre ses dents. On était à moins d'une année de la mission, et voilà qu'un des principaux systèmes d'observation – conçu par la NASA, d'ailleurs ! – avait décidé de perdre les pédales. Mais ce machin fonctionnait parfaitement lors des tests atmosphériques au-dessus du Nevada et de la Sibérie... alors qu'est-ce qui se passait maintenant ?

Il était encore en train de tirer sur la pointe de son nez lorsque l'alerte de proximité le fit se redresser de sa couche d'un coup. Bon sang de bon Dieu ! Il était pourtant tout seul ici, alors qu'est-ce que c'était encore que ça ?

« Ça » n'était autre qu'un écho qui se trouvait à moins d'une centaine de kilomètres devant et dont la distance se réduisait rapidement. Comment quelque chose d'aussi gros avait-il bien pu s'approcher autant avant que son radar ne le détecte ? Selon ses instruments, ça avait au moins la taille d'un propulseur d'une fusée de décollage d'une vieille Saturne V !

Il resta bouche bée tandis que le bogie effectuait un virage à quatre-vingt-dix degrés, net, précis et instantané. Les lois du mouvement avaient été abolies pour le compte de ce truc-là ! Mais, quoi qu'il puisse faire d'autre, ce machin était aussi en train de manœuvrer pour rejoindre son orbite. Alors même qu'il observait, l'inconnu ralentissait pour se mettre à la même vitesse que lui.

L'une des raisons pour lesquelles Colin MacIntyre avait été sélectionné pour le premier vol interstellaire habité américano-soviétique était son sang-froid. Mais tous les poils de sa nuque se dressèrent en même temps quand son appareil se mit à trembler subitement. C'était comme si quelque chose avait touché la coque du Beagle – quelque chose d'assez massif pour secouer un vaisseau spatial d'une centaine de tonnes, capable de voler dans l'atmosphère et doté d'une configuration à géométrie variable.

Du coup, il sortit de son état de choc momentané. Quoi que ce fût, personne ne l'en avait informé. Cela voulait dire que ça n'appartenait ni à la NASA ni aux Russes. Ses mains s'agitaient au-dessus de la console de manœuvre, réactivant les propulseurs incandescents, et le Beagle se mit à trembler. Il trembla mais ne bougea pas. Des perles de sueur froide apparurent alors sur le visage de MacIntyre tandis que son appareil poursuivait sereinement son trajet sur la même orbite, comme si de rien n'était. Impossible, mais, d'ailleurs, rien de tout ça n'était possible, n'est-ce pas ?

Il élimina cette pensée et pressa d'autres boutons. Au moins, il ne manquait pas de masse de manœuvre – les Beagle étaient conçus pour des déploiements de longue durée et il avait fait le plein à la plate-forme russe Gagarine avant son départ pour ce plan de vol translunaire –, et son engin trembla violemment tandis que les moteurs principaux se mettaient en marche.

La combustion à pleine puissance aurait dû le plaquer contre sa couche, précipitant son vaisseau de surveillance sur sa trajectoire, mais les moteurs rugissants n'avaient pas plus d'effet que ses propulseurs directionnels. Il s'affala donc dans son siège. Puis il serra les dents alors que le Beagle se déplaçait enfin – non pour s'éloigner de l'appareil inconnu, mais pour foncer droit sur lui ! Quelle que soit la nature de ce machin qui apparaissait sur son écran radar, ce n'était pas le fruit de son imagination.

Les pensées se bousculaient dans sa tête. La seule explication possible était la suivante : l'inconnu l'avait épinglé avec une sorte de… *rayon tracteur*, et c'était bien plus qu'un saut quantique dans le champ de la physique appliquée, ce qui signifiait que le spot radar ne provenait d'aucune technologie terrienne. MacIntyre ne céda pas à la tentation d'employer des mots grossiers comme « impossible » ou « incroyable », car il était bien trop évident que *c'était* possible. Par un tour du hasard inimaginable, quelqu'un d'autre était venu nous rendre visite juste au moment où l'humanité allait s'envoler vers les étoiles.

Mais, quels que fussent ces gens-là, il ne parvenait pas à croire qu'ils étaient apparus par hasard au moment où il survolait la face cachée de la Lune, toutes communications interrompues. Ils l'avaient attendu, lui ou bien quelqu'un comme lui. Ils devaient donc observer la Terre depuis quelque temps déjà. Mais, si c'était le cas, ils avaient eu le temps de faire connaître leur présence – et d'observer les systèmes de communication terrestres. Ce qui laissait donc supposer qu'ils savaient comment le contacter mais avaient choisi de ne pas le faire. Cela laissait bien des choses à penser, dont aucune n'était particulièrement agréable. Il en ressortait cependant qu'ils avaient de toute évidence l'intention de les capturer, son appareil et lui, à des fins qu'eux seuls connaissaient. Et Colin MacIntyre n'avait pas l'intention de se laisser capturer s'il pouvait l'éviter.

Toutes les instructions de la mission Prométhée concernant le premier contact affluaient dans son esprit, ainsi que les injonctions ordonnant de s'abstenir de tout geste hostile. Qu'il faille se considérer comme un pion sacrifiable si l'on cherchait à établir une communication avec des extraterrestres, soit. Mais, s'ils se jetaient sur vous et se mettaient à vous ramener comme un poisson pris au filet, c'était différent !

Les traits de son visage se durcirent et il ouvrit l'écran de plastique qui protégeait le panneau de commande de tir. On s'était torturé les méninges pour savoir s'il fallait armer une sonde interstellaire « pacifique », mais l'armée – elle fournissait la plupart des pilotes – avait eu le dernier mot. MacIntyre la remerciait en silence d'avoir fait de cette mission d'entraînement une mission entièrement équipée, tandis que les systèmes de tir s'activaient. Il entra des données de visée fournies par son radar et étendit la main pour atteindre les touches de mise à feu, puis s'arrêta. Ils n'avaient pas tenté de communiquer avec lui, mais lui-même n'avait pas essayé non plus.

« Au vaisseau spatial non identifié, ici Papa-Mike Un-Rayon-X de la NASA, dit-il fermement dans son micro. Relâchez mon appareil et écartez-vous. »

Il n'y eut aucune réponse et il lança un regard noir au spot radar.

« Relâchez mon appareil ou je tire ! »

Toujours aucune réponse. Il pinça les lèvres. Très bien. Si ces misérables emmerdeurs ne voulaient même pas lui parler...

Trois missiles, petits mais puissants, se détachèrent à toute allure du Beagle. Il ne s'agissait pas de missiles nucléaires, mais ils emportaient chacun une charge de cent kilos et disposaient d'un excellent système de visée. Il les suivit sur son écran radar jusqu'à la fin de leur parcours.

Et il ne se passa absolument rien.

Le capitaine MacIntyre s'effondra sur sa couchette. Ces missiles n'avaient pas été leurrés par des contre-mesures électroniques, pas plus qu'ils n'avaient explosé en manquant leur cible. Ils avaient tout simplement... disparu, et ce que cela impliquait était troublant. Extrêmement troublant.

Il coupa les moteurs. Il était inutile de gaspiller du carburant. D'ailleurs, ses ravisseurs et lui-même auraient bientôt dépassé l'horizon de transmission de Heinlein.

Il essaya de se rappeler si un autre des Beagle était sorti. À en juger par son absence totale de succès, ils ne seraient pas du tout efficaces contre ces types-là, mais il n'y avait aucun autre appareil armé dans les parages. Il pensa que Vlad Tchernikov se trouvait plutôt à Terechkova, mais les programmes de vol des équipes de Prométhée étaient devenus si intenses qu'il était difficile d'en suivre l'organisation.

Son Beagle continuait à se diriger vers l'intrus. Il tournait maintenant lentement sur lui-même pour lui faire face. MacIntyre se renfonça dans sa couchette aussi nonchalamment que possible, regardant à travers la verrière. Il devrait les voir à peu près... maintenant.

Oui, les voilà. Et ils étaient sacrément décevants aussi. Il ne savait pas vraiment ce qu'il attendait, mais certainement pas ce cylindre aplati, sans relief, aux deux extrémités arrondies. Ils se trouvaient à peine à un kilomètre de lui maintenant, et, mis à part sa nature évidemment artificielle, l'objet était décevant car bien peu spectaculaire. Il n'y avait aucune trace de moteurs, d'écoutilles, de hublots, de systèmes de communication… rien du tout sauf du métal lisse et brillant comme un miroir. Tout au moins, MacIntyre présumait qu'il s'agissait de métal.

Il consulta son chronomètre. Les communications devraient être rétablies d'une seconde à l'autre maintenant, et il esquissa un sourire désabusé en pensant à la réaction de la base Heinlein lorsqu'ils entreraient l'un et l'autre dans le champ de son radar. Cela devrait être…

Ils s'arrêtèrent. Comme ça, tout simplement, sans aucune sensation de décélération, aucune manifestation des réacteurs du cylindre, rien du tout.

Il regarda l'intrus bouche bée. Il n'en croyait pas ses yeux. Non pas tant incrédule qu'habité par le désir de l'être. Tout particulièrement lorsqu'il prit conscience qu'ils étaient immobiles par rapport à la Lune. Ils ne dérivaient pas dans l'espace ni ne tombaient vers la surface. Que l'intrus ait la capacité de faire cela était d'une certaine manière plus terrifiant que tout ce qui s'était déjà produit. Et la parfaite et prosaïque familiarité du cockpit renforçait encore ce sentiment. MacIntyre s'agrippa alors aux accoudoirs de sa couche, s'efforçant de lutter contre la certitude irrationnelle qu'il *devait* être en train de tomber.

Mais ils se mirent à nouveau en mouvement, rebroussant chemin à une vitesse qui défiait l'entendement, à nouveau sans aucune sensation d'accélération. Le Beagle changea une fois encore de position par rapport au cylindre. Ce dernier se trouvait désormais derrière lui, son extrémité arrondie à cent mètres à peine de ses propres moteurs, tandis que son pilote regardait la surface de la Lune se brouiller sous ses pieds.

Les deux appareils descendirent un peu plus bas, filant tout droit vers un petit cratère. MacIntyre recroquevilla les orteils dans ses bottes et s'agrippa si fort aux accoudoirs de sa couchette qu'il aurait presque pu les arracher. Tout ce qu'il avait vu le cylindre faire jusqu'à présent lui disait qu'ils n'allaient pas s'écraser, mais, quant à ses réactions instinctives, c'était une autre histoire. Il lutta résolument contre la panique, refusant d'y céder, mais le soupir de soulagement qu'il laissa échapper lorsque le fond du cratère s'ouvrit subitement n'en fut pas moins explosif.

Le cylindre ralentit pour atteindre la vitesse de quelques centaines de kilomètres à l'heure, et MacIntyre ressentit alors l'envie de sombrer confortablement dans la catatonie, mais quelque chose en lui le poussait à lutter tout aussi obstinément qu'il avait résisté à la panique. Quelle que soit la chose qui l'avait capturé, elle n'allait pas le trouver recroquevillé sur lui-même et bavant lorsqu'ils finiraient par s'arrêter, bon Dieu !

Ils furent enveloppés par un immense tunnel d'un diamètre d'au moins deux cents mètres, éclairé par des bandes lumineuses éclatantes. Des murs de pierre scintillaient, émettant une étrange lueur, comme si la roche avait été fondue et rendue aussi lisse que du verre. Mais cette impression ne dura pas longtemps. Ils passèrent une écoutille à panneaux multiples, assez large pour deux transporteurs, et soudain les murs du tunnel devinrent métalliques. Un métal semblable à du bronze, luisant dans la lumière, qui s'étendait si loin devant lui que même son immense entrée s'amenuisait jusqu'à n'être plus qu'un point lumineux dans le lointain.

Ils ralentirent un peu plus et passèrent encore d'autres écoutilles. Des *dizaines* d'écoutilles, la plupart aussi larges que la première par laquelle ils avaient pénétré en passant par cet impossible goulet de métal. La taille même de cette structure lui donnait le vertige, mais MacIntyre garda l'esprit assez clair pour faire des excuses silencieuses à ceux qui avaient conçu le proctoscope.

Une immense écoutille s'ouvrit avec la vélocité d'un serpent attaquant sa proie. Celui qui dirigeait leur vol prit un virage qui les fit sortir du tunnel pour entrer par cette écoutille. Le Beagle se posa alors en silence sur une surface composée de ce même alliage semblable à du bronze.

Ils se trouvaient dans une caverne de métal faiblement éclairée, d'un diamètre d'au moins un kilomètre, parsemée de cylindres identiques à celui qui l'avait capturé, rangés en ligne. MacIntyre écarquillait les yeux derrière la verrière de son cockpit, tout en souhaitant que l'équipement du Beagle comprenne aussi des armes de poing. Après l'échec de ses missiles, il présumait qu'il n'y avait aucune raison pour qu'un revolver fonctionne mieux, mais il aurait été réconfortant de pouvoir au moins essayer.

Il se passa la langue sur les lèvres. Rien que la taille gigantesque de cette structure éliminait l'hypothèse que les intrus n'aient découvert le système solaire que récemment, mais comment étaient-ils parvenus à l'édifier sans que personne ne le remarque ?

« Bonjour, capitaine MacIntyre, dit poliment une voix grave et suave. Je suis navré de la façon peu orthodoxe dont vous êtes arrivé ici, mais je n'avais pas le choix. Et vous non plus, j'en ai bien peur.

— Qu... qui êtes-vous ? » demanda MacIntyre d'une voix quelque peu étranglée, puis il s'arrêta un instant pour se racler la gorge. « Qu'est-ce que vous me voulez ? demanda-t-il sur un ton plus posé.

— J'ai bien peur qu'il soit un peu compliqué de répondre à toutes ces questions, dit la voix, imperturbable, mais vous pouvez m'appeler Dahak, capitaine. »

CHAPITRE TROIS

MacIntyre inspira profondément. Au moins ces inconnus lui parlaient enfin. Et en anglais d'ailleurs. Ce qui provoqua en lui un bref accès d'indignation tout à fait justifié.

« Vos excuses seraient un peu plus crédibles si vous aviez pris la peine de communiquer avec moi *avant* de me kidnapper, dit-il froidement.

— J'en ai bien conscience, répondit son ravisseur, mais c'était impossible.

— Ah bon ? Mais il semblerait que vous ayez assez bien surmonté cet obstacle depuis. » MacIntyre fut rassuré : il était encore capable d'adopter un ton désagréable.

« Vos systèmes de communication sont assez primitifs, capitaine. » À l'entendre parler ainsi, on aurait pu croire qu'il cherchait presque à s'excuser. « Mon annexe n'était pas équipée pour établir une liaison avec eux.

— Mais *vous-même* vous débrouillez très bien. Pourquoi est-ce que vous ne m'avez pas parlé ?

— Ce n'était pas possible. Les systèmes de camouflage de l'annexe vous avaient englobé dans un champ imperméable aux transmissions radio. Il m'était possible de rester en contact avec vous par mes propres moyens, mais son équipement de bord ne me permettait pas de relayer mes paroles jusqu'à vous. Une fois encore, je vous prie de bien vouloir m'excuser si je vous ai causé un quelconque embarras. »

Un *embarras* ?

MacIntyre retint un gloussement devant l'énormité de l'euphémisme, et l'hystérie en germe qu'il avait laissée échapper l'aida à se calmer. Il passa ses doigts tremblants dans sa chevelure de sable. Il avait le sentiment qu'il avait encaissé un ou deux coups de trop.

« Très bien… Dahak. Vous m'avez capturé ; qu'avez-vous l'intention de faire de moi maintenant ?

— Je vous serais reconnaissant de bien vouloir quitter votre appareil et de vous rendre sur la passerelle de commandement, capitaine.

— Comme ça ? Tout simplement ?

— Je vous demande pardon ?

— Vous croyez que je vais sortir de mon appareil et me rendre tout simplement ?

— Pardonnez-moi. Cela fait très longtemps que je n'ai pas conversé avec un humain. J'ai donc peut-être été maladroit. Vous n'êtes pas prisonnier, capitaine. Ou peut-être que si. Mais j'aimerais vous traiter comme un hôte d'honneur. Malgré tout, je me dois de vous dire par honnêteté que je ne puis vous laisser partir. Mais je vous assure, sur l'honneur de la Spatiale, qu'il ne vous sera fait aucun mal. »

Même si tout cela lui semblait parfaitement insensé, MacIntyre était étrangement porté à croire ces paroles. Ce Dahak aurait pu mentir et lui promettre la liberté : en effet, il aurait pu se présenter comme l'ambassadeur des extraterrestres auprès de l'humanité, mais il ne l'avait pas fait. « Je ne puis vous laisser partir »… cette déclaration avait quelque chose de définitif et c'était plus qu'effrayant, mais dans une certaine mesure sa franchise même garantissait son honnêteté, n'est-ce pas ? Ou n'était-ce que ce qu'on cherchait à lui faire croire ? Cependant, que Dahak soit un fieffé menteur ou non, les choix étaient limités.

MacIntyre pourrait tenir environ trois semaines sur ses vivres. Il pouvait donc se terrer dans son Beagle pendant tout ce temps-là, à supposer que Dahak soit disposé à le laisser faire. Et ensuite ? Il était évident qu'il ne pourrait pas s'échapper. La question n'était pas de savoir si, mais au bout de combien de temps il se déciderait à sortir de son Beagle.

Par ailleurs, il n'avait aucune envie de laisser transparaître son effroi.

« Très bien, finit-il par déclarer. J'arrive.

— Merci, capitaine. Vous trouverez l'environnement agréable, bien que vous puissiez évidemment, si vous le souhaitez, revêtir votre combinaison.

— Oh *merci*. » Le ton sarcastique que venait d'adopter MacIntyre était de l'ordre du réflexe. Mais, encore une fois, ce n'était qu'une affaire de minutes avant qu'il s'en remette à l'atmosphère que la voix choisirait de lui fournir. Et il poussa un soupir : « Je présume donc que je suis prêt.

— Très bien. Un véhicule approche maintenant de votre appareil. Vous devriez l'apercevoir sur votre gauche. »

MacIntyre tendit le cou et aperçut quelque chose qui se déplaçait : c'était un engin en forme d'obus à deux têtes, de la taille d'une petite voiture, qui s'approchait rapidement, planant à trente centimètres du sol. Il s'arrêta sous le bord d'attaque de l'aile bâbord, très exactement en face de l'écoutille avant. Une porte s'ouvrit alors, laissant jaillir un intense flot de lumière fort bienvenu dans cette caverne de métal plongée dans la pénombre.

« Je le vois, dit-il, satisfait de constater que le son de sa voix était presque redevenu normal.

— Parfait. Si vous voulez bien avoir l'obligeance de monter à bord…

— J'arrive », dit-il, et il détacha son harnais.

Il se leva et découvrit encore un autre phénomène étrange.

MacIntyre était resté assez longtemps sur la Lune, notamment au cours des trois années qu'il avait passées à s'entraîner pour la mission Prométhée, pour s'habituer à la gravité réduite de l'astre – c'est pourquoi il manqua tomber face contre terre en se levant de son siège.

Il écarquilla les yeux. Il n'en était pas certain, mais son poids lui semblait correspondre à la gravité standard d'un g, ce qui signifiait que ces bozos pouvaient générer des champs gravitationnels à la demande !

Et puis, après tout, pourquoi pas ? Mais une chose était claire au moins : au regard de la technologie du vingt et unième siècle qu'il connaissait, ces… ces gens… étaient nettement plus avancés, sûr et certain.

Ses muscles se contractèrent lorsqu'il ouvrit l'écoutille, malgré les paroles rassurantes de Dahak. Mais le tourbillon d'air qui l'enveloppa soudain n'eut aucun effet mortel immédiat. En fait, cela sentait bien meilleur qu'à l'intérieur du Beagle. L'air était vif et quelque peu frisquet, et on distinguait derrière cette fraîcheur des notes épicées qui rappelaient l'odeur des pins. Il se décontracta un peu en inspirant profondément. Des extraterrestres qui respiraient un air comme celui-ci avaient quelque chose de nettement moins effrayant – mais c'était à supposer bien sûr que cette atmosphère n'ait pas été spécialement créée pour sa propre consommation.

Il était à quatre mètres cinquante du sol et il aurait bien voulu que ses hôtes n'aient pas modifié la pesanteur : il se balançait au-dessus du vide, s'agrippant prudemment aux prises de secours pour descendre et rejoindre le véhicule qui l'attendait patiemment en bas.

L'appareil avait l'air assez inoffensif. Il comportait deux fauteuils confortables destinés à des passagers d'une taille et d'une anatomie semblables à celles d'un être humain, mais MacIntyre ne voyait aucun tableau de bord. Ce qui l'intriguait plus encore, c'était que – vue de l'intérieur – la moitié supérieure de la coque était transparente. Or, de l'extérieur, elle avait exactement la même apparence que le sol couleur bronze sur lequel il se tenait.

Il haussa les épaules et monta à bord, remarquant que le véhicule suspendu en silence au-dessus du sol ne bougeait pas même d'un pouce sous son poids. Il choisit le siège de droite puis se força à rester immobile lorsqu'il sentit la surface capitonnée *onduler* sous lui. Un instant plus tard, la configuration de son siège avait changé et épousait parfaitement les contours de son corps. C'est alors que se referma l'écoutille.

« Êtes-vous prêt, capitaine ? » dit la voix de son hôte qui ne provenait d'aucune source visible.

MacIntyre opina du chef. « En avant », dit-il, et l'appareil se mit en route.

Cette fois-ci en tout cas, il avait une impression de mouvement. Il se cala bien au fond de son siège : la force de l'accélération était d'au moins 2 g. Pas étonnant que ce machin ait la forme d'un obus ! Le petit véhicule fila à travers la caverne. Il lui sembla qu'il fonçait droit dans un mur de métal et il ne put s'empêcher de tressaillir. Mais une écoutille s'ouvrit une fraction de seconde avant l'impact, et ils continuèrent leur chemin à vive allure vers une autre ouverture cylindrique très lumineuse qui, cette fois-ci, ne faisait pas plus de deux à trois fois la largeur de son véhicule.

Il eut envie de parler à Dahak, mais cette conversation n'aurait eu pour but que de lui redonner du courage et de « prouver » qu'il restait serein. Et il était foutu s'il se mettait à bavarder pour masquer sa peur. Il resta donc assis en silence, à regarder les murs défiler à toute allure, et tenta d'évaluer la vélocité du transport.

C'était impossible. La surface des murs n'était pas parfaitement lisse, mais la vitesse en avait brouillé le grain avant même que la sensation d'accélération n'ait fait place à une autre impression familière : il lui semblait tomber en chute libre. MacIntyre sentit alors la panique céder le pas à un sentiment d'émerveillement qui le submergeait peu à peu. Cette base était bien plus vaste que la plus grande installation humaine qu'il ait jamais vue : comment une poignée d'extraterrestres étaient-ils parvenus à réaliser un projet d'ingénierie d'une telle ampleur sans que personne ne le remarque ?

Puis il ressentit une nouvelle accélération suivie d'une poussée latérale due à la force centrifuge. L'appareil franchit un carrefour en courbe puis s'engouffra à toute allure dans un autre tunnel. Ce tunnel semblait s'étendre à l'infini, tout comme celui qui avait englouti son Beagle. Et son véhicule poursuivait sa course en se maintenant bien au centre. Il s'attendait à arriver à destination à tout instant, mais il dut patienter encore un bon moment avant que commence à décroître leur vitesse vertigineuse.

Le premier signe de décélération fut donné par un mouvement à l'intérieur du bolide. Le cockpit pivota en douceur jusqu'à ce qu'il se retrouve assis en sens inverse, face à l'arrière du véhicule. Puis il ressentit tout d'un coup les effets de la décélération. Le processus se prolongea indéfiniment tandis que, derrière la verrière de son cockpit, les murs flous défilaient plus lentement. Il distinguait enfin certains détails, y compris l'entrée d'autres tunnels. Son appareil atteignit peu à peu l'allure d'un piéton. Ils changèrent alors de trajectoire en douceur et s'engouffrèrent dans l'un de ces tunnels à peine plus larges que le véhicule lui-même. Puis ils glissèrent le long d'une ouverture située sur le côté et s'arrêtèrent enfin. L'écoutille s'ouvrit alors sans un bruit.

« Si vous voulez bien vous donner la peine de débarquer, capitaine... » invita la voix suave. MacIntyre haussa les épaules et descendit sur une surface qui ressemblait très exactement à une épaisse moquette. L'écoutille du véhicule se referma derrière lui puis l'engin fit silencieusement marche arrière et disparut comme il était venu.

« Suivez le guide, s'il vous plaît, capitaine. »

Il resta planté là pendant un instant, l'œil hagard, puis il vit un globe de lumière clignotante suspendu dans les airs. Le globe oscilla deux fois de bas en haut comme pour attirer son attention puis s'engagea dans un couloir latéral en gardant une allure confortable.

Tout au long du trajet qui dura dix minutes, il dépassa de nombreuses portes fermées, toutes couvertes de caractères d'une étrange beauté mais totalement dépourvus de sens. Un vent aussi frais et aussi vif que celui de la caverne d'arrimage lui souffla au visage. Il perçut un faible bruit de fond, si doux et si discret qu'il lui fallut plusieurs minutes pour le remarquer. Et ce n'était pas les sons mécaniques auxquels il aurait pu s'attendre. Au contraire, il s'agissait d'un doux et imperceptible frémissement, semblable au bruit du vent dans les feuilles ou encore aux appels d'oiseaux lointains, fond sonore qui contribuait à faire oublier l'environnement artificiel.

Enfin le couloir s'arrêta net devant une écoutille de ce même alliage couleur bronze. Elle était aussi gigantesque que le coffre-fort d'une banque et arborait le premier ornement qu'il rencontrait ici : une formidable bête à trois têtes se contorsionnait sur toute la longueur de la porte, les ailes courbées comme pour prendre son essor. Ses trois têtes, tendues vers le ciel, regardaient dans trois directions, comme pour surveiller toute approche. Elle avait les pattes antérieures levées, semblables à celles d'un chat, les griffes à demi sorties comme pour offrir et protéger tout à la fois le sublime nuage stellaire en forme de spirale qui flottait juste en dessous d'elle.

MacIntyre reconnut aussitôt la créature, même si le style de cet énorme dragon en bas-relief n'était ni oriental ni occidental. Il fit une pause pour se frotter le menton, étonné de rencontrer un animal de la mythologie terrienne dans une base extraterrestre cachée sur la Lune. Mais cette énigme restait lointaine, reléguée à l'arrière-plan, largement dépassée par une autre merveille, plus formidable encore. Cela tenait presque de la terreur sacrée : il avait l'impression que les yeux immenses et étonnamment vifs le jaugeaient avec une majesté parfaitement sereine qui aurait pu toutefois se muer en une terrifiante colère divine s'il avait dû franchir le seuil.

Il ne sut jamais précisément combien de temps il se tint là à fixer le dragon dans les yeux, mais au bout du compte le globe lumineux qui le guidait eut un mouvement d'impatience et se rapprocha de l'écoutille. MacIntyre se reprit et le suivit, esquissant un sourire forcé. Le portail couleur bronze s'ouvrit à son approche. Il faisait au moins quinze centimètres d'épaisseur, mais ce n'était que la première d'une série de douze écoutilles tout aussi épaisses, disposées en rangs serrés, formant une barrière extrêmement résistante. Il se sentit alors petit et vulnérable tandis qu'il suivait le globe le long du passage qui s'ouvrait silencieusement devant lui. Les panneaux successifs se refermaient derrière, toujours dans le même silence, et il s'efforça de réprimer un sentiment de claustrophobie. Mais son but apparut enfin devant lui et il s'arrêta, oubliant toutes ses autres considérations.

La chambre sphérique était plus vaste que l'ancienne salle des opérations située sous Cheyenne Mountain, plus vaste même que la salle principale des commandes à Shepherd, et il se sentit oppressé par la perfection absolue de sa forme, l'étendue lisse de ses murs colossaux, comme s'il avait pris toute la mesure de son infime taille. Il se tenait sur une plate-forme sortie de l'un des murs incurvés – elle était transparente, parsemée d'une vingtaine de fauteuils en forme de couchettes confortables, disposés devant ce qui ne pouvait être que des tableaux de commande, même s'il semblait y avoir étonnamment peu d'écrans d'affichage ou d'interfaces – et à l'autre extrémité de la salle trônait un formidable écran de contrôle. Le globe terrestre bleu et blanc flottait en son centre, et MacIntyre sentit sa gorge se serrer devant cette splendeur noyée dans un tourbillon de nuages. C'était comme s'il s'était retrouvé dans le cockpit de sa première navette, contemplant cette beauté bleu azur et gris argent pour la première fois, comme si les événements ahurissants qui s'étaient déroulés depuis une heure lui avaient à nouveau fait prendre conscience de ce qui le liait à tout ce qu'était, à tout ce que représentait cette planète.

« Merci de vous asseoir, capitaine. » C'est presque avec tendresse que la voix suave interrompit le cours de ses pensées, mais elle emplissait pourtant l'ensemble de ce vaste espace. « Là. » Le globe lumineux dansa pendant un instant au-dessus d'un fauteuil capitonné – celui qui était doté du plus grand tableau de bord, à l'extrémité même de la plate-forme dépourvue de rambarde – et il s'en approcha à pas précautionneux. Il n'avait jamais été sujet à l'agoraphobie ni au vertige, mais le gouffre était vraiment très profond et la plate-forme si transparente qu'il avait l'impression de marcher en l'air en la traversant.

Son « guide » disparut pendant qu'il s'installait dans le fauteuil, sans même ciller cette fois-ci lorsque son siège épousa la forme de son corps, et la voix retentit à nouveau :

« Maintenant, capitaine, je vais tenter de vous expliquer la situation.

— Vous pouvez commencer, l'interrompit MacIntyre, déterminé à être plus qu'un auditeur passif, par m'expliquer comment vous avez réussi à construire une base de cette taille sur notre Lune sans que nous nous en rendions compte.

— Nous n'avons construit aucune base, capitaine. »

Les yeux verts de MacIntyre se plissèrent d'agacement.

« Mais il a bien fallu que quelqu'un le fasse, bon Dieu ! grogna-t-il.

— Il y a malentendu, capitaine. Il ne s'agit pas d'une base "sur" votre Lune. *C'est* votre Lune. »

Pendant quelques secondes, MacIntyre fut certain d'avoir mal compris.

« Qu'est-ce que vous avez dit ? finit-il par demander.

— J'ai dit que c'était bien votre Lune, capitaine. En fait, vous êtes assis sur la passerelle de commandement d'un vaisseau spatial.

— Un vaisseau spatial ? Aussi gros que la Lune ? dit faiblement MacIntyre.

— Exact. Un vaisseau d'un diamètre de quelque trois mille kilomètres – trois mille deux cent deux virgule sept cent quatre-vingt-quinze pour être précis.

— Mais… » Le choc laissa MacIntyre sans voix. Il savait que l'installation était gigantesque, mais personne ne pouvait *remplacer* la Lune sans que quiconque ne s'en aperçoive, aussi avancée la technologie soit-elle !

« Je n'y crois pas, dit-il sèchement.

— C'est pourtant vrai.

— Ce n'est pas possible, insista MacIntyre avec obstination. Si ce truc est de la taille que vous prétendez, qu'est-il arrivé à la véritable Lune ?

— Elle a été détruite, dit calmement son interlocuteur. À l'exception d'une quantité suffisante de son matériau d'origine destinée à compenser une différence de diamètre négligeable, nous l'avons jetée dans votre soleil. Il s'agit d'une procédure standard de la Spatiale pour camoufler des unités en détachement ou toute grosse unité de guerre devant rester dans des systèmes n'appartenant pas à l'Empirium pendant une longue période.

— Vous avez camouflé votre vaisseau en le faisant passer pour notre Lune ? C'est insensé !

— Au contraire, capitaine. Un vaisseau spatial de classe planétoïde n'est pas quelque chose de facile à cacher. Remplacer une lune existante de la taille adéquate est de loin la manière la plus simple de se dissimuler, tout particulièrement lorsque, comme c'est le cas ici, les contours de la surface originale sont fidèlement reproduits dans le cadre de la procédure.

— C'est absurde ! Quelqu'un sur Terre aurait remarqué que *quelque chose* était en train de se passer !

— Non, capitaine. En vérité, votre espèce n'était pas encore sur Terre pour pouvoir l'observer.

— Quoi ?

— Les événements que je viens de vous décrire ont eu lieu il y a approximativement cinquante et un mille de vos années », dit son informateur d'une voix douce.

MacIntyre sentit son corps se liquéfier. Il était fou, pensa-t-il calmement. C'était certainement l'explication la plus rationnelle.

« Peut-être serait-il plus simple de venir m'expliquer tout ça en personne ! dit-il sèchement, pris d'un accès de violence au milieu de sa confusion.

— Mais je vous l'explique en personne, répondit la voix.

— Je veux dire face à face, grinça MacIntyre.

— Malheureusement, capitaine, je n'ai pas de visage, dit la voix », et MacIntyre aurait juré avoir décelé un amusement désabusé dans le ton. « D'une certaine manière, voyez-vous, vous êtes assis en moi.

— En vous ? murmura MacIntyre.

— Précisément, capitaine. Je suis Dahak, l'ordinateur de contrôle central du vaisseau impérial *Dahak*.

— Euhhh… fit doucement MacIntyre.

— Je vous demande pardon ? Puis-je continuer ? »

MacIntyre s'agrippa aux accoudoirs de son fauteuil, ferma les yeux et se mit à compter jusqu'à cent.

« Oui, en effet, dit-il enfin, ouvrant lentement les yeux. Pourquoi pas ?

— Très bien. Regardez l'affichage digital, s'il vous plaît, capitaine. »

La Terre disparut et une autre image se matérialisa. C'était une sphère de couleur bronze aussi lumineuse que le cylindre qui avait capturé son Beagle, et, même sans échelle de référence, il savait qu'elle était bien plus grande que son vaisseau.

L'image pivota et grossit. Des détails devinrent alors bientôt visibles, dessinant des renflements et des dômes. On ne voyait aucun hublot ni aucune trace d'un quelconque système de propulsion. La coque était parfaitement lisse à l'exception de ces protubérances rondes et polies... jusqu'à ce que la rotation de la sphère le mette nez à nez avec une formidable réplique du dragon qui ornait l'écoutille. La créature s'étendait sur la paroi de la sphère comme un immense emblème arrogant et fier, et MacIntyre déglutit. Le dragon recouvrait une surface de la coque relativement faible mais, si cette sphère était bien ce qu'il imaginait, il était à peu près de la taille du Montana.

« Voici *Dahak*, lui dit la voix, immatriculation un-sept-deux-deux-neuf-un, planétoïde de classe Utu de la Spatiale militaire, construit il y a cinquante-deux mille années terriennes dans le système Anhur par le Quatrième Empirium. »

MacIntyre regarda fixement l'écran, trop extasié pour ne pas y croire. L'image du vaisseau l'emplissait tout entier ; elle semblait sur le point de tomber pour venir s'écraser sur lui. Puis elle disparut pour faire place à un diagramme informatique en 3D de cette monstrueuse machine. C'était trop extraordinaire pour qu'il puisse mémoriser quoi que ce soit et, d'ailleurs, le schéma ne cessait de changer sous ses yeux tandis que défilaient les projections cartographiques des différents ponts, toutes plus inconcevables les unes que les autres.

« Les vaisseaux de classe Utu ont été conçus à la fois pour la bataille et pour les missions de surveillance autonomes et prolongées, ainsi que pour le déploiement de détachements, avec des équipages de deux cent cinquante mille hommes. La durée optimale de déploiement est de vingt-cinq années terriennes, avec la possibilité d'accroître le personnel de bord de soixante pour cent durant cette période. La durée maximale de déploiement est virtuellement infinie, à présumer que l'expansion de l'équipage soit contenue.

» En sus de petits vaisseaux de combat biplaces qui peuvent servir à la fois à l'attaque et à la défense, *Dahak* déploie des bâtiments de guerre parasites subluminiques dont la masse atteint jusqu'à quatre-vingt mille tonnes. L'armement embarqué à bord consiste essentiellement en des batteries de missiles supraluminiques appuyées par des armes à rafales d'énergie à tir direct. La puissance de ces armes varie : il y a des ogives chimiques, des têtes à fusion nucléaire, en passant par les missiles antimatière et gravitoniques. En substance, capitaine, ce vaisseau pourrait désintégrer votre planète.

— Mon Dieu! » souffla MacIntyre. Il voulait ne pas y croire – Dieu, comme il aurait voulu ne pas y croire! Mais il n'avait pas le choix.

« La propulsion subluminique, continua Dahak, ignorant l'interruption, dépend d'une progression de phase gravitonique. Votre terminologie actuelle manque de référents pour que je puisse vous en donner une description précise mais, pour vous aider à visualiser la chose, vous pouvez l'envisager comme un système de propulsion sans réaction capable d'une vélocité maximale de cinquante-deux virgule quatre pour cent de la vitesse de la lumière. Au-delà de cette vitesse, un vaisseau de cette taille ne pourrait rester en phase et serait détruit.

» Contrairement aux précédents vaisseaux, ceux de la classe Utu ne dépendent pas d'un mode de propulsion pluridimensionnel – ce que vos écrivains de science-fiction ont baptisé "moteurs à hyperpropulsion", capitaine – pour les voyages à vitesse supraluminique. Au lieu de cela, ce vaisseau utilise la propulsion Enchanach. Vous pouvez l'envisager comme la production de "trous noirs" générés artificiellement, lesquels déphasent le vaisseau par rapport à l'espace normal tout au long d'une série de translations instantanées entre des coordonnées situées dans l'espace normal. Lorsque nous sommes en mode de propulsion Enchanach, le temps passé dans l'espace normal entre chaque translation est approximativement de zéro virgule soixante-quinze de vos femtosecondes terriennes.

» La vitesse effective maximale en propulsion Enchanach est d'approximativement six c. Même si cette vitesse est inférieure à celle des derniers vaisseaux à hyperpropulsion, ceux dotés de la propulsion Enchanach disposent de plusieurs avantages tactiques. L'un des plus importants est le suivant : ils peuvent passer en mode supraluminique, manœuvrer puis repasser en vitesse subluminique à volonté, tandis que les vaisseaux à hyperpropulsion ne peuvent passer d'un état à l'autre qu'une fois qu'ils ont atteint des coordonnées prédéterminées.

» La production d'énergie pour la classe Utu…

— Stop ! » À ce seul mot, la voix de Dahak s'interrompit instantanément. MacIntyre se frotta lentement les yeux ; il aurait bien voulu pouvoir se réveiller chez lui, dans son lit.

« Tout ça est très intéressant, voyez-vous, euh… Dahak », finit-il par dire. Il se sentait un peu idiot, s'adressant ainsi à une machine, même s'il s'agissait d'une machine comme celle-là. « Mais ça ne semble pas très pertinent si ce n'est pour me convaincre que ce vaisseau est sacrément puissant. Je suis foutrement impressionné, oui, mais qu'est-ce qu'on peut bien faire d'un vaisseau pareil ? Trois mille deux cents kilomètres de diamètre, des bâtiments de guerre parasites de quatre-vingt mille tonnes, un équipage de deux cent mille hommes, désintégrer des planètes… Bon sang de bon Dieu ! Qu'est-ce que c'est que ce "Quatrième Empirium" ? Contre qui a-t-il donc besoin d'une telle puissance de feu et qu'est-ce qu'il fiche ici ?

— Je vous l'expliquerai si je peux reprendre ma présentation », dit calmement Dahak, et MacIntyre grogna puis lui fit signe de continuer.

« Merci, capitaine. Vous avez raison. Gardons les données techniques pour plus tard. Mais, pour que vous compreniez mon problème – et la raison pour laquelle c'est aussi le vôtre –, je me dois de faire un peu d'histoire. Veuillez comprendre que la majeure partie n'en sera que le fruit de reconstructions et de déductions fondées sur très peu de preuves matérielles.

» En bref, le Quatrième Empirium est une unité politique originaire de la planète Birhat dans le système Bia, qui a émergé

environ sept mille ans avant l'entrée de *Dahak* dans votre système solaire. À cette époque-là, l'Empirium comprenait
quelque mille cinq cents systèmes stellaires. On l'appelle le
Quatrième Empirium car c'est la troisième organisation de ce
type répertoriée dans les annales de l'histoire. L'existence d'au
moins un empirium préhistorique, désigné sous le nom de
"Premier Empirium" par les historiens impériaux, a été démon-
trée de manière concluante, bien que des preuves archéo-
logiques suggèrent qu'en fait au moins neuf autres *empiria*
préhistoriques ont existé entre le Premier et le Second Empirium. Ils furent tous partiellement voire entièrement détruits
par les Achuultani. »

Un indéfinissable frisson parcourut l'échine de MacIntyre.

« Et qu'étaient au juste les Achuultani ? » demanda-t-il tout
en essayant de contenir ses émotions vagues et étranges. Il voulait éviter que sa voix le trahisse.

« Les données dont nous disposons ne sont pas suffisantes
pour tirer des conclusions définitives, répondit Dahak. Des
fragments de preuves semblent indiquer que les Achuultani
constituent une espèce unique, potentiellement d'origine extragalactique. Même leur nom n'est qu'une translittération d'une
translittération d'un mythe non attesté du Second Empirium.
Il est possible que des données supplémentaires aient été collectées lors d'incursions réelles, mais la majeure partie de ces
informations a été perdue lors de la destruction générale qui
accompagna ces incursions ou pendant la reconstruction qui
suivit. Ce qui a été conservé est plus directement lié à des questions tactiques et à des objectifs jugés probables. Sur la base de
ces données, les historiens du Quatrième Empirium sont arrivés
à la conclusion que la première de ces incursions a eu lieu à peu
près il y a soixante-dix millions d'années terriennes.

— *Soixante-dix mil...!* » MacIntyre se coupa net. Aucune
espèce ne pouvait survivre tout au long d'une période aussi
invraisemblable. Mais, encore une fois, la Lune ne pouvait pas

être un vaisseau spatial extraterrestre non plus, n'est-ce pas ? Il fit un mouvement brusque de la tête pour indiquer à Dahak qu'il pouvait reprendre.

« On peut trouver des preuves dans ce sens sur votre propre planète, capitaine, dit calmement l'ordinateur. La disparition soudaine des dinosaures terrestres à la fin de l'ère mésozoïque coïncide avec la première incursion connue des Achuultani. De nombreux scientifiques terriens ont suggéré que cette disparition était peut-être la conséquence de l'impact d'une énorme météorite. D'après mes propres observations, il semblerait qu'ils aient raison. D'ailleurs, les Achuultani ont toujours affectionné les armes cinétiques de gros calibre.

— Mais... mais *pourquoi* ? Pourquoi quelqu'un voudrait-il éliminer les dinosaures ?

— L'objectif des Achuultani, dit Dahak avec précision, semble être l'éradication de toute espèce concurrente où qu'elle se trouve. Même s'il est improbable que les dinosaures terrestres, qui étaient essentiellement une forme de vie sans ambition, aient pu les concurrencer, cela ne les aurait pas empêchés de frapper la planète par mesure de précaution, afin d'éviter l'émergence d'un concurrent. Toutefois, c'est sans doute la présence d'une colonie du Premier Empirium qui attira leur attention sur la Terre. Je fonde cette conclusion sur des données qui indiquent l'existence d'une installation militaire du Premier Empirium sur votre cinquième planète.

— Notre cinquième planète ? répéta MacIntyre, dépassé par ce qu'il venait d'entendre. Vous voulez dire que... ?

— Exactement, capitaine. La ceinture d'astéroïdes. Il semblerait qu'ils aient frappé votre cinquième planète un peu plus fort que la Terre. D'ailleurs, elle était beaucoup plus petite et moins stable sur le plan géologique.

— Vous en êtes sûr ?

— J'ai eu assez de temps pour réunir des données concluantes collectées lors d'observations. De plus, de tels agissements correspondraient à la tactique des Achuultani telle que consignée dans les annales ainsi qu'à ce qu'on a déduit de la politique militaire du Premier Empirium. En effet, on préférait placer des bases de systèmes de défense sur des corps stériles dont la position était centrale. »

Dahak fit une pause et MacIntyre resta silencieux dans son siège, cherchant à évaluer la durée dont il était réellement question. Puis l'ordinateur reprit la parole.

« Puis-je continuer ? demanda-t-il, et MacIntyre parvint à opiner à nouveau du chef.

» Merci. D'après les spéculations des analystes impériaux, les incursions périodiques des Achuultani dans ce bras de la Galaxie représentent des raids massifs en quête de concurrents potentiels – ce que votre propre armée pourrait désigner comme des missions visant à "localiser et détruire" l'objectif – plutôt que des tentatives d'expansion de leur sphère d'influence. La culture achuultani paraît extrêmement stable – on pourrait presque dire statique, car on a observé très peu de progrès technologiques depuis l'époque du Second Empirium. Les raisons exactes de cette apparente stase culturelle comme des périodes extrêmement variables séparant ces raids restent inconnues, de même que la position précise de leur système d'origine. Tandis que certains indices suggèrent bien que cette espèce serait d'origine extragalactique, l'analyse des modèles semble indiquer que les Achuultani occupent actuellement une région lointaine dans l'est de la Galaxie. Ce qui place malheureusement votre soleil en position extrêmement exposée. Il se trouve en effet sur la frange orientale de l'Empirium. En substance, les Achuultani doivent passer par Sol pour atteindre l'Empirium.

» Ce fut sans incidence pour votre planète pendant longtemps : rien n'aurait pu attirer l'attention des Achuultani sur ce système depuis la fin de la Première Incursion. Mais votre immunité a maintenant disparu. La technologie de votre civilisation est désormais assez avancée pour produire une signature électronique et neutrino que leurs instruments ne peuvent manquer de détecter.

— Mon Dieu ! » MacIntyre blêmit en prenant conscience de ce que cela impliquait.

« Précisément, capitaine. La position de votre soleil explique aussi la présence de *Dahak* dans cette région. *Dahak* était chargé de rester en détachement dans le système Noarl, exactement au centre de l'itinéraire suivi par les Achuultani lors de leurs incursions. Malheureusement – ou, plus précisément, du fait d'actions mal intentionnées – *Dahak* connut une défaillance catastrophique d'une des principales composantes de sa propulsion Enchanach alors qu'il était en route vers son poste. Le commandant Druaga fut contraint de s'arrêter ici pour effectuer des réparations.

— Mais, si les dommages étaient réparables, pourquoi êtes-vous encore ici ?

— Parce qu'il n'y avait en fait aucun dommage. » Le ton de Dahak restait tout aussi mesuré, mais MacIntyre, particulièrement sensible, avait l'impression d'y percevoir une colère rentrée. « C'est l'ingénieur en chef de *Dahak,* le capitaine Anu, du département des machines, qui fut à l'origine de cette défaillance. Il s'agissait d'une ruse dans le cadre d'une mutinerie contre l'autorité de la Spatiale.

— Une *mutinerie* ?

— Une mutinerie. Le capitaine Anu et une minorité de sympathisants au sein de l'équipage craignaient que l'incursion des Achuultani ne soit imminente. Puisque *Dahak* avait été choisi pour tenir un avant-poste situé directement sur la route d'une telle incursion, il courait très certainement à sa perte. Plutôt que de prendre un tel risque, les mutins décidèrent de s'emparer du vaisseau et de fuir vers une étoile lointaine, à la recherche d'une planète à coloniser.

— Était-ce faisable ? demanda MacIntyre, fasciné.

— Oui. Le rayon d'action de *Dahak* est en effet illimité, capitaine, et il possède des capacités techniques suffisantes pour inaugurer une base technologique solide sur n'importe quel monde habitable. L'équipage fournirait en outre un matériel génétique amplement suffisant pour former une population planétaire viable. De plus, la simulation d'une défaillance majeure des machines était une tactique habile pour empêcher que ne soit détectée la mutinerie jusqu'à ce que les mutins aient fui assez loin pour échapper aux autres unités de la Spatiale. Le capitaine Anu savait que le commandant Druaga, maître du bâtiment, transmettrait un rapport de dysfonctionnement. En l'absence d'un autre rapport ultérieur, le commandement central de la Spatiale supposerait alors que l'ampleur des dégâts avait entraîné la destruction du vaisseau.

— Je vois. Mais je suppute, à vous entendre parler au conditionnel, que la mutinerie a échoué…

— Inexact, capitaine.

— Elle a réussi alors ? demanda MacIntyre tout en se grattant la tête, étonné.

— Inexact, dit à nouveau Dahak.

— Voyons, il faut bien que ce soit l'un ou l'autre !

— Inexact, dit Dahak pour la troisième fois. La mutinerie, capitaine, n'a pas encore trouvé d'issue. »

MacIntyre poussa un soupir et se renfonça dans son siège, résigné, les bras croisés. La dernière affirmation de Dahak était absurde. Cependant, la manière dont il appréhendait des mots comme « absurde » prenait une certaine élasticité, comme sous l'effet de l'alcool.

« Très bien, dit-il enfin. Je vais vous donner satisfaction. Comment se fait-il qu'une mutinerie qui a commencé il y a cinquante mille ans n'ait pas encore trouvé d'issue ?

— À la base, dit Dahak, apparemment insensible à l'ironie de MacIntyre, il s'agit d'une situation inextricable. Le commandant Druaga avait donné l'ordre à Infomatrix de rendre l'intérieur du vaisseau inhabitable, de façon à contraindre à l'évacuation les mutins comme l'équipage loyal. Après quoi l'armement de *Dahak* devait permettre de maîtriser la situation. Seuls les officiers loyaux auraient eu l'autorisation de pénétrer à nouveau dans le vaisseau une fois l'intérieur décontaminé. À ce stade-là, l'autorité de la Spatiale aurait été restaurée.

» Cependant, à l'insu du commandant Druaga, le capitaine Anu avait implanté dans les ordinateurs de secours de l'ingénierie des instructions destinées à être appliquées en cas d'imprévu et il les avait isolées du réseau d'Infomatrix. Ces instructions visaient à détruire les centrales d'énergie internes de *Dahak*, ce qui avait pour but ultime de priver Infomatrix de toute source d'énergie et de le détruire par la même occasion. En tant qu'ingénieur en chef et fort de sa parfaite connaissance de la procédure de sabotage, il aurait pu effectuer les réparations relativement aisément et prendre ainsi le contrôle du vaisseau.

» Lorsque Infomatrix mit à exécution les ordres du commandant Druaga, l'ensemble des membres d'équipage loyaux abandonnèrent le vaisseau dans des appareils de sauvetage. Pour sa part, le capitaine Anu avait toutefois préparé en secret plusieurs parasites subluminiques, apparemment destinés à l'abandon de tous ceux qui auraient refusé de se soumettre à son autorité. Lors de ces événements, ses propres partisans utilisèrent les moyens de transport d'Anu ainsi qu'un petit nombre de parasites pour évacuer *Dahak*. Par conséquent, ils emportèrent avec eux une base technique tout entière et en état de marche, même si elle était limitée. En revanche, les loyalistes ne disposaient que des kits de secours de leurs appareils de sauvetage.

» Cela n'aurait eu aucune importance si les programmes de sabotage du capitaine Anu n'avaient pas presque entièrement accompli leur mission. Avant qu'Infomatrix prenne conscience de la présence de ces programmes et les désactive, trois cent dix des trois cent douze centrales de fusion nucléaire de *Dahak* avaient été détruites. La puissance interne de *Dahak* avait donc chuté en deçà de son minimum opérationnel. Il restait assez d'énergie pour exécuter un plan de défense selon les ordres du commandant Druaga, mais ce n'était pas assez pour décontaminer à la fois l'intérieur du vaisseau et effectuer des réparations d'urgence. Par conséquent, Infomatrix se trouva dans l'incapacité de procéder à l'exécution complète et immédiate de ses ordres. Il était nécessaire de réparer les dégâts avant qu'Infomatrix puisse procéder à la décontamination du vaisseau. Cependant, ces réparations revenaient quasiment à reconstruire les centrales et nécessitaient plus d'énergie qu'il n'en restait. En effet, les niveaux étaient si bas qu'il était impossible d'accéder à la principale centrale de *Dahak*. Ce qui signifiait en retour que les réserves de secours seraient vite épuisées et qu'il faudrait donc consacrer beaucoup de temps au rétablissement de ces réserves, entre deux brèves périodes de réparations mineures.

» Du fait de ces conditions extrêmes, Infomatrix ne fonctionna pas correctement durant des périodes sporadiques mais prolongées, même si pendant ce temps les programmes de défense automatiques demeurèrent opérationnels. Les enregistrements des scanners indiquent que sept parasites saisis par les mutins furent détruits pendant cette période de réparation, mais chaque action défensive épuisait un peu plus les réserves d'énergie et ralentissait encore les réparations en allongeant la durée des intervalles nécessaires pour rétablir les niveaux d'énergie et permettre la réactivation d'une partie suffisante d'Infomatrix pour diriger chacune des nouvelles étapes des travaux.

» C'est à cause de cela qu'environ onze décennies terriennes s'écoulèrent avant qu'Infomatrix retrouve toutes ses fonctions, bien qu'à des niveaux marginaux, et puisse dès lors amorcer la décontamination. Pendant cette période, les appareils de secours occupés par les loyalistes avaient cessé d'être opérationnels, de même que tout l'équipement de communication qui se trouvait à bord. Par conséquent, aucun de ces derniers ne pouvait revenir à bord de *Dahak*.

— Pourquoi ne pas être allé les chercher ? demanda MacIntyre. À supposer que certains d'entre eux soient restés en vie, bien entendu.

— Nombre d'entre eux survécurent. » Il y avait une nouvelle intonation dans la voix de Dahak. Presque douloureuse, comme s'il était embarrassé. « Hélas, il n'y avait aucun officier d'état-major parmi eux. C'est pourquoi aucun ne portait d'implants de communication de la Spatiale, ce qui rendait tout contact impossible. Et, sans un tel contact, les options de Dahak étaient limitées par les protocoles de commandement intégrés au programme principal d'Infomatrix. »

Le front de MacIntyre se plissa. Des protocoles de commandement ?

« C'est-à-dire ? finit-il par demander.

— C'est-à-dire, capitaine, qu'il était impossible à Infomatrix d'envisager de les récupérer, admit Dahak, et l'embarras de l'ordinateur ne faisait désormais plus aucun doute. Il faut que vous le compreniez : Infomatrix n'avait jamais été conçu par ses créateurs pour fonctionner de manière autonome. Même s'il était conscient au sens le plus grossier, Infomatrix ne possédait alors qu'une version très primitive et limitée des qualités que les humains désignent comme l'"imagination" et l'"initiative". De plus, la stricte obéissance aux ordres de supérieurs légitimes fait partie intégrante – et de façon tout à fait appropriée – des programmes principaux d'Infomatrix. Sans ordre visant à envoyer des embarcations pour récupérer les officiers loyaux, Infomatrix ne pouvait entreprendre une telle démarche ; sans communication, aucun officier loyal ne pouvait donner à Infomatrix l'ordre de procéder ainsi. À supposer, bien entendu, que ces officiers loyaux aient pu croire que *Dahak* était encore en état de marche pour pouvoir venir les récupérer.

— Bon sang! lâcha MacIntyre à voix basse. C'est l'impasse absolue!

— Précisément, capitaine. » Dahak semblait soulagé d'en avoir fini avec ces explications-là.

« Mais les mutins disposaient encore d'une base technique fonctionnelle, songea MacIntyre à voix haute. Que leur est-il arrivé du coup?

— Ils sont toujours sur Terre, dit calmement Dahak, et MacIntyre se redressa d'un coup.

— Vous voulez dire qu'ils y ont péri, n'est-ce pas? demanda-t-il nerveusement.

— Inexact, capitaine. Ils – ainsi que leurs parasites – sont encore là.

— C'est ridicule! Même à supposer que votre récit tout entier soit vrai, nous serions forcément conscients de la présence d'une civilisation extraterrestre avancée!

— Inexact, répondit patiemment Dahak. Leur installation a toujours été dissimulée sous la surface du continent que vous nommez l'Antarctique. Pendant les cinq mille dernières années terriennes, de petits groupes ont émergé pour se mêler brièvement à votre population puis sont retournés dans leur enclave pour rejoindre la masse de leurs compagnons en stase – en animation suspendue, selon vos propres termes.

— Bon dieu, Dahak! explosa MacIntyre. Êtes-vous en train de me dire que des monstres aux yeux d'insecte se promènent sur Terre sans même que personne ne les remarque?

— Négatif, capitaine. Les mutins ne sont pas des "monstres aux yeux d'insecte". Au contraire, ce sont des êtres humains. »

Colin MacIntyre s'affala dans son siège, le regard soudain rempli d'effroi.

« Vous voulez dire que…? murmura-t-il.

— Précisément, capitaine. Chaque humain né sur Terre est un descendant de l'équipage de *Dahak*. »

CHAPITRE QUATRE

MacIntyre se sentait engourdi. « Attendez, dit-il d'une voix enrouée. Attendez un peu ! Et qu'en est-il de l'évolution ? Bon sang, Dahak, l'*homo sapiens* est apparenté à tous les autres mammifères de la planète !

— Exact, dit Dahak sans aucune émotion. Après la chute du Premier Empirium, l'un des *empiria* non humains qui lui succédèrent réensemença de nombreux mondes touchés par les Achuultani. La Terre en faisait partie. De même Mycos, planète mère de l'espèce humaine qui fut aussi la capitale du Second Empirium jusqu'à sa destruction il y a quelque soixante et onze mille ans. On réensemença toutes les planètes de type terrestre avec la même faune ancestrale. Les néandertaliens n'étaient pas vos ancêtres mais plutôt de distants cousins. Et ils ne firent pas long feu, je le crains, face à l'équipage de *Dahak* et à ses descendants.

— Doux Jésus ! » souffla MacIntyre. Puis il plissa les yeux. « Dahak, est-ce que vous êtes en train de me dire que vous êtes resté à faire le planton, le cul en orbite, pendant cinquante mille ans et que n'avez absolument pas réagi ?

— On peut le formuler ainsi, admit Dahak, assez mal à l'aise.

— Mais pourquoi, bon sang de bon Dieu ?

— Que vouliez-vous que je fasse, capitaine ? Le commandant Druaga avait émis des ordres de catégorie un, priorité alpha, pour que j'élimine les mutins. Ce qui prévaut sur toute

autre directive qui ne serait pas au moins égale. Seul un ordre
du commandement central de la Spatiale peut en modifier le
contenu. Personne d'autre n'en a la capacité, pas même l'autorité qui les a émis. C'est pourquoi *Dahak* n'a pas d'autre option
que de rester dans ce système jusqu'à ce que les derniers mutins
aient été enfin capturés, jetés en prison ou anéantis.

— Alors pourquoi ne pas avoir cherché à obtenir de nouveaux ordres de ce fameux commandement central de la Spatiale ? grinça MacIntyre.

— Cela m'est impossible. L'attaque du capitaine Anu contre
le centre de communication a fait subir des dégâts irréparables.

— Vous pouvez reconstruire au moins trois cents centrales à
fusion nucléaire et vous n'êtes même pas fichu de réparer une
putain de radio ?

— La situation est un peu plus compliquée, capitaine, rétorqua Dahak sur un ton que MacIntyre interpréta malgré lui
comme une retenue fort appréciable. On effectue les transmissions supraluminiques via le communicateur pluridimensionnel, plus connu sous le nom d'"hypercom", dérivé extrêmement
subtil du communicateur à "distorsion spatiale" et à moins
longue portée qu'utilise le personnel de la Flotte. Ils comportent
l'un comme l'autre des éléments issus de la science hyperspa-
tiale et gravitonique qui font subir une distorsion à l'espace normal et permettent de faire coïncider point par point deux foyers
lointains. Mais, dans le cas de l'hypercom, ces distorsions ou
"torsions" peuvent couvrir des distances de plusieurs milliers
d'années-lumière. Un transmetteur hypercom est une installation massive. Certains de ses composants essentiels sont fabri-
qués à base de mycosan, un élément synthétique qui ne peut
être produit à partir des ressources à bord du vaisseau. Étant
donné que toutes les pièces de rechange se trouvent actuellement à bord des parasites du capitaine Anu, il est impossible de
procéder aux réparations. *Dahak* peut recevoir mais ne peut pas
effectuer de transmissions hypercom.

— C'est la seule manière dont vous pouvez communiquer ?

— L'Empirium a abandonné les communications primitives à vitesse luminique plusieurs millénaires avant la mutinerie, capitaine. Malgré tout, devant l'évidence qu'il était impossible de réparer l'hypercom de *Dahak* et qu'aucune unité de la Spatiale n'avait été dépêchée pour enquêter sur le premier rapport de panne, Infomatrix construisit un émetteur radio pour pouvoir envoyer un rapport à vitesse luminique à la base de la Spatiale la plus proche. Selon toute probabilité, l'Empirium n'aurait jamais abandonné une base aussi importante et Infomatrix en conclut donc que les destinataires du message ne l'avaient pas reconnu. Quelle qu'en soit la raison, le commandement central de la Spatiale ne répondit jamais, ce qui rendait impossible la modification des instructions prioritaires de Dahak.

— Mais cela n'explique pas pourquoi vous n'avez pas exécuté ces ordres et anéanti ces rats alors même qu'ils quittaient le navire ! grogna MacIntyre sur un ton venimeux.

— C'est une interprétation inexacte des ordres d'Infomatrix, capitaine. D'après les instructions du commandant Druaga, seuls les vaisseaux mutins qui *se seraient approchés* à moins de cinq mille kilomètres devaient être détruits. Elles ne spécifiaient pas l'anéantissement d'appareils mutins *quittant Dahak*.

— Ah non ! » MacIntyre s'interrompit, puis il se mit à réciter en silence la liste des noms des présidents. « Très bien, reprit-il enfin. C'est à peu près plausible. Mais pourquoi ne pas les avoir rayés de la planète depuis ? Cela va sans aucun doute dans le sens des ordres de Druaga, non ?

— En effet. Une telle action entrerait cependant en conflit avec les programmes centraux de priorité alpha. Ce vaisseau a la capacité de pénétrer les défenses que le capitaine Anu a mises en place pour protéger son enclave, mais uniquement en ayant recours à des armes qui anéantiraient soixante-dix pour cent

des humains de la planète. La destruction d'êtres doués de raison, à l'exception des Achuultani, est prohibée, sauf en cas de
légitime défense.

— Mais qu'ont-ils bien pu faire pendant tout ce temps ?

— Je ne suis certain de rien, admit Dahak. Mes senseurs ne
peuvent pénétrer leurs systèmes de défense, et ils ont apparemment choisi de largement recourir au camouflage. Il m'est
impossible de procéder à une analyse pertinente faute de pouvoir espionner leurs conseils intérieurs.

— Vous devez bien avoir une petite idée !

— Affirmatif. Mais ayez toutefois l'amabilité de garder à
l'esprit que tout cela n'est que spéculation et rien d'autre.

— Eh bien, allez-y ! Spéculez, bon sang !

— Compris, dit calmement Dahak. D'après moi, les mutins
ont interagi avec les humains nés sur Terre depuis le moment
où la population de votre planète a atteint une densité suffisante
pour que naissent des civilisations indigènes. À l'origine, ces
contacts étaient directs, d'où la création de divers panthéons
aux divinités anthropomorphes. Cependant, les mutins se sont
faits discrets auprès de votre propre civilisation occidentale,
notamment depuis votre seizième siècle. Ils ont visé à l'accélération de votre développement technologique. Notez bien que
cette attitude diffère radicalement de la démarche première des
mutins qui cherchaient avant tout à promouvoir la superstition,
les religions et pseudo-religions, au détriment du rationalisme et
de la pensée scientifique.

— Pourquoi voulaient-ils ralentir notre développement ?
demanda MacIntyre. Et, si c'est le cas, pourquoi changer de
tactique ?

— D'après moi, ils voulaient prévenir l'émergence d'une
technologie indigène qui aurait pu menacer leur propre sécurité
d'une part, ou bien attirer les Achuultani d'autre part. N'ou-
bliez pas qu'ils s'étaient mutinés pour se préserver et éviter
d'être anéantis par les Achuultani.

» Tout récemment, cependant (et MacIntyre grimaça en entendant qualifier ainsi le seizième siècle), leur objectif a changé. Peut-être croient-ils que l'incursion qu'ils redoutaient a déjà eu lieu et qu'ils sont en sécurité, peut-être y a-t-il eu un changement à leur tête, suivi d'un revirement politique. Je pense cependant qu'ils sont parvenus à la conclusion que *Dahak* n'est pas et ne sera plus jamais entièrement opérationnel.

— Quoi ? Et quelle importance ?

— S'ils supposaient, comme j'en pose le postulat, que les générateurs de *Dahak* ont été endommagés au-delà du réparable, cela aurait son importance. Le capitaine Anu ne peut ignorer la nature des dernières instructions du commandant Druaga. Étant donné qu'il ne sait pas que ces ordres exigeaient que *Dahak* reste à son poste, il peut tout aussi bien en être arrivé à la conclusion suivante : *Dahak* ne part pas chercher de l'aide car il ne peut plus effectuer de voyages supraluminiques. Ce qui serait pourtant possible s'il lui restait assez d'énergie pour effectuer les réparations, puisqu'il n'y avait jamais eu de panne du système de propulsion Enchanach. Anu peut très bien avoir interprété la présence de *Dahak* ici comme la preuve tangible d'une incapacité quasi totale.

— Mais alors pourquoi ne pas partir à l'abordage ?

— Parce que *Dahak* a montré à plusieurs reprises qu'il lui restait assez d'énergie pour exécuter ses programmes défensifs automatiques, même s'il n'a pas tiré sur le vaisseau spatial primitif que les Terriens d'origine ont envoyé sur leur lune. C'est pourquoi Anu pense peut-être que Dahak est trop endommagé pour pouvoir reprogrammer ses systèmes de défense afin d'intercepter les appareils produits localement. À supposer que ce raisonnement entièrement spéculatif soit exact, il est possible qu'il compte encourager la production de vaisseaux intersidéraux sur votre planète afin d'échapper enfin à votre système solaire. Cette théorie s'accorde avec mes observations, y compris les deux guerres mondiales et la guerre froide américano-

soviétique du vingtième siècle. En effet, le secteur recherche et
développement s'est alors trouvé sous pression, poussé par les
exigences militaires.

— Mais la guerre froide est finie depuis des décennies, fit
remarquer MacIntyre.

— Exact. Cependant, cela n'infirme en rien mon hypothèse.
Voyez-vous, capitaine, les superpuissances du siècle dernier se
sont rapprochées pour pouvoir lutter ensemble contre le mili-
tantisme montant de ce que vous nommez le "tiers-monde",
notamment contre les blocs politico-religieux unis autour de
l'Islam radical et de l'Alliance asiatique. C'est ce qui a permis la
fusion des bases technologiques du monde développé – paneu-
ropéenne, russe, nord-américaine et australo-japonaise – sans
relâcher la pression militaire pour autant. De plus, certains éléments appartenant à la technologie impériale ont fait leur apparition dans votre civilisation. Vos instruments de surveillance
gravitonique en donnent un exemple majeur, car ils représentent une avance de plusieurs siècles sur le reste.

— Je vois. » MacIntyre examina la logique de l'ordinateur
avec attention. Il était si captivé par l'histoire de Dahak qu'il en
avait presque oublié son propre rôle dans tout ça. « Mais pourquoi encourager la construction de vaisseaux interstellaires ?
Pourquoi ne pas tout simplement utiliser un bâtiment "produit
localement" pour reprendre le contrôle de *Dahak* ?

— C'est peut-être justement l'intention d'Anu, capitaine. En
effet, si votre appareil n'avait pas tiré sur mon annexe, j'aurais
pu considérer que telle était la mission de votre sonde... Auquel
cas je vous aurais détruit. » MacIntyre frémit en entendant le
calme avec lequel Dahak disait cela. « Mes bioscans prélimi-
naires indiquaient que vous n'étiez pas vous-même un mutin,
mais, si vous aviez requis l'accès à bord ou bien si vous n'aviez
pas résisté – en fait, si vous aviez fait quoi que ce soit susceptible de trahir que vous aviez conscience de l'existence de
Dahak, voire fait seulement mine de vouloir entrer –, mon pro-

gramme central aurait au moins envisagé la possibilité que vous soyez au service du capitaine Anu, ce qui ne m'aurait pas laissé d'autre option que celle de vous détruire, conformément aux ultimes directives du commandant Druaga.

» Cependant, continua sereinement l'ordinateur, je ne crois pas qu'Anu aurait procédé de cette façon-là. De deux choses l'une : soit *Dahak* avait assez d'énergie pour réparer ses dommages, auquel cas le vaisseau serait en effet parfaitement opérationnel et l'aurait détruit, lui ou ses hommes de main, soit il n'en avait pas assez pour décontaminer l'intérieur et, dans ce cas-là, il serait impossible d'entrer sans recourir à la technologie impériale, ce qui *activerait* les programmes de défense encore opérationnels. » MacIntyre eut la nette impression qu'il entendait l'équivalent d'un haussement d'épaules verbal. « Dans un cas comme dans l'autre, *Dahak* ne lui servirait à rien.

— Il s'attend pourtant à ce que vous laissiez sortir du système solaire des vaisseaux interstellaires produits localement ? demanda MacIntyre, sceptique.

— Si cette unité n'était en effet pas entièrement opérationnelle, dit patiemment Dahak, les programmes de défense automatiques ne s'intéresseraient pas à des vaisseaux quittant ce système stellaire.

— Mais vous êtes opérationnel. Alors que feriez-vous ?

— J'enverrais au moins un parasite armé à portée de ses bioscanners et j'identifierais l'équipage. Si je détectais la présence de mutins à bord, je n'aurais d'autre choix que de les détruire. »

MacIntyre fronça les sourcils. « Euh... pardon, Dahak, mais ne serait-ce pas là une interprétation un peu libre de vos ordres ? Vous avez bien laissé s'échapper les mutins qui ont rejoint la planète car vous n'aviez pas reçu l'ordre de les arrêter, n'est-ce pas ?

— C'est exact, capitaine. Il m'est apparu cependant que la première interprétation d'Infomatrix des ordres du commandant Druaga, même si elle était fondamentalement correcte, ne prenait pas entièrement en compte ses intentions. Une analyse postérieure suggère que, si Druaga avait su que les mutins emploieraient des parasites aussi faciles à distinguer des appareils de sauvetage des loyalistes, il aurait ordonné leur destruction immédiate. Que cette spéculation soit exacte ou non, il n'en reste pas moins qu'aucun mutin ne peut être autorisé à quitter ce système stellaire d'une manière ou d'une autre. Laisser s'échapper un équipage mutin entrerait en conflit avec les ordres de priorité alpha reçus par *Dahak* pour qu'il réprime la mutinerie.

— Je vois », murmura MacIntyre, puis il fit une pause tandis qu'une nouvelle pensée lui traversait l'esprit. « Attendez un peu. Vous dites qu'Anu présume que vous n'êtes plus opérationnel.

— Inexact, capitaine, l'interrompit Dahak. Je ne suis parvenu à cette conclusion que par pure déduction.

— Très bien, alors il s'agit d'une hypothèse. Mais, dans ce cas, ne venez-vous pas de vendre la mèche ? Vous n'auriez pas pu vous emparer de mon Beagle si vous n'aviez pas été opérationnel, pas vrai ?

— C'est exact, concéda Dahak, mais rien ne le prouve.

— Quoi ? Eh bien, qu'est-ce qu'Anu peut s'imaginer d'autre alors, bon sang ?

— J'avais l'intention de lui faire croire que la perte de votre vaisseau était due à une panne.

— *La perte ?* s'écria MacIntyre en se redressant d'un coup de sa couche. Qu'est-ce que vous entendez par "perte" ?

— Commandant, dit Dahak en s'excusant presque, je n'avais pas le choix. Si le capitaine Anu parvient à la conclusion que *Dahak* est bien en état de fonctionner, il est possible qu'il prenne d'autres mesures préventives. Actuellement, la destruction des défenses de son enclave par la force brute anéantirait soixante-dix pour cent des Terriens. S'il prend peur au point de les renforcer encore, nous risquons de nous retrouver dans une impasse.

— Je ne vous ai pas demandé pourquoi vous aviez fait ça ! éructa MacIntyre. Je vous ai demandé ce que vous vouliez dire par "perte", bon sang ! »

Dahak ne répondit pas directement. Au lieu de cela, MacIntyre entendit soudain une autre voix, *la sienne*, parler sur le ton haché et dépourvu d'émotion que tout pilote d'essai semblait adopter en cas de catastrophe.

« ...OS. SOS. Base Heinlein, ici Papa-Mike Un-Rayon-X. Je signale une explosion dans la cellule de carburant numéro trois. Fonctionnement négatif des principaux ordinateurs de vol. Réponse négative du contrôle d'altitude. Je répète, réponse négative du contrôle d'altitude.

— Ici Heinlein, bien reçu, Un-Rayon-X, répondit une voix nasillarde. » Il reconnaissait ce doux accent du Sud, pensait-il avec un drôle de détachement. Sandy Tillotson, le lieutenant-colonel Sandra Tillotson, oui. « Nous vous avons sur le radar.

— Alors vous voyez ce que je vois, Sandy, dit calmement sa propre voix. Temps estimé avant impact : dix minutes. »

Il y eut une courte pause, puis la voix de Tillotson reprit, sur un ton aussi calme et monocorde que le « sien » :

« Affirmatif, Colin.

— Je vais tenter ma chance et relancer les moteurs en catastrophe, dit sa voix. Mon appareil file en chute libre, mais, si j'arrive à redresser au bon moment...

— Compris, Colin. Bonne chance.

— Merci. Je procède à l'allumage... maintenant. » Il y eut une autre courte pause, et il s'entendit soupirer. « Ne vous réjouissez pas trop vite, Sandy. C'est raté. Dites à Sean que... »

Puis le silence.

MacIntyre déglutit. Il venait juste de s'entendre mourir. C'était loin d'être agréable. Et prendre conscience de la manière dont Dahak avait totalement effacé ses traces ne l'était guère plus. Aux yeux du monde entier, le capitaine Colin MacIntyre avait cessé d'exister, car personne ne se demanderait ce qu'il était advenu de lui après l'arrivée des équipes sur les lieux de l'accident. Il n'avait jamais douté de l'existence d'un site mais, étant donné la nature du « crash » qu'il venait juste d'entendre, il ne resterait que quelques minuscules débris.

« Espèce de salaud, dit-il à mi-voix.

— Je n'avais pas le choix, répondit Dahak, imperturbable. Si vous aviez terminé votre vol en rapportant la preuve de l'existence de *Dahak*, vos supérieurs n'auraient-ils pas aussitôt monté une mission d'exploration ? » MacIntyre grinça des dents et refusa de répondre.

« Que vouliez-vous que je fasse, capitaine ? Le capitaine Anu ne peut pénétrer à l'intérieur du vaisseau en utilisant les parasites dans lesquels il s'était enfui sur Terre, mais pouvais-je avoir la certitude qu'il n'avait pas suborné un humain né sur Terre pour qu'il explore l'intérieur de *Dahak* ? Souvenez-vous que mes programmes fondamentaux m'obligeraient à considérer que tout appareil cherchant à entrer de façon délibérée, sans fournir les codes exacts de la Spatiale, est aux mains des mutins. Pensez-vous vraiment que j'aurais dû me conformer à ces ordres et tirer sur tout ce qui se serait approché ? Ce qui aurait impliqué la destruction de toutes les enclaves que votre peuple a construites sur la Lune. Vous devez aussi comprendre que toute autre ligne d'action n'aurait fait que confirmer les soupçons d'Anu. De fait, n'était-il pas logique de présumer qu'Anu pouvait être plus ou moins directement à l'origine d'une mission visant à pénétrer à l'intérieur de *Dahak* – ou même de toute autre activité sur la Lune ?... »

MacIntyre savait que Dahak n'était qu'une machine, mais il percevait un désespoir sincère dans le ton de sa voix douce. C'est pourquoi il ressentait malgré lui une certaine compassion pour ce vaisseau pris dans un aussi profond dilemme.

Il baissa les yeux et regarda ses poings serrés tandis qu'une colère pleine d'amertume se mêlait à un sentiment d'horreur mâtiné de pitié. En effet, *Dahak* était bien une machine, mais il était doué de conscience, et MacIntyre sentit son cœur se serrer en imaginant l'isolement infini du vaisseau. Pendant cinquante et un millénaires, ce formidable bâtiment était resté en orbite autour de la Terre. Il était assez puissant pour pulvériser la planète et pourtant à jamais incapable d'exécuter ses ordres, tiraillé entre deux directives opposées qu'il ne parvenait pas à résoudre. La seule pensée de ce purgatoire suffit à lui glacer les sangs. Mais la compassion ne changeait rien à son propre sort. Dahak l'avait « tué ». Il ne pourrait plus jamais revenir chez lui. Il en avait conscience et ça le rendait fou de colère.

L'ordinateur était silencieux, comme pour lui laisser le temps d'encaisser l'idée qu'il partagerait désormais le même exil sans fin. MacIntyre serra les poings un peu plus fort. Ses ongles lui entaillaient la chair mais il endurait sans broncher. La douleur lui permettait de penser à autre chose. Il s'efforçait de reprendre le contrôle de ses émotions.

« Très bien, finit-il par dire d'un ton grinçant. Et maintenant ? Qu'est-ce qu'on fait ? Pourquoi ne m'as-tu pas tout simplement tué une bonne fois pour toutes ?

— Commandant, dit Dahak d'une voix douce, sans avoir la certitude que vos intentions étaient hostiles, je ne pouvais détruire votre vaisseau sans violer mes programmes fondamentaux de priorité alpha. Mais, quand bien même c'eût été le cas, j'aurais agi différemment. J'ai en effet capté des hypercoms en provenance de postes de surveillance inhabités situés le long de la route traditionnellement empruntée par les Achuultani lors de leurs précédentes incursions. Ils ont détecté une nouvelle invasion et ont donné l'alerte à l'intention de la Spatiale. »

MacIntyre blêmit lorsqu'un sentiment d'horreur bien plus terrible éclipsa subitement le choc et la fureur qu'il avait ressentis en s'entendant « mourir ».

« Je n'ai toutefois capté aucune réponse, capitaine, dit l'ordinateur encore plus doucement. Le commandement central de la Spatiale ne répond pas. Aucune mesure défensive n'a été prise.

— Non ? fit MacIntyre dans un souffle.

— Non, capitaine. Et c'est ce qui a déclenché encore un autre ordre de priorité alpha. *Dahak* est une unité de la Spatiale consciente de l'existence d'une menace pour la pérennité de l'Empirium, et je n'ai pas d'autre choix que d'y répondre... mais je ne peux rien faire tant que la mutinerie n'aura pas été réprimée. C'est une situation qu'Infomatrix ne peut résoudre, et pourtant il le faut. C'est pourquoi j'ai besoin de vous.

— Mais que puis-je donc faire ? murmura MacIntyre d'une voix rauque.

— C'est très simple, capitaine MacIntyre. D'après le règlement de la Spatiale numéro cinq-trois-trois, sous-section neuf-un, article dix, le commandement actif de toute unité de la Spatiale revient au plus gradé des membres d'équipage encore en vie. Selon le règlement trois-sept, sous-section un-trois, tout descendant de l'équipage assigné sur un vaisseau pendant un déploiement donné en devient automatiquement membre pour la durée de ce déploiement. Or aucun ordre du commandement central de la Spatiale n'est venu mettre officiellement fin au déploiement du commandant Druaga. »

MacIntyre laissa échapper un son étranglé pour signifier son refus horrifié, mais Dahak poursuivit, implacable :

« Commandant, vous êtes le descendant direct de l'équipage loyal du commandant Druaga. Vous vous trouvez à bord de *Dahak*. Par définition, vous devenez donc le haut plus gradé de l'équipage de *Dahak*, et de ce fait... »

Les cris étranglés de MacIntyre avaient maintenant la tonalité d'une supplication empreinte de terreur.

« ... c'est à vous que revient le commandement. »

Il se défendit, bien entendu.

Son sentiment d'avoir été trahi se dissipa, car il semblait quelque peu mesquin de se préoccuper de son propre sort devant une catastrophe d'une telle ampleur cosmique. Cependant, cette idée-là était... enfin... c'était ridicule, même s'il avait tendance à abuser du mot ces derniers temps. Il était sans l'ombre d'un doute totalement, parfaitement inapte à assumer pareille tâche, et c'est ce dont il fit part à Dahak.

Mais le vieux vaisseau était têtu et il argumenta en ces termes : MacIntyre était pilote de vaisseau spatial, entraîné, il avait reçu une formation militaire et il avait l'étoffe d'un chef. Ce qui, souligna MacIntyre avec âpreté, signifiait en gros qu'il était tout à fait qualifié pour pagayer dans des canoës aborigènes et tout aussi versé dans la tactique FTL qu'un hoplite grec. Mais, rétorqua Dahak, il ne s'agissait là que de questions d'apprentissage : il avait les dispositions mentales nécessaires. Et quand bien même, ce qui comptait vraiment, c'est qu'il avait le rang requis pour occuper cette fonction. Ce qui, répliqua MacIntyre, revenait tout simplement à dire qu'il appartenait à l'espèce humaine. Excepté, ajouta Dahak, qu'il était le *premier* être humain à avoir réembarqué sur *Dahak*. Il avait donc priorité sur tout autre Terrien – à l'exclusion des mutins qui, par leurs propres agissements, avaient perdu leur rang et leur statut au sein de l'équipage.

Et ils poursuivirent ainsi des heures durant... jusqu'à ce que MacIntyre ait la voix enrouée et que l'épuisement commence à le faire fléchir. Il finit par lâcher la proposition suivante : il accepterait le commandement le temps de pouvoir le confier à un ou plusieurs individus mieux qualifiés. Dahak fit montre d'une légère irritation, lui sembla-t-il, en excluant cette possibilité. MacIntyre était le premier humain à monter à bord depuis cinquante et un milliers d'années ; il aurait donc toujours la priorité absolue.

Ce qui le rendait irremplaçable.

C'était parfaitement injuste, pensa MacIntyre avec lassitude. Ce Dahak était une machine. Ça – ou plutôt « il », car c'est ainsi qu'il en était venu à considérer l'ordinateur – pouvait continuer à argumenter ainsi jusqu'à ce que lui-même tombe d'épuisement... et il semblait tout à fait prêt à le faire...

MacIntyre présumait que bien d'autres auraient sauté sur l'occasion de prendre le commandement d'un vaisseau capable de vaporiser des planètes – et c'était bien la preuve qu'ils ne le méritaient certainement pas –, mais, pour sa part, il n'en voulait pas ! Oh, il ressentait l'attrait du pouvoir et, bien plus, la tentation de faire faire un bond en avant de dix ou quinze mille ans à l'exploration terrienne de l'univers. Et il était tout à fait prêt à admettre que *quelqu'un* devait aider le vieux vaisseau. Mais pourquoi fallait-il que ça tombe sur lui ?

Il se renfonça dans son siège, vaguement mécontent de ne pouvoir se recroqueviller sur lui-même et bouder, car la surface ergonomorphique de son fauteuil l'en empêchait, et c'est alors qu'il eut l'impression d'avoir à nouveau six ans. Comme quand il se disputait pour savoir qui serait le shérif et qui le voleur de chevaux.

À cette pensée, il gloussa malgré lui. Il fit alors un grand sourire, surpris par cet humour chargé de lassitude. Dahak avait manifestement l'intention de continuer à argumenter jusqu'à le faire céder. Comment pourrait-on épuiser la patience d'une machine qui avait monté la garde, seule, cinquante millénaires durant ? Par ailleurs, il se sentait un peu honteux ne serait-ce que d'essayer. Si Dahak avait pu accomplir cette tâche pendant une durée aussi incroyable, comment pouvait-il, lui, MacIntyre, ne pas accepter ses propres responsabilités vis-à-vis de l'humanité ? Et, s'il se retrouvait dans une situation similaire à la manœuvre d'entraînement dite du Birkenhead, il pourrait au moins tenter de faire de son mieux avant que coule le navire.

MacIntyre finit par accepter, et, à sa surprise, ce fut presque facile. Ça lui fichait une sacrée trouille, mais c'était une autre histoire. Après tout, n'était-il pas pilote spatial, représentant d'une espèce par définition arrogante ? Il y avait longtemps, MacIntyre avait accepté l'idée qu'il s'était engagé dans la Navy puis s'était fait transférer à la NASA parce qu'en son for intérieur il soupçonnait qu'il pouvait relever n'importe quel défi et qu'il en avait la volonté. Et voilà où ça l'avait conduit, pensa-t-il ironiquement. Il avait sué des perles de sang pour participer à la mission Prométhée, tout ça pour se retrouver à jouer une partie dont les enjeux dépassaient ses rêves les plus fous. Mais à présent les jetons étaient sur la table... et encore d'autres clichés du même genre.

« Très bien, Dahak, dit-il dans un soupir. J'abandonne. J'accepte ce fichu boulot.

— Merci, commandant, répondit Dahak avec empressement, et Colin frémit.

— J'ai dit que j'acceptais, mais cela ne signifie pas que je sache comment faire, ajouta-t-il pour se défendre.

— J'en suis conscient, commandant. Mes capteurs indiquent que vous avez terriblement besoin de repos en ce moment. Lorsque vous aurez recouvré vos forces, nous pourrons vous faire prêter serment et commencer votre éducation ainsi que les traitements biotechniques.

— Et ces traitements biotechniques, de quoi s'agit-il exactement ?

— Rien de dommageable, commandant. Le programme destiné à l'officier de passerelle comprend des amplificateurs sensoriels, des neurocapteurs pour les interfaces computiques, des modèles d'authentification d'ordres autorisés, l'implant du communicateur de la Spatiale et la greffe de biosenseurs, un renforcement du squelette, l'amélioration des muscles et des tissus, et enfin des traitements standard d'hygiène, d'immunisation et de renouvellement des tissus.

— Mais attendez un peu, Dahak ! Je me trouve très bien comme ça !

— Commandant, je veux bien faire preuve d'indulgence face au manque d'expérience et à l'esprit de clocher, mais je ne puis croire ce que vous venez de dire. Dans votre état actuel, vous pourriez à peine soulever une charge de cent cinquante kilos, et j'estimerais votre espérance de vie probable à un siècle terrien au plus dans des conditions optimales.

— Je pourrais… » MacIntyre s'interrompit tandis que s'éteignait une lueur dans ses yeux. « Dahak, dit-il au bout d'un moment, quelle était l'espérance de vie des membres de ton équipage ?

— L'espérance de vie moyenne dans la Spatiale est de cinq virgule sept-neuf-trois siècles terriens, dit calmement Dahak.

— Wouf, lâcha MacIntyre d'un ton mordant.

— Bien sûr, commandant, si vous insistez, je n'aurai pas d'autre choix que d'abandonner la partie biotechnique de votre entraînement. Il me faut cependant souligner, avec tout le respect que je vous dois, que, si vous deviez affronter par la suite l'un des mutins, votre adversaire aurait approximativement huit fois votre force, un temps de réaction trois fois inférieur au vôtre et une structure osseuse ainsi qu'un système circulatoire capables d'encaisser jusqu'à onze fois les dommages que pourrait supporter votre propre organisme. »

MacIntyre cligna des yeux. Il n'était pas vraiment fan du terme « biotechnique ». Ça sentait la chirurgie, l'hospitalisation et autres désagréments analogues. Mais par ailleurs… oui, oh que oui… par ailleurs…

« Eh bien, Dahak, dit-il finalement, si ça peut vous faire plaisir. J'avais l'intention de me remettre au sport de toute façon.

— Merci, commandant. » Et, s'il y avait une certaine suffisance dans le ton mielleux de l'ordinateur, le commandant Colin MacIntyre en service actif, quarante-troisième officier en chef de l'unité de la Flotte de l'Empirium *Dahak*, immatriculation 177291, choisit de l'ignorer.

CHAPITRE CINQ

MacIntyre poussa un soupir de soulagement en se laissant glisser dans le tourbillon d'eau brûlante, puis il s'adossa contre la paroi galbée du bassin et se mit à inspecter ses quartiers. Eh bien, tels étaient les quartiers d'un commandant, voilà. Il présumait qu'il était logique d'installer confortablement un homme assigné à la tête d'un déploiement d'une durée de vingt-cinq ans, mais là !...

Son jacuzzi était assez grand pour accueillir au moins douze personnes, conçu pour offrir une vraie séance de relaxation. Il posa son verre vide sur une des étagères rétractables et regarda l'autobar intégré le remplir à nouveau. Puis il régla les jets d'eau avec ses orteils et se laissa aller avec délice tout en sirotant.

Ce qui l'impressionnait vraiment, c'était l'espace. Le haut plafond formait une arche digne d'une cathédrale au-dessus de son jacuzzi, baigné d'une douce lumière qui semblait venir de nulle part. Les murs – il ne pouvait franchement pas parler de « cloisons » – étaient revêtus de panneaux de bois précieux à la douce patine, polis à la main. Tout vampire du prolétariat milliardaire aurait envié les œuvres d'art qui ornaient cette chambre luxueuse. Une statue le fascinait en particulier. Il s'agissait d'une licorne aux oreilles de lynx en train de ruer qui semblait trop « vraie » pour ne pas être réelle : MacIntyre ressentit une crainte étrangement mêlée de joie en contemplant la véritable forme d'origine extraterrestre de l'un des plus anciens mythes de son monde d'origine.

Cependant, le panorama éclipsait jusqu'à l'ameublement. Le jacuzzi se trouvait en effet sur un balcon au second étage au-dessus d'un immense atrium enveloppé par les riches senteurs humides de la terre et de la duveteuse verdure extraterrestre, tandis que de douces brises agitaient les branchages feuillus et les efflorescences aux couleurs vives. Le toit était invisible sous un ciel bleu qui aurait pu être terrestre sans un soleil d'un jaune un rien trop intense.

Et ce n'était là, se dit MacIntyre, que l'une des pièces de sa suite. Il savait que le rang avait ses privilèges, mais il n'aurait jamais imaginé une telle magnificence ni tant d'espace. Sans doute parce qu'il considérait encore *Dahak* comme un vaisseau. C'était bien le cas, mais à une échelle si extraordinaire que le concept de « vaisseau » en perdait toute signification.

Il avait cependant payé le prix pour toute cette splendeur, songea-t-il tout en fouettant l'eau de ses pieds comme un gamin afin de décontracter les quelques crampes qu'il avait aux mollets. Il lui semblait injuste de devoir souffrir ainsi après ce qu'il avait enduré ces derniers mois. Par ailleurs, il devait encore s'adapter aux changements externes et internes que Dahak lui avait fait subir… et, si ce dernier s'avisait encore de parler d'altérations « mineures », il avait bien l'intention de découvrir si l'équivalent d'un passage sous la quille figurait dans les règlements de la Spatiale concernant les ordinateurs.

La vie d'un officier pilote de la NASA n'était pas de tout repos, mais Dahak avait donné un sens entièrement nouveau à la notion d'épuisement. Beaucoup plus jeune à cette époque-là, Colin MacIntyre trouvait la « semaine infernale » à Annapolis éprouvante, mais, une fois parvenu à Pensacola, il avait compris que l'école de pilotage était ce qu'il y avait de pire… avant d'en arriver aux éliminatoires et au programme d'entraînement de la mission Prométhée. Mais, au bout du compte, tout cela n'était plus désormais qu'un exercice préparatoire au programme d'entraînement prévu pour le commandant de *Dahak*.

Et la pression n'en était pas moins forte du fait des inévitables écueils rencontrés. Dahak était une machine, voilà qui résumait tout. On l'avait conçu à des fins précises. Il était aussi, du seul fait de sa longévité et de l'étendue de ses connaissances, bien plus cosmopolite (au sens le plus littéral du terme) que son « commandant », mais il n'en demeurait pas moins une machine.

Ce qui lui donnait une perspective assez différente, avec des conséquences intéressantes. Par exemple, il était évident pour Dahak que le Quatrième Empirium était la source première de toute autorité véritable et primait par définition sur des institutions aussi primitives et éphémères que les États-Unis d'Amérique.

MacIntyre voyait les choses un peu différemment, et Dahak s'était trouvé décontenancé lorsque son nouveau capitaine avait obstinément refusé de prêter aucun serment qui puisse entrer en conflit avec celui d'un officier de la marine des États-Unis, lequel était encore valide.

Au bout du compte, ce refus avait semblé lui faire plaisir à contrecœur, comme s'il venait confirmer que MacIntyre était un homme d'honneur, ce qui ne l'avait pas empêché de tenter de le faire changer d'avis. Il avait souligné le fait que les devoirs de l'humanité vis-à-vis du Quatrième Empirium précédaient ses devoirs envers toute autorité purement terrestre – que les États-Unis n'étaient, après tout, qu'une organisation au pouvoir temporaire, bâtie sur une île déserte pour réguler les affaires d'une petite partie de l'équipage d'un vaisseau naufragé. Dahak s'était montré éloquent, il s'était presque fait poète, mais en vain : MacIntyre demeurait inflexible.

Ils aboutirent enfin à un compromis, même si Dahak ne l'acceptait qu'à contrecœur. Après avoir fait l'expérience du dilemme posé par ses propres ordres de « priorité alpha », Dahak était manifestement mécontent de voir son nouveau commandant prêter serment « dans la mesure où son obéissance au commandement central de la Spatiale et au Quatrième

Empirium n'exigerait de lui aucun acte ni aucune attitude passive qui pût nuire aux États-Unis d'Amérique ». Malgré tout, si c'était la seule manière de se trouver un commandant, l'antique bâtiment de guerre était prêt à céder.

Il était pourtant parfaitement juste que Dahak doive lui aussi faire face à quelques surprises. Même si MacIntyre avait compris (bien que tout ne fût pas clair) et redouté la responsabilité qu'on lui avait demandé d'assumer, il n'avait pas envisagé toutes les implications d'un tel engagement. C'était probablement aussi bien, puisqu'il aurait refusé tout net s'il avait su à quoi s'attendre.

C'était le cas de « l'augmentation biotechnique ». Ce terme lui déplaisait depuis le début. En tant qu'astronaute, il avait assez donné dans le rôle du cobaye expérimental, mais la perspective d'une plus grande longévité et d'une force démultipliée était séduisante. Hélas, l'idée qu'il s'était faite, influencé par la médecine du vingt et unième siècle, de ce que la science du Quatrième Empirium était capable d'accomplir s'était révélée tout aussi caduque que son concept de « vaisseau ».

MacIntyre avait atteint le paroxysme de l'angoisse en découvrant qu'il était censé passer sous le scalpel d'un ordinateur, et notamment lorsqu'il avait saisi à quel point cette opération « inoffensive » était radicale. En effet, Dahak avait l'intention de le mettre en pièces puis de le réassembler pour en faire un nouveau modèle amélioré, doté de tous les avantages de la technologie moderne. C'est alors qu'avait surgi des tréfonds de son inconscient un sentiment proche de l'hystérie à l'idée de devenir, pour tout dire, un cyborg. Comme s'il craignait que le docteur Jekyll ne se transforme en *mister* Hyde. Il avait résisté avec toute l'obstination propre à l'effroi, mais Dahak s'était montré patient. Il avait fait preuve d'une si minutieuse patience qu'au bout du compte MacIntyre avait eu le sentiment de se voir dans la peau d'un aborigène refusant qu'un missionnaire capture son âme dans sa boîte magique.

C'était le moment décisif, pensait-il à présent, à partir duquel il avait commencé à vraiment accepter ce qui était en train de lui arriver... ainsi que le rôle qu'il allait devoir jouer. Il s'en était remis aux bons soins de Dahak – et il lui avait alors fallu toute la force de sa volonté pour y parvenir, même après que Dahak lui eut fait valoir qu'il en savait beaucoup plus sur la physiologie humaine qu'aucune équipe médicale terrienne et que les risques d'erreur étaient bien moindres.

Si MacIntyre avait bien enregistré tout ça sur le plan intellectuel, son angoisse n'en était pas moins grande en sombrant sous l'effet de l'anesthésie. Il s'attendait à se trouver alité pendant un bon moment. Il s'était trompé là-dessus : au bout de quelques jours seulement, il était de nouveau sur pied et s'engageait tête baissée dans un programme d'entraînement physique. À sa surprise, il découvrit qu'il en avait grand besoin.

Cependant, il s'en était fallu de peu. Il aurait pu ne jamais sortir de son sommeil. Et ce seul souvenir suffisait encore à lui donner des sueurs froides. Il n'aurait pas dû y avoir de problème... ou, en tout cas, rien d'aussi grave, s'il avait bien évalué la situation dans son ensemble. Mais à aucun moment il n'avait pris la peine de le faire et il n'avait jamais envisagé les conséquences ultimes des changements proposés par Dahak. C'est pourquoi, au final, le bonheur et la consternation se mêlaient en lui au vu des résultats obtenus. Lorsqu'il avait rouvert les yeux pour la première fois, sa vue lui avait paru extraordinairement perçante, comme s'il avait pu identifier un par un les grains de poussière à travers un court de tennis. Il n'était pas loin de la vérité, car l'une des altérations de base effectuées par Dahak lui permettait d'ajuster la distance focale de ses yeux, sans même parler de l'élargissement de son spectre dans l'infrarouge comme dans l'ultraviolet.

Et puis il y avait aussi « l'augmentation du squelette et des muscles ». Il s'était montré assez primitif pour frémir à l'idée qu'on allait renforcer ses os avec le même alliage synthétique dont était fait *Dahak*. Mais ce frisson s'était transformé en une terreur blanche à la découverte des nombreux changements « mineurs » opérés par le vaisseau. Désormais ses muscles servaient avant tout à actionner des gaines de tissu d'une épaisseur de quelques microns, plus résistantes que son Beagle et assez puissantes pour porter son nouveau squelette à la limite de sa résistance. Son système respiratoire et circulatoire avait subi des transformations similaires. On avait même altéré sa peau, car il fallait qu'elle soit assez résistante pour endurer les pressions que sa nouvelle force lui faisait subir. Et, malgré cela, son sens du toucher – à dire vrai, tous ses autres sens – avait acquis une sensibilité insupportable.

Recevoir toutes ces améliorations d'un seul coup, voilà qui était trop. Dahak lui avait fait subir ces changements trop vite, sans même s'en douter, car ni l'homme ni l'ordinateur n'avaient pris conscience de l'immense fossé qui séparait ce qu'ils tenaient respectivement pour acquis.

Pour Dahak, les altérations qui terrifiaient MacIntyre n'étaient en vérité que des traitements médicaux « mineurs » et ordinaires, rien de plus que l'équipement de base d'une nouvelle recrue du Quatrième Empirium. Or, étant donné qu'il s'agissait de traitements banals – et peut-être aussi parce que, malgré la puissance de son intellect, Dahak n'était qu'une machine, par essence susceptible d'améliorations et dénuée de tout référent empirique quant aux « limites naturelles » –, il n'avait jamais envisagé l'impact de ces changements sur la conception que se faisait MacIntyre de lui-même en tant qu'individu.

C'est aussi de ma faute, se dit MacIntyre en se penchant pour masser la crampe qui persistait dans son mollet droit. Il s'était trop laissé impressionner par l'immense « longévité » de Dahak et l'étendue tout à fait incroyable de ses connaissances pour en voir les limites. L'ordinateur avait analysé et réfléchi pendant cinquante millénaires. Il pouvait prédire avec une précision terrifiante ce que des *groupes* d'humains allaient faire. Il avait une intelligence du flux de l'histoire, une patience et une détermination inflexibles qui étaient, littéralement, inhumaines. Mais, malgré tout cela, c'était une créature née du plus pur des intellects s'il en est.

Dahak l'avait lui-même averti du fait qu'« Infomatrix » manquait sérieusement d'imagination, mais son humanité apparemment si profonde avait trompé l'humain. MacIntyre avait accepté de se laisser guider par la main par le demi-dieu qui l'avait kidnappé. Conscient de sa propre ignorance, effrayé par la responsabilité qu'on lui avait assignée, il s'était presque montré impatient d'accepter le rôle de figure d'autorité dont Dahak avait besoin pour sortir de l'impasse où le plaçaient ses impératifs contradictoires. Et il avait donc présumé qu'en contrepartie Dahak ferait des concessions et serait moins exigeant avec lui.

Eh bien, Dahak avait essayé d'en faire, mais il avait échoué. Et cet échec avait forcé MacIntyre à réévaluer entièrement leur relation.

Lorsqu'il s'était réveillé après son opération, la violence avec laquelle son environnement l'agressait l'avait rendu fou d'horreur. Son odorat accru lui permettait de distinguer des senteurs avec l'acuité et la précision d'un bon laboratoire de chimie. Ses yeux augmentés pouvaient suivre des grains de poussières individuellement et même choisir dans quelle zone du spectre mieux les distinguer. Il pouvait briser une batte de base-ball à mains nues, ramasser un obus de quarante centimètres et l'emporter, ou encore survivre pendant cinq heures sur la réserve d'oxygène dans son abdomen. Régénérescence des tissus, techniques de récupération des déchets dans son sang, communicateurs implantés chirurgicalement, liens neuronaux directs avec Dahak et tout autre ordinateur secondaire présent dans le bâtiment ou l'un de ses parasites…

On lui avait donné les pouvoirs d'un dieu, mais il n'en avait pas pris conscience et il n'avait pas la moindre idée de la manière de *maîtriser* ses nouvelles capacités.

MacIntyre ne pouvait pas *s'arrêter* de recourir à son incroyable acuité visuelle, auditive et olfactive. Il n'arrivait pas à retenir sa force nouvelle car il n'avait jamais eu besoin de la délicatesse requise par ses muscles augmentés. Il avait été terrassé par l'effroyable tumulte de l'infirmerie, pourtant si paisible, si bien qu'il battait l'air de ses membres puissants, frappé de folie, pris d'une terreur faite d'incompréhension, brisant les appareils médicaux comme des allumettes. Dahak avait alors compris sa détresse… mais il n'avait fait qu'empirer la situation en activant ses liaisons neuronales pour tenter de passer outre les circuits synaptiques de MacIntyre saturés par l'intensité de ses perceptions.

MacIntyre n'était pas sûr qu'il serait sorti de cet état si Dahak n'avait pas si vite identifié sa panique atavique pour ce qu'elle était, mais on l'avait échappé belle lorsque ces doigts étrangers s'étaient insinués doucement jusqu'aux tréfonds de son cerveau fébrile.

Cependant, si l'ordinateur n'avait pas été capable d'envisager de telles conséquences, il apprenait très vite et ses banques mémorielles renfermaient une grande quantité d'information sur les traumatismes. Il s'était retiré de la conscience de MacIntyre et s'était servi des tampons médicaux d'urgence de l'infirmerie pour atténuer la sensibilité de ses canaux sensoriels et le faire revenir à lui alors qu'il était au bord de la folie, tremblant, puis, pour le maintenir dans cet état, il lui avait administré des sédatifs en complément d'une thérapie sonique apaisante.

Dahak avait fait reculer sa terreur sans obscurcir son intellect puis – avec une lenteur insoutenable pour les sens torturés de MacIntyre et malgré tout à une vitesse objectivement renversante – il l'avait aidé à surmonter le changement radical subi par son corps. L'horreur causée par les implants neuronaux s'était estompée. Dahak n'était plus une présence étrangère terrifiante qui murmurait dans son cerveau. C'était un ami et un mentor qui lui apprenait comment adapter et contrôler ses capacités nouvellement découvertes jusqu'à ce qu'il en soit le maître et non la victime.

Mais, malgré la rapidité et l'adaptabilité de Dahak, il s'en était fallu de peu, ils le savaient l'un comme l'autre. Si cette expérience avait rendu l'intelligence artificielle un peu plus prudente, elle avait surtout appris à MacIntyre qu'elle avait aussi des limites. Il ne pouvait tenir pour acquis que cette machine savait toujours ce qu'elle faisait ni compter sur elle pour venir le sauver des conséquences de sa propre folie. Il avait bien appris la leçon et, lorsqu'il émergea de son état de choc, il découvrit qu'il était bien le commandant, prêt à recevoir l'avis et les conseils de son homme de main inorganique, le seul membre de son équipage. Mais il était aussi plus que jamais conscient de ce que sa vie et son destin n'appartenaient qu'à lui seul.

C'était une idée effrayante, mais Dahak ne s'était pas trompé : MacIntyre avait l'étoffe d'un chef. Il préférait s'expédier lui-même en enfer plutôt que de voir un autre le condamner au paradis, ce qui en disait long sur son manque d'humilité mais parlait en faveur de ses capacités de survie – jusqu'à présent tout au moins – à ce que Dahak exigeait de lui. Il fustigeait parfois l'ordinateur car c'était un maître exigeant, mais, il le savait, il repoussait lui-même ses propres limites au moins aussi durement et aussi vite que Dahak aurait pu l'y encourager.

MacIntyre soupira à nouveau et se laissa glisser dans l'eau tandis que sa crampe douloureuse disparaissait enfin. Dieu merci ! C'était déjà assez pénible du temps où seuls ses muscles étaient concernés, mais maintenant la douleur était à son comble. Et il trouvait un peu injuste que ces muscles magiques ne puissent surgir du programme de Dahak tout prêts à l'emploi. L'ordinateur ne lui avait jamais dit qu'il devrait les exercer avec autant d'acharnement que les tissus musculaires que lui avait donnés la nature. MacIntyre se sentait vaguement floué. Soulagé, mais floué.

Bien entendu, les mutins eux-mêmes se seraient sentis bien plus floués s'ils avaient su tout ce qu'il venait d'acquérir, car Dahak avait passé les derniers siècles à mettre au point des améliorations « mineures » pour les implants standard de la Spatiale. MacIntyre soupçonnait l'ordinateur d'y avoir vu un peu plus qu'une manière de passer le temps, mais les résultats étaient fantastiques. Il avait commencé par lui greffer les implants d'un officier supérieur, déjà bien plus sophistiqués que les biotechs standard de la Spatiale, mais Dahak les avait presque tous bricolés. Il était non seulement bien plus fort et bien plus résistant, et légèrement plus rapide que les mutins, mais l'étendue et l'acuité de ses sens électroniques et physiques augmentés étaient de deux à trois cents pour cent supérieures. Il le savait, car Dahak le lui avait démontré en ramenant ses propres implants au même niveau que les leurs.

MacIntyre ferma les yeux et se détendit. Il esquissa un sourire tout en se laissant flotter à demi. Il avait présumé que l'ensemble de ces modifications augmenterait son poids de façon significative, mais ce n'était pas le cas. Sa densité s'était spectaculairement accrue, mais les synthétiques de l'Empirium étaient d'une extrême légèreté proportionnellement à leur résistance. Il avait pris moins de quinze kilos… et il avait perdu au moins autant de graisse à force d'exercice, pensa-t-il ironiquement.

« Dahak, dit-il sans ouvrir les yeux.

— Oui, Colin ? »

En entendant ces mots, le sourire de MacIntyre s'élargit. C'était une des choses auxquelles Dahak avait résisté, mais du diable s'il accepterait de s'entendre appeler « commandant » et « monsieur » chaque fois que son unique subordonné lui adressait la parole, même s'il était bien aux commandes d'un vaisseau stellaire d'une taille équivalente à un quart de celle de la Terre.

« Où en est la mission de recherche ?

— Ils ont récupéré de nombreux fragments sur le site d'impact, y compris les plaques d'immatriculation que nous avons détachées de votre appareil. Le colonel Tillotson n'est toujours pas satisfaite devant l'absence de débris organiques, mais le général Yakolev a décidé de mettre un terme aux opérations.

— Bien », grogna MacIntyre tout en se demandant ce qu'il ressentait vraiment. L'enquête sur le crash menée par le commandement conjoint avait traîné plus longtemps que prévu, et il fut touché par la détermination de Sandy à vouloir « le » trouver, mais il était réellement soulagé que tout soit fini. C'était un peu effrayant, comme le moment ultime où l'on sectionne le cordon ombilical, mais il fallait cela si Dahak et lui-même voulaient avoir une chance de réussir.

« Des réactions du côté de chez Anu ?

— Aucune », répondit Dahak. Il y eut un bref moment de pause, puis l'ordinateur continua sur un ton légèrement plaintif : « Colin, vous pourriez acquérir des informations bien plus vite si vous acceptiez de vous en remettre à votre interface neuronale.

— Fais-moi plaisir, dit MacIntyre, ouvrant un œil pour regarder les nuages dériver dans le ciel projeté sur le plafond de son atrium. Et ne viens pas non plus me raconter que tes autres équipages utilisaient leurs implants tout le temps, parce que je n'y crois pas.

— Non, admit Dahak, mais ils en faisaient bien meilleur usage que vous. La vocalisation est souvent nécessaire pour parvenir à une manipulation cognitive délibérée des informations, Colin – les mécanismes de la pensée humaine sont après tout inextricablement liés et déterminés par la syntaxe et la sémantique –, mais c'est un mécanisme parfois un peu encombrant, et ce n'est pas un moyen efficace d'acquérir des informations.

— Dahak, répondit patiemment MacIntyre, tu pourrais me déverser dans le cerveau tout ce que contient le noyau de ton foutu disque dur *via* cet implant…

— C'est faux, Colin. La capacité de votre cerveau est sévèrement limitée. D'après mes calculs, pas plus de…

— Tais-toi ! » Colin cligna des yeux malgré lui. Si le séjour prolongé de *Dahak* en orbite autour de la Terre ne l'avait pas vraiment rendu humain, il n'en était pas loin de bien des points de vue. MacIntyre doutait que les concepteurs d'Infomatrix aient eu l'intention de le doter d'un sens de l'humour.

« Oui, Colin », fit Dahak si docilement que MacIntyre comprit que l'ordinateur se délectait de l'équivalent électronique d'un rire silencieux.

« Merci. Alors, ce que je voulais dire, c'est que tu peux toujours me déverser des informations dans le cerveau avec un entonnoir, elles n'en sont pas pour autant *miennes*. C'est comme une… une encyclopédie. C'est une source de références dans laquelle on peut chercher, mais ce n'est pas quelque chose qui me vient à l'esprit lorsque j'en ai besoin. Et en plus ça chatouille.

— Les tissus du cerveau humain ne sont pas soumis aux sensations physiques, Colin, dit Dahak d'un ton assez guindé.

— Je parle au figuré, répondit MacIntyre tout en formant une vague dans son jacuzzi et en remuant ses orteils. Considère ça comme une manifestation psychosomatique.

— Je ne comprends pas les phénomènes psychosomatiques, lui rappela Dahak.

— Alors crois-moi sur parole. Je suis sûr que je m'y habituerai, mais, jusqu'à ce moment-là, je continuerai à poser des questions. Le grade, après tout, a ses privilèges.

— J'imagine que vous croyez ce concept réservé à votre propre culture.

— Eh bien, tu te trompes. À moins que je ne devine mal, c'est inhérent à la condition humaine, quelle que soit l'origine des humains.

— C'est ce que j'ai observé moi aussi.

— Tu n'imagines pas à quel point c'est rassurant, ô Dahak.

— Évidemment non. De nombreux phénomènes que les humains trouvent rassurants défient l'analyse logique.

— C'est vrai, c'est vrai. » MacIntyre consulta le chronomètre du vaisseau *via* son implant et soupira avec résignation. Sa pause était presque finie, il était l'heure de sa séance suivante sur le simulateur de contrôle de mise à feu. Après ça, il devait s'entraîner aux armes de poing, ce qui serait suivi par quelques heures relaxantes consacrées à l'acquisition des rudiments de l'astronavigation supraluminique puis, pour finir, par deux heures d'entraînement au combat à mains nues avec l'un des drones de *Dahak*. Si le grade avait ses privilèges, il avait aussi ses obligations. Ça, c'était une pensée profonde…

Il sortit du jacuzzi et s'enroula dans une épaisse serviette. Il aurait pu demander à *Dahak* de le sécher dans un tourbillon d'air chaud. Son nouvel équipement interne aurait d'ailleurs pu former un champ de force répulsif à la surface de sa peau pour le débarrasser de l'eau comme un canard, mais il appréciait la douce sensualité de la serviette et s'en délectait sans vergogne en se dirigeant à pas feutrés vers sa chambre pour s'habiller.

« De retour au charbon, Dahak, dit-il dans un profond soupir.

— Oui, Colin », fit l'ordinateur d'un ton obéissant.

CHAPITRE SIX

« Rien de neuf sur leur lien avec la NASA, Dahak ? »

MacIntyre était étendu sur la couchette du capitaine au commandement un. Il était toujours le même jeune homme mince, sans une once de graisse, d'un physique simple et agréable – en apparence tout au moins –, mais il portait le bleu nuit de la Flotte de guerre. Il avait les pieds posés sur sa console, enchâssés dans des bottes en peau de *chagor*. Dans l'innocence de son œil vert brillait une lueur de détermination plus intense.

« Négatif, Colin. J'ai examiné les biographies de tous ceux qui étaient à la tête du projet lié au programme d'analyse gravitonique, et il ressort qu'ils sont tous nés sur Terre. Il est possible que la liaison ait été établie plus tôt – pendant le cursus universitaire d'un de ces chercheurs, voire loin dans le passé, peut-être –, cependant, selon toute logique, les mutins ont été directement impliqués dans cette partie du projet Prométhée tellement en avance sur les autres.

— Bon sang. » MacIntyre tira sur le bout de son nez et fronça les sourcils. « Si nous sommes incapables d'identifier quelqu'un là où nous savons qu'il y a une taupe, il nous faudra nous dispenser de toute implication officielle. Bon Dieu, ça va rendre les choses bien plus difficiles ! » Il soupira. « Quoi qu'il en soit, il faut que j'y aille – tu le sais comme moi.

— Pourtant j'aimerais mieux prolonger votre entraînement, Colin », répondit Dahak, mais d'un ton si résigné que MacIntyre eut un sourire amusé. Même s'il aurait été tout à fait excessif de dire que Dahak manquait de détermination, il y avait des situations auxquelles il hésitait à faire face. Il rejetait notamment l'idée de devoir autoriser son tout jeune commandant à quitter le nid. D'autant qu'il ne pourrait pas communiquer avec lui une fois MacIntyre revenu sur Terre. Il n'avait pas le choix. Assurément les mutins ne manqueraient pas de détecter l'activité générée par une transmission *via* torsion spatiale entre la Terre et la Lune.

Dahak se montrait farouchement protecteur; était-ce ainsi qu'on l'avait programmé ou était-ce la conséquence de son long isolement? se demandait MacIntyre. Le vaisseau avait enfin à nouveau un commandant – Dahak avait-il peur de le perdre?

Drôle d'idée en effet. Cet antique ordinateur pouvait-il ressentir la crainte? MacIntyre n'en savait rien et préférait le considérer comme un être sans peur, mais il ne faisait aucun doute qu'il avait au moins une conception abstraite de ce sentiment.

MacIntyre regarda autour de lui. L'« écran-panorama » de sa première visite avait disparu, et sa console semblait flotter dans les profondeurs de l'espace sans protection. Les étoiles se consumaient tout autour de lui tandis que leurs immuables points lumineux se perdaient dans les abysses du silence de l'éternité, et la planète bleuâtre où il était né tournait lentement sous ses pieds. L'illusion était d'une terrible perfection et il avait une idée bien précise de la manière dont il aurait réagi si Dahak lui avait demandé d'entrer dans cette salle lors de leur première rencontre.

C'était comme si Dahak avait compris que MacIntyre pouvait prendre peur devant cette technologie inconnue sans saisir ce qui se passerait une fois que son corps lui-même en serait également doté. Ou bien l'ordinateur avait-il simplement présumé que, comme lui, MacIntyre comprendrait tout à la première explication?

Quoi qu'il en soit, Dahak s'était montré prudent ce premier jour. Jusqu'au choix du véhicule qu'il lui avait fourni. Cet obus à deux têtes était un appareil de terrain, et l'ordinateur avait en fait désactivé une partie de son système de propulsion pour que son « hôte » puisse ressentir l'accélération à laquelle il s'attendait.

Au bout du compte, le véhicule s'était révélé inutile une fois que MacIntyre eut goûté au fonctionnement normal des conduits de transit, mais pas avant de recevoir les explications de Dahak. Ce qui valait mieux, car, si ces conduits étaient parfaitement efficaces, MacIntyre n'en était pas moins passé par toutes les couleurs de l'arc-en-ciel la première fois qu'il s'était élancé dans l'un de ces immenses tunnels à une vitesse de plusieurs milliers de kilomètres à l'heure, même s'il n'avait aucune sensation de mouvement. Encore à présent, après des mois de pratique, il ne pouvait se défaire entièrement de l'idée qu'il tombait en chute libre, courant à sa perte à chaque fois qu'il se livrait à la merci des forces gravitoniques du système.

MacIntyre se secoua avec sévérité. Il était encore dans les nuages, et il savait pourquoi. Il cherchait à tout prix à éviter de penser à la tâche qui l'attendait.

« Je sais que tu aimerais mieux prolonger l'entraînement, dit-il, mais nous avons eu six mois, et la NASA est déjà prête à fixer une date pour une autre mission proctoscopique dirigée par Vlad Tchernikov. Tu sais bien que nous ne pourrions pas nous emparer d'un autre Beagle sans éveiller les soupçons d'Anu. »

Il y eut un moment de silence. Parmi les particularismes humains de Dahak, c'était l'un de ceux que préférait MacIntyre. Il était en effet quelque peu délicat de se concentrer sur ses propres réflexions lorsque votre interlocuteur « pensait » et répondait instantanément.

« Très bien, dit enfin Dahak. Avec tout le respect que je vous dois, je prétends malgré tout que votre "plan" se résume à quelques grandes lignes plus ou moins claires.

— Et alors ? Tu as eu quelques dizaines de millénaires pour y réfléchir – est-ce que tu as une meilleure idée à me proposer ?

— C'est injuste. C'est vous le commandant, et les décisions majeures relèvent de vos fonctions, non des miennes.

— Alors tais-toi et comporte-toi comme un soldat! dit MacIntyre avec fermeté, puis il sourit.

— Très bien, lâcha Dahak.

— Bon. Est-ce que le neutraliseur est prêt?

— Affirmatif. Mes drones l'ont déposé dans la vedette. » Il y eut une autre pause, et MacIntyre ferma les yeux. Dahak, songea-t-il, était plus têtu qu'une mule du Missouri. « Je pense qu'il serait quand même plus avisé d'utiliser l'un des plus gros parasites – armés, d'ailleurs…

— Dahak, dit patiemment MacIntyre, il y a au moins cinq mille mutins, pas vrai? Ils détiennent bien huit bâtiments de guerre subluminiques de quatre-vingt mille tonnes?

— Exact. Cependant…

— Est-ce Dieu possible! Voilà que je pontifie alors que c'est moi le commandant! Ils ont aussi quelques croiseurs lourds, des véhicules de combat blindés, des chasseurs trans-atmosphériques et assez d'hommes pour les piloter – sans même parler de leurs armures de combat individuelles et de leurs armes – en sus de leur capacité à brouiller toutes les liaisons descendantes vers les drones que tu pourrais leur envoyer, pas vrai?

— Oui, Colin, soupira Dahak.

— C'est donc le moment de faire preuve de finesse et de ruse, non d'employer la force brutale. Il faut que je place le neutraliseur à l'intérieur du périmètre de leur enclave pour que tu puisses détruire leur bouclier défensif depuis là-haut. Sinon nous n'arriverons jamais à les éliminer.

— Mais, pour y parvenir, vous aurez besoin des codes d'accès. Il faudra que vous sachiez où les trouver, et il n'y a que les mutins qui puissent vous fournir cette information-là.

— Je sais. » MacIntyre croisa à nouveau les jambes et fronça les sourcils tout en tirant plus fort sur son nez. Même si c'était désagréable à entendre, ça n'en demeurait pas moins vrai. Il ne faisait aucun doute que les mutins avaient infiltré la plupart des principaux gouvernements, étant donné la manière dont ils avaient manipulé la géopolitique sur Terre durant les deux derniers siècles.

Ce qui signifiait qu'il était hors de question d'approcher les autorités terriennes. Quelle pitié que Dahak ne puisse procéder à des bioscans à cette distance ! On aurait au moins pu savoir qui faisait réellement partie des mutins. Mais même cette information-là n'aurait pas permis de déterminer qui ils avaient pu suborner parmi les Terriens sans leur dévoiler leur véritable identité, voire entièrement à leur insu.

Sa seule option restait donc celle qu'il redoutait tout comme Dahak. Il fallait, d'une manière ou d'une autre, qu'il accède à la base des mutins et désactive son champ de force. Cette perspective n'était pas vraiment encourageante, mais, une fois qu'il aurait détruit les systèmes défensifs qui tenaient les armes de *Dahak* en respect, les mutins n'auraient pas d'autre choix que de se rendre ou de mourir. MacIntyre se fichait pas mal de ce qu'ils décideraient, mais il faudrait que ce soit vite.

La première station de surveillance automatique avait cessé d'émettre, détruite par les éclaireurs des Achuultani. Malgré la vitesse relativement faible des vaisseaux achuultani, l'humanité n'avait guère plus de deux ans et demi devant elle avant qu'ils n'atteignent Sol… et MacIntyre disposait du même laps de temps pour trouver un moyen de s'y opposer.

C'était la véritable raison pour laquelle il voulait trouver le lien entre Anu et la NASA. S'il mettait la main sur l'un des mutins – juste un –, il pourrait alors obtenir d'une manière ou d'une autre l'information dont il avait besoin, se dit-il avec détermination. Mais par quel bout s'y prendre ? S'il n'en avait toujours pas la moindre idée, une chose était certaine : il ne pouvait agir depuis l'espace. Il n'avait pas l'intention d'avouer à Dahak qu'il allait improviser le moment venu et ne comptait pas lui dire non plus qui serait son seul allié terrien, de peur que l'ordinateur ne se mutine lui aussi et ne refuse de le laisser partir !

« Eh bien, fit-il avec un entrain forcé, il faudrait que j'y aille maintenant... » Il reposa les pieds sur la passerelle invisible et se mit debout. Il avait l'impression que l'univers dérivait sous ses bottes.

« Très bien, Colin », dit Dahak d'une voix douce, et le premier sas s'ouvrit comme si une intense déchirure lumineuse se formait entre les étoiles. MacIntyre redressa les épaules et entra.

« Bonne chasse, commandant, murmura l'ordinateur.

— Je vais les épingler », dit MacIntyre d'un ton confiant, et il aurait bien voulu pouvoir s'en convaincre lui-même.

Un faisceau de nuit enveloppa silencieusement les montagnes enténébrées du Colorado. L'appareil se déplaçait en faisant moins de bruit que le murmure de la brise. Il n'émettait aucune lumière et n'apparaissait sur aucun écran radar non plus. En effet, le champ de camouflage qui l'entourait le transformait en *une absence* d'un noir velouté qui absorbait les radiations, plutôt qu'en un objet visible. Il ne renvoyait pas même la lumière des étoiles.

L'appareil descendit encore en planant et se glissa entre Cripple Creek et Pikes Peak pour se diriger vers une prairie de montagne sans nom. Colin MacIntyre regardait les nuages teintés de lumière rougeoyer au-dessus de Colorado Springs à l'est tandis que sa vedette sortait son train d'atterrissage pour se poser avec un doux son plaintif.

Il resta assis dans son fauteuil de commandement à étudier la reproduction miniature du système d'imagerie de commandement un alimentée par les scanners passifs. Il scruta attentivement l'obscurité pendant de longues minutes et fut étonné de ses propres émotions.

MacIntyre ressentait un profond et inexprimable soulagement en touchant à nouveau le sol de sa patrie, auquel se mêlaient d'autres émotions moins aisément compréhensibles. Un sentiment d'étrangeté. La conscience des dangers qui l'attendaient et cependant plus encore que cela, comme si les six derniers mois l'avaient davantage changé qu'il ne l'avait imaginé.

Il n'était plus citoyen de la Terre, songea-t-il tristement. Ses horizons s'étaient élargis. Qu'il le veuille ou non, il était devenu un émigré, et cette prise de conscience douce-amère lui faisait pourtant aimer plus encore le monde dont il venait. Il était étranger, mais originaire de la Terre, et c'était le foyer dont il rêverait à jamais. La beauté dont il se souviendrait en évoquant ce monde serait toujours plus pure et séduisante que la réalité.

MacIntyre se secoua pour sortir de sa rêverie. Dehors, la nuit était silencieuse, peuplée de créatures qui couraient à quatre pattes ou bien volaient, et il n'avait aucune raison de rester à bord.

Il éteignit l'écran et l'éclairage intérieur, puis se pencha pour détacher le supresseur placé sous son siège. Cet appareil n'était pas très volumineux pour sa puissance, mais il était lourd. Il aurait pu y ajouter un générateur antigrav, mais il n'avait pas osé le faire. Tant qu'il demeurait éteint, le neutraliseur n'était qu'un bloc de métal et de plastique inerte et apparemment compact. Même les mutins ne pourraient détecter ses réseaux internes de circuits moléculaires. Mais avec un générateur antigrav actif, c'était une autre affaire. Et si on venait ne serait-ce qu'à le repérer, c'en serait fini de sa mission. De toute façon le neutraliseur pesait moins de trois cents kilos.

MacIntyre passa les bras dans les sangles et ajusta l'appareil sur son dos comme un sac. C'était la forme qu'on lui avait donnée pour qu'il passe inaperçu. Puis il ouvrit le sas et posa le pied sur l'herbe. Les odeurs nocturnes chatouillèrent ses narines, et l'obscurité s'illumina comme en plein jour quand il passa en mode visuel augmenté.

Il s'éloigna de la vedette, et le sas se referma docilement tandis qu'il se concentrait sur les instructions qui circulaient dans ses neurocapteurs. Les ordinateurs de la vedette n'étaient que de pâles ombres de Dahak et il fallait formuler soigneusement ses instructions. Le train d'atterrissage se rétracta, la vedette plana en silence pendant un moment, puis elle s'estompa dans les cieux, tache compacte qui occultait parfois quelques étoiles.

MacIntyre la regarda partir, puis se détourna et consulta son système de guidage inertiel intégré. Pour sa vision augmentée, le terrain paraissait accidenté, mais pas assez cahoteux pour lui poser problème. Il glissa les pouces sous les sangles de son sac à dos et se mit en route, filant telle une ombre douée de vie.

Il lui fallut une heure pour atteindre le sommet d'une crête. De là-haut, il avait directement vue sur Colorado Springs. Il fit alors une pause. Non qu'il eût besoin de repos, mais il voulait étudier les lumières rougeoyantes qui s'étendaient sous lui.

La prolifération des constructions avait transformé Colorado Springs durant les quarante dernières années. Le vieux et vénérable Goddard Center guidait et contrôlait encore les sondes inhabitées de la NASA envoyées au fin fond du système solaire. On y menait aussi de nombreux travaux expérimentaux, mais ce centre était trop petit et trop vieux pour tenir le rythme de l'activité florissante du secteur orbital. La seule production liée aux habitats du point de Lagrange aurait nécessité de nouvelles installations plus grandes, comparables à la station russe Klyuchevskaya, au centre spatial européen Werner von Braun ou au Shepherd Space Center américano-canadien à Colorado Springs.

La ville était devenue la troisième zone de croissance de la nation. Elle avait tellement grandi qu'elle en avait absorbé les anciennes installations militaires avant de poursuivre son extension jusque dans les montagnes ; Shepherd Center formait une gigantesque tache de lumière à l'est, bouillonnant d'activité malgré l'heure tardive. C'était essentiellement un centre de contrôle. On n'y voyait aucune des fusées puissantes qui zébraient nuit et jour le ciel de bases comme Kennedy, Vandenburg et Corpus Christi, mais MacIntyre percevait les feux d'atterrissage d'une navette Walkyrie affectée au transport des troupes, qui opérait majestueusement un virage pour se poser, ainsi qu'une autre qui se rendait sur une aire de lancement, chargée de propulseurs d'appoint. Le paysage était silencieux dans le lointain, mais les souvenirs et l'imagination se substituaient aux bruits et à l'agitation, à cet effort frénétique qui menaçait parfois de réduire les merveilles de l'espace à une routine mortellement ennuyeuse.

MacIntyre ouvrit l'étui à jumelles qui pendait à son cou. Sa vision magique avait elle aussi des limites, mais il y avait autant de différence entre l'instrument qu'il portait à ses yeux et une paire de jumelles électroniques standard qu'entre ces dernières et une lunette du dix-huitième siècle. Soudain, il aurait pu toucher le centre spatial en tendant la main.

Il observa la Walkyrie volante en sa phase d'approche finale, les ailes de portance orientables entièrement déployées, incandescente dans le ciel nocturne. Il entendait presque le vrombissement des aérofreins, le rugissement soudain des rétrofusées. C'était étrange de voir à quel point tout cela lui semblait encore formidable et excitant. L'oiseau de deux cents tonnes se déplaçait avec une grâce mêlée de force et de détermination, et il observait la scène à travers deux paires d'yeux. Les premiers se souvenaient de sa propre expérience, à peine six mois plus tôt, alors que cette forme élancée représentait pour lui le *nec plus ultra* de la connaissance humaine. Mais les seconds avaient vu *Dahak* et admettaient que l'appareil était d'une conception désuète, inefficace et primitive.

MacIntyre soupira et changea de point de mire pour étudier l'installation tentaculaire dans son ensemble, zoomant sur des détails qui attiraient son attention. Pendant de bien longues minutes, il resta à l'observer ainsi, dubitatif, cet objectif final qui lui était si familier.

Il ressentit une légère surprise en constatant à quel point tout semblait normal, mais cela ne dura pas longtemps. Il était conscient des changements gigantesques qu'avait connus l'univers, mais ce n'était pas le cas des milliers de gens qui s'affairaient autour de Shepherd. Il eut toutefois une certaine hésitation, une forme de réticence à renouer avec sa propre espèce. Il avait connu la même chose après des missions prolongées, mais bien moins intensément.

Il fit une grimace ironique et baissa ses jumelles en se demandant ce qu'il s'attendait à voir. Il était bien peu probable que le maillon qu'il recherchait l'attende au sommet de White Tower ou du McNair Center, en train d'agiter un panneau lumineux, bon sang ! Mais, au fond de lui-même, il cherchait la confirmation qu'il appartenait encore à cette collectivité. Que ces gens qui se dépêchaient, qui filaient à toute allure, étaient encore ses proches au bout du compte. Pourtant sa quête était vaine : ce n'était plus vraiment le cas. C'étaient les siens, mais ils n'étaient pas de son *espèce*, et cette distinction ravivait encore une fois une douleur mâtinée de regrets doux-amers.

MacIntyre rangea ses jumelles puis remonta la taille du jean que lui avait fourni Dahak. Les étoiles scintillaient, indifférentes et détachées. Il frissonna lorsque le vent fit onduler l'herbe en vagues marines. Il pensa alors à la menace mortelle qui s'approchait toujours davantage par-delà ces points lumineux au loin. Dans son nouveau corps, il sentait à peine l'air frais de la montagne, mais le frisson intérieur qui le parcourait était d'une autre nature.

Colin MacIntyre n'appartenait plus à ce monde, à ce paysage étoilé. Peut-être en allait-il toujours ainsi. Peut-être fallait-il abandonner ce qu'on avait connu et aimé pour le sauver au profit des autres.

La philosophie n'avait jamais été son fort, mais il risquerait tout, il le savait, il *abandonnerait* tout pour sauver ce monde qu'il avait perdu. On était à l'heure immobile qui précède l'affrontement; il se voyait pour ce qu'il était et voyait les mutins pour ce qu'ils représentaient : un obstacle à son unique espoir, celui de pouvoir protéger son foyer.

MacIntyre se secoua, conscient d'un immense sentiment d'impatience. Il y avait un mur à abattre, et il se sentait soudain impatient d'en découdre.

Il se remit en route. Il était à quarante kilomètres de sa destination. Il voulait y être à l'aube. Il lui fallait un allié, et il y avait une personne en qui il pouvait avoir confiance – car, si ce n'était pas le cas, il ne pourrait faire confiance à personne dans tout l'univers. Il se demandait d'ailleurs comment Sean allait réagir quand son unique frère reviendrait d'entre les morts.

LIVRE DEUX

CHAPITRE SEPT

L'aube rouge sang se levait à l'orient, le vent matinal était froid. Le randonneur aux cheveux blond roux faisait une pause à côté de la boîte aux lettres. Il examina la petite maison avec attention à l'aide de ses sens surhumains, car il était toujours possible qu'Anu et ses mutins n'aient pas avalé le verdict officiel qu'on avait servi sur feu Colin MacIntyre.

La lumière s'intensifia, donnant au ciel de cobalt une couleur cuivrée teintée d'un soupçon de bleu rosé. Il ne détectait absolument rien d'anormal. Ses oreilles suprasensibles reconnurent le tonnerre lointain du Maglev reliant Denver à Colorado Springs alors qu'il filait à travers l'aurore. Quelque part à l'ouest, un véhicule de transport à longue distance monté sur coussin d'air, à la jupe déséquilibrée, vrombissait sur l'autoroute. Le cliquetis du verre faisait contrepoint au bourdonnement du moteur électrique d'un camion transportant du lait. Les oiseaux chantaient doucement, mais tous les bruits étaient parfaitement normaux.

Il n'y avait apparemment aucun danger.

À l'intérieur de son organisme des dispositifs échantillonnaient des informations bien plus ésotériques – électroniques, thermales, gravitoniques – et ne trouvaient rien. Il se pouvait que les séides d'Anu aient fabriqué un système d'observation que même lui ne saurait détecter, mais c'était peu probable.

MacIntyre se reprit. Il perdait du temps à essayer de retarder l'inévitable.

Il ajusta son « sac à dos » et remonta rapidement l'allée, écoutant le crissement du gravier sous ses pas. L'ancienne Cadillac Bushmaster à quatre roues motrices de Sean se trouvait dans le garage, encore plus rayée et cabossée que la dernière fois où il l'avait vue. Il secoua la tête en esquissant un sourire en coin indulgent. Sean continuerait à payer les taxes sur les émissions de gaz pour cette ferraille démodée et grande consommatrice d'essence jusqu'au jour où elle tomberait en pièces. Colin avait opté pour le faste, les paillettes et le frisson de la technologie dernier cri tandis que Sean avait choisi le Service des forêts et la préservation de son environnement. Mais ce n'en était pas moins Sean qui refusait de se séparer de cette vieille Cadillac polluante.

Ses bottes rendaient un son sec en frappant les dalles de l'allée dans le calme du matin ; il ouvrit la porte grillagée qui donnait sur la véranda et y pénétra. Il sentit son pouls s'accélérer légèrement et ajusta automatiquement son niveau d'adrénaline, puis tendit le bras et appuya doucement sur la sonnette.

Le carillon léger fit écho à travers la maison, et il attendit, laissant le soin à son ouïe augmentée de reconstituer les événements. Il entendit le bruit sourd des pieds de Sean qui touchaient le sol, puis le bruissement du tissu tandis qu'il enfilait un pantalon. Puis il l'entendit marcher dans le hall, marmonnant dans sa barbe. Qui pouvait bien venir le déranger à une heure aussi indue ? Le loquet cliqueta, puis la porte s'ouvrit.

« Oui ? » La voix grave de son frère était aussi endormie que ses yeux. « Qu'est-ce que je peux… »

Sean MacIntyre s'arrêta net à mi-phrase, et les dernières brumes disparurent de ses yeux azur. Les poils de sa barbe rousse prirent soudain du relief alors que son visage hâlé devenait blême. Il s'agrippa aux montants de la porte.

« Salut, Sean », dit Colin doucement alors que dans ses yeux brillait une étincelle d'humour à laquelle venait s'ajouter un léger picotement. « Ça fait un bail. »

Sean MacIntyre s'assit dans sa cuisine de célibataire terriblement propre, tenant une tasse à deux mains, et jeta un nouveau coup d'œil au réfrigérateur que Colin avait transporté à travers la cuisine pour répondre à ses besoins. L'incrédulité continuait à lui assombrir le regard. Il semblait quelque peu gêné après avoir serré bien fort dans ses bras le frère qu'il avait cru mort, mais il reprenait peu à peu contenance – aidé sans aucun doute par une bonne dose de cognac dans son café.

« Que Dieu me vienne en aide, Colin, dit-il enfin, la voix d'une douceur trompeuse. C'est l'histoire la plus dingue qu'on ait jamais essayé de me faire gober. T'es sacrément veinard d'être revenu d'entre les morts pour la raconter, sinon je refuserais encore d'y croire ! Même si tu t'es transformé en une entreprise de déménagement à toi tout seul.

— Tu refuserais d'y croire ? Et quel effet tu crois que ça me fait à moi, hein ?

— D'accord, acquiesça Sean, souriant enfin. C'est vrai. »

Colin se détendit en voyant s'esquisser lentement ce sourire. Son grand frère souriait toujours ainsi lorsque la situation était un peu tendue. Il sentit ses propres lèvres se mettre à trembler alors que lui revenaient en mémoire les souvenirs du temps où Sean l'avait débarrassé de trois gamins beaucoup plus âgés qui s'étaient jetés sur lui. Peut-être Colin s'était-il montré imprudent en défiant si ouvertement leur cruauté d'adolescents, mais Sean et lui avaient fini par leur mettre une raclée à tous les trois. Tout au long de sa jeunesse, Colin avait cherché ce sourire quand il avait des ennuis, sachant qu'après tout ça n'allait pas si mal tant que Sean était là pour le sortir du pétrin.

« Eh bien, dit enfin Sean, reposant sa tasse vide, tu as toujours été bagarreur. Si ce fameux Dahak devait sélectionner quelqu'un, il a fait le bon choix.

— Oui, c'est ça, grogna Colin.

— Mais non, je le pense vraiment. » Sean griffonnait distraitement sur la table du bout du doigt. « Regarde-toi. Combien de gens auraient gardé la raison – ou, du moins, auraient manifesté le même équilibre que toi – après avoir subi ce que tu as subi ?

— Arrête de me faire rougir », dit Colin dans un grognement, et Sean se mit à rire. Puis il se reprit.

« Très bien, fit-il plus sérieusement. Je suis content que tu sois encore en vie... » Leurs regards se croisèrent, remplis d'une chaleureuse affection qu'ils avaient rarement eu besoin d'exprimer. « Mais j'imagine que tu n'es pas simplement passé par là pour me l'annoncer.

— Tu as raison », dit Colin. Il posa les coudes sur la table et se pencha vers son frère. « J'ai besoin d'aide, et tu es la seule personne en qui je puisse avoir confiance.

— Je vois ça, Colin, et je ferai mon possible, tu le sais, mais je suis garde forestier, pas astronaute. Comment puis-je t'aider à trouver ce fameux lien ?

— Je ne pense pas que tu puisses, admit Colin, mais il y a des inconvénients à être mort. Mes papiers d'identité sont inutiles, mes comptes bancaires bloqués – je ne pourrais même pas prendre une chambre dans un motel sans avoir recours à de faux papiers. En fait...

— Attends un peu, l'interrompit Sean, je comprends pourquoi tu aurais besoin d'une base pour tes opérations, mais ce fameux Dahak ne pourrait-il pas tout simplement te fabriquer les documents dont tu as besoin ?

— Bien sûr, mais ça ne m'aiderait guère pour ce qu'il me faut réellement faire. Normalement, Dahak peut pirater n'importe quel ordinateur terrestre, ni vu ni connu, Sean, mais il a coupé toutes ses liaisons depuis que je suis ici. Elles sont toutes camouflées et nous ne pouvons courir le risque de donner un indice aux mutins. Par ailleurs, il ne peut pas faire grand-chose avec les esprits humains, et toi-même m'as reconnu aussitôt dès que tu t'es enfin réveillé. Tu crois que les gens de la sécurité à Shepherd n'en feraient pas autant ?

— Voilà ce qui arrive quand on est un astronaute à paillettes ou qu'on n'a pas eu recours à un brin de chirurgie esthétique. » Sean examina son frère attentivement. « N'aurait-ce pas été l'occasion d'améliorer aussi – de façon considérable – ce que la nature t'a donné ?

— Très drôle. Malheureusement, ni Dahak ni moi-même n'y avons pensé avant qu'il ne se mette à me triturer les entrailles. Même s'il avait effectivement eu recours à la chirurgie esthétique, la dernière chose à faire serait bien d'essayer de flanquer mon appareillage biotechnique sous le nez de la sécurité de Shepherd.

— Comme tu as de grandes dents ! murmura Sean en souriant.

— Très drôle encore », dit Colin, rabat-joie. Puis il reprit l'air sérieux. « Attends un peu de savoir ce dont j'ai besoin avant de faire le malin, Sean. »

Sean MacIntyre se renfonça dans sa chaise en entendant Colin subitement adopter un ton aussi sombre. Son frère avait le regard aussi sérieux que la voix, imprégné d'une détermination que Sean ne lui avait jamais connue. Il prit alors conscience qu'il n'avait pas changé seulement physiquement. Il avait une dureté nouvelle, quelque chose... d'implacable. Le pilote acrobate que Sean avait aimé durant tant d'années avait trouvé sa cause.

Non, ce n'était pas juste. Colin avait toujours eu une cause à défendre, mais il s'agissait d'une quête, d'une recherche. Quelque chose qui le brûlait de dépasser les limites – d'aller toujours plus loin et plus vite que quiconque avant lui – et qui pourtant restait indéfini. Il voulait voler au fil du vent et franchir tous les obstacles qui se présentaient à lui. Cette fois, la cause était particulièrement exigeante, presque désespérée, elle éveillait une détermination aiguë visant à mettre en œuvre la force exceptionnelle qui, Sean le savait bien, était restée en jachère chez son frère. Malgré tous ses succès, il n'avait jamais rencontré de véritable défi. Pas comme celui-là. Colin était désormais animé par un but, et Sean se demandait si, dans le même temps, il n'avait pas trouvé ce à quoi il était destiné…

« Très bien, fit-il doucement. Dis-moi.

— J'aurais aimé ne pas avoir à te demander ça, reprit Colin alors que l'angoisse lui serrait la gorge. Mais il faut que je le fasse. As-tu déjà récupéré mes effets personnels à Shepherd ? »

Pendant un instant, Sean se trouva pris au dépourvu par cet apparent coq-à-l'âne, puis il secoua la tête. « La NASA m'a envoyé un carton contenant tes affaires, mais je n'ai rien récupéré.

— Alors je veux que tu le fasses, dit Colin en sortant un stylo de la poche de sa chemise. Il y a des dossiers personnels dans l'ordinateur de mon bureau à White Tower – je doute que quiconque se soit donné la peine de les examiner, mais nous pouvons nous arranger pour que tu "découvres" une note les concernant parmi mes papiers. Le major Simmons te laissera entrer dans White Tower pour que Chris Yamaguchi les sorte pour toi.

— Oui, bien sûr. Mais pourquoi en as-tu besoin ?

— Je n'en ai pas besoin. Voici ce dont j'ai besoin : que tu entres dans White Tower muni de ceci. » Il tendit le stylo. Sean le prit avec un air étonné et Colin sourit sans joie.

« Ne te fie pas aux apparences, Sean. Tu peux écrire avec, mais il s'agit en fait d'un relais pour mes propres capteurs. Avec ça dans ta poche, je peux procéder à un scan de ton environnement sur toutes les longueurs d'onde. Et si tu prends les ascenseurs du bloc L, tu passes pile à travers Géo Sciences en montant.

— Aha ! souffla Sean. En d'autres termes, cela te permettra d'entrer par procuration ?

— Exactement. Si Dahak a raison – comme c'est en général le cas –, quelqu'un à Géo Sciences est de mèche avec les mutins. Nous pensons qu'ils sont tous nés sur Terre, mais, qui que ce soit, il ou elle devrait détenir quelques éléments de technologie impériale sur son lieu de travail ou pas loin de là.

— Ça te paraît probable à quel point ?

— Si seulement je le savais ! admit Colin. Toutefois, si j'étais un mutin, je serais drôlement tenté de donner un peu d'avance à mes potes si nécessaire. Il y a bon nombre de très petits gadgets qui pourraient être d'une extrême utilité – appareil d'analyse, micro-outils, mini-ordinateurs, peut-être même un lien com pour appeler en cas de problème.

— Un lien com ?

— L'Empirium n'utilise plus la radio depuis très longtemps. Si ton gars dispose d'un lien *via* torsion spatiale, tu peux communiquer en toute sécurité, à moins que quelqu'un dans les parages n'entende physiquement votre conversation, bien entendu.

— Je comprends, mais tu crois vraiment qu'ils vont laisser traîner des machins pareils ?

— Pourquoi pas ? Oh, ils essaieront de planquer tout ce qui pourrait paraître vraiment bizarre – je veux dire, l'endroit fourmille de scientifiques –, mais qui irait suspecter ça ? Personne sur la planète n'en sait davantage sur ce qui se passe vraiment que je n'en savais moi-même avant que Dahak me capture, si ?

— C'est vrai, acquiesça Sean lentement. Et ce gadget… (il agita doucement le "stylo") te permettra de détecter tout ce qui pourrait ressembler à ça ?

— Tout à fait. Malheureusement… (Colin regarda son frère droit dans les yeux) on pourrait tout aussi bien le détecter lui-même. Il n'utilise pas la radio non plus, Sean, et j'aurai recours à des senseurs actifs. Si tu passes à côté de quelqu'un muni du dispositif de détection adéquat, tu vas faire tache comme un sapin de Noël en plein mois de juin. Et, si c'est le cas…

— Je vois », murmura Sean. Il pinça les lèvres et fit lentement glisser le relais entre ses doigts, sourit de son sourire lent, puis il le rangea bien proprement en le faisant glisser dans la poche de

sa chemise. « Dans ce cas, tu ferais mieux d'écrire ta fameuse
"note" au cas où le major Simmons voudrait la voir, n'est-ce
pas ? »

Devant les fusils d'assaut que portaient les sentinelles et les
canons automatiques soigneusement camouflés qui la tenaient
en ligne de mire, la vieille Cadillac de Sean semblait prise au
piège entre les mâchoires d'un dragon. Le dernier attentat
d'envergure perpétré par La Mecque noire, faction dissidente
du vieux Djihad islamique, avait eu lieu plus d'un an auparavant, mais plus de trois cents personnes y avaient trouvé la mort
et cela avait coûté un quart de million de dollars de dégâts au
centre spatial européen Werner von Braun.
    L'Occident avait fini par s'habituer à contrecœur au terro-
risme, à l'intérieur comme à l'étranger. La plupart des gens
dans le monde – y compris la grande majorité du monde islamique – avaient beau les condamner, les mentalités médiévales
pouvaient provoquer des dommages extrêmement lourds avec
la technologie moderne. Comme l'avait démontré La Mecque
noire en utilisant un lance-missiles sol-air portable pour abattre
une Walkyrie qui avait à peine décollé… et s'était écrasée sur
une rampe de lancement à douze minutes de la mise à feu d'un
lanceur Persée. Les vagues d'actions terroristes se perpétuaient
de manière erratique, mais elles semblaient avoir repris de plus
belle après un creux de deux ans, et l'industrie aérospatiale était
apparemment devenue la principale cible de La Mecque noire
désormais. Nul ne savait précisément pourquoi – à moins que
l'aérospatiale incarnât la vile et perverse technologie libérale et
humaniste, celle du « Grand Satan » collectif –, mais Shepherd
Center ne prenait aucun risque.
    « Bonjour, monsieur. » Un garde toucha le bord de sa cas-
quette en se penchant à côté de la fenêtre. « Je crains que l'accès
à cette zone ne soit limité. L'entrée réservée au public se trouve
sur Fountain Boulevard.

— Je sais, répondit Sean, jetant un œil sur la plaque de la NASA rutilante que l'homme portait. Le major Simmons m'attend, sergent Klein.

— Je vois. Puis-je savoir votre nom, monsieur ? » Le sergent leva un sourcil tout en sortant son terminal de l'étui qu'il portait au ceinturon et alluma le petit écran.

« Sean MacIntyre, sergent.

— Merci. » Klein examina son terminal, comparant l'image miniature au visage de Sean, puis il acquiesça. « Oui, monsieur, vous êtes sur la liste des personnes autorisées. » Il leva la main pour faire signe à l'un de ses compagnons. « Le caporal Hansen va vous escorter jusqu'à White Tower, monsieur MacIntyre.

— Merci, sergent. » Sean se pencha pour ouvrir la porte du côté passager et laisser entrer le caporal Hansen. Le garde posa son fusil d'assaut compact soigneusement à côté de lui.

« Je vous en prie, monsieur MacIntyre, dit Klein. Et si je puis me permettre de vous présenter mes condoléances pour la mort de votre frère, monsieur…

— Merci », dit à nouveau Sean, et il remit sa voiture en marche alors que Klein touchait la visière de sa casquette une fois encore.

Cette remarque aurait pu n'être qu'une formule de politesse, mais le ton de Klein lui avait paru sincère et Sean en avait été touché.

Il avait toujours su que son frère était populaire auprès de ses camarades mais, jusqu'à la « mort » de Colin, il n'avait jamais soupçonné à quel point les hommes de troupe qui travaillaient à l'effort spatial l'admiraient. Il s'était attendu à une part de vénération instantanée. C'était traditionnel après tout – quelle qu'ait été sa maladresse, un homme devenait un héros lorsqu'il mourait en accomplissant quelque chose d'héroïque –, mais Colin avait joué en première division.

Sa sélection comme principal pilote de la mission de surveillance Prométhée donnait la mesure de son statut dans la profession. La peine causée par l'annonce de sa mort, qu'il s'agisse de la perte ressentie par ses amis personnels ou bien par des hommes et des femmes comme le sergent Klein qui ne l'avaient même jamais rencontré, révélait une autre facette de sa personne.

Si seulement ils savaient, pensa Sean en arrivant à peine à réprimer un gloussement. Le caporal Hansen n'aurait pas du tout compris son amusement.

Le caporal fit passer Sean par trois postes de contrôle supplémentaires puis par un raccourci à travers les imposants dômes argentés du parc de stockage numéro deux de Shepherd Center. Des volutes de vapeur s'échappaient des soupapes de sûreté et elles montaient haut dans le ciel. Le tonnerre lointain du lancement d'une navette fit doucement vibrer les vitres de Bushmaster qui se profilait au loin. Cette flèche de verre massive et luisante se dressait dans le ciel au-dessus d'eux tandis que des nuages poussés par le vent avec une grâce absolue dans le ciel bleu marine se reflétaient sur sa façade, et l'enchevêtrement d'antennes relais qui trônaient au sommet de la tour ne parvenait même pas à atténuer le formidable effet de sa présence.

Sean se gara à l'emplacement indiqué. Le caporal et lui-même descendirent de voiture.

« Prenez l'entrée principale et dites au service de sécurité que vous êtes venu voir le major Simmons, monsieur. Ils prendront les choses en charge à partir de là.

— Merci, caporal. Vous n'allez pas avoir de problème pour retourner au portail ?

— Pas de problème, monsieur. Il y a un car qui y retourne dans dix minutes environ.

— J'y vais, alors », dit Sean en hochant la tête, et il s'engouffra à grands pas dans l'entrée qu'on lui avait indiquée, en passant par les détecteurs de métaux.

Un signe holographique en forme de trèfle sur le mur annon-çait aussi la présence de scanners à rayons X, et Sean eut un large sourire en pensant aux raisons qui avaient poussé Colin à l'embaucher pour cette tâche. Même si personne ne l'avait reconnu, ses différents implants auraient sans nul doute rendu les systèmes de sécurité hystériques !

Le service de sécurité l'autorisa à se rendre auprès du major Simmons. Sean avait déjà rencontré le major, et Simmons lui serra la main. Sa poignée de main ferme était l'expression silen-cieuse de sa compassion pour le « deuil » de son frère. Il lui ten-dit un badge de sécurité avec clip.

« Il vous permettra de monter jusqu'au bureau du capitaine Yamaguchi – il donne accès partout dans la zone verte – et elle a déjà sorti les données personnelles de Colin pour vous. Vous connaissez le chemin ou dois-je vous assigner un guide ?

— Non merci, major. Je suis déjà venu une ou deux fois. Je trouverai mon chemin, je crois. Dois-je me contenter de le rendre (il montra le badge) au service de sécurité en partant ?

— Ce serait bien », acquiesça Simmons, et Sean se dirigea vers les ascenseurs.

Il dépassa la première rangée et, une fois dans le bloc L, appela un ascenseur tout en fredonnant doucement. Il espérait ne pas avoir les mains moites. Un carillon retentit et le voyant d'étage s'alluma au-dessus des portes qui s'ouvrirent douce-ment.

« C'est parti, mon kiki, murmura Sean à mi-voix. Espérons que ça marchera. »

Colin s'allongea sur le lit de son frère, les mains croisées der-rière la tête tout en regardant dans le vague vers les taches de soleil sur le mur. Il détestait l'idée de devoir impliquer Sean – d'autant plus qu'il le savait, Sean serait d'accord. Il y avait des chances infimes pour que l'on détecte l'antenne relais du scan-ner… mais la présence même de l'humanité sur cette planète

résultait d'un enchaînement d'événements encore plus impro-
bables.

Il y avait quelque chose d'étrange à rester là tout en accom-
pagnant Sean. C'était comme si sa vue s'était dissociée du reste
de ses perceptions, comme s'il voyageait en personne dans la
poche de son frère alors même qu'il était confortablement
allongé sur le lit.

Ses implants étendaient leurs senseurs *via* l'antenne relais
camouflée, sondant et scrutant, explorant les enchevêtrements
de composants électroniques autour de Sean tels des tentacules
sans substance. Il aurait presque pu toucher le flux électrique
chaque fois que les voyants lumineux de l'ascenseur s'allu-
maient en silence, de même qu'il en ressentait le mouvement
tandis qu'il remontait la cage vide et sans consistance. Les systèmes de sécurité, les ordinateurs, les taille-crayons électriques,
les téléphones, les intercoms, les gaines électriques, les capteurs
du système de climatisation et de conditionnement de l'air, les
conduits de ventilation – il les ressentait tout autour de lui et les
explorait tel un spectre, reniflant et fouinant alentour.

Puis, tel un coup de tonnerre, il perçut soudain un petit
noyau d'énergie incandescente plus intense.

Colin se raidit et se concentra en fermant les yeux. L'impression était fugace, mais il resserrait ses filets, ignorant le bruit de
fond. Il étendit ses doigts immatériels et plissa le front de surprise. C'était un lien com, très bien… – *via* torsion spatiale, très
semblable à l'implant dans son propre crâne – mais il avait
quelque chose d'étrange…

Il s'y intéressa de plus près, affinant ses données… Là, il
l'avait repérée. C'était une liaison sécurisée et non une com
manuelle standard. Il ne l'aurait jamais détectée si Dahak n'avait
pas augmenté ses capteurs intégrés, mais voilà pourquoi elle
était si semblable à son propre implant. Il s'insinua au cœur du
minuscule dispositif et obtint confirmation de ce qu'il avait
identifié. Il s'agissait bien d'un lien com ; il y avait les circuits de

commutation pluridimensionnelle permettant de diffracter les transmissions. Mais pourquoi les mutins s'embarrasseraient-ils d'une liaison sécurisée ? Même dans le pire des cas, en supposant que *Dahak* ait encore été parfaitement opérationnel, de telles mesures de sécurité revenaient à atteindre des sommets dans la paranoïa. Le vaisseau pouvait accomplir bien des choses, mais certainement pas intercepter une liaison com *via* torsion spatiale depuis son orbite. Et personne sur Terre n'aurait pu savoir de quoi il s'agissait.

Pendant un bref instant, Colin songea à consulter Dahak, mais seulement pendant un instant. Aucun des équipements des mutins ne pouvait intercepter sa liaison avec l'ordinateur, mais cela ne signifiait pas qu'elle était indétectable. L'appareil qu'il avait trouvé avait une portée négligeable – pas plus de quinze mille kilomètres – et il était quasiment impossible à détecter une fois ses circuits de commutation en marche. Mais la portée de son implant était d'une heure-lumière environ, et c'est précisément cette puissance même qui le ferait briller comme un phare sur n'importe quel écran de détection impérial de la planète.

Colin marmonna d'un ton caustique puis haussa les épaules. Que les mutins aient confié ce dispositif à leur homme de main n'avait pas grande importance. Ce qui comptait, c'est qu'il l'avait trouvé. Et il se concentrait pour le localiser avec précision.

Aaah… oui… il était là. Juste en dessous…

Colin se redressa d'un coup. *Le bureau de Cal Tudor ?* C'était de la folie !

Mais ça ne faisait aucun doute. Ce satané machin se trouvait non seulement dans son bureau mais il était même caché au cœur de son terminal.

Colin fit basculer ses jambes hors du lit. Il connaissait bien Cal – tout au moins, c'est ce qu'il croyait. Ils étaient amis… tellement bons amis qu'il aurait pris le risque de contacter Cal si Sean n'avait pas été disponible. Il l'avait toujours regardé comme un homme d'une intégrité sans faille. D'accord, Cal était jeune pour son poste, mais il avait vécu, respiré pour la mission Prométhée, il en avait rêvé... Était-ce ainsi qu'ils étaient parvenus à l'atteindre ?

Colin ne trouvait aucune autre explication. Cependant, plus il examinait le problème, moins il comprenait pourquoi ils avaient choisi Cal. Il appartenait à l'équipe du proctoscope, mais il était très jeune. Colin posa les coudes sur ses genoux et prit son visage dans ses mains tout en consultant les biographies que Dahak avait amassées sur l'ensemble de l'équipe.

Comme d'habitude, il éprouvait une étrange sensation de détachement par rapport aux données. Il s'y habituait, mais la ligne de partage entre les connaissances acquises empiriquement et celles que Dahak avait amassées dans un secteur disponible et bien pratique de son cerveau était étonnamment nette. Les données de l'implant n'étaient pas les siennes ; elles semblaient appartenir à quelqu'un d'autre. Malgré une accoutumance croissante, c'était une sensation qu'il trouvait désagréable et il commençait à soupçonner que ce serait toujours le cas.

Mais c'était le parcours de Cal et non le fonctionnement de son implant qui l'intéressait. Visualiser les données comme sur un écran aidait Colin, et il fronçait les sourcils tandis que sous ses paupières défilaient les informations.

Cal Tudor. Âge : trente-six ans. Épouse : Frances. Deux filles : Harriet et Anna, quatorze et douze ans. Spécialisé en physique fondamentale : Lawrence Livermore, en passant par le MIT de Denver, puis six ans à Goddard avant de déménager à Shepherd...

Colin passa en revue d'autres données et se raidit. Mon Dieu ! comment Dahak avait-il pu laisser passer ça ? Il savait comment lui-même s'y était pris, et la nature de son implant entrait bien en ligne de compte car il n'en avait jamais vraiment pris conscience : Cal ne mentionnait sa famille que très rarement.

Cependant l'information était là. Et seule la forme insolite des données fournies par Dahak l'avait maintenue à distance et avait empêché Colin de repérer cette impossible « coïncidence ». Dahak avait recherché des liens avec les mutins en remontant jusqu'aux premières années d'université. Mais cela remontait à bien avant ses études, avant sa naissance ! Si l'imagination de Dahak avait été à la mesure de celle d'un être humain (ou, d'ailleurs, si Colin avait personnellement – et soigneusement – vérifié les données), ils l'auraient repérée, car la réticence même de Cal à en informer l'un de ses plus proches amis l'aurait immédiatement trahi.

Cal Tudor, fils de Michael Tudor, seul petit-fils encore en vie d'Andrew et Isis *Hidachi* Tudor, et arrière-petit-fils d'Horace Hidachi, le « père de la gravitonique ». Le génie brillant et intuitif qui avait, plus de soixante ans auparavant, élaboré les formules mathématiques fondamentales sur lesquelles reposait l'ensemble du domaine !

Colin se donna un léger coup de poing sur le genou. Ils avaient même, Dahak et lui, spéculé sur un lien éventuel entre Horace Hidachi et les mutins, car l'envergure de sa « découverte » leur avait paru extrêmement suspecte. Cependant, ils n'avaient pas creusé assez profond pour des raisons qui, à l'époque, leur avaient semblé suffisantes.

Hidachi avait passé vingt ans en recherches avant d'élaborer « sa » théorie et il n'avait jamais rien fait de ses brillants travaux. Ni personne d'autre au cours de sa vie. À l'époque où il avait exposé sa théorie, il ne s'était agi que d'un exercice de mathématiques pures, une hypothèse invérifiable. Au moment où les machines adéquates étaient apparues, il était déjà mort. Et sa fille n'avait pas manifesté d'intérêt particulier pour son travail non plus. Si Colin se souvenait bien (et, grâce à Dahak, c'était le cas), elle avait opté pour la médecine et non pour la physique.

C'est pourquoi Dahak et Colin avaient cessé de se préoccuper du cas d'Hidachi. S'il avait été une marionnette des mutins, il n'aurait certainement pas consacré autant de temps à élaborer une couverture pour ne produire au final qu'un obscur fragment de mathématiques ésotériques. Il aurait continué en construisant les appareils nécessaires à sa démonstration. Au minimum, les mutins eux-mêmes n'auraient sûrement pas laissé son travail en jachère pendant si longtemps. En tout état de cause, Dahak avait opté pour l'explication suivante : Hidachi était à l'origine de quelque chose d'extrêmement rare, c'est-à-dire une véritable avancée fondamentale, d'une telle amplitude que nul ne l'avait même identifiée comme telle. En effet, l'ordinateur avait établi avec une forte probabilité que le temps de latence entre la théorie et sa mise en pratique résultait du délai nécessaire aux mutins pour se rendre compte de ce que Hidachi avait fait et pousser alors une autre génération de scientifiques sur la voie qu'il venait d'ouvrir.

Mais ça!...

Colin s'en voulait d'avoir oublié cet aspect fondamental de l'existence même des mutins. Aussi lassant qu'ait été le passage de milliers d'années pour Dahak, il en allait différemment pour les partisans d'Anu. Ils pouvaient se réfugier en animation suspendue, ignorant les siècles écoulés entre chaque contact avec les Terriens de souche. Pourquoi ne raisonneraient-ils pas en termes de générations ? Pour autant que Dahak et Colin le sachent, les quinze dernières années improductives de la vie de Hidachi n'avaient été qu'un exemple de contact manqué !

Mais si, en fait, les mutins avaient contacté Hidachi une fois, pourquoi ne pas avoir recommencé ? Notamment si Horace Hidachi avait laissé des traces de ses tractations avec Anu et compagnie. Cela permettrait d'expliquer comment un homme tel que Cal, dont l'intégrité était absolue, pouvait travailler avec eux. Pour lui, les mutins appartenaient peut-être au camp du bien et de la lumière !

Et son statut de subalterne dans l'équipe du proctoscope en faisait un candidat idéal. Il avait accès aux rapports sur la progression du projet, il restait néanmoins discret... et il était très probablement préparé à un contact avec ces mêmes « visiteurs » qui avaient rencontré son arrière-grand-père.

Si c'était le cas, il ne connaissait pas la vraie nature de ceux qu'il aidait sincèrement, décida Colin, estimant qu'il se trompait peut-être, mais pas à ce point-là. Cal devait *forcément* se croire du côté des anges, et pourquoi pas ? Si les mutins avaient en effet fourni l'expertise nécessaire pour développer le proctoscope, ils avaient dès lors fait reculer les frontières de la connaissance humaine de plusieurs siècles en à peine soixante ans. Comment quelqu'un comme Cal pourrait-il y voir le mal ?

Ce qui signifiait que c'était possible. Colin avait bien trouvé la connexion qu'il recherchait... et peut-être parviendrait-il non seulement à convaincre Cal de la vérité, mais aussi en faire son allié !

CHAPITRE HUIT

« Tu devrais me laisser y aller. »

Le visage têtu de Sean MacIntyre arborait un rouge malsain à la lumière des diodes de son tableau de bord Bushmaster, et, malgré les contrôles d'émission à haute efficacité, la puanteur des hydrocarbures consumés contraignait Colin à ramener sa sensibilité olfactive à un niveau à peine supérieur à la normale.

« Non, dit-il pour la cinquième ou la sixième fois.

— Si tu te trompes – si c'est bien un méchant et qu'il dispose d'une sorte de signal d'alarme –, il appuiera sur le bouton dès qu'il te verra en ouvrant la porte.

— Peut-être. Mais le choc de me revoir en vie pourrait l'empêcher de rien faire de précipité jusqu'à ce que nous ayons eu le temps de discuter. Par ailleurs, s'il émet un signal, je peux le détecter et filer en vitesse. Tu peux faire ça, toi ?

— Il vaudrait mieux ne pas l'effrayer et éviter qu'il donne l'alerte, un point c'est tout, grommela Sean.

— D'accord. Mais il ne le fera pas. Je suis sûr qu'il ne sait pas ce que mijotent ces salopards, ni ce qu'ils ont déjà fait à l'humanité.

— Je suis content que tu le saches, toi, en revanche !

— Je t'ai déjà assez impliqué là-dedans, Sean, ajouta Colin tandis que l'embrayage de la Cadillac grognait. Si j'ai tort, je ne te veux pas dans la ligne de mire.

— J'en suis ravi, dit Sean doucement, mais je suis ton frère. Il se trouve que je t'aime. Et même si ce n'était pas le cas, ce pauvre monde va se retrouver dans un drôle de pétrin d'ici quelques années si tu te fais dégommer la cervelle, espèce d'idiot !

— Je n'en ai pas l'intention, dit fermement Colin, alors arrête un peu de pinailler. D'autre part... (Sean vira pour quitter la voie rapide et prendre une route de montagne sinueuse) nous y sommes presque.

— Très bien, merde, soupira Sean, puis il fit un large sourire malgré lui. Tu as toujours été aussi têtu que moi. »

La Cadillac s'arrêta sur le bas-côté de la route comme une ombre. La vue sur Colorado Springs était à couper le souffle, bien qu'aucun des deux frères n'y prêtât beaucoup d'attention, mais la montagne qui les surplombait était sombre et peu habitée. La demeure des Tudor était une grande maison moderne à deux étages, mais elle faisait partie d'un petit lotissement « respectueux de l'environnement », bien disposé et soigneusement conçu pour se fondre dans le paysage. On l'avait construite dans une cavité aux contours bien nets, sur mesure, creusée dans la pente. La maison était aux deux tiers enterrée et seule la lumière de la véranda luisait au-dessus de Colin alors qu'il sortait de la voiture pour entrer dans la brise nocturne.

« Merci, Sean, fit-il doucement en se penchant dans la voiture pour presser l'épaule de son frère avec une force soigneusement contenue. Attends ici. Si ce machin... (il désigna d'un geste le petit appareil qui se trouvait sur le tableau de bord entre les sièges avant) s'allume, vire tes fesses illico. Compris ?

— Oui, soupira Sean.

— Bien. À tout à l'heure. »

Colin pressa à nouveau doucement l'épaule de son frère. Il espéra que ses yeux ordinaires percevaient son expression affectueuse puis se tourna vers les ténèbres agitées par le vent. Sean le regarda s'éloigner puis disparaître dans la nuit, avant d'ouvrir la boîte à gants.

Le lourd magnum automatique brillait à la clarté des étoiles tandis qu'il vérifiait le chargeur. Il glissa le pistolet dans sa ceinture puis tapota sur le volant pendant encore un instant. Il ignorait l'acuité réelle de la nouvelle ouïe de Colin et voulait lui donner le temps de se mettre hors de portée avant de le suivre.

Colin grimpa le flanc de la montagne droit devant, ignorant le poids de la charge dans son dos. Il aurait pu laisser le neutraliseur derrière lui, mais il était possible qu'il ait besoin de quelques preuves supplémentaires pour convaincre Cal qu'il savait de quoi il parlait. Par ailleurs, il n'aimait pas le savoir loin de lui.

Il régla l'acuité de ses perceptions augmentées au maximum en s'approchant du sommet. Ses yeux s'éclairèrent lorsqu'il vit la maison. Il avait laissé ses capteurs électroniques et gravitoniques en mode passif de peur de déclencher des détecteurs aux aguets, mais il y avait un bruit de fond confus là-dedans, en provenance de sources d'énergie impériales, ce qui confirmait, si nécessaire, que Cal était bien son homme.

Colin enjamba la balustrade qu'il avait aidé Cal à construire au printemps dernier et se laissa glisser dans l'espace entre la maison et le versant méridional à pic de la cavité en forme de terrasse ; on l'avait creusée à l'explosif dans la montagne pour soutenir le bâtiment. Il contourna l'édifice pour s'approcher par la petite cour arrière tout en se demandant comment Cal allait réagir en le voyant. Il espérait ne pas s'être trompé sur son ami. Il priait *vraiment* pour ne pas s'être trompé !

Il se faufila à travers le potager propret de Frances Tudor et, tel un fantôme, se dirigea vers la porte de derrière, vérifiant en cours de route s'il n'y avait pas de système de sécurité, local ou impérial. Il n'en trouva aucun mais il sentit ses nerfs s'enflammer lorsqu'il perçut le doux picotement produit par une liaison *via* torsion spatiale active. Il ne pouvait en différencier les sources sans activer ses propres capteurs, mais cela ressemblait à une autre liaison sécurisée. Il n'y avait pas de transmission vers l'extérieur, pourtant l'unité avait été activée, comme en attente... prête à recevoir ou à transmettre. La dernière chose dont il avait besoin, c'était de tomber sur Cal assis devant un micro ouvert pour donner l'alerte avant même que son visiteur ait pu dire le moindre mot !

Colin soupira. Il n'avait plus qu'à espérer que tout irait pour le mieux, mais, au pire, il devrait pouvoir filer avant que quiconque pût réagir.

Il entra doucement dans la cuisine silencieuse. Il y faisait sombre, mais cela n'avait guère d'importance pour lui. Il se dirigea vers la porte battante de la salle à manger puis se figea au moment où ses doigts touchèrent le bord biseauté du verre de la plaque de porte.

Il y avait une atmosphère étrange dans cette cuisine éteinte, comme si on avait arrêté le temps. Sur le comptoir, un saladier en bois était à moitié plein de feuilles de laitue coupées en fines lanières, mais les autres ingrédients étaient encore posés bien proprement à côté, comme s'ils attendaient l'arrivée du chef. Il eut l'impression qu'un souffle glacé lui parcourait l'échine. Ce n'était pas le genre de Cal ni de Frances de laisser traîner les plats comme ça, et il ouvrit grand ses capteurs, passant en mode actif malgré le risque de détection.

Nom de D...! Un champ de camouflage portatif juste *derrière* lui? Ses muscles se tendirent d'un coup et il se prépara à faire volte-face, mais...

« Tout doux », lui murmura une voix, et il se figea, la main encore posée sur la porte de la salle à manger. Ce n'était pas celle de Cal et on ne lui parlait pas en anglais. « Les mains derrière la tête, ordure, poursuivit-on en impérial universel. Et aucun signal d'implant non plus. Ne t'avise pas de faire autre chose que de m'obéir ou tu peux dire adieu à ta colonne vertébrale. »

Colin obéit tout en se déplaçant très lentement et en se traitant d'imbécile. Il s'était trompé sur le compte de Cal, sur toute la longueur. Et sa propre prudence l'avait empêché de chercher assez minutieusement pour repérer quelqu'un de camouflé par un champ de force. Mais qui se serait attendu à ça ? Seul un impérial pouvait détecter des implants. Ce qui signifiait...

Son sang se glaça. Bon Dieu, ils l'attendaient ! Ce qui signifiait qu'ils avaient repéré le relais du scanner... et qu'ils étaient au courant pour Sean aussi !

« Très bien, dit la voix. Maintenant, contente-toi d'ouvrir la porte de l'épaule et avance. Doucement. »

Colin s'exécuta. La défaite avait un goût amer.

Sean aurait bien voulu disposer d'une petite dose de la force artificielle de Colin pendant qu'il poursuivait son chemin sur le flanc de la montagne abrupte que la rosée rendait glissant. Mais il parvint jusqu'à la balustrade et passa enfin par-dessus. Puis il s'arrêta en fronçant les sourcils.

Contrairement à son frère, Sean MacIntyre avait passé beaucoup de nuits non pas dans les étoiles mais dessous. Il s'était engagé dans le Service des forêts par passion, imaginant à peine qu'on le paierait vraiment pour travailler au cœur de la nature sauvage et protégée des parcs et des réserves naturelles. Ses fonctions avaient affiné son empathie avec l'environnement, qui reposait sur autre chose que la simple acuité des sens, et c'est pourquoi il remarqua ce qui avait échappé à Colin.

La maison des Tudor était calme, plongée dans le noir, sans aucune lumière, aucun signe de vie. Toutes ses fibres nerveuses lui crièrent : « Piège ! »

Sean ôta la sécurité de son pistolet automatique et remonta la pente. D'après ce que Colin avait dit, il serait très difficile de tuer les mutins augmentés par la biotechnique, mais il avait une foi sans borne en l'efficacité des balles supermag de .45 à bout creux que contenait son magasin.

« C'est gentil à vous d'avoir fait si vite, jubilait la voix derrière Colin. Nous ne vous attendions pas avant une demi-heure. »

La pulsation soudaine de la liaison à torsion spatiale près de lui était presque douloureuse. Il serra les dents lorsqu'il comprit avec colère et terreur ce qui se passait. C'était une pulsation à faible portée : les destinataires n'étaient donc pas loin.

« Ils arrivent d'ici quelques minutes, dit la voix. Entre par la porte sur ta gauche », ajouta-t-elle, et Colin poussa la porte du bout du pied.

Elle s'ouvrit et il eut un haut-le-cœur, soudain assailli par une puanteur insoutenable. Il fut pris de convulsions angoissées avant de pouvoir réduire l'acuité de ses sens, et derrière lui la voix se mit à rire.

« Voici ton hôte », dit-elle avec cruauté en allumant la lumière.

Le cadavre de Cal retombait de sa chaise, jeté par-dessus le bureau par la même rafale d'énergie qui lui avait éparpillé la cervelle sur le buvard, mais ce n'était que le début de l'horreur. Le corps brisé d'Harriet, quatorze ans, était affalé dans un fauteuil face au bureau, la tête retournée. Elle fixait Colin d'un air accusateur, l'œil vitreux et éteint. Sa mère gisait à côté, et la rafale qui l'avait abattue l'avait littéralement déchirée en deux. Sa dépouille recouvrait à moitié celle d'Anna, douze ans, encore plus horriblement mutilée par l'arme qui les avait tuées toutes deux alors que Frances se sacrifiait en vain pour protéger sa fille.

« Il ne voulait pas t'appeler. » La cruauté prédatrice et sarcastique de la voix semblait venir de très, très loin. « Mais nous l'avons convaincu. »

L'univers rugissait tout autour de Colin MacIntyre, le malmenant comme un ouragan, et il vibrait d'une furie d'orage. Il entreprit de se retourner sans tenir compte de l'arme dans son dos, mais le pistolet à rafales d'énergie l'attendait. Il le sentit s'abattre sur sa nuque, ce qui le fit tomber à genoux, et son ravisseur se mit à rire.

« Pas si vite, ricana-t-il. Le chef veut te poser quelques questions d'abord. » Puis il éleva la voix : « Anshar ! Ramène un peu ton cul !

— Je suis là », répondit une autre voix. Colin leva les yeux tandis qu'un second homme entrait par la porte tout au fond du bureau, et ses yeux habituellement doux brillèrent d'un feu émeraude devant le nouveau venu aux cheveux blonds, vêtu de l'uniforme bleu nuit, des bottes réglementaires de la Spatiale, un lourd fusil à rafales d'énergie passé en bandoulière.

« Pas trop tôt, grogna la première voix. Très bien, salopard... » Colin sentit le bout du pistolet dans son dos. « Debout. Colle-toi là-bas contre le mur. »

La peine et l'horreur se mêlaient à une soif bestiale de sang, mais, malgré le chaos de ses émotions, Colin savait qu'il fallait obéir... pour l'instant. Cependant, alors même qu'il se faisait la promesse que viendrait l'heure de la vengeance, il entendit une petite voix intérieure et glacée lui dire qu'il avait fait une terrible erreur. La cruauté sarcastique de son ravisseur, le carnage qui avait coûté la vie à toute la famille de son ami... rien de tout cela n'avait de sens.

« Tourne-toi », dit la voix, et Colin se mit dos au mur.

Celui qui faisait toute la conversation n'était que de taille moyenne mais de forte carrure. Il avait les cheveux noirs et un étrange teint olivâtre. Ses yeux aussi étaient étranges, on aurait presque pu les croire asiatiques. Colin reconnut le prototype à l'origine de tous les humains de la Terre, et il en eut la nausée.

Mais l'autre, Anshar, était différent. Malgré sa rage et son angoisse, Colin était étonné par sa peau claire et ses yeux bleus. Il était né sur la Terre. Il ne pouvait en être autrement, car au temps de l'Empirium l'humanité présentait une homogénéité presque parfaite. Une seule planète du Troisième Empirium avait survécu à sa chute, et les sept mille ans qui séparaient l'époque où l'homme avait quitté Birhat en vue de la reconstruction et la mutinerie d'Anu n'avaient pas changé les choses de manière significative. C'est seulement après que l'équipage de *Dahak* eut atteint la Terre que débuta l'évolution génétique des survivants isolés pour donner naissance à des races disparates. Mais que faisait donc celui-là dans un uniforme de la Spatiale? Les capteurs de Colin étendirent leur champ et il écarquilla les yeux en découvrant que cet homme était doté d'une panoplie complète d'implants biotechniques.

« Dommage que le dégénéré ait été si têtu, dit le premier, ramenant l'attention de Colin sur lui lorsqu'il appuya la hanche contre le bureau. Mais il a vu la lumière quand nous avons rompu le cou de sa petite salope. » Il poussa le cadavre de Harriet du bout de son arme à énergie, une lueur de cruauté dans le regard, et Colin se força à respirer calmement. Sois patient, se dit-il en lui-même. Tu auras peut-être une chance de le tuer avant qu'il te tue.

« Bien sûr, nous lui avons dit que nous laisserions les autres en vie s'il t'appelait. » Il eut un rire soudain. « Il se peut même qu'il y ait cru!

— Ça suffit, Girru, dit Anshar en détournant le regard des corps mutilés.

— Tu n'as jamais eu de tripes, Anshar, ricana Girru. Bon sang, même les dégénérés apprécient une petite partie de chasse.

— Tu n'étais pas obligé de t'y prendre de cette manière, marmonna Anshar.

— Oh? Dois-je dire au chef que tu deviens ennuyeux? Ou bien... (il prit soudain un ton mielleux) tu préférerais peut-être que je le dise à Kirinal?

— Non! Je... je n'aime tout simplement pas ça!

— Bien sûr que non! dit Girru avec mépris. Tu... »

Il s'arrêta soudain, pivotant sur lui-même avec la vitesse incroyable que lui conféraient ses implants, et un grondement de tonnerre se fit entendre derrière lui. L'intense éclat étoilé d'un coup de feu illumina l'entrée jusqu'alors plongée dans l'obscurité, découpant en contre-jour les contours de la porte entrebâillée. Il eut un soubresaut quand une balle de gros calibre vint s'écraser sur lui et laissa subitement échapper un cri éraillé et déchirant, mais son organisme augmenté était bien plus coriace que celui des hommes de la Terre. Il continua sur sa lancée, ralenti par sa blessure mais encore dangereux, et le magnum tonna une fois encore.

Même les merveilles du Quatrième Empirium avaient leurs limites. La balle massive perfora sa colonne vertébrale renforcée et il fut projeté loin du bureau, renversant dans sa chute la chaise sur laquelle était assise la jeune morte.

Colin s'était précipité au bruit du premier coup de feu ; il savait avec une certitude pleine d'effroi qui avait tiré. Mais il était du mauvais côté de la pièce, et Anshar releva le fusil qu'il portait en bandoulière. Il avait le doigt sur la gâchette. Puis il s'arrêta d'un coup et pointa l'arme vers la porte d'entrée au moment même où quelqu'un l'ouvrait d'un grand coup de pied.

« Sean, non ! » hurla Colin, mais son cri eut un siècle de retard.

Sean MacIntyre savait que Colin ne pourrait jamais atteindre Anshar avant que le mutin le fauche – et il avait vu les innocents massacrés entassés dans le bureau. Il fit pivoter son magnum, le tenant à deux mains, prêt à tirer, affrontant la vitesse surhumaine du Quatrième Empirium avec une rage et des réflexes qui n'étaient qu'humains.

Il parvint à tirer une fois. La balle à gros calibre atteignit Anshar à l'abdomen, y provoquant d'horribles dégâts, mais le fusil à énergie se mit à gronder. Il engendra un terrible démon – un rayon à disruption gravitonique capable de briser l'acier – qui souffla un vent de chaos à travers l'embrasure de la porte, et Sean MacIntyre explosa en une fontaine de sang tandis que le rayon tranchait dans le plâtre, le bois et la chair.

« NOOOOOON ! » hurla Colin, et il assena un coup au meurtrier de son frère.

Les dommages qu'avait causés la balle de Sean dans les entrailles d'Anshar le ralentirent, mais il maintint la gâchette enfoncée, arrosant la pièce de mortelles et dévastatrices rafales d'énergie. L'instinct guidait Colin dans sa folie même, et il se tourna violemment de côté puis émit un grognement lorsque le neutraliseur qu'il portait sur le dos encaissa la puissance destructrice de la déflagration.

Il fut projeté de côté, mais ni Girru ni Anshar n'avaient pris conscience de ce qu'était le neutraliseur, et aucun « sac à dos » de la Terre n'aurait pu absorber l'impact d'une rafale d'énergie tirée à pleine puissance. Anshar relâcha la gâchette puis marqua un temps d'arrêt, attendant la chute de sa victime.

Or Colin était indemne, et les longues heures d'entraînement contre les drones de Dahak prirent le dessus. Il fit un saut périlleux arrière en direction d'Anshar tandis que le mutin le regardait bouche bée, incrédule. Puis ses bottes vinrent s'écraser contre le torse de son ennemi, libérant le fusil à énergie de son emprise.

Les deux hommes se rétablirent d'une pirouette arrière, mais Anshar était blessé − grièvement − et Colin oublia *Dahak*, l'Empirium et même la nécessité de faire un prisonnier. Il ignora le fusil qui était tombé. Rien ne devait s'interposer entre ses mains nues et cet homme. Anshar blêmit et s'éloigna en se tordant de douleur ; il lisait dans l'œil de Colin la mort terrible qui l'attendait.

La tempête faisait rage en Colin MacIntyre − c'était une fureur froide et cruelle ; d'une main il saisit un bras qui battait l'air et attira sa victime à lui d'un coup sec. Son genou renforcé par un alliage, lancé avec toute la force de ses muscles augmentés, vint s'écraser dans la plaie qu'avait ouverte la balle de Sean, et sa bouche se tordit en un rictus féroce quand il entendit le cri de douleur bestiale d'Anshar.

Il changea de prise et lui tordit le bras tout en le maintenant levé : les os et le cartilage renforcés se déchirèrent puis se brisèrent dans un fracas épouvantable. Anshar hurla à nouveau, mais Colin en voulait plus encore. Il plaqua son ennemi au sol. Son genou s'abattit entre les omoplates d'Anshar, et il relâcha alors le bras qu'il tenait. Il plongea pour saisir le menton du mutin. Les muscles de son dos puissant se bandèrent, mus à la fois par les miracles de la technologie du Quatrième Empirium et par la force terrible de la haine. Pendant un instant, Anshar opposa la résistance d'un Titan, puis il y eut un dernier cri étranglé, et sa colonne vertébrale se rompit dans un craquement sourd.

CHAPITRE NEUF

Colin ne lâcha pas prise. Il sentait la vie de sa victime s'échapper tandis que les implants d'Anshar cédaient les uns après les autres. L'âme du tueur en lui était ivre de triomphe... et furieuse que ce soit fini.

Il le laissa enfin tomber et le visage d'Anshar rebondit contre le plancher dans un claquement de chair qui s'écrase. Colin se leva, s'essuyant les mains sur son jean. Il avait les yeux vides, comme si une part de lui-même était morte avec son frère.

Il se détourna en sentant l'odeur du bois brûlé, de la poussière de plâtre et la puanteur des corps rompus. Il ne pouvait regarder la famille massacrée de Cal, mais il n'arrivait pas non plus à détourner les yeux de Sean, bien qu'il eût vendu son âme pour y parvenir.

Il s'agenouilla dans la flaque du sang de son frère qui s'élargissait. L'arme à énergie l'avait affreusement mutilé, mais cette horreur même signifiait que la mort était survenue rapidement, et il s'efforçait de se dire que Sean n'avait pas souffert malgré ce qu'exprimait sa chair déchiquetée.

Les yeux de leur mère morte depuis longtemps étaient levés vers lui. Ils étaient sans vie, mais on pouvait encore y lire l'écho de l'indignation de Sean. Il avait compris, songea tristement Colin, compris qu'il était un homme mort au moment même où Anshar relevait son arme, et il n'avait pas reculé. Comme toujours. Et, comme toujours, il avait protégé son frère cadet.

Colin effleura ses yeux pour les fermer. Des larmes dénuées de honte coulèrent le long de ses joues. Une larme, éclat de diamant dans la lumière du bureau, s'écrasa sur le visage de son frère et Colin en fut profondément ému. C'était comme un adieu qui diminuait l'emprise de la peine qui le maintenait agenouillé là. Alors il tendit le bras pour attraper l'arme à énergie de Girru.

« Plus un geste ! » dit une voix glaciale derrière lui.

Colin se figea, mais cette fois il reconnut la voix. Elle parlait anglais avec un doux accent du Sud et sa mâchoire se crispa. Cal n'était pas le seul à l'avoir trahi. Tous ceux qu'il croyait connaître, en qui il pensait pouvoir avoir confiance, l'avaient trahi. Tous sauf Sean.

« Lâche ça ! » Il laissa retomber le fusil dans un bruit sourd. « Entre là-dedans. »

Il regagna le bureau et se tourna lentement face à la grande femme à la peau noire qui se tenait dans l'entrée. Elle portait l'uniforme de l'US Air Force décoré des feuilles de chêne du grade de lieutenant-colonel, mais l'arme qu'elle portait en bandoulière n'avait pas été fabriquée sur Terre. Volumineux mais le canon court, il s'agissait d'un pistolet à gravitons et il avait deux cents fléchettes de trois millimètres dans le magasin. Leur vitesse initiale était de plus de cinq mille mètres par seconde. Elles étaient constituées d'un explosif chimique plus dense que l'uranium qui détonait après pénétration. De là où il se trouvait, Colin voyait le dragon à trois têtes gravé sur le chargeur.

Sans que la gueule de l'arme à gravitons quitte jamais le nombril de Colin, le colonel balayait la pièce du regard et grimaçait. L'index noir sur la gâchette se tendit, et Colin contracta inutilement ses muscles abdominaux, mais elle ne tira pas. Ses yeux bruns s'attardèrent un moment sur les corps mutilés de Frances et d'Anna Tudor puis revinrent à lui, emplis d'une haine profonde qu'il ne leur avait jamais connue.

« Espèce de salaud ! lâcha le lieutenant-colonel Sandra Tillotson dans un souffle.

— Moi ? fit-il avec amertume. Et qu'en est-il de toi alors, Sandy ? »

Sa voix eut l'effet d'un coup de massue. Elle eut un mouvement brusque de la tête et écarquilla les yeux, la haine soudain voilée par l'incrédulité. Elle venait de le reconnaître, lui et non un quelconque meurtrier.

« *Colin ?* » laissa-t-elle échapper, et sa réaction l'étonna. Les mutins savaient certainement à qui ils tendaient un piège ! Mais Sandy referma la bouche dans un claquement presque audible en tournant le regard vers les deux cadavres en uniforme de la Flotte, et il percevait toute l'intensité de ses pensées, les prises de conscience successives qui animaient son visage. Puis, à sa plus grande surprise, elle baissa son arme.

Les muscles de Colin se tendirent pour bondir, franchir l'espace qui les séparait et la lui arracher des mains. Mais elle secoua lentement la tête, et ses paroles l'arrêtèrent net.

« Colin, murmura-t-elle. Mon Dieu, Colin, qu'as-tu fait ? »

C'était bien la dernière réaction à laquelle il s'attendait, et il plissa les yeux. « Je les ai trouvés comme ça. Quant à ces deux-là… (il fit un signe de la tête pour désigner les deux cadavres en uniforme, gardant les mains immobiles) ils m'attendaient. Ils… ont tué Sean aussi. »

Sandy se tourna d'un coup vers la porte d'entrée et ses épaules s'affaissèrent quand elle reconnut enfin le corps atrocement mutilé. Lorsque son visage revint vers Colin, elle avait fermé les yeux de douleur et de désespoir.

« Oh, mon Dieu, gémit-elle. Oh, Dieu de miséricorde. Pas Sean, pas lui.

— Sandy, qu'est-ce qui se passe ici, bon sang ?

— Non, tu ne pouvais pas savoir… dit-elle doucement, la bouche amère.

— Je ne sais rien ! Je croyais savoir, mais… »

— Cal a déclenché son signal d'urgence, dit Sandy d'une voix monocorde en regardant le scientifique mort comme si elle gravait à jamais cette image affreuse dans sa mémoire. J'étais la plus proche, c'est pourquoi je suis venue aussi vite que possible.

— Toi ? Sandy... toi, tu es de mèche avec Anu ?

— Bien sûr que non ! Ces deux-là – Girru et Anshar – étaient deux de ses hommes de main.

— Sandy, qu'est-ce que tu racontes ? Si tu ne fais pas... »

Colin s'arrêta une fois encore tandis que ses capteurs se mettaient à picoter, et Sandy se raidit en voyant son visage se crisper.

« Qu'est-ce qu'il y a ? demanda-t-elle brusquement.

— Ces deux salopards ont appelé des renforts, dit Colin, tendu. Ils arrivent. Tu ne les sens donc pas ?

— Je suis un être humain normal, Colin. Une des "dégénérés", dit-elle avec dureté. Mais ce n'est pas ton cas, n'est-ce pas ? Plus aujourd'hui.

— Un être humain norm... » Il s'interrompit. « Plus tard, dit-il, laconique. À présent, au moins vingt armures de combat équipées se rapprochent de nous.

— Merde », laissa tomber Sandy dans un souffle. Puis elle se secoua de nouveau. « Si tu t'es payé la totale en matière d'augmentations bio, attrape donc un de ces fusils à énergie ! » Elle arbora un sourire hideux. « Ça, au moins, ça surprendra ces salopards ! »

Colin saisit l'arme d'Anshar. Elle n'avait subi aucun dégât dans leur lutte et l'indicateur de charge affichait quatre-vingt-dix pour cent. Ses doigts s'enroulèrent presque avec amour autour des prises quand il eut saisi ce que voulait dire Sandy. Aucun humain normal ne pouvait manipuler ces armes lourdes. Même le pistolet à gravitons de Sandy aurait posé problème à la plupart des humains nés sur Terre. Pour l'Empirium, c'était une arme d'appoint. Sandy, elle, la portait à l'épaule et la tenait à deux mains.

« Comment arrivent-ils et où sont-ils ? demanda-t-elle sèchement.

— Il y en a vingt, reprit Colin. Ils se rapprochent en nous encerclant. À environ six kilomètres, et ils avancent vite.

— C'est trop loin, murmura Sandy. Il faut les attirer plus près...

— Pourquoi ?

— Parce que... » Elle s'interrompit, secouant la tête en signe de dénégation. « Nous n'avons pas le temps pour des explications, Colin. Fais-moi juste confiance... et crois bien que je suis de ton côté.

— De mon côté ? Sandy...

— *Tais-toi et écoute !* lâcha-t-elle brutalement, et il ravala ses questions. Tu vois, j'avais mes doutes lorsque nous n'avons trouvé aucune trace de toi dans cette épave, mais il semblait tellement impossible que... Peu importe. L'important, c'est toi. Quels types d'implants as-tu obtenu ? »

Les questions se bousculaient dans la tête de Colin. Comment Sandy, qui n'avait de toute évidence aucun implant biotechnique, pouvait-elle même savoir de quoi il s'agissait ? Et encore moins qu'il y avait différentes séries d'implants ? Mais elle avait raison. Le temps pressait.

« Officier de passerelle, dit-il brièvement.

— Officier de passerelle ?... Tu veux dire que le vaisseau est entièrement opérationnel ?

— Peut-être, fit-il prudemment, et elle secoua la tête en signe d'énervement.

— Soit il est opérationnel, soit il ne l'est pas, et si tu as reçu l'ensemble du traitement, il l'est. Ce qui signifie... » Elle s'interrompit à nouveau et acquiesça brusquement. « Ne reste pas planté comme ça ! Vois si tu peux nous sortir de là ! »

Colin la regarda bouche bée. La tempête causée par sa douleur et sa fureur, suivie par le choc de revoir Sandy, l'avait rendu aveugle à la plus simple de toutes les initiatives !

Il activa sa liaison *via* torsion spatiale puis émit un grognement angoissé, comme fauché par la torture stridente de ses
nerfs. Il secoua la tête avec obstination.

« Peux pas ! dit-il dans un souffle. La liaison est brouillée.

— Merde ! » Le visage de Sandy se crispa à nouveau, mais,
quand elle reprit la parole, elle avait la voix curieusement
sereine. « Colin, je ne sais pas comment tu as trouvé Cal ni ce
qui s'est passé ici exactement, mais tu es le seul homme sur
cette planète à disposer d'implants de commandement. Nous
devons te sortir de là.

— Mais…

— Le temps presse, Colin. Écoute-moi. Si nous parvenons à
les attirer plus près, il existe une voie par où nous pouvons nous
échapper. Il y a un interrupteur quelque part… je ne sais pas
où, mais tu n'en auras pas besoin. Va dans la cave et déplace la
chaudière. Elle pivote dans le sens des aiguilles d'une montre,
mais il faudra briser la serrure pour la déplacer. Descends par
l'échelle et prends l'embranchement sur ta droite – à gauche,
c'est un cul-de-sac piégé –, puis dégage. Tu sortiras à un kilomètre d'ici dans les bois au-dessus d'Aspen Road. Compris ?

— Compris. Mais… tenta-t-il encore une fois.

— Je t'ai dit que le temps pressait. » Elle se tourna vers la
porte, enjambant précautionneusement le corps de Sean.
« Viens avec moi. Il faut les convaincre que nous allons tenir nos
positions et nous battre, sinon ils s'attendront à une évasion. »

Colin la suivit tout en se rebellant ; toutes les fibres de son
corps lui hurlaient de ne pas la suivre aveuglément. Elle savait
pourtant clairement ce qu'elle était en train de faire – ou du
moins croyait le savoir – et c'était déjà mille fois mieux que ce
qu'il savait pour sa part.

Sandy fila dans l'entrée et déplaça un tableau pour faire
apparaître un petit interrupteur dans le mur. Les capteurs de
Colin étendirent leur champ pour suivre les circuits, mais elle
l'enclencha avant qu'il ait pu s'aventurer bien loin, et il eut un

frisson en sentant se ranimer des défenses insoupçonnées. Il avait senti la présence d'une autre forme de technologie impériale en s'approchant de la maison, mais il n'avait jamais soupçonné *ça*!

« Ce mur est blindé, mais il tourne le dos à la montagne, c'est pourquoi nous ne pouvions prendre le risque d'y intégrer des circuits de défense », expliqua-t-elle brièvement tout en se retournant pour entrer dans la salle de séjour et s'agenouiller à côté d'une fenêtre panoramique. Elle appuya le canon de son lourd pistolet à gravitons sur le rebord. « Les chances pour que l'un des séides d'Anu le remarque en passant sont trop grandes. Mais c'est le seul mur ouvert de la maison. »

Colin émit un grognement affirmatif tout en s'accroupissant à son tour près d'une fenêtre à l'autre bout de la pièce. S'ils essayaient de se cacher, ils avaient pris un énorme risque en ne protégeant que le toit et les murs latéraux, mais ce n'était peut-être pas aussi dangereux qu'il l'avait imaginé. Il disposait de capteurs bien plus sensibles qu'aucun mutin et, tout en remontant le champ jusqu'à sa source, il comprit que les circuits de défense étaient en fait très bien cachés. Il s'attendait à des circuits moléculaires impériaux, or l'installation dissimulée dans la cave était de manufacture terrienne. Elle comportait des composants hautement inhabituels, mais il n'y avait que des circuits imprimés, ce qui expliquait à la fois sa taille imposante et leur difficulté à la cacher. Cependant, le fait même qu'elle ne contenait aucun molycirc restait son meilleur camouflage.

Le bouclier brouillait ses capteurs dans trois directions, mais il pouvait encore s'en servir à travers le mur ouvert, et il eut alors un rictus féroce en voyant luire devant lui la signature radar des armures de combat. Ils étaient bien mieux protégés que lui, mais aussi beaucoup plus repérables. Il releva son fusil à énergie avec appétit.

« Ils arrivent », murmura-t-il, et Sandy acquiesça, le visage grotesque derrière les dispositifs optiques à amplification de luminosité qu'elle avait placés sur ses yeux. Il s'agissait de la dernière création de l'US Army, loin derrière les normes impériales mais très efficace en dépit de ses limites. Colin se retourna vers la fenêtre, scrutant les ténèbres.

L'intense luminosité d'une armure de combat surgit dans son champ de vision et il leva son arme. L'assaillant grimpa plus haut, atteignant le sommet de la pente, et il se demanda pourquoi ils n'utilisaient plus leur dispositif de saut. Le mutin poursuivit son ascension, s'exposant presque entièrement, et Colin pressa la détente.

Sa fenêtre explosa, dispersant les éclats de verre dans la nuit. L'énergie quasiment invisible à l'œil nu apparut comme une terrible décharge pour sa vue augmentée, tandis qu'elle se propageait à travers la pelouse pour frapper le mutin de plein fouet.

L'armure de combat résista un moment, mais l'arme de Colin était réglée sur la puissance maximale. Il y eut un geyser de sang dévastateur. Un grondement d'avidité retentit en lui-même pendant la chute interminable du mutin. Il entendit se réverbérer un « *sssss… crrrrac!* »

Les fléchettes silencieuses du pistolet à gravitons jaillirent du canon à une vitesse supersonique, et la fenêtre de Sandy éclata, mais le verre offrait une trop faible résistance pour les faire exploser. Du coin de l'œil, Colin vit voler des gouttes de boue tandis qu'une douzaine de fléchettes s'enfonçaient profondément dans une armure avant de détoner. Un autre mutin battit alors en retraite. Il bascula par-dessus la rambarde de la cour pour retomber sur la route en contrebas dans un bruit de tonnerre. Le cri affamé et vengeur de Sandy fit écho au sien.

Leur feu avait rompu le silence, et la maison vibrait sous les tirs des armes impériales qui frappaient les murs latéral et arrière. Colin grimaça en ressentant la soudaine surcharge des circuits de défense. Ils subissaient un tir continu : la nuit était zébrée d'éclairs ponctués de grondements de tonnerre. Le générateur de bouclier, de fabrication artisanale, chauffait dangereusement, mais il tenait le coup.

Puis la foudre cessa. Il leva les yeux lorsque Sandy reprit la parole.

« Maintenant ils savent, dit-elle doucement. Ils vont arriver sur nous dans un instant en passant par la façade. Ils ne peuvent pas se permettre de perdre du temps avec tout le boucan que nous faisons. Il faut qu'ils soient entrés et sortis avant que… » Elle s'interrompit et arrosa la nuit d'un autre flot de fléchettes. Une troisième armure explosa. « … avant que quelqu'un vienne voir ce qui se passe.

— Nous n'arriverons jamais à repousser un véritable assaut, répliqua-t-il en guise d'avertissement.

— Je sais. Il est temps de décamper, Colin.

— Ils nous suivront. Même moi, je ne peux pas battre de vitesse des armures de combat équipées de dispositifs de saut. » Il n'ajouta pas qu'elle n'avait absolument aucune chance de son côté.

« Ce ne sera pas la peine, dit-elle brièvement. Il devrait y avoir des amis au bout du tunnel quand tu y parviendras. Mais, pour l'amour de Dieu, ne tire pas en sortant ! Ils ne savent pas ce qui se passe ici.

— Des amis ? Quoi ?… » Il s'interrompit et tira une autre rafale. Mais cette fois les mutins savaient qu'ils étaient visés. Il toucha sa cible, mais sa victime se laissa choir avant que le rayon ait saturé son armure. Il était salement touché – aucun doute là-dessus – mais probablement encore en vie.

« Ne pose pas de questions ! Bouge tes fesses et fonce, bon sang !

— Pas sans toi.

— Espèce de… » Sandy ravala sa remarque rageuse et secoua la tête furieusement. « Je ne peux même pas ouvrir ce foutu tunnel, ducon ! Toi, si. Alors arrête de faire le galant homme de mes deux ! Quelqu'un doit couvrir l'arrière et quelqu'un d'autre ouvrir le tunnel! Maintenant, bouge-toi, Colin! »

Il allait argumenter, mais les signatures radar d'armures de combat en train de se regrouper le long de la route en contrebas saturèrent soudain ses capteurs. Elle avait raison et il le savait. Il ne voulait pas l'entendre, mais il le savait aussi.

« Très bien! grinça-t-il. Mais t'as intérêt à être pile sur mes talons, miss, ou je reviens te chercher!

— Non, sale Blanc machiste et obstiné...! »

Elle se coupa net en constatant qu'il était déjà parti. Elle voulait l'appeler pour lui souhaiter bonne chance mais n'osait pas se détourner du front. Elle regrettait sa propre réaction de colère, car elle savait pourquoi il avait dit ces mots. Il fallait qu'il les dise, aussi inutile que ce soit, et tous deux en étaient conscients. Il fallait qu'il continue de croire qu'il reviendrait... qu'il *pourrait* revenir... et cependant il le savait aussi bien : si elle ne le suivait pas aussitôt, elle ne s'en sortirait jamais.

Mais ce qu'elle avait prudemment évité de lui faire savoir, c'est qu'elle ne le suivrait pas. Elle avait dit qu'il y aurait des amis, mais elle ne pouvait en être sûre et, même s'il y en avait, quelqu'un devait retenir l'attention des assaillants pour les empêcher de détecter du mouvement dans le tunnel lorsque Colin franchirait les limites du champ de force. Et elle pensait ce qu'elle avait dit. S'il avait les implants d'un officier de passerelle, ils se devaient de le faire sortir. Elle ne comprenait pas tout ce qui était en train de se passer, mais elle était au moins sûre de ça. Et elle savait aussi qu'il avait besoin de temps pour pouvoir s'échapper.

Le lieutenant-colonel Sandra Tillotson, de l'Air Force des États-Unis, posa un chargeur de rechange à côté d'elle et se prépara à gagner le temps dont Colin avait besoin.

Colin se précipita en bas des escaliers de la cave, le cœur lourd. Au fond de lui, il soupçonnait ce qu'elle avait l'intention de faire, et elle avait raison, bon sang! Mais l'idée de l'abandonner lui rongeait les entrailles. Cette nuit d'horreur lui avait déjà trop coûté. Il se souvint de la pensée qu'il avait eue quand la vedette de *Dahak* l'avait déposé, et ses paroles n'étaient que du vent. Il n'avait pas compris tout ce qu'on exigerait de lui. Il avait cru en effet que, d'une certaine manière, il serait le seul à perdre quelque chose et ne mettrait en danger personne d'autre que lui-même. Il n'avait pas envisagé que les gens qu'il connaissait et qu'il aimait puissent être abattus comme des animaux... et n'avait pas mesuré à quel point il serait difficile de continuer à vivre plutôt que de mourir à leurs côtés.

Il percevait les tirs saccadés du pistolet à gravitons derrière lui et la fureur des armes à énergie qui éventraient la maison. Ses yeux commencèrent à le piquer lorsqu'il saisit la lourde chaudière dans une étreinte puissante. Il la souleva, l'arrachant entièrement de sa base. L'échelle était bien là. Il l'ignora, bondissant avec légèreté pour atterrir deux mètres plus bas dans la coursive du tunnel. Alors même qu'il franchissait la limite extérieure du bouclier qui coupa ses capteurs, il sentit les décharges du pistolet déchirer l'espace, et il sut qu'elle était toujours là-haut, toujours en train de tirer, sans même chercher à s'échapper. Alors il fut aveuglé par les larmes, submergé par un sentiment de haine envers lui-même, tandis qu'il courait se réfugier à couvert.

Le tunnel semblait sans fin. Pourtant, il arriva au bout presque sans s'en apercevoir. Il bondit pour atteindre une autre échelle plus haut. Le conduit était scellé, mais voilà qu'il le sondait déjà, à la recherche du crochet, tout en soulevant la plaque de ses épaules puissantes. Il émergea d'un coup dans l'air nocturne... et ses sens s'enflammèrent à nouveau en percevant d'autres sources d'énergie. Encore des armures de combat! Elles venaient de l'arrière, mues par les bonds prodigieux du dispositif de saut, et il y en avait d'autres qui l'attendaient aussi dans les bois devant lui!

Il essaya de décrocher son fusil, mais un torrent d'énergie s'abattit sur lui, et il hurla à l'unisson avec tous ses implants. Il se tordit de douleur, lutta, cherchant à ne pas sombrer en s'accrochant à cette torture même.

C'était un champ de capture – non une rafale d'énergie meurtrière, mais quelque chose d'infiniment pire. Un dispositif policier qui bloquait toutes les fibres synthétiques de ses muscles avec une force brutale.

Colin bascula vers l'avant, entraîné par l'élan de sa dernière charge, et s'écrasa par terre, à moitié sorti du tunnel. Avec toute la rage de sa volonté, il combattit les ténèbres qui lui voilaient peu à peu la vue mais finit par s'évanouir.

La dernière chose qu'il vit fut une tornade de lumière alors que les arbres explosaient sous le feu des rafales d'énergie. Il emporta cette vision avec lui en sombrant dans le noir, à peine conscient de son intérêt.

Puis, tandis que ses sens s'éteignaient progressivement, Colin comprit. Cette rafale n'était pas dirigée contre lui, elle balayait le sol sur ses arrières et barrait la route aux mutins qui l'avaient pris en chasse…

CHAPITRE DIX

Colin émergea craintivement à la surface de ses cauchemars et tenta de comprendre ce qui s'était passé. Ses perceptions avaient quelque chose d'anormal et il gémit doucement, effrayé par l'engourdissement, *le vide*, car il aurait dû ressentir le murmure et le clapotis de l'énergie ambiante.

Il ouvrit les yeux, cligna des paupières et tamisa automatiquement la lumière éblouissante qui brillait au-dessus de lui. Il distingua un plafond – il ne lui était pas familier, mais il ne connaissait que trop bien cet alliage couleur bronze – et ses muscles se crispèrent.

Il n'avait donc pas rêvé. Sean était mort. Et puis Cal... sa famille... et Sandy...

Ce souvenir lui arracha un grognement de douleur inarticulé, et il referma les yeux. Puis il se reprit et tenta de se redresser sur son séant, mais son corps refusa d'obéir et ses yeux s'ouvrirent à nouveau. Il essaya encore, plus fort. Ses muscles se tendirent, mais c'était comme s'il avait voulu soulever la Terre. Quelque chose le maintenait plaqué et il serra les dents en reconnaissant les effets du presseur. Ainsi qu'un champ de neutralisation, ce qui expliquait l'impuissance de ses implants sensoriels.

Il entendit un faible son et tordit le cou, à peine capable de produire ce mouvement.

Trois personnes au visage sinistre le regardaient. Celle qui se tenait au centre était un homme aux cheveux gris. Il avait le visage marqué d'une balafre recousue et lisse, guérie depuis longtemps, qui partait sous l'œil droit et descendait jusque sous le col de son vieux sweat en lambeaux à l'insigne de Clemson University. Sa peau parcheminée était de la couleur brun olivâtre du Quatrième Empirium, et Colin identifia ces signes grâce aux leçons de Dahak. Cet homme était vieux. Très vieux. Il pouvait bien avoir six cents ans, mais, aussi âgé soit-il, il avait une imposante musculature et ses yeux noir olive étaient vifs.

Une femme était assise sur une chaise à sa gauche. Elle aussi était âgée, mais dans les limites d'espérance de vie d'une autochtone de la Terre ; ses cheveux encore épais étaient douloureusement blancs sous l'éclairage violent. Son visage ridé, tiré par le chagrin, était plus clair que celui de l'homme, mais ses yeux gonflés ressemblaient quelque peu aux siens. Colin déglutit : il n'avait jamais rencontré Isis Tudor, mais elle ressemblait trop à son petit-fils assassiné pour qu'il manque de la reconnaître.

La troisième observatrice avait le même teint que le vieil homme, mais son visage froid et posé n'avait aucune ride. Elle était grande pour une impériale, proche du mètre quatre-vingt-huit de Colin, élancée, presque délicate. Belle aussi et d'un charme félin, avec des yeux en amande subtilement extraterrestres mais parfaits. Une épaisse crinière attachée à la base de la nuque par une pince ornée de pierreries lui dégringolait jusqu'aux reins, si noire qu'elle en avait des nuances bleu-vert. Elle portait un pantalon sur mesure et un pull en cachemire. Le poignard orné de pierres précieuses qu'elle avait à la ceinture jurait avec le reste, mais sans paraître ridicule pour autant. Ses doigts fins s'enroulaient trop avidement autour du manche. Elle avait les yeux sombres et emplis de haine.

Il les fixa sans un mot et détourna délibérément le regard.

Le silence se prolongea, puis le vieil homme s'éclaircit la voix.

« Qu'allons-nous faire de vous, capitaine MacIntyre ? » demanda-t-il doucement dans un anglais parfait, et Colin se retourna presque malgré lui. Le porte-parole souriait en grimaçant et il passa le bras autour de la vieille femme. « Nous savons – en partie – ce que vous êtes, reprit-il, mais il nous manque certains éléments. Et... (sa voix douce se fit plus soudain plus dure) nous savons ce que vous nous avez déjà coûté.

— Ne gaschez point vostres parolles avec cestui, lâcha froidement la jeune femme.

— Chut, Jiltanith, dit le vieil homme. Ce n'est pas sa faute.

— Pour vrai ? Toutesfois Calvin périt, et sa femme et sa fille avecques luy. Et cest homme feut cause de cela !

— Non. » La douce voix d'Isis Tudor était exténuée par le chagrin, mais elle secoua la tête lentement. « Cal était son ami, 'Tanni. Il ne savait pas ce qu'il faisait.

— Cela ne change rien ! dit Jiltanith avec amertume.

— Isis a raison, 'Tanni, fit le vieil homme tristement. Il n'aurait pas pu savoir qu'ils recherchaient Cal. Par ailleurs (les yeux âgés étaient sages et empreints de compassion malgré leur amertume), il a perdu son propre frère aussi... et vengé Cal et les filles. »

Il se dirigea vers la table où était étendu Colin et l'affronta du regard. Ça se réglerait entre eux. Colin avait averti Sean que le relais pourrait être détecté, ce qui s'était produit. Par sa faute, Cal et Frances, Harriet et Anna, Sean et Sandy avaient été tués. Il le savait, tout comme ce vieil homme le savait, il le lisait dans ses yeux. Mais son geôlier croisa les mains derrière le dos et s'arrêta à un pas de lui. Il n'était manifestement pas menaçant.

« Quel besoyn de vengeance ? demanda Jiltanith, son froid et charmant visage tout empli de haine. Leur rendrait-elle quelque souffle de vie ? Nenni ! Pourfendons icelui et qu'il en soit ainsi, de ma part je dy !

— Non, 'Tanni, fit l'homme plus fermement. Nous avons besoin de lui et il a besoin de nous.

— Nenni, mon père, je vous dy ! éructa furieusement Jiltanith. De cest homme rien ne veulx ! Nenni, et ne prendroi poinct de part en cela !

— Ce n'est pas à toi d'en décider, 'Tanni. » Le ton de l'homme était sévère. « Cela dépend du conseil – et c'est moi qui en suis président.

— Père (la voix de Jiltanith était encore plus implacable malgré sa douceur de timbre), si de cest homme vostre allié faistes, lors c'est que vous estes furieux. Desjà ledict homme vous a par trop cousté. Prenez garde que le coust n'augmente encore.

— Nous n'avons pas le choix », dit son père. Ses yeux tristes et sages soutenaient le regard de Colin. « Capitaine, si vous voulez bien me donner votre parole d'honneur, je désactiverai le presseur.

— Non, répliqua froidement Colin.

— Commandant, nous ne sommes pas ceux que vous croyez. Ou peut-être que si après tout, mais nous avons besoin les uns des autres. Je ne vous demande pas de vous rendre, seulement d'écouter. C'est tout. Après, si vous le souhaitez, nous vous relâcherons. »

Colin entendit le sifflement amer qu'émit Jiltanith en inspirant, mais ses yeux se rivèrent sur ceux du vieil homme. Il y avait quelque chose d'incroyablement vieux et de las dans ce regard, et, malgré cela, il restait empreint de détermination. Malgré lui, il était tenté de le croire.

« Et qui êtes-vous au juste ? lâcha-t-il d'un ton grinçant.

— Moi, capitaine ? » Le vieil homme eut un sourire ironique. « Horus, technicien en missiles, autrefois de la Flotte impériale. C'était il y a bien longtemps, je le crains. Et aussi… (son sourire mourut sur ses lèvres, et une fois encore une intense tristesse vint lui voiler les yeux) Horace Hidachi. »

Les paupières de Colin se plissèrent brusquement, et le vieil homme acquiesça.

« Oui, capitaine. Cal était mon arrière-petit-fils. Pour cette raison, je crois que vous me devez au moins la politesse de m'écouter, n'est-ce pas ? »

Colin le regarda fixement pendant un long moment de silence, puis, d'un mouvement saccadé, luttant contre la poussée du presseur, il hocha la tête.

Colin secoua les épaules pour ajuster plus confortablement l'uniforme emprunté qui remplaçait ses vêtements tachés de sang et se mit à étudier son environnement tandis qu'Horus et Isis Tudor le conduisaient le long du passage. Un champ de neutralisation portatif coupait toujours ses capteurs et il était un peu surpris de découvrir à quel point il se sentait incomplet du coup. Il s'était habitué à ses nouveaux sens et considérait désormais les spectres électromagnétique et gravitonique comme une extension de la vue, du toucher et de l'odorat. Or la petite unité portable que pointait sur lui Jiltanith les avait neutralisés. La jeune fille marchait en effet derrière lui, raide comme la justice.

Ils croisèrent quelques autres personnes, bien que la circulation fût rare. Elles portaient des vêtements terrestres de tous les jours, et la plupart étaient manifestement des autochtones. Il n'y avait qu'une minorité d'impériaux aux yeux en amande et à la peau olivâtre, et Colin se demanda comment on pouvait avoir mis tant de Terriens dans la confidence sans risquer de fuite.

Mais, même sans ses implants, il pouvait voir et sentir l'âge antique de ce qui l'entourait.

Dahak était encore plus ancien, mais l'immense vaisseau spatial ne donnait pas cette impression-là. Il était ancien, certes, mais pas vieux. Non pas usé par le cours des siècles. Durant cinquante millénaires, nul n'avait posé le pied sur les ponts de *Dahak*. Aucun être vivant n'avait laissé la trace de son passage – raclures, bosses et autres éraflures occasionnelles.

Ce n'était pas le cas ici. La zone centrale du solide revêtement qui couvrait le pont était raclée jusqu'à la corde, et même l'alliage qui affleurait dessous montrait des signes d'usure. Il fallait plus qu'un simple piétinement pour réduire en poussière l'acier de combat impérial, mais le sol avait été si poli qu'il en luisait comme un miroir. Il en allait de même pour les parois. On décelait les réparations opérées sur des installations électriques et des conduits de ventilation à la surface légèrement irrégulière, des raccords posés par des mains simplement humaines plutôt que par les unités de maintenance à la précision sans faille qui s'occupaient de *Dahak*.

Cela n'avait aucun sens. Dahak disait que les mutins passaient le plus clair de leur temps en animation suspendue. Or, malgré la faible densité du trafic, Colin soupçonnait qu'il y avait des centaines de gens qui se déplaçaient autour de lui. Et ce sentiment d'ancienneté, cette lassitude sous le poids des ans qui parvenait à imprégner jusqu'à l'acier de combat, avait quelque chose d'anormal. Anu avait emporté une base tech tout entière sur Terre. Il aurait dû disposer de nombreux mécanos chargés de la maintenance des appareils.

Mais cela coïncidait avec le reste. Le meurtre de la famille de Cal. Les observations mystérieuses de Sandy. Il y avait là une logique, une cohérence interne, même s'il ne parvenait pas vraiment à saisir laquelle. Pourtant...

Le cours de ses pensées fut interrompu quand Horus et Isis ralentirent soudain devant un sas fermé. Un dragon à trois têtes avait jadis orné ces portes, mais on l'avait raboté, laissant l'alliage parfaitement lisse. Il classa cette information en parallèle avec l'uniforme de la Flotte que lui-même, et lui seul, portait.

Le sas s'ouvrit et il entra, répondant au geste d'Horus.

La salle de contrôle était une version bien plus exiguë de la passerelle de commandement de *Dahak*, mais on avait opéré des changements. Une rangée de vieux moniteurs télé terriens à écran plat recouvrait l'une des parois. On avait ajouté aux panneaux de singuliers hybrides de science impériale et de composants indigènes. Il s'agissait de pavés tactiles standard installés sur des consoles déjà équipées pour des connexions neuronales directes. Mais ce qu'il y avait de plus incongru sans doute, c'était les casques au style terrestre archaïque, accrochés à côté de chaque console. Il leva les sourcils à ce spectacle, et Horus sourit.

« Nous avons besoin des claviers... et des téléphones, commandant, dit-il ironiquement. La plupart des nôtres doivent entrer les directives manuellement et passer les ordres oralement. »

Colin observa le vieil homme pensivement. Puis il acquiesça à demi et porta son attention sur la trentaine de personnes qui se tenaient derrière les consoles, assises ou debout. Les quelques impériaux étaient en nette minorité, et la plupart, contrairement à Jiltanith, semblaient aussi âgés qu'Horus.

« Commandant, dit Horus d'un ton formaliste, permettez-moi de vous présenter le conseil de commandement du bâtiment de guerre subluminique *Nergal*, anciennement – comme certains membres de son équipage – de la Flotte de guerre. »

Colin fronça les sourcils. Le *Nergal* avait été l'un des vaisseaux d'Anu, mais il devenait douloureusement évident que, quels que fussent ces gens, Anu n'était certainement pas leur ami. En tout cas, il ne l'était plus. Ses pensées défilèrent à toute allure tandis qu'il s'efforçait d'évaluer les fragments d'information qu'il détenait, cherchant à en tirer avantage.

« Je vois. » Ce fut tout ce qu'il répondit. Horus gloussa franchement.

« J'imagine que vous jouez un poker serré, commandant », dit-il sèchement, et d'un geste il invita Colin à prendre place sur l'une des deux couchettes vides. C'était celle de l'officier chargé de l'artillerie, remarqua Colin, mais le panneau qui y faisait face était inactif.

« J'essaie, dit-il en relevant la tête pour inviter Horus à poursuivre.

— Je vois que vous n'avez pas l'intention de nous simplifier la tâche. Eh bien, je crois que je ne vous en blâme pas. »

Jiltanith émit un son à peine audible de mépris et de désaccord. Horus lui lança un coup d'œil réprobateur. Mais Colin avait la nette impression qu'elle aurait préféré pointer sur lui quelque chose de plus meurtrier qu'un neutraliseur portatif.

« Très bien », reprit Horus d'un ton plus brusque en se retournant pour inviter courtoisement Isis à prendre place dans le fauteuil inoccupé du commandant. « C'est naturel. Commençons par le commencement.

» En préliminaire, commandant, nous ne vous demanderons de nous divulguer aucune information si vous ne choisissez pas de le faire de votre propre chef. Néanmoins, certaines déductions sont assez évidentes.

» Tout d'abord, *Dahak* est, de fait, opérationnel. Deuxièmement, il y a une explication au fait que le vaisseau n'a pas réussi à écraser la mutinerie ni à partir chercher de l'aide ailleurs. Troisièmement, le vaisseau a enfin repris l'initiative, d'où votre présence avec le premier ensemble d'implants d'officier de passerelle que cette planète ait vu depuis cinquante millénaires. Quatrièmement, et c'est ce qui crève les yeux, si vous voulez bien m'excuser, les informations d'après lesquelles vous avez élaboré vos plans se sont révélées inexactes. Ou peut-être vaudrait-il mieux dire *incomplètes*. »

Il fit une pause, mais Colin ne laissa paraître qu'un intérêt poli. Horus soupira de nouveau.

« Commandant, votre prudence est admirable mais déplacée. Si nous avons continué à neutraliser vos implants, et notamment votre liaison com, c'est dans votre intérêt autant que dans le nôtre. Vous ne pouvez souhaiter, pas plus que nous, fournir une cible phare aux missiles d'Anu. Nous avons toutefois conscience que c'est à nous de vous convaincre de nos intentions et que la seule manière d'y parvenir, à notre avis, est de vous apprendre qui nous sommes et pourquoi nous voulons tant vous aider plutôt que de vous faire obstacle.

— C'est vrai ? »

Colin s'autorisa enfin cette question et laissa filer son regard en direction de Jiltanith. Horus eut une grimace ironique.

« Toute décision est-elle jamais parfaitement unanime, commandant ? Il est possible que nous soyons des mutins ou quelque chose de différent, mais nous formons aussi une communauté dans laquelle même ceux qui sont en désaccord avec la majorité se plient aux décisions de notre conseil. N'est-ce pas, 'Tanni ? demanda-t-il doucement à la jeune femme au regard courroucé.

— Certes est assez vray », dit-elle brièvement, attaquant chaque mot comme si elle souffrait réellement, et sa réticence même était plutôt rassurante. Un mensonge serait sorti plus facilement.

« Très bien, dit enfin Colin. Je ne vous promets rien, mais allez-y, exposez-moi votre point de vue.

— Merci. » Horus appuya la hanche contre la console devant laquelle était assise Isis Tudor puis croisa les bras.

« Tout d'abord, commandant, un aveu. J'ai soutenu la mutinerie de tout mon cœur et j'ai combattu durement pour qu'elle réussisse. La plupart des impériaux présents ici vous diraient la même chose. Mais… (son regard croisa celui de Colin sans ciller) on s'est *servi* de nous, commandant MacIntyre. »

Colin le fixa silencieusement et Horus haussa les épaules.

« Je sais. C'était de notre faute. Et nous avons dû l'accepter. Nous avons tenté de "déserter face à l'ennemi" pour reprendre la formule propre à votre loi martiale, et nous admettons notre culpabilité. En effet, c'est la raison pour laquelle aucun d'entre nous ne porte l'uniforme auquel nous avions droit jadis. Mais ce n'est pas tout, commandant, car, une fois que nous avons reconnu l'étendue de nos erreurs, nous avons aussi cherché à nous amender. En outre, nous n'étions pas tous des mutins. »

Il fit une pause et regarda à nouveau Jiltanith dont le visage était plus froid et plus dur que jamais. C'était une forteresse, et sa haine semblable à la herse qui s'abat. Elle ignora Horus pour fixer Colin droit dans les yeux de son regard plein d'amertume.

« Jiltanith n'était pas une mutine, commandant, dit Horus d'une voix douce.

— Non ? » Colin se surprit lui-même en entendant avec quelle douceur il avait posé cette question. La jeunesse évidente de Jiltanith comparée à l'âge des autres impériaux la classait déjà à part. Sans savoir exactement pourquoi, il avait perçu sa différence.

« Non, répondit Horus de la même voix douce. 'Tanni était alors âgée de six années terrestres, commandant. Une enfant doit-elle être tenue pour responsable de nos actes ? »

Colin acquiesça lentement, ne s'engageant en rien. Ça, malgré tout, il le comprenait. Se voir condamné à l'exil éternel ou à la mort pour un crime que l'on n'a jamais commis suffirait à faire naître un sentiment de haine en quiconque.

« Mais les affaires de *Dahak* nous concernent tous, je suppose, poursuivit Horus, et nous acceptons cela, mes camarades et moi-même. Nous sommes devenus vieux, commandant. Nos vies sont largement écoulées. Nous ne plaiderions que pour 'Tanni et les autres innocents. Et, peut-être, pour certains de nos camarades du Sud.

— C'est très éloquent, Horus, dit Colin d'un ton neutre et prudent, mais…

— Mais nous devons travailler à obtenir notre laissez-passer, est-ce bien cela ? l'interrompit Horus, et Colin acquiesça lentement. Eh bien, c'est aussi ce que nous pensons.

» Lorsque Anu fomenta sa mutinerie, commandant, le capitaine Inanna des biosciences sélectionna les profils psy les mieux adaptés avant de les enrôler. Même l'Empirium avait des éléments malléables. Elle et Anu firent les bons choix. Certains avaient tout bonnement peur de mourir ; d'autres étaient mécontents et voyaient là l'opportunité d'obtenir une promotion et un pouvoir accru. D'autres encore étaient tout simplement las et prêts à l'aventure. Mais ce que très peu d'entre eux savaient, c'était que le cercle intérieur d'Anu avait des motivations très différentes des leurs.

» Le but avoué d'Anu était de s'emparer du bâtiment et de fuir les Achuultani, mais la vérité pleine et entière, la voici : comme bien d'autres de l'équipage, il ne croyait plus en l'existence des Achuultani. » Colin se redressa sur son siège, impatient d'entendre un autre point de vue sur l'histoire de la mutinerie – même s'il ne s'agissait au bout du compte que d'une justification –, mais il ne laissa paraître sur son visage qu'une moue dubitative.

« Oh, les archives étaient là, convint Horus, mais l'Empirium était *vieux*, commandant. Nous étions enrégimentés, disciplinés, prêts à la bataille au moindre signe – du moins, c'est ainsi que tout était conçu. Cependant nous avions attendu l'ennemi pendant trop longtemps. Nous n'étions plus des chiens d'attaque tirant sur leur laisse. Nous étions devenus des êtres mus par l'habitude, et nombre d'entre nous pensaient au plus profond d'eux-mêmes que ce qui faisait toute notre raison d'être n'existait plus.

» Même ceux qui avaient vu des preuves de l'existence des Achuultani – des planètes mortes, des systèmes stellaires éventrés, les épaves d'anciennes flottes de guerre – n'avaient jamais vu les Achuultani eux-mêmes, et notre peuple n'était pas très différent du vôtre. Tout ce qui dépassait notre propre expérience vécue ne nous semblait pas vraiment "réel". Au bout de sept mille ans sans aucune nouvelle incursion, cinq mille ans passés à se préparer à une attaque qui jamais n'arriva, trois mille ans à envoyer des sondes qui ne détectaient aucun signe de l'ennemi, il était difficile de croire qu'il y avait toujours un ennemi. Nous avions monté la garde pendant si longtemps, et peut-être étions-nous tout simplement las. » Horus haussa les épaules. « Il n'en demeure pas moins que seule une minorité d'entre nous croyait vraiment en l'existence des Achuultani, et beaucoup de ceux-là avaient peur.

» C'est pourquoi le prétexte que choisit Anu était habile. Il séduisait les peureux, donnait une excuse aux mécontents et offrait à ceux qui s'ennuyaient le défi de la conquête d'un nouveau monde au-delà de l'influence abrutissante de l'Empirium. Pourtant, ce n'était qu'un prétexte car Anu lui-même ne cherchait à échapper ni aux Achuultani ni à l'ennui. Il voulait s'emparer de *Dahak* pour son propre compte et il n'avait aucunement l'intention d'abandonner les loyalistes sur Terre. »

Colin savait qu'il s'était penché en avant et soupçonnait qu'il laissait transparaître beaucoup trop d'intérêt sur son visage, mais il n'y pouvait rien. C'était une histoire subtilement différente de celle contée par Dahak, mais elle tenait debout.

Et peut-être cette différence n'était-elle pas si étrange. Les données contenues dans la mémoire de Dahak représentaient la seule réalité pour le vieux vaisseau – avant qu'il se retrouve complètement seul. Colin avait remarqué que l'ordinateur ne se servait jamais du pronom personnel en référence à lui-même, à ses actes ou à ses réactions précédant et suivant aussitôt la mutinerie. Et il croyait savoir pourquoi. « Infomatrix » n'avait été conçu que pour gérer des informations et des systèmes sous supervision humaine directe. Sa parfaite conscience de soi actuelle découlait de cinquante et un millénaires sans discontinuer de fonctionnement hors de tout contrôle. Et si la conscience lui était venue *après* la mutinerie, pourquoi l'ordinateur remettrait-il en question ses données fondamentales ? D'après les archives, contrairement à ce que pensait l'équipage humain de l'immense vaisseau, l'existence des Achuultani était incontestable. De même, donc, pour Dahak. Pourquoi aurait-il dû douter qu'il en allait différemment pour l'humanité ? Surtout si telle était la raison « officielle » donnée par Anu ? Le point de vue d'Horus faisait sens, naturellement... et Dahak lui-même était conscient de son propre manque d'imagination et d'empathie pour la condition humaine.

« Je crois (la voix grave d'Horus saisit à nouveau l'attention de Colin) qu'Anu est fou. Je crois qu'il était déjà fou à cette époque, mais j'ai peut-être tort. Pourtant il croyait vraiment pouvoir renverser l'Empirium lui-même avec la puissance de *Dahak*.

» Je n'arrive pas à croire qu'il aurait pu réussir, quel qu'ait été le nombre des mécontents dans la population par la suite. Mais ce qui compte, c'est que, pour sa part, il restait persuadé d'être investi d'une sorte de mission divine en partant à la conquête de l'Empirium. S'emparer du vaisseau en était la première étape.

» Cependant, Anu devait agir avec prudence et c'est pourquoi il nous a menti alors. Il avait toujours eu l'intention de massacrer ceux qui refuseraient de se joindre à lui, mais, comme il savait que beaucoup de ses partisans auraient protesté, il prétendait que non. Il céda même devant notre insistance pour que des pièces de rechange d'hypercom soient chargées sur les transporteurs que nous pensions destinés à naufrager les loyalistes sur Terre ; ainsi, au bout d'un certain temps, ils seraient en mesure de fabriquer une hypercom et d'appeler à l'aide. Et il nous avait promis une opération d'une précision chirurgicale, commandant. Ses équipes soigneusement préparées devaient s'emparer des principaux centres de contrôle, déconnecter Infomatrix du réseau et mettre le commandant Druaga devant le fait accompli.

» Nous l'avons cru, dit Horus à voix basse. Que le Créateur nous pardonne, nous l'avons cru. Mais, si nous avions pris la peine de réfléchir ne serait-ce qu'un instant, nous aurions vu clair. Avec si peu de l'équipage – sept mille personnes au plus – dans nos rangs, son « opération chirurgicale » était impossible. Quand il a fait réunir des armures de combat et des armes, puis fait saboter autant d'autres armures que possible par ses partisans au département logistique, nous aurions dû comprendre. Ce ne fut pas le cas. Tout au moins jusqu'à ce que commencent les combats et que le sang se mette à couler. Jusqu'à ce qu'il soit beaucoup trop tard pour changer de camp. »

Horus se tut, et son vis-à-vis le fixa. Il voulait l'entendre poursuivre même s'il savait que le vieil homme avait besoin d'une pause pour se reprendre. Intellectuellement, Colin pouvait encore se dire qu'il s'agissait d'un mensonge intéressé ; mais son intuition lui affirmait qu'Horus lui racontait la vérité, tout au moins ce qu'il croyait la vérité.

« Les derniers moments à bord de *Dahak* furent un cauchemar, commandant, reprit enfin le vieil homme. On avait déclenché rouge deux en interne. Les appareils de sauvetage s'éjectaient. Nous battions en retraite vers la baie quatre-vingt-onze. Nous courions pour sauver nos vies, craignant de ne pas y arriver, écœurés par le carnage. Mais, après avoir laissé *Dahak* derrière nous, nous avons dû assumer nos actes. En outre, nous avons alors compris – en tout cas certains d'entre nous – quelle était la véritable nature d'Anu. Et c'est pourquoi l'équipage de ce vaisseau, le *Nergal*, fit sécession. »

Horus sourit ironiquement en voyant Colin cligner des yeux, surpris.

« Oui, commandant, nous avons été deux fois mutins. Nous avons mis les gaz – dans ce seul appareil, avec à peine deux cents âmes à bord – et, d'une manière ou d'une autre, dans la confusion, nous avons échappé aux scanners d'Anu et nous nous sommes cachés.

» À l'époque, notre stratégie était extrêmement simple. Nous savions qu'Anu avait préparé un plan d'urgence qui devait lui donner le contrôle du vaisseau quoi qu'il arrive, même si nous ne savions absolument pas comment. Nous avons alors spéculé qu'il visait l'alimentation en énergie de *Dahak*, étant donné qu'il était responsable des machines. En tout cas, la seule chose qui comptait pour lui, c'était de remporter en fin de compte le trophée et de partir. Gardez à l'esprit que nous ajoutions encore plus ou moins foi à sa promesse d'abandonner les loyalistes derrière nous, commandant. Et, pour cette raison, nous avions projeté de sortir de notre cachette après son départ et de faire ce que nous pouvions pour les survivants, afin d'essayer de racheter notre crime et – je l'admets avec franchise – comme la seule manière d'obtenir quelque clémence lorsque l'Empirium nous retrouverait enfin.

» Mais, bien sûr, ça ne s'est pas passé ainsi, car le plan d'Anu échoua. Pour une raison inconnue, *Dahak* est resté au moins partiellement opérationnel et il détruisit tous les parasites qui l'approchèrent. Il n'est jamais parti non plus. Il est resté suspendu au-dessus d'Anu, telle votre épée de Damoclès, le narguant, toujours inconquis.

» Si Anu n'était pas encore fou, commandant, il le devint alors. Il plaça la plupart de ses partisans en animation suspendue – en attendant la chute finale et "inévitable" de *Dahak*. Seuls restèrent éveillés ses acolytes les plus proches, qui savaient ce qu'il avait réellement projeté. Et une fois qu'il eut tout pris sous son contrôle, il montra son vrai visage.

» Dites-moi, commandant MacIntyre, vous êtes-vous jamais demandé ce qui était arrivé aux autres officiers de passerelle de *Dahak* ? Ou bien comment des êtres tels que nous-mêmes – tels que vous maintenant –, dotés d'une espérance de vie qui se mesure en siècles, d'une force et d'une endurance largement supérieures à celles des humains nés sur Terre, avaient pu retomber si radicalement dans la barbarie ? Il a fallu à peine cinq siècles à votre espèce pour passer des piques et des platines à mèche à la bombe atomique. Des bateaux à voile rudimentaires à la conquête de l'espace. N'est-il pas étrange que deux cent cinquante mille survivants impériaux aient perdu toute leur technologie ?

— Je me suis... posé la question », admit Colin. Il disait vrai, et pas même Dahak n'avait pu lui répondre. Tout ce que savait l'ordinateur, c'était que, lorsqu'il était redevenu opérationnel, les survivants loyalistes avaient régressé au stade de chasseurs cueilleurs et qu'ils ne manifestaient aucun désir particulier de progresser.

« La réponse est simple, commandant. Anu les a traqués. Il a pourchassé les officiers supérieurs survivants grâce aux signatures de leurs implants et les a massacrés pour éliminer à jamais ce qu'il restait de la hiérarchie. Et par esprit de vengeance, bien entendu. Lorsqu'un noyau de survivants tentait de reconstruire une technologie, il l'éradiquait. Il a quadrillé cette planète, commandant MacIntyre, recherchant activement les appareils de sauvetage dotés de centrales d'énergie opérationnelles et les a fait exploser, s'assurant ainsi le monopole de toute technologie, afin que rien ne puisse plus le menacer. Les survivants apprirent bien vite qu'une existence de primitifs était leur seule façon de survivre.

— Mais votre base tech à vous a survécu, répliqua froidement Colin, et Horus grimaça.

— C'est vrai, dit-il d'une voix pesante, mais regardez autour de vous, commandant. Est-ce vraiment là une base tech ? Nous avons un seul bâtiment de guerre bien dissimulé. Nous manquons d'infrastructures pour construire quoi que ce soit d'autre, et, si nous avions tenté d'y remédier, Anu nous aurait trouvés comme il a trouvé les loyalistes qui ont suivi cette voie. Nous aurions bien pu nous défendre, mais avec un seul appareil contre sept de la même classe, plus leurs escortes, nous n'aurions abouti qu'à une mort héroïque. »

Horus tendit la main, la paume tournée vers le ciel en un geste d'impuissance éloquent, et Colin ressentit malgré tout de la pitié pour cet homme, tout comme quand il écoutait Dahak conter sa propre histoire. Contrairement au vaisseau, ces gens-là avaient construit leur propre purgatoire brique par brique, et leur souffrance n'en était pas moins rude.

« Alors qu'avez-vous fait ? demanda-t-il enfin.

— Nous nous sommes cachés, commandant, reconnut Horus. Nos propres plans s'étaient révélés complètement erronés, car Anu ne pouvait s'en aller. Nous avons donc activé les systèmes de camouflage du *Nergal*, nous nous sommes cachés, attendant notre heure, et nous nous sommes aussi placés en animation suspendue. »

Bien sûr qu'ils s'étaient cachés, songea Colin, et cela expliquait pourquoi Dahak n'avait jamais soupçonné qu'il puisse y avoir plus d'une faction de mutins. Anu devait enrager, animé par la nécessité de les débusquer pour les détruire, car ils étaient les seuls susceptibles de le menacer. Et s'ils avaient réussi à si bien se cacher de lui, Anu, qui n'avait pas réussi à les trouver, même à l'aide d'appareils impériaux, comment Dahak aurait-il pu y parvenir avec le même type d'instruments, alors qu'il ne savait même pas où chercher ?

« Nous nous sommes cachés, reprit Horus, mais nous avons programmé nos propres appareils pour détecter la moindre activité dans le camp d'Anu. Nous n'avons pas osé affronter les défenses de son enclave avec notre seul vaisseau. Je suis – j'étais – spécialisé dans les missiles, commandant, c'est pourquoi je sais une chose. Pas même *Dahak* n'aurait pu pénétrer son bouclier défensif sans avoir recours à un bombardement intensif. Nous ne disposions pas de la puissance de feu nécessaire et ses défenses automatiques nous auraient réduits à néant avant même que ses générateurs de stase n'aient entrepris de le réveiller.

— C'est pourquoi vous vous êtes contentés d'attendre ici », laissa tomber Colin. Mais le ton de sa voix sous-entendait qu'il avait mieux jugé de la situation. Il y avait trop de Terriens d'origine dans ce compartiment.

« Non, commandant, dit Horus, et sa voix laissait entendre qu'il avait compris. Nous avons essayé de le combattre tout au long des millénaires, mais nous ne pouvions pas faire grand-chose. Il était évident que la menace d'une technologie indigène en évolution aurait été suffisante pour déclencher l'intervention d'Anu. C'est pourquoi nos ordinateurs avaient été réglés pour nous réveiller lors de l'apparition de civilisations locales. Nous avons interagi avec les premières civilisations de votre Croissant fertile... (il eut un large sourire ironique alors que Colin faisait soudain le lien entre son nom et le panthéon égyptien) pour nous efforcer de tempérer leur progrès, mais Anu les observait aussi. Plusieurs des nôtres furent tués quand il réapparut soudain, et c'est lui qui façonna les cultures sumériennes et babyloniennes. C'est lui qui poussa la dynastie Hsia à détruire les centres culturels néolithiques de Chine, c'est nous qui aidâmes clandestinement la dynastie Chang à les reconstruire. Et ce n'est que l'une des multiples batailles que nous avons livrées.

» Cependant, il nous fallait opérer en secret, encourager d'infimes changements en espérant que tout se passerait pour le mieux. Pire encore, nous n'étions que deux cents et Anu disposait de milliers d'hommes. Nous ne pouvions faire tourner les nôtres en stase comme lui – du moins, c'est ce que nous croyions qu'il faisait – et nous avons vieilli bien vite, beaucoup plus vite que lui. Mais, commandant, l'attitude qu'adoptèrent les partisans d'Anu dépassa toutes les limites. Connaissiez-vous le nom qu'ils donnent à votre peuple ? Les "dégénérés" ? »

Colin acquiesça. Il se rappelait les paroles de Girru dans la salle de torture qui jadis avait été le bureau d'un ami.

« Ils ont tort, dit Horus avec dureté. Ce sont eux les dégénérés. Ils ont tous été contaminés par la folie d'Anu. Ils sont corrompus, infectés par leur propre pouvoir. Peut-être ont-ils joué le rôle de dieux pendant trop longtemps, car ils ont fini par se croire eux-mêmes des dieux et tenir les peuples de la Terre comme des pions sur un échiquier. Il y eut assez d'horreurs commises durant les quatre premiers millénaires, mais la situation a empiré depuis. Alors qu'ils craignaient l'émergence d'une technologie qui pût les menacer, ils n'attendent aujourd'hui plus que ça pour pouvoir s'échapper de cette planète prison... et ils se fichent pas mal des souffrances qu'ils pourraient infliger au passage. En effet, il s'agit d'un spectacle à leurs yeux, un massacre de gladiateurs destiné à les distraire et à faire passer le temps.

» Soyons honnêtes l'un envers l'autre, commandant MacIntyre. Les humains, qu'ils soient impériaux ou natifs de votre planète, ne sont pas des dieux. Il y a du bon et du mauvais en chacun de nous, comme le prouve notre présence ici, et les peuples de la Terre se seraient infligé à eux-mêmes assez de souffrances sans l'intervention d'Anu. Mais lui et les siens ont rendu la situation bien pire encore. Ils ont renversé des civilisations en encourageant les invasions barbares, des Hittites aux Hsia en passant les Achéens, les Huns, les Vikings et les Mongols, mais, par certains aspects, ce qu'ils ont fait depuis qu'ils ont abandonné cette politique est pire encore. Ils ont alimenté la guerre de Cent Ans puis la guerre de Trente Ans, ainsi que l'impérialisme impitoyable de l'Europe, à la fois pour leur plaisir et pour créer des ensembles de puissances capables d'ouvrir la voie à des révolutions scientifiques et industrielles. Et lorsque les progrès ne furent pas assez rapides à leur goût, ils déclenchèrent la Première Guerre mondiale puis la Seconde, et enfin la guerre froide.

» Nous avons fait ce que nous avons pu pour tempérer leurs excès, mais nos plus grands efforts ont été dérisoires. Ils n'ont pas osé sortir au grand jour de peur que *Dahak* ne soit encore assez opérationnel pour frapper – et peut-être parce que l'importance de la population sur cette planète les effraie –, mais ils ont toujours pu agir plus ouvertement que nous.

» Nous n'avons cependant jamais abandonné, commandant MacIntyre ! » La voix du vieil homme était soudainement dure, animée par un feu étrange, et Colin avala sa salive. Ce ton soudain enflammé frôlait le fanatisme, et il détacha ses pensées de l'histoire d'Horus. Il se forçait à prendre un peu de recul tout en se demandant si ses ravisseurs n'avaient pas eux aussi complètement perdu l'esprit.

« Non, nous n'avons jamais abandonné, reprit Horus plus doucement. Et, si vous nous laissez faire, nous vous le prouverons.

— Comment ? » Le ton catégorique de Colin exprimait son refus de leur donner aucun espoir. Mais, malgré ses efforts, il était difficile de douter de la sincérité d'Horus. Il le fallait malgré tout. Il était de son devoir – à lui et à lui seul – de douter de tous, de tout remettre en question. Car, s'il commettait une erreur – une de plus, pensa-t-il avec amertume –, la longue attente de *Dahak* aurait été vaine et les Achuultani les anéantiraient tous.

« Nous vous aiderons contre Anu, dit Horus d'une voix tout aussi catégorique, le regard droit. Puis nous nous rendrons à l'Empirium.

— *Nenni !* » Jiltanith pointait encore le neutraliseur sur Colin, mais elle leva son autre main comme une griffe. On pouvait lire la férocité sur son visage sombre et plein de fougue. « À cette heure vous dis nenni ! Vous et vostres compaignons, père, avez donné par trop dispendieusement pour cestuy monde !

— Chut, 'Tanni », dit Horus d'une voix douce. Il mit les mains sur les épaules de la jeune femme – sa fille, ce qui, Colin le comprit soudain, en faisait la sœur *aînée* d'Isis Tudor – et la secoua gentiment. « C'est notre décision. Cela ne concerne même pas le conseil et tu le sais bien. »

Le visage tendu de Jiltanith était empreint d'une colère révoltée. Horus soupira et l'attira à lui tout en regardant Colin pardessus son épaule.

« Nous ne demandons qu'une chose en retour, commandant, reprit-il avec douceur.

— Quoi ? fit Colin d'un ton calme.

— L'immunité – la grâce, si vous préférez – pour ceux qui sont dans le même cas que 'Tanni. »

Il sentit la jeune fille se raidir dans ses bras. Elle tentait de le repousser, mais il la maîtrisait facilement d'un seul bras. Il leva l'autre main et la posa sur ses lèvres pour faire taire ses protestations furieuses.

« Ce n'étaient que des enfants, commandant. Ils n'ont eu aucun rôle dans notre crime et nombre d'entre eux sont morts en essayant de défaire ce que nous avons fait. L'Empirium peut-il les punir pour cela ? »

Son visage fier et las exprimait la prière, les yeux noirs sans âge le désespoir, et Colin reconnut l'équité de cette plaidoirie.

« Si – et je dis bien si – vous pouvez me convaincre de votre sincérité et de votre capacité à m'aider, dit-il lentement, je ferai de mon mieux. Je ne peux pas vous en promettre plus.

— Je sais, dit Horus. Mais est-ce que vous essaierez ?

— Oui », répondit Colin posément.

Le vieil homme le regarda un peu plus longuement, puis il retira le neutraliseur des mains de Jiltanith avec douceur. Elle lui résista un instant puis lui rendit l'appareil avec une réticence manifeste. Horus la serra doucement dans ses bras. Il avait le regard indulgent et plein de tristesse, mais, en baissant les yeux vers le neutraliseur, Horus esquissa un léger sourire.

« Dans ce cas, dit-il, il ne nous restera qu'à vous convaincre. Faites un pas vers nous, je vous prie, et ne contactez pas *Dahak*, tout au moins pas avant que nous n'ayons fini de parler. »

Et il éteignit l'appareil.

Pendant un bref moment, Colin resta assis, parfaitement immobile. Les autres impériaux sur la passerelle étaient soudain devenus des présences brillantes aux implants lumineux, et il sentit ses capteurs informatiques se remettre en ligne. Les ordinateurs du *Nergal* étaient bien plus intelligents que ceux de la vedette qui l'avait ramené sur Terre, et ils reconnaissaient un officier supérieur quand ils en rencontraient un. Au bout de cinquante millénaires, ils avaient enfin quelqu'un à qui faire un rapport en bonne et due forme. Les données se mirent alors à déferler de leurs banques informatiques. Colin ressentit un léger picotement dans son cerveau, comme s'il était habité par une flamme étrangère. Les ordinateurs lui envoyaient des informations et le conjuraient de leur donner des ordres.

Colin croisa le regard d'Horus. Il reconnut le risque que venait de prendre le vieil homme, car aucun nouveau code de sécurité n'avait été implanté dans le cerveau électronique du *Nergal*. Dès l'instant où les capteurs de Colin s'étaient connectés aux ordinateurs, ils les avaient faits siens. C'est lui, et non Horus, qui contrôlait l'antique bâtiment de guerre, les armes externes comme les systèmes de sécurité internes.

Mais la confiance était un sabre à double tranchant.

« En tant que leader du conseil, je présume que vous êtes aussi commandant de ce vaisseau ? demanda-t-il, et le vieil homme opina.

— Eh bien, asseyez-vous, commandant, et dites-moi comment nous allons battre Anu. »

Horus opina une nouvelle fois d'un mouvement plus net et s'assit à côté d'Isis. Colin ne quittait pas des yeux le visage de son nouvel allié, mais ce n'était pas nécessaire. Tout autour de lui, il *sentait* se relâcher peu à peu la tension du conseil rassemblé.

CHAPITRE ONZE

Colin se renfonça dans son siège et posa les pieds sur son bureau. Les quartiers que lui avaient assignés les mutins (si c'était encore le terme approprié) constituaient une nouvelle tentative pour lui prouver leur sincérité car c'était la cabine du commandant, dotée de neuro-relais connectés aux ordinateurs du vieux bâtiment de guerre. Il n'avait pas les moyens de les empêcher de reprendre le *Nergal*, mais, comme feu Druaga, mort depuis des millénaires, il pouvait s'assurer qu'ils ne s'empareraient que d'une coque vide.

Ce qui était rusé de la part d'Horus, pensa Colin, qu'il soit réellement sincère ou non.

Il soupira et se pinça l'arête du nez. Il aurait désespérément voulu contacter *Dahak*, pourtant il n'osait pas. Il connaissait à présent sa position – enterré cinq kilomètres sous terre, sous les Rocheuses canadiennes près de Churchill Peak –, mais la récente confrontation avait relancé de plus belle la quête assoiffée de vengeance d'Anu qui cherchait le *Nergal*, et si jamais les Sudistes détectaient la liaison com de Colin, leurs missiles arriveraient avant même que *Dahak* pût faire quoi que ce soit pour les arrêter.

Il en allait de même pour toute tentative de rejoindre *Dahak* en personne. Il avait eu de la chance de ne pas se faire repérer en rentrant dans l'atmosphère, malgré les systèmes de camouflage de sa vedette. Maintenant que le long conflit secret des impériaux abandonnés s'était à nouveau enflammé, aucun appareil de manufacture impériale ne pourrait quitter l'atmosphère de la planète sans être repéré et abattu.

C'était exaspérant. Il disposait maintenant d'une équipe de soutien aussi déterminée à détruire Anu que lui-même, mais elle était d'une faiblesse pathétique comparée à ses ennemis. Et il n'y avait aucune façon d'informer *Dahak* ne serait-ce que de son existence ! Pire encore, le fusil d'Anshar avait réduit le neutraliseur à néant et les installations de réparation du *Nergal* étaient à peine suffisantes pour opérer un diagnostic des restes de l'appareil, encore moins pour effectuer des réparations.

Colin était très impressionné par ce que les Nordistes avaient accompli au fil des siècles. Mais les mémoires du *Nergal* ne lui avaient apporté que très peu d'informations valables, si ce n'est la confirmation de l'histoire d'Horus et de ses compagnons depuis qu'ils avaient embarqué sur le *Nergal*. Le vieil homme lui avait bien dit la vérité.

La mémoire de l'antique bâtiment de guerre aurait dû être purgée depuis des lustres, car ceux qui avaient construit le *Nergal* avaient conçu ses programmes fondamentaux de façon à assurer la transmission de rapports de combat précis au vaisseau mère. Nul ne pouvait altérer ces informations d'aucune manière avant que l'ordinateur central du *Nergal* en dépose une copie complète dans la base de données de *Dahak*.

Pendant cinquante mille ans, ce brillant imbécile avait fidèlement et soigneusement tout consigné au fur et à mesure, et si les mémoires moléculaires pouvaient stocker une formidable quantité d'informations, les banques du *Nergal* en contenaient tant qu'il fallait une éternité pour les localiser, et c'était particulièrement agaçant. Malgré tout, ces mémoires saturées lui fournirent un rapport précis, inviolable et immédiatement utile – et ce malgré la lenteur du processus.

Il y avait bien entendu beaucoup trop d'informations pour qu'un cerveau humain pût les assimiler, mais Colin pouvait passer en revue les moments forts. Il avait eu du mal à rester impassible cette fois. En tout état de cause, Horus avait mini-misé la guerre qu'il avait menée avec ses compagnons. Les confrontations directes étaient peu fréquentes, mais il n'y avait que deux cent trois Nordistes adultes au départ, et l'âge comme les pertes au combat avaient éclairci leurs rangs. Il en restait moins de soixante-dix.

Il avait continué à conférer avec Horus et les ordinateurs *via* leurs interfaces, tandis que le reste du conseil vaquait à ses occupations. Seules les filles d'Horus étaient restées.

Iris n'avait placé qu'un mot ou deux à l'occasion, alors qu'elle essayait de suivre leur conversation mi-parlée, mi-silen-cieuse, mais Jiltanith n'était pas sortie de son mutisme ni de son humeur maussade tout en restant connectée. Elle n'avait rien proposé ni rien demandé, mais sa haine froide et amère pour tout ce que représentait Colin consternait ce dernier.

Il n'avait jamais pris conscience que des émotions pouvaient colorer cette forme de communication, peut-être parce qu'il ne l'avait pratiquée jusque-là qu'avec Dahak, sans ces à-côtés qui interviennent lorsque deux humains se contactent par une interface électronique. Ou peut-être à cause de l'intense amer-tume des émotions de Jiltanith. Il s'était demandé pourquoi Horus ne lui avait pas demandé de se retirer. Il est vrai qu'il se posait bien des questions au sujet de Jiltanith et de son statut dans cette étrange petite communauté dont il n'aurait jamais soupçonné l'existence.

Il était heureux d'avoir pu rencontrer Horus au cœur des ordinateurs. Il fallait une certaine part d'expression vocale pour remettre les informations dans leur contexte, mais le vieux mutin l'avait guidé sans faillir à travers les banques de données et sa mémoire lui était revenue, repassant le film de ce premier après-midi comme s'il y était encore.

« Très bien, soupira finalement Colin en se frottant les tempes avec lassitude. Je ne sais pas ce qu'il en est pour vous, mais j'ai besoin d'une pause avant d'avoir la cervelle en compote. »

Horus acquiesça d'un air compréhensif. Jiltanith se contenta de renifler et Colin se retint pour ne pas la remettre à sa place.

« Je dois dire que cet Anu est encore plus pourri que je ne m'y attendais, poursuivit-il, le ton plus dur alors qu'il changeait de sujet. Je m'étais demandé comment il pouvait garder l'œil sur tous ses partisans fidèles, mais je ne m'étais jamais attendu à *ça*.

— Je sais. » Horus observait ses mains puissantes mouchetées de taches de vieillesse. « Mais c'est aussi logique qu'atroce. Après tout, contrairement à nous, ses équipements médicaux sont encore intacts.

— Mais les utiliser de cette manière-là… » insista Colin, et le frisson qui lui parcourut l'échine n'était pas feint, car le mot était bien faible pour décrire les agissements d'Anu. Dahak n'avait jamais suggéré que de telles pratiques fussent possibles, mais Colin présumait qu'il aurait pourtant dû le savoir.

Le problème d'Anu avait été double. Tout d'abord, comment contrôler, avec le seul appui de son cercle intérieur – huit cents hommes au plus – cinq mille impériaux qui seraient pour la plupart aussi horrifiés qu'Horus en apprenant la vérité sur leur chef ? D'autre part, comment des impériaux, même entièrement augmentés, pouvaient-ils manipuler une planète tout entière sans dépérir de vieillesse avant d'avoir pu produire la technologie dont ils avaient besoin pour s'en échapper ?

La médecine de l'Empirium avait apporté à ces deux problèmes une solution qui ne manquait pas d'élégance pour un psychopathe. C'était simple : on se contenta de ne pas réveiller les éléments jugés « non fiables ». Cependant, si l'animation suspendue permettait aussi aux chefs des mutins de dormir au besoin des siècles durant, Anu et ses lieutenants principaux étaient restés longtemps éveillés. À présent, selon les calculs d'Horus, Anu en était à son dixième organisme de substitution.

La science impériale maîtrisait le clonage visant à fournir des greffes chirurgicales avant que n'apparaissent des techniques de régénération fiables. Mais c'était il y a si longtemps que l'art du clonage était pratiquement tombé dans l'oubli. Seuls les centres médicaux les plus complets conservaient la capacité de mener certains programmes expérimentaux soigneusement circonscrits et autorisés au cas par cas, mais même l'utilisation de clones à cette fin-là était passible de la peine de mort pour tous ceux qui étaient impliqués. Cependant, aussi détestable que cela ait été au regard du code impérial d'éthique bioscientifique, code complexe et rigide, ce qu'avait fait Anu était pire encore. Lorsqu'il était rattrapé par la vieillesse, il se contentait de sélectionner un candidat parmi les mutins en animation suspendue et lui faisait extraire le cerveau pour y transférer le sien. Aussi longtemps que durerait son stock de corps, il serait de fait immortel.

Il en allait de même pour ses lieutenants, mais, si seuls des organismes impériaux convenaient à Anu, Inanna et aux hommes de main auxquels ils accordaient toute leur confiance, d'autres – comme Anshar – avaient dû faire avec des corps nés sur la Terre. Le risque de rejet était supérieur dans ce cas, mais il y avait des compensations. La palette des choix était large, et la technologie médicale d'Inanna, quoique limitée en comparaison de celle de *Dahak*, se montrait tout à fait capable d'apporter quelques améliorations de base à des corps autochtones.

Colin revint à la réalité en frissonnant. Même à présent, il avait des sueurs froides rien que d'y penser. Cela l'horrifiait autant que l'approche des Achuultani horrifiait Horus. Le désespoir voilait les yeux du vieil impérial quand il avait appris que l'ennemi auquel il n'avait jamais tout à fait cru était effectivement en chemin. Colin, lui, avait eu des mois pour s'y habituer. Mais là c'était différent. Il pouvait humainement comprendre la tragédie des victimes. Elle n'était pas d'ampleur galactique. Et c'est justement ce qui la rendait plus simple à ressentir... et tout aussi haïssable.

Et peut-être, comme l'avait suggéré Horus, cela expliquait-il en partie pourquoi Anu continuait à opérer aussi clandestinement. Ses partisans s'étaient mis en animation suspendue en toute confiance, et ils n'avaient aucun moyen de résister à ses ravages. Mais il y avait tout simplement trop de Terriens pour qu'on les contrôle directement. Colin doutait que l'humanité de la Terre réagisse avec sérénité en apprenant qu'elle servait de vivier à des vampires high-tech.

Les sinistres perversions d'Anu ne faisaient qu'accentuer le fossé qui le séparait de ses opposants nordistes du point de vue de l'équipement. Le *Nergal* était un bâtiment de guerre. Trente pour cent de son impressionnant tonnage servaient à la propulsion et à l'alimentation en énergie, dix pour cent aux systèmes de commandement et de contrôle, dix autres aux systèmes de défense et quarante aux boucliers, aux armes offensives et stockage des munitions. Ce qui ne laissait que dix pour cent pour loger son équipage de trois cents hommes et pour les systèmes de survie : du coup, même l'espace vital était réduit.

Cela n'avait guère d'importance en des circonstances normales, car cet appareil était conçu pour des déploiements de courte durée – n'excédant certainement pas plus de quelques mois d'affilée. Il ne comportait même pas de chambre de stase proprement dite. Son équipage avait dû en fabriquer une et la réussite tenait du miracle. Mais, étant donné la brièveté des missions pour lesquelles on l'avait armé, l'infirmerie du *Nergal* restait limitée. Anu et ses bouchers pouvaient sélectionner des autochtones à leur usage alors que les Nordistes n'avaient même pas les moyens de fournir des implants à leurs propres descendants de la Terre.

Or ils n'avaient pas eu d'autre choix que d'engendrer ces descendants car, sans eux, ils auraient échoué depuis longtemps faute de personnel.

La décision avait été amère bien qu'Horus ait essayé de cacher sa douleur à Colin. Horus avait vécu plus de cinq siècles et Isis moins de cent ans, pourtant sa fille était vieille et frêle alors qu'il restait vigoureux. Colin aurait pu consulter les archives pour apprendre combien d'autres enfants Horus avait aimés – il était manifeste qu'il adorait Isis – qu'il avait pourtant vus dépérir et mourir alors qu'il vivait toujours. Mais son chagrin n'appartenait qu'à lui et Colin n'avait pas l'intention de se montrer importun.

Il était possible toutefois que la situation fût pire encore pour ceux qui, comme Jiltanith, avaient des corps qui n'étaient ni terriens ni impériaux. Jiltanith avait reçu des accélérateurs neuronaux, des implants informatiques et sensoriels et des traitements de régénération, mais ses muscles, ses os et ses organes étaient trop immatures avant la mutinerie pour être augmentés. Ce qui pouvait contribuer à expliquer son ressentiment. Lui, Colin, humain né sur Terre qui avait grandi jusqu'à l'âge adulte dans l'ignorance bienheureuse de la bataille que l'on menait sur sa planète, avait reçu le traitement complet. Elle non. Et, à moins que ceux qu'elle aimait ne se rendent à la justice de l'Empirium, ce ne serait jamais le cas.

Il savait que sa haine avait d'autres origines, même s'il lui fallait en découvrir encore toute l'étendue, mais en comprendre une partie l'aidait à faire face à l'amertume de Jiltanith.

Hélas il ne pouvait pas y faire grand-chose, et il ignorait aussi comment la situation légale se résoudrait – à supposer, bien entendu, qu'ils soient vainqueurs. D'une manière ou d'une autre, Colin n'avait jamais envisagé qu'il y ait des enfants parmi les mutins, et Dahak n'en avait jamais fait mention.

C'était mauvais signe, mais il n'était pas prêt à en faire part à ses alliés. Pour Dahak, tous ceux qui avaient accompagné Anu dans sa fuite sur Terre faisaient partie des mutins. Tout le discours de l'ordinateur reposait sur cette assertion de principe, et aucune distinction n'avait été évoquée entre enfants et adultes.

Mais Colin avait fait une promesse sincère. Si les Nordistes l'aidaient à combattre Anu, il ferait ce qu'il pourrait pour leurs enfants. Et, bien qu'il ne l'ait pas dit, pour eux aussi... si jamais il en avait l'opportunité.

Il se renfonça un peu plus dans son siège et croisa les jambes. Si seulement il disposait de plus de temps ! Assez de temps pour que les recherches furieuses d'Anu s'essoufflent, pour revenir lui-même à bord de *Dahak*, pour réagir aux informations qu'il avait reçues et revoir ses plans. C'est ce qu'Horus avait espéré, mais les Achuultani se rapprochaient. Dans tous les cas il fallait agir vite, et la triste vérité était qu'ils n'avaient aucune chance.

Les Nordistes garderaient sans nul doute l'avantage du nombre, tout au moins sur les Sudistes à qui Anu ferait assez confiance pour les tirer de leur stase, mais seuls soixante-sept d'entre eux étaient des impériaux au sens propre, et tous vieux. Dix-huit autres, comme Jiltanith, étaient capables de tirer le meilleur parti des équipements impériaux, mais ils seraient complètement dépassés en cas de confrontation directe. Les quelque trois mille membres de l'« équipage » du *Nergal* nés sur Terre se retrouveraient désespérément en position de faiblesse, munis de leurs pitoyables pavés tactiles et de leurs téléphones, s'ils devaient combattre des gens qui maîtrisaient leurs armes par la pensée. Ils ne pouvaient pas même contrôler une armure de combat, car il leur manquait les implants nécessaires à l'activation des circuits internes.

Et, bien entendu, ils ne disposaient que des ressources d'un seul bâtiment de guerre contre sept – sans parler des croiseurs lourds, des armes sol-air et du puissant bouclier d'Anu. En situation de guerre ouverte contre Anu, d'un point de vue pratique, que Colin soit seul ou non ne faisait guère de différence.

Mais il y avait quelques points positifs. D'une part, le système de renseignement des Nordistes était opérationnel depuis des millénaires et leur forme de guérilla s'appuyait sur un vaste réseau de contacts autochtones. Ils avaient même réussi à établir une liaison clandestine avec deux des hommes de main « loyaux » d'Anu. Il serait téméraire d'accorder trop de crédit à ces communications, et c'est pourquoi elles étaient gérées avec une prudence extrême afin d'éviter les pièges. Ce qui expliquait cependant comment les Nordistes en savaient tant sur ce qui se passait à l'intérieur de l'enclave sudiste.

Colin ouvrit les yeux et se leva. Ses pensées défilaient en cercles concentriques de plus en plus étroits et il avait l'impression que sa tête allait imploser. Il avait besoin de s'entretenir davantage avec Horus dans l'espoir que lui vienne une inspiration.

Dieu sait s'ils en avaient besoin.

Il chercha Horus, mais le chef nordiste n'était pas à bord. Colin se sentait très mal à l'aise quand Horus – ou tout autre impérial – quittait la protection des systèmes de camouflage du *Nergal*. Mais les Nordistes le faisaient sans sourciller. Bien entendu, ils avaient eu le temps de s'habituer à de tels risques.

Et ils ne pouvaient éviter de les prendre, parce qu'il était impossible de rassembler tout le monde à bord du bâtiment de guerre. Nombre des Terriens d'origine s'étaient terrés après le massacre de la famille de Cal, mais d'autres continuaient à vivre leur vie de tous les jours avec un courage qui forçait l'humilité de Colin. Ce qui signifiait que les impériaux devaient quitter le *Nergal* de temps à autre car ils étaient les seuls à pouvoir piloter les auxiliaires camouflés du bâtiment de guerre. Il était dangereux d'y avoir recours, même à l'occasion de missions menées à ras du sol qui auraient terrorisé n'importe quel pilote acrobatique endurci.

Mais ils avaient trop peu de coms sécurisées pour pouvoir unifier l'ensemble de leur réseau sans cela. Colin aurait voulu qu'Horus délègue ces tâches si dangereuses, mais il avait fini par trop bien comprendre le vieil homme pour lui en faire la suggestion.

Malgré tout cela, il se mordit la langue pour réprimer un gro-gnement de résignation en entrant sur la passerelle de comman-dement. Horus n'y était pas, ses deux filles si.

Jiltanith se leva à son entrée, instantanément hérissée par le sentiment d'hostilité que suscitait en elle sa présence, mais Isis réussit à sourire en signe de bienvenue. Colin jeta un coup d'œil furtif au joli visage de Jiltanith et examina les vertus d'une retraite discrète. Mais, sur le long terme, cela n'aurait pas été une bonne idée. C'est pourquoi il s'assit délibérément dans le fauteuil du commandant et fixa posément son regard brûlant.

« Bonjour, mesdames. Je cherchais votre père.

— Vous ne le trouverez poinct icy », dit Jiltanith d'un ton significatif. Il ignora l'allusion, et elle lui lança un regard cour-roucé. Si elle avait été le chat auquel elle ressemblait tant, elle aurait déjà battu de la queue et sorti ses griffes, pensa-t-il.

« 'Tanni », intervint doucement Isis. Mais Jiltanith secoua la tête pour exprimer son agacement et sortit d'un pas majes-tueux. Isis la regarda partir et soupira.

« Ah, cette fille ! » fit-elle d'un ton résigné. Puis elle sourit avec ironie en direction de Colin. « Je crains qu'elle ne le prenne mal, commandant.

— S'il vous plaît, dit-il en souriant lui aussi mais d'un air un peu triste, après tout ce qui s'est passé, j'aimerais que vous m'appeliez Colin.

— Bien entendu, Colin.

— Je… je n'ai pas eu l'occasion de vous dire combien j'étais navré. » Elle leva la main mais il secoua la tête. « Non, c'est gen-til de votre part et je ne veux pas vous blesser en parlant de cela. Mais j'ai besoin de le dire. » Elle laissa retomber sa main dans son giron et la posa sur l'autre, puis elle regarda ses doigts fins.

« Cal était mon ami, dit-il d'une voix douce, et je me suis pré-cipité, exhibant ma technologie impériale comme un nouveau jouet. Je suis responsable de la mort de sa famille tout entière. J'ai bien conscience que je ne pouvais pas savoir ce que je faisais, mais cela ne change rien à la situation. C'est de ma faute s'il est mort.

— Si vous vous voulez le voir ainsi, dit gentiment Isis... Frances tout comme lui connaissaient les risques. Si cette remarque vous semble dure, ce n'était pas mon intention, mais c'est la vérité. Je l'ai élevé après la mort de ses parents et je l'aimais, comme j'aimais sa femme et mes arrière-petites-filles, mais nous avons toujours su que cela pouvait arriver. Tout comme le savait Andy lorsqu'il m'a épousée. » Elle releva les yeux avec un sourire vague, les plis de son visage ridé creusés de souvenirs, et Colin avala sa salive.

« Il y a quelque chose que je ne comprends pas bien, dit-il au bout d'un moment. Comment votre père a-t-il pu mener à bien ses travaux sous l'identité d'Horace Hidachi et prendre malgré tout le risque d'avoir des enfants ? Pourquoi a-t-il fait tout ça au bout du compte ?

— Avoir des enfants ou mener ces travaux ? » demanda Isis en gloussant, et Colin sentit s'alléger une partie du poids de leur peine partagée.

« Les deux, lui répondit-il.

— C'était un risque à prendre, conclut-elle, mais l'origine orientale d'"Hidachi" lui a servi de couverture – nous avons toujours trouvé cela pratique, bien que l'émergence de l'Alliance asiatique ait compliqué les choses dernièrement – et il a choisi l'époque et le lieu avec prudence. L'université Clemson est une bonne institution, l'une des quatre meilleures écoles technologiques du pays, et c'est quelque chose d'assez récent. Ce n'était pas tout à fait à la frontière de la physique à l'époque, et il a publié dans la revue la plus obscure qu'il ait trouvée. Et il y avait des erreurs délibérées dans son travail, vous savez. Tout cela ajouté au fait qu'il n'a jamais été plus loin que la théorie pure avait été conçu pour convaincre les partisans d'Anu qu'il s'agissait bien d'un Terrien et qu'il ne se rendait même pas compte de l'importance de ses découvertes.

» Quant à ma naissance, dit-elle en souriant plus naturelle-ment, c'était un accident. Maman était sa huitième femme – la mère de 'Tanni est morte au cours de la mutinerie – et, franche-ment, elle s'estimait trop vieille pour concevoir et s'est montrée un peu imprudente. Lorsqu'ils ont découvert qu'elle était enceinte, cela les a effrayés, mais ils n'ont jamais envisagé l'avortement. Je ne peux que les en remercier. » Elle fit un large sourire et ses yeux étincelèrent pour la première fois pour autant que Colin s'en souvienne.

« Mais c'était un problème. En général, aucun de nos impé-riaux n'interagit ouvertement avec la communauté terrienne, et, lors des rares occasions où cela se produit, ils apparaissent et disparaissent sans laisser de trace. Ils agissent aussi presque tou-jours en solo, ce qui signifie que mes parents sortaient des per-sonnages convenus. C'était en soi une forme de protection et ils décidèrent d'y ajouter ma présence en espérant que tout irait bien. Maman était née sur Terre, c'était un tout petit bout de femme blonde, et cela nous aida. Elle et moi ne ressemblions que bien peu à des impériales. »

Colin acquiesça. Personne, à moins d'avoir perdu l'esprit, n'exposerait sa famille à un massacre. C'est pourquoi la pré-sence d'une famille à ses côtés laissait entendre qu'« Horace Hidachi » n'était manifestement pas un impérial. Un raisonne-ment dangereux, et Colin frémit à cette pensée. Il aurait aimé avoir la chance de rencontrer cet extraordinaire « petit bout de femme » qui avait été la mère d'Isis.

« Malgré tout, poursuivit Isis, nous savions que l'ennemi gar-derait un œil sur la famille d'"Hidachi". C'est pourquoi j'ai fait des études de médecine et que Michael est devenu agent de change. Nous sommes tous les deux restés aussi loin que pos-sible de la physique, mais Cal ressemblait trop à son arrière-grand-père. Il était déterminé à jouer un rôle actif.

— Mais je ne comprends toujours pas pourquoi. Pourquoi prendre un tel risque pour introduire une théorie que les mut... » Colin s'interrompit et rougit tandis qu'Isis émit un doux rire musical.

« Excusez-moi, dit-il après un temps. Je veux dire, pourquoi risquer tant pour mettre en application une théorie que la bande à Anu connaissait déjà ?

— Pourquoi, Colin ? » Isis roula des yeux malicieusement. « Vous êtes précisément ici parce que nous avons permis au programme spatial d'accéder à cette théorie. Si les Sudistes ne l'avaient pas développée, nous aurions dû le faire nous-mêmes, tôt ou tard, car nous en avions besoin pour fabriquer nos instruments de surveillance. Bien entendu, papa et maman étaient assez confiants : la "bande à Anu", comme vous dites, ne manquerait pas de poursuivre ces travaux une fois qu'il les aurait remarqués. Après tout, la théorie Hidachi de la gravitonique est à la base des propulseurs subluminiques et Enchanach impériaux. Mais nous ne pouvions être sûrs de cela : si nous voulions qu'ils croient qu'un "dégénéré" avait préparé le terrain, c'était en partie pour nous assurer qu'ils produiraient les machines, eux, au lieu de s'opposer à leur élaboration. En effet, toute l'opération consistait à faire très exactement ce que nous avons fait : provoquer une réaction de la part de *Dahak*, d'une manière ou d'une autre.

— Provoquer *Dahak* ? » Colin se pinça le nez. « N'était-ce pas... hum, un peu risqué ?

— Oui, bien sûr, mais nos impériaux se font vieux, Colin. Lorsqu'ils partiront, ceux d'entre nous qui resteront continueront de leur mieux, mais nous serons dans une position encore plus désespérée. Le conseil n'avait pas encore la moindre idée que *Dahak* était en parfait état de marche que nous placions déjà bon nombre des nôtres au sein du programme spatial, comme Sandy et Cal. Par ailleurs, si l'humanité savait ce qui se trouve là-haut, opérationnel ou non, Anu se retrouverait dans une position bien plus fragile.

— Pourquoi ?

— Nous n'avons jamais envisagé ce que faisait *Dahak* au bout du compte, Colin, mais il fallait qu'il se passe quelque chose. Il se pouvait qu'Anu prenne le contrôle de toute exploration du vaisseau, mais nous étions prêts à le combattre – clandestinement mais assez efficacement –, à moins qu'il ne se montre au grand jour. Et, s'il avait agi ainsi, ne pensez-vous pas que son cercle intérieur n'aurait pas suffi à maîtriser le chaos qui s'en serait suivi ?

— Oh ! Vous avez pensé que, s'il prenait le risque de réveiller les autres et qu'ils découvraient alors tout ce qu'avait fait Anu, ils auraient pu le prendre à revers en se révoltant.

— Exactement. Oh, c'était courir un terrible risque ! Mais, comme je vous le dis, nous nous désespérions. Au strict minimum, nous aurions ajouté un nouveau facteur à l'équation. Et puis nous avons toujours eu de nombreux agents au sein du programme spatial. Il était possible – même probable – que, si le vaisseau se révélait partiellement en état de fonctionnement, l'un de nos propres agents terriens parvienne à s'introduire à l'intérieur. Franchement… (Isis le regarda posément dans les yeux) nous avions espéré que Vlad Tchernikov participerait à votre mission.

— *Vlad ?* Ne me dites pas qu'il fait lui aussi partie des vôtres !

— Si vous préférez entendre le contraire », dit-elle, et il rit malgré lui. C'était la première fois qu'il riait depuis la mort de Sean et il était étonné de constater à quel point ça lui faisait du bien.

« Bon Dieu, ça alors ! lâcha-t-il enfin, puis il leva un sourcil. Mais n'est-il pas un peu risqué d'introduire autant de gens dans le domaine même où Anu exerce la plus grande influence ?

— Colin, chacune de nos initiatives nous a toujours mis en danger. Bien sûr que nous avons pris des risques – des risques parfois terribles –, mais le contrôle qu'exerce Anu est lui-même indirect. Chaque camp en sait pas mal sur ce que prépare l'autre – et nous espérons en savoir davantage que lui –, mais il ne peut se permettre d'éliminer tous ceux qu'il ne fait que soupçonner. »

Elle fit une pause puis reprit la parole d'une voix plus grave.

« Malgré tout, nombreux sont ceux qu'il a tués sur la base de simples soupçons. Les "accidents" sont sa méthode favorite. Vous vous souvenez de cette navette abattue par La Mecque noire ? » Colin acquiesça et elle haussa les épaules. « C'était Anu. Ça l'amuse de faire faire le sale boulot à des terroristes "dégénérés". Leur fanatisme les rend faciles à manipuler. Le major Lemoine était à bord de cette navette et il faisait partie des nôtres. Nous ne savons pas comment Anu est parvenu jusqu'à lui, mais cela explique pourquoi tant d'attentats terroristes ont visé l'aérospatiale ces derniers temps. Au fait, La Mecque noire a revendiqué l'assassinat de Cal et des filles.

— Seigneur ! » Colin secoua la tête en signe de dénégation et se pencha en avant. Il posa les coudes sur la console et se prit la tête entre les mains. « Ça dure depuis si longtemps et personne n'a jamais rien suspecté. C'est quand même difficile à croire.

— Quelquefois nous avons cru que c'était la fin. Nous avons même cru un jour qu'ils avaient vraiment trouvé le *Nergal*. D'ailleurs, c'est la seule raison pour laquelle nous avons sorti Jiltanith de son état de stase.

— Quoi ? Oh ! pour faire sortir les enfants juste au cas où ?

— Exactement. C'était il y a environ six cents ans. La pire alerte que nous ayons jamais connue. À l'époque, le conseil avait déjà recruté pas mal de Terriens – et croyez bien qu'ils eurent du mal à accepter tout ça ! – et certains d'entre eux prirent les enfants et se dispersèrent sur toute la planète. Ce qui explique aussi le langage de 'Tanni. Elle a appris notre langue durant la guerre des Deux Roses.

— Je vois. » Colin inspira profondément et retint son souffle un moment. D'une certaine façon, l'idée que cette belle jeune fille ait grandi dans l'Angleterre du quinzième siècle le laissait encore plus perplexe que l'ensemble des événements qu'il avait traversés.

« Isis, dit-il enfin, quel âge a Jiltanith ? Hors de stase, je veux dire.

— Elle est un peu plus âgée que moi. » Le visage de Colin trahit le choc, et elle sourit avec douceur. « Nous qui sommes nés sur Terre avons appris à vivre avec, Colin. En vérité, nous ne savons pas pour qui c'est le plus dur, nous ou les impériaux. Mais 'Tanni est retournée en stase quand elle avait vingt ans et en est ressortie lorsque papa était encore Hidachi.

— Elle ne m'aime pas beaucoup, n'est-ce pas ? fit Colin d'un ton lugubre.

— C'est une jeune fille très malheureuse, dit Isis, puis elle rit doucement. Jeune fille ! Elle est plus âgée que moi, mais je pense toujours à elle de cette manière. Et ce n'est bien qu'une jeune fille par rapport aux impériaux. Elle est la "plus jeune" d'entre eux, ce qui lui a toujours pesé. Elle a résisté à papa lorsqu'il l'a renvoyée en stase parce qu'elle veut *faire* quelque chose, Colin. Elle se sent flouée. Et je ne peux l'en blâmer. Ce n'est pas sa faute si elle se trouve bloquée ici, et elle vit en conflit avec elle-même. Elle aime papa, mais c'est à cause de ce qu'il a fait lors de la mutinerie qu'elle doit subir ça. Souvenez-vous que sa mère a été tuée pendant les combats. » Elle secoua tristement la tête.

« Cette pauvre 'Tanni n'a jamais eu une vie normale. Ces quatorze ans passés en Angleterre furent ce qu'elle en a connu de plus proche, et même alors ses parents adoptifs devaient pratiquement l'assigner à résidence, étant donné qu'elle n'avait pas vraiment l'air d'une Européenne. Je pense que c'est pour cette raison qu'elle refuse de parler notre langue moderne.

» Mais vous avez raison à propos de ce qu'elle ressent pour vous. J'ai bien peur qu'elle ne vous reproche ce qui est arrivé à la famille de Cal… et surtout aux filles. Elle était notamment très proche de Harriet. » Isis eut une moue de chagrin et cligna des yeux pour retenir les larmes qui menaçaient de couler, puis elle reprit son récit.

« Intellectuellement, elle a bien conscience que vous ne pouviez pas savoir ce qui allait arriver. Elle sait même que vous avez éliminé ceux qui les ont tués. Personne parmi nous n'est particulièrement enclin à tendre l'autre joue. Cependant vous en êtes non seulement responsable, mais vous avez en outre supplanté papa alors qu'il a combattu pendant si longtemps : vous représentez aussi une menace réelle pour lui. Même si nous réussissons, papa se verra condamné parce que, quoi qu'il ait fait depuis, c'est un mutin. Et, à franchement parler, elle vous en veut.

— Parce que j'ai interféré avec votre opération ? demanda-t-il doucement. Ou bien est-ce qu'il y a autre chose ?

— Évidemment, et je vois que vous savez quoi. Mais pouvez-vous le lui reprocher ? Mettez-vous un peu à sa place. Vous êtes l'officier commandant de *Dahak*. Ce vaisseau spatial représente un rêve pour nous qui sommes nés sur Terre, l'alliance du ciel et de l'enfer. Mais c'est aussi un rêve sur les ponts duquel 'Tanni a réellement marché... et ce n'est nullement de sa faute à elle s'il lui a échappé. Elle a passé toute sa vie d'adulte à combattre le mal que d'autres avaient fait, et voilà que vous êtes devenu bien plus qu'un simple membre d'équipage, son commandant, tout simplement parce que vous étiez le premier Terrien à y pénétrer. Pourquoi vous et pas elle ? Pourquoi deviez-vous bénéficier de toute une panoplie d'implants – ceux d'un officier supérieur, rien de moins – tandis qu'elle n'a que des miettes ? »

Isis se tut, étudiant son visage comme si elle y cherchait quelque chose. Puis elle acquiesça légèrement.

« Mais le pire, Colin, c'est que c'est une combattante. Elle n'aurait aucune chance dans un corps à corps avec un impérial et elle le sait, mais c'est une battante. Elle a passé sa vie dans l'ombre à lutter contre d'autres ombres, et toujours de façon indirecte, sous la protection de papa et des autres parce qu'elle est plus faible qu'eux, incapable d'affronter ses ennemis. Vous comprenez sûrement à quel point c'est dur ?

— Oui, dit Colin d'une voix douce. Oui, reprit-il plus fermement, et je m'en souviendrai, mais nous devons combattre Anu tous ensemble, Isis. Je ne peux pas la laisser lutter contre moi.

— Je ne pense pas qu'elle le fera. » Isis marqua une nouvelle pause, fronçant les sourcils. « Non, mais elle n'est pas vraiment… raisonnable en ce moment.

— Je sais. Mais, si elle s'oppose effectivement à moi, cela pourrait tout ruiner. Trop de choses dépendent non seulement de la défaite d'Anu, mais aussi de la découverte d'un moyen d'arrêter les Achuultani. Si elle ne peut pas travailler avec moi, je ne peux certainement pas la laisser travailler contre moi.

— Qu… qu'allez-vous faire ? demanda Isis d'une voix douce.

— Je ne lui ferai pas de mal, si c'est ce que vous craignez. Elle a trop donné pour cela – comme vous tous. Mais, si elle met en péril ce que nous essayons d'élaborer maintenant, je n'aurai d'autre choix que de la renvoyer en stase.

— Non ! S'il vous plaît ! » Isis saisit fermement Colin par le bras. « Ce… ce serait presque pire que de la tuer, Colin !

— Je sais, dit-il doucement. Je sais comment j'y réagirais et je n'en ai nulle envie. Devant Dieu, je le jure. Mais, si elle s'oppose à moi, je n'aurai pas le choix. Tâchez de lui faire comprendre ça, Isis. Elle le prendra peut-être mieux venant de votre part que de la mienne. »

La vieille femme le regarda, les yeux brillants, et ses lèvres tremblèrent, mais elle acquiesça lentement et lui tapota le bras.

« Je comprends, Colin, dit-elle très doucement. Je lui parlerai. Et je comprends. J'aimerais ne pas comprendre, mais c'est pourtant le cas.

— Merci, Isis. » Il la dévisagea encore un peu plus longuement, puis lui pressa très doucement la main qu'elle avait posée sur son bras et se leva. Il fut pris d'un étrange élan et se pencha pour embrasser sa joue parcheminée.

« Merci », dit-il à nouveau, et il quitta la passerelle de commandement.

CHAPITRE DOUZE

« Colin ? »

Il leva les yeux et se sentit soudain soulagé de voir la tête d'Horus dans l'embrasure de la porte de sa cabine. La dernière fois que Colin avait vérifié auprès de la salle des opérations du *Nergal*, le vieil homme avait plus de deux heures de retard.

« Il était temps que vous rentriez », dit-il.

Horus acquiesça et lui saisit la main. Mais il avait un drôle de sourire, à mi-chemin entre la contrition et une sorte de triomphe. « Désolé, dit-il. J'ai été retenu par une discussion avec l'un de nos hommes. Il m'a fait une suggestion si intéressante que je l'ai ramené avec moi. »

Le vieil impérial fit un geste à l'homme de haute taille qui se tenait derrière lui, et Colin lança un œil au nouvel arrivant, notant son physique de combattant entraîné et ses tempes grisonnantes. Le nez de l'inconnu était presque aussi proéminent que le sien, mais ça lui allait bien, à lui. Il portait aussi l'uniforme des *marines* des États-Unis et arborait les aigles correspondant au rang de colonel. En outre, l'éclair qui zébrait son épaule droite était orné des poignards croisés et du parachute du commandement des Forces spéciales unifiées.

Colin haussa le sourcil et fit signe à ses hôtes de prendre place. Le CFSU était l'élite de l'élite. Il recrutait dans tous les corps d'armes et entraînait ses hommes à la « guerre sélective » – le vieux « conflit de faible intensité » du siècle passé – et à la lutte antiterroriste. Les étiquettes ne signifiaient pas grand-chose pour Colin. Insurgé, terroriste, guérillero ou patriote. Pour lui, quiconque optait pour la violence contre les innocents pour faire entendre sa voix méritait le même nom : barbare. Et les États-Unis avaient répondu à ces barbares par la création du CFSU.

Comme leurs homologues comeuropéens, russes et australonippons, les hommes et les femmes du CFSU étaient tout aussi adeptes de l'infiltration, du renseignement et de la guerre secrète que de l'utilisation des armes conventionnelles. Contrairement au reste de l'armée américaine, ils faisaient partie intégrante de la communauté du renseignement, tout autant policiers et espions (et certains, comme le savait Colin, auraient ajouté « assassins ») que soldats. Ce qui ne les empêchait pas d'être des troupes d'élite. Les personnels du CFSU n'étaient sélectionnés qu'après avoir fait leurs preuves – dans tous les domaines – dans leur corps d'origine.

« Colin, voici Hector MacMahan. En sus de ses responsabilités au service du CFSU, il est aussi à la tête de notre réseau de renseignement de Terriens.

— Colonel », dit Colin avec courtoisie, tendant à nouveau la main en regardant les quatre rangées de rubans sous les ailes du parachutiste et du pilote – à voilure fixe et à voilure tournante –, ainsi que le poignard et le fusil d'assaut croisés de la médaille du close-combat du CFSU. Impressionnant, pensa-t-il. Très impressionnant.

« Commandant », lui retourna MacMahan. Puis il esquissa un sourire. Son visage ne se prêtait pas aux effusions. « Ou bien devrais-je dire capitaine de la Flotte ?

— Commandant suffira, colonel. Ou bien Colin. » Ses hôtes s'assirent et il se rendit au petit bar dans l'angle tout en les regardant tour à tour l'un et l'autre. « Il semblerait que vous ne recrutez que les meilleurs, Horus, murmura-t-il.

— Merci, dit l'intéressé en souriant. Et c'est le meilleur de bien des points de vue. Hector est mon arrière-arrière-arrière-arrière-arrière-petits-fils.

— Je préfère, dit le colonel sans même l'ombre d'un sourire, me considérer seulement comme le meilleur de vos petits-fils. »
Colin gloussa et secoua la tête.

« Il faut encore que je m'habitue à tout ça, colonel, mais je faisais allusion à vos références militaires et non familiales. » Il finit de mélanger les boissons et sortit de derrière le bar. « Je suis impressionné. Et si votre suggestion était assez intéressante pour qu'Horus vous ramène avec lui, je suis impatient de l'entendre.

— Bien sûr. Voyez-vous... merci. » MacMahan prit le verre qu'on lui tendait, sirota poliment un instant puis choisit de l'ignorer. Colin se rassit dans son fauteuil pivotant et lui fit signe de continuer.

« Voyez-vous, reprit le colonel, j'ai beaucoup réfléchi à notre situation. À ma manière et en toute humilité, je ne suis pas moins un expert que vous autres, chevaucheurs de fusées, et depuis peu quelque chose me tracasse.

— Vous tracasse ? demanda Colin, le regard soudain attentif.

— Oui, comm... Colin. Je suis dans une position unique pour étudier la mentalité des terroristes et j'ai aussi bénéficié des renseignements fournis par grand-père ainsi que des rapports de surveillance du *Nergal*. C'est une des raisons pour lesquelles je suis colonel. Mes supérieurs ne sont pas au courant pour mes autres sources et ils me prennent pour un analyste drôlement futé. »

Colin acquiesça. Le réseau de renseignement des Nordistes – en particulier les batteries de capteurs soigneusement camouflées du vieux bâtiment de guerre – était extrêmement pratique dans la profession de MacMahan, mais les rubans qui ornaient sa poitrine indiquaient à Colin que ses supérieurs ne s'étaient pas trompés non plus sur ses capacités naturelles.

« Colin, le fait est que les partisans d'Anu infiltrent de plus en plus profondément les organisations terroristes. À présent, ils contrôlent effectivement La Mecque noire, le Douzième

Groupe de Janvier, l'Armée d'Allah, les Sourcils rouges et une douzaine d'autres groupes plus ou moins importants. Ce présage est bien assez mauvais, même si ce n'est guère surprenant – ils se sont toujours sentis en famille auprès de bouchers comme ceux-là –, mais ce qui m'ennuie, c'est la récurrence de certains traits idéologiques communs (si vous me permettez l'expression) dans les politiques des organisations qu'ils contrôlent.

» Voyez-vous, fit-il en plissant le front, il est bien peu probable qu'ils s'entendent à merveille. La Mecque noire et l'Armée d'Allah se détestent encore plus que le reste de la planète. La Mecque noire veut déstabiliser à la fois le monde islamique et non islamique afin que ses fondamentalistes radicaux puissent fonder un État théocratique mondial, alors que l'Armée d'Allah s'attaque surtout à des cibles non islamiques de façon à conduire de force à la rupture définitive entre l'Islam et les autres. Ils ne veulent pas du reste d'entre nous. C'est une bande d'isolationnistes qui veulent expulser tous les autres pour mettre en application leur propre théorie de la pureté religieuse. Et puis il y a les Sourcils rouges. Pour leur part, ils ont émergé des anciens groupes punks/skins de la fin des années quatre-vingt-dix. Ce ne sont que de purs anarchistes. Ils… »

MacMahan s'interrompit et fit un geste de la main.

« Je me laisse parfois emporter, et l'étiologie du terrorisme peut attendre. Voici où je voulais en venir : il apparaît que tous ces groupes partagent un intérêt commun croissant pour ce que je définirais comme le nihilisme. Et il ne fait guère de doute que l'influence d'Anu en est responsable. Qu'ils le sachent ou non, ses buts sont en train de devenir les leurs, et, le plus effrayant, c'est ce que cela nous apprend sur son état d'esprit. »

Le colonel parut se souvenir qu'il avait un verre et sirota encore un peu, puis en regarda le fond quelques secondes en agitant les glaçons.

« Mon équipe a toujours dû s'efforcer de raisonner comme l'ennemi, et je dois avouer que nous en tirons un certain plaisir.

Je déteste ces salopards, mais c'est à peu près comme un jeu – comme les échecs ou le bridge, dans une certaine mesure; cela dit, je ne me suis pas beaucoup amusé ces derniers temps. En effet, une question me turlupine depuis quelques années, davantage encore depuis qu'Horus m'a parlé de vous et de *Dahak*. Comment Anu réagirait-il exactement s'il estimait que nous pouvons le battre ? Et comment réagirait-il en apprenant tout simplement que *Dahak* est entièrement opérationnel ?

» La raison pour laquelle ça me turlupine est la suivante : je pense qu'Horus a raison à son sujet. Je pense que le nihilisme de ses lèche-bottes terroristes reflète son propre nihilisme et que, si jamais il en vient à penser qu'il n'a plus aucun espoir de s'en tirer – si *Dahak* est là-haut, c'est bien le cas, quel que soit notre sort à nous –, il pourrait alors prendre plaisir à entraîner toute la planète dans sa chute. »

Colin resta détendu et acquiesça lentement, mais il y avait comme un froid dans la cabine.

« C'est logique, Colin, ajouta doucement Horus. Hector a raison quant à son nihilisme. Peu importe l'homme qu'il était autrefois, Anu prend désormais plaisir à détruire, comme si ça soulageait ses frustrations, et cela tient probablement à son accoutumance au pouvoir. Mais, quelle qu'en soit la cause, c'est la réalité. Ses hommes et lui en ont donné la preuve il y a un siècle. »

Colin acquiesça de nouveau. Il comprenait. Il s'était parfois demandé pourquoi il était si difficile d'assassiner Hitler – jusqu'à ce qu'il ait accès à la banque de données du *Nergal*. Il n'était pas surprenant que l'attentat à la bombe ait échoué. Un homme complètement augmenté l'aurait à peine remarqué. Et si quiconque avait montré une jouissance maniaque à entraîner les autres dans sa chute, c'était bien l'élite nazie.

« D'accord… dit-il en faisant lentement pivoter son siège. Il semble qu'il y ait une nouvelle petite complication. » Il n'y avait pas trace d'humour dans son sourire. « Mais votre seule présence me pousse à croire que vous ne vous êtes pas contenté de vous inquiéter, colonel ?

— C'est vrai. » Le colonel inspira profondément et regarda Colin posément dans les yeux. « Un homme qui exerce mon métier n'est pas très utile dans le cadre de missions casse-cou, mais j'ai passé l'année précédente à élaborer le pire scénario – l'apocalypse, si vous préférez – puis à trouver moyen de vaincre. Il se peut que j'aie une réponse. Assez terrifiante, et j'ai toujours considéré que c'était une solution de dernier recours plutôt qu'une option que j'avais vraiment envie de tester. De fait, je ne l'aurais même pas mentionnée si vous ne nous aviez pas parlé des Achuultani. Il serait plus intelligent d'attendre que les choses se tassent un peu, qu'on vous ramène à bord de *Dahak* puis que nous frappions ce salopard sur deux fronts en même temps – ou qu'au moins nous fassions descendre un autre neutraliseur ici. Mais nous n'avons pas le temps de la jouer fine, n'est-ce pas ?

— Non, en effet, dit Colin, calme mais laconique. Je présume donc que vous allez me parler de cette solution, n'est-ce pas ?

— Oui. Au lieu d'attendre que ça se calme, faisons monter la mayonnaise.

— Oui ? » Colin se renfonça lentement dans son siège qui émit un grincement sourd et il tira sur son nez. « Et pourquoi ferions-nous ça, colonel ?

— Parce qu'il est possible – simplement possible – que nous puissions les vaincre seuls, sans faire appel à *Dahak* du tout », dit le colonel.

Personne, ne pensa Colin en regardant le conseil entrer en file indienne sur la passerelle de commandement, n'aurait pu accuser Hector MacMahan d'avoir la vue courte. Le seul fait d'envisager d'attaquer un ennemi aussi puissant demandait beaucoup d'audace, mais il semblait que le colonel ait du culot à revendre. Et, qui sait ? cela marcherait peut-être bien.

Le conseil prit place dans un silence tendu ; Colin croisa les mains derrière le dos et redressa les épaules. Il sentait le poids des regards et se demandait quelle était au juste la profondeur de leur relation mutuelle. Ils avaient à peine eu un mois pour se connaître, et il savait que certains d'entre eux lui en voulaient et le craignaient tout à la fois. Il ne pouvait le leur reprocher. Il avait lui-même des réserves à leur sujet, même s'il ne doutait plus de leur sincérité. Pas même de celle de Jiltanith.

À cette pensée, Colin dirigea son regard vers elle et il dissimula un sourire : il prenait conscience qu'il en était venu lui aussi à la considérer comme « jeune », bien qu'elle ait plus de deux fois son âge. Et davantage encore s'il tenait compte de ses années de stase. Mais, à peine esquissé, son sourire mourut sur ses lèvres devant son expression. Elle était enfin parvenue à masquer la haine qui se lisait sur son visage, mais il restait aussi avenant qu'une porte de prison.

Pour bien des raisons, il aurait préféré l'exclure de cette réunion et de toute prise de décision, mais il en était allé autrement. Elle était jeune, mais c'était aussi l'officier en chef chargé du renseignement à bord du *Nergal*, ce qui faisait officiellement d'elle l'homologue impériale de MacMahan, et indirectement sa supérieure.

Colin n'aurait pas envisagé que quelqu'un comme elle, fougueuse et impulsive de nature, soit passé maître en matière d'espionnage mais, lorsqu'il l'avait laissé plus ou moins entendre à un ou deux membres du conseil, il avait été surpris par leur réaction. Leur foi absolue en son jugement était presque effrayante, d'autant plus qu'il savait à quel point Jiltanith exécrait sa personne. Cependant, lorsqu'il avait consulté le journal de bord, ses performances justifiaient certainement leur haute considération. À Colorado Springs, pour la première fois en quarante ans, les impériaux sudistes (pour les distinguer de leurs mandataires autochtones) avaient surpris les Nordistes. Et il savait à qui l'on devait en attribuer la faute. Étant donné les sentiments du conseil à son égard, il n'osait pas la destituer. Par ailleurs, sa propre intégrité, têtue, l'aurait empêché de virer quelqu'un qui faisait si bien son travail simplement parce qu'il se trouvait qu'elle le détestait.

Mais elle l'inquiétait. Nonobstant les opinions des autres, exprimées ou non, elle l'inquiétait.

Il soupira, espérant qu'elle baisserait sa garde pour une fois, afin qu'il puisse enfin savoir ce qu'elle pensait et s'il pouvait lui faire confiance ou non. Puis il chassa cette pensée et adressa un sourire crispé à l'ensemble du conseil.

« Je suis sûr que vous connaissez tous le colonel MacMahan bien mieux que moi. » Il fit un geste en direction de l'intéressé et observa l'échange de signes de tête et de sourires, puis il remit la main derrière le dos. « La raison de sa présence aujourd'hui, cependant, pourrait vous surprendre. Voyez-vous, il propose que nous attaquions Anu directement – sans *Dahak*. »

Un ou deux membres de l'audience manquèrent s'étouffer, et Jiltanith parut se ramasser comme un chat. En réalité, elle n'avait pas bronché, mais ses yeux s'élargirent et il crut entrevoir une lueur sombre au fond de leurs ténèbres profondes.

« Mais c'est de la folie ! » C'était Sarah Meir, l'astronavigatrice terrienne du *Nergal*. Puis elle rougit et jeta un coup d'œil à MacMahan. « En tout cas, c'est l'impression que ça donne.

— Je suis d'accord, mais c'est une des beautés de la chose. C'est tellement fou qu'ils ne s'y attendront jamais. » On entendit alors un chœur de légers gloussements et Colin s'autorisa un plus large sourire. « Et, folie ou pas, nous n'avons guère le choix. Nous sommes restés au point mort depuis… depuis mon arrivée… (ce qui provoqua une cascade de rires plus sonores) et nous ne pouvons nous le permettre. Vous savez tous pourquoi. »

L'atmosphère devint grave, et un ou deux levèrent les yeux vers le ciel comme s'ils cherchaient à voir les étoiles au-delà desquelles les Achuultani se rapprochaient inexorablement. Colin hocha la tête.

« Précisément. Mais ce qui m'a le plus surpris, c'est qu'il se peut cela marche tout simplement. » Il se tourna vers Mac-Mahan. « Hector ?

— Merci, Colin. » MacMahan se tenait au centre de la passerelle. Sa silhouette raide était aussi incongrue que son uniforme de *marine* et pourtant tout aussi incontournable que le bleu de la Flotte qu'arborait Colin. Il les regarda droit dans les yeux, visiblement habitué à passer ainsi ses hommes en revue.

« Fondamentalement, dit-il, c'est le temps qui pose problème. Le temps dont nous avons besoin et dont nous manquons. Mais nous avons un avantage majeur : Anu ignore que nous ne disposons pas de beaucoup d'hommes. Il est évident qu'il croyait Colin des nôtres lorsqu'il a frappé les Tudor... » Colin vit Jiltanith broncher en entendant cela, mais elle se contrôlait très bien... du moins autant qu'elle pouvait. « Il semble donc très improbable qu'Anu se rende compte qu'il y a du nouveau. Il analysera tout mouvement opéré contre lui sur une base à sa connaissance inchangée. »

MacMahan fit une pause, et plusieurs têtes acquiescèrent.

« Or nous savons tous que nous les avons salement touchés à Colorado Springs. » Il y eut un grognement sourd en signe d'approbation, et il se contenta de l'un de ses chiches sourires. « Nous avons confirmé dix-sept morts et deux autres victimes probables – plus de dégâts que nous ne leur en avons jamais infligé en plusieurs siècles. Ils doivent se demander ce qui leur est arrivé et, espérons-le, se sentir un peu plus sur la défensive. Ce qui justifie certainement les efforts qu'ils ont faits depuis pour nous trouver.

» À l'heure qu'il est, ils considèrent sûrement cette escarmouche comme une action défensive de notre part, et c'était bien le cas. Mais je propose que nous les persuadions du contraire. Attaquons-les, frappons partout où nous le pourrons, assez fort pour les convaincre que nous venons de lancer une offensive générale. Ce sera risqué, mais pas plus que certaines de nos opérations passées.

— Attendez un peu, Hector. » Le colonel fit une pause ; Geb levait la main. C'était l'un des plus vieux impériaux, ingénieur en chef du *Nergal*. « Il n'y a rien qui me ferait plus plaisir que de les frapper, mais en quoi cela nous aidera-t-il ?

— Question pertinente, reconnut MacMahan, et je vais tenter d'y répondre, Geb. Il se peut que cela paraisse un peu alambiqué, mais le concept sous-jacent est simple.

» Premièrement, certains des leurs sont en fait en position plus vulnérable que nous. Ils se sont toujours plus impliqués dans les affaires de ce monde, et nous avons identifié un plus grand nombre des leurs qu'ils ne l'ont fait pour nous. Nous savons où se trouvent plusieurs de leurs impériaux, nous détenons des informations sûres sur l'identité de certains de leurs affidés autochtones. Bien plus encore, nous avons identifié les groupes terroristes à travers lesquels ils agissent actuellement et nous avons aussi localisé avec certitude plusieurs centres d'opérations et QG. Tout ça nous amène à la conclusion suivante : même si la majeure partie de leurs hommes sont bien mieux protégés que les nôtres, ceux qui se trouvent en dehors de l'enclave restent plus exposés. Nous pouvons les atteindre plus facilement qu'ils ne peuvent nous toucher. »

MacMahan balaya son auditoire du regard et hocha la tête, satisfait de l'expression attentive des visages tournés vers lui.

« Ce que je propose, c'est de lancer un assaut organisé contre leurs positions exposées pour les faire réagir comme ils l'ont toujours fait quand ça commençait à chauffer, à savoir en rapatriant dans l'enclave leurs impériaux et leurs Terriens les plus importants pour les mettre à l'abri pendant que leurs équipes de choc s'efforcent de piéger et de détruire nos forces d'attaque.

» Mais, ajouta MacMahan d'une voix douce, cette fois-ci, c'est ce qu'ils pourront faire de pire. Cette fois-ci, ils nous laisseront entrer juste derrière eux ! »

Pour un homme au visage inexpressif, se dit Colin, Hector MacMahan pouvait ressembler à un loup affamé.

« Et comment doncques ? » La voix de Jiltanith était monocorde. Elle faisait preuve d'une grande maîtrise, attitude que la présence de Colin induisait systématiquement. Cependant il s'agissait d'une question et non d'une objection, et il était clair qu'elle parlait au nom de beaucoup d'autres.

« Comme je le disais, les manœuvres de préparation ont été un peu compliquées, répondit MacMahan, mais le concept est simple en soi et ma propre position à la tête de l'opération Odyssée nous permettra sans doute justement de réussir. » Jiltanith acquiesça d'un léger mouvement de la tête, et il observa les autres membres du conseil.

« Comme le sait 'Tanni, poursuivit-il, on m'a confié le commandement de l'opération Odyssée il y a deux ans, opération du CFSU qui visait à infiltrer La Mecque noire. Les gradés savaient que ce ne serait pas facile et nous avons eu trop de fuites durant les années passées pour les satisfaire. Nous savons, bien entendu, pourquoi. Anu n'a pas vraiment réussi à infiltrer le CFSU, mais il a pénétré en profondeur les échelons supérieurs de la communauté du renseignement. Mais, à cause de ces fuites, l'accès aux informations concernant l'opération ne pouvait être obtenu pendant toute sa durée que lorsque c'était strictement nécessaire, et c'est *moi* qui déterminais qui en avait besoin. Ce qui signifie que j'ai pu placer deux de nos propres agents terriens au sein de La Mecque noire. L'un deux est aujourd'hui commandant en second de leur branche offensive centrale. D'ailleurs, il s'agit d'un initié à plusieurs niveaux. Il s'est établi comme un mercenaire précieux et corruptible, et les hommes d'Anu l'ont coopté il y a cinq mois. »

Un brouhaha de surprise traversa la passerelle de commandement.

« Or vous savez tous que nous avons tâté le terrain auprès de Ramman et de Ninhursag », reprit MacMahan, et Colin observa les réactions des plus âgés des impériaux à ces deux noms. Ramman et Ninhursag étaient les Sudistes qui maintenaient un contact clandestin avec l'équipage du *Nergal* durant les deux siècles passés. Ramman avait appartenu au cercle intérieur d'Anu, mais Ninhursag faisait partie de la base. Elle appartenait au personnel de maintenance gravitonique de *Dahak*. On l'avait fait sortir de stase un peu plus d'un siècle auparavant en raison de son expertise dans le champ de la physique. Pour autant qu'on le savait, aucun des deux n'avait conscience que l'autre entretenait des contacts avec les Nordistes.

« Nous nous sommes toujours montrés prudents avant de nous fier à ce qu'ils nous fournissaient, mais 'Tanni et moi-même avons comparé toutes les informations obtenues par l'un au regard de celles données par l'autre, et jusqu'à présent tout a été confirmé. Ce qui signifie soit qu'ils sont tous les deux réglos, soit qu'on les utilise comme une équipe. Personnellement j'opte pour la première hypothèse. Ramman est terrifié par ce qu'Anu pourrait faire par la suite, Ninhursag horrifiée par ce qu'il a déjà fait, et il se peut que leur absence prolongée hors de l'enclave et loin du cercle intérieur d'Anu indique qu'il ne leur fait pas entièrement confiance, ce qui, pour nous, pourrait être bon signe. Est-ce que vous êtes d'accord avec cette analyse, 'Tanni ?

— Certes, dit-elle brièvement.

— Mais, qu'il leur fasse confiance ou non, poursuivit Mac-Mahan, ils lui sont précieux. Il s'en serait débarrassé depuis longtemps si tel n'était pas le cas. Nous pouvons donc être sûrs qu'on les rappellera dès que commencera la fusillade, voilà ce qui importe. Une fois qu'ils auront franchi les points d'accès à l'enclave, ils détiendront les codes actuels d'ouverture des portails. »

MacMahan fit une nouvelle pause, et cette fois Colin vit la plupart des membres du conseil acquiescer.

« Comme nous le savons tous, Anu modifie les codes assez régulièrement. Nous n'avons jamais pu les obtenir depuis l'extérieur, mais les senseurs de 'Tanni peuvent nous dire *quand* on les reprogramme. C'est pourquoi, si Ramman ou Ninhursag peuvent nous fournir les codes actuels depuis là-bas, nous aurons au moins la certitude de leur validité.

— Très bien, intervint Geb, je vois, mais comment nous les feront-ils passer ? » La question fut bien accueillie, mais il fronçait les sourcils tout en se concentrant, espérant visiblement trouver une réponse plutôt que lever une objection.

« C'est le point délicat, convint MacMahan, mais je crois que nous pouvons y arriver. Une fois que Ramman et Ninhursag auront les codes, ils en déposeront l'un et l'autre une copie à un point de collecte préétabli à l'intérieur de l'enclave. Nos propres hommes au sein de La Mecque noire ne se connaissent pas, mais je crois qu'ils sont tous deux assez importants pour qu'on les rapatrie au sud – en tout cas, c'est vrai pour l'un d'eux à coup sûr, même si l'autre est peut-être plus marginal. À supposer qu'ils puissent entrer tous les deux, chacun ira récupérer l'information à l'une des deux boîtes aux lettres. Ni Ramman ni Ninhursag ne sauront que l'autre doit effectuer une livraison, et aucun de nos deux hommes ne sera au courant de l'autre collecte. C'est pourquoi, même si nous en perdons un, nous devrions pouvoir faire sortir l'autre.

» C'est la partie épineuse. Une fois que nous les aurons fait rentrer et que nous aurons mis la main sur ces informations, nous ralentirons nos attaques. Anu fera certainement ce qu'il a toujours fait – c'est-à-dire sortir ses "dégénérés" d'abord pour voir s'ils essuient des tirs. À ce moment-là, nos propres hommes nous remettront les codes d'accès. Avec un peu de chance, nous disposerons de deux sources d'information que nous pourrons confronter l'une à l'autre.

» Si le code se trouve confirmé et si nous sommes préparés à agir avant qu'Anu le change à nouveau, nous pourrons alors pénétrer à l'intérieur du bouclier avant qu'ils s'aperçoivent de notre arrivée.

» Le nombre de leurs impériaux en activité dépasse largement notre propre contingent, mais, si nous parvenons à entrer, nous aurons le bénéfice de la surprise. Si nous les frappons assez fort et assez vite, nous devrions prendre l'avantage, tout au moins faire assez de dégâts pour provoquer la panique parmi leurs supérieurs et les pousser à sceller leurs écoutilles et à filer à bord de leurs parasites armés pour apporter leur soutien à leurs camarades. Pour ce faire, il faudra qu'ils fassent sortir leurs parasites de ce bouclier et qu'ils l'abaissent pour pouvoir nous tirer dessus. Et, s'ils font ça... (le sourire millimétré du colonel était féroce) Colin me dit que *Dahak* sera là pour les accueillir.

» Et ce sera, conclut MacMahan très, très calmement, la fin du capitaine Anu du département des machines et de ses assassins. »

CHAPITRE TREIZE

« Je n'aime pas ça, dit Horus d'un ton sinistre, et le conseil non plus. Vous perdez la tête, Colin !

— Pas du tout. » Colin s'efforçait à grand-peine de rester patient. Son expérience de la ténacité de *Dahak* l'y aidait, mais il commençait à penser qu'Horus aurait pu donner des leçons d'entêtement au vaisseau spatial. « Nous y sommes revenus sans cesse, et nous en arrivons toujours à la même conclusion. Il faut que j'informe Dahak de ce qui se passe. Il ne fait aucune différence entre vous et les partisans d'Anu. S'il vous repère, il est probable qu'il ouvrira le feu sur vous aussi.

— C'est un risque qu'il nous faudra prendre, dit Horus avec obstination.

— C'est un risque que nous ne pouvons pas prendre ! » fit Colin d'un ton sec. Puis il se força à se relaxer. « Ce que vous pouvez être entêté ! Écoutez, ça passe ou ça casse. Il ne peut en être autrement. Nous ne pouvons prendre le risque de laisser *Dahak* nous tirer dessus alors même que nous serons en train d'attaquer l'enclave, mais ce n'est qu'une partie du problème. Si nous parvenons à pénétrer à l'intérieur et à provoquer assez de dégâts pour faire décoller leurs parasites armés, il saura que quelque chose est en train de se passer. Cela fait près de cinq semaines que je ne lui ai pas donné de nouvelles… Comment croyez-vous qu'il réagira lorsqu'il verra circuler des unités impériales ?

— Eh bien…

— Exactement ! Mais ce n'est pas le pire. Supposons – Dieu nous en préserve –, supposons que j'y passe. Qui ira expliquer tout ça à Dahak ? Vous savez qu'il ne croira rien de ce que vous pourrez lui dire, à supposer même qu'il vous écoute. Alors voilà, je suis mort, et vous avez rayé Anu de la carte. Que se passe-t-il ensuite ? » Il regarda le vieil homme droit dans les yeux.

« Ce que vous pouvez espérer de mieux, c'est qu'il vous laisse tranquilles, mais ce ne sera pas le cas. Il pensera qu'il s'agissait d'une guerre intestine entre mutins – dans un sens, ce sera bien le cas – et il vous pourchassera. Si le bouclier de l'enclave est abaissé, il vous aura tous. S'il est dressé et que vous vous trouvez à l'intérieur, on sera revenu à la case départ et les Achuultani continueront d'approcher ! Pour l'amour de Dieu, mon ami, vous voulez vraiment que tout ça ne serve à rien ? »

Horus avait l'œil plein de colère d'un homme acculé, et Jiltanith s'assit à ses côtés, lançant un regard noir à Colin. Son silence maussade le rendait pitoyablement nerveux, et il essayait de garder en mémoire qu'il s'agissait d'une analyste expérimentée dans le domaine du renseignement. La fluidité avec laquelle elle manipulait ses batteries de senseurs et les systèmes auxiliaires camouflés du *Nergal* démontrait sa compétence et sa capacité à raisonner avec calme et logique. Elle le haïssait peut-être, mais c'était une professionnelle. Elle comprenait certainement la logique de son point de vue.

Elle avait peu parlé jusqu'alors, mais il savait à quel point son opinion pourrait compter, et il se demanda une fois encore si elle était fâchée que MacMahan, son subordonné en tout état de cause, se soit adressé directement à lui pour faire part de son projet. Il s'était plus ou moins attendu à ce qu'elle use de son influence contre lui depuis le début, mais à présent elle faisait une moue de dégoût comme si elle venait de mordre dans un fruit pourri.

« Nenni, mon père. C'est que le commandant a raison. »

Horus l'observa tel César face à Brutus, et une lueur d'amusement aigri brilla dans son regard tandis que Colin clignait des yeux de surprise.

« N'est poinct à ma plaisance, mon père, mais ce seroit là fort senestre plaisanterie et nostres actes ne signent que nostre condemnation. Le commandant ne dict aultre que vray. Sans que nous disions mot es *Dahak*, pourrons-nous oncques sauver quelque mutin ? » Horus secoua la tête en signe de dénégation malgré lui et elle lui toucha doucement le bras. « Tout ceci a doncques une fin. Vray est que n'avons d'aultre choix que de luy dire mot, et n'avons poinct aultre code d'implant que cestuy du commandant. *Dahak* n'en prendra aultre pour vray. Ne pouvons faire aultrement que nous encliner et céder. »

Colin détacha ses yeux de Jiltanith pour regarder son père. Il lui était reconnaissant de son soutien, même si elle n'était motivée que par la seule logique de la situation et non par un quelconque enthousiasme. Cela transparaissait jusque dans la façon dont elle parlait de lui. Elle ne le désignait que par son grade, et encore, avec amertume, quand elle faisait référence à lui. Lorsqu'elle était contrainte de s'adresser à lui directement, elle ne recourait alors à aucun nom.

« Mais il est impossible qu'ils ne le repèrent pas ! » s'écria Horus d'un ton presque désespéré, et Colin comprit parfaitement. Lui-même représentait la première chance qu'ils avaient de remporter une victoire haut la main, et le destin avait jugé bon de donner cette chance à Horus ; le risque de la perdre terrifiait le vieil impérial bien plus que l'idée de sa propre mort.

« Évidemment, dit-il. C'est pourquoi il faut que nous procédions à ma façon.

— Grand-père, intervint Hector MacMahan d'une voix douce, je n'aime pas beaucoup ça non plus, mais ils ont peut-être raison. »

Horus se renfrogna, et le colonel se tourna pour faire face à Colin.

« Si je vous soutiens pour ce projet, dit le *marine* d'un ton égal, c'est uniquement parce que je n'ai pas le choix, et ce sera le seul raid auquel vous participerez, entendu ? »

Pendant un moment, Colin eut envie de faire baisser les yeux au colonel, mais c'eût été une mauvaise politique. Pire, un exercice futile, et il acquiesça plutôt.

MacMahan eut l'un de ses microsourires brevetés, et Colin comprit alors que tout était décidé. Il était possible qu'il faille du temps pour convaincre Horus, mais la décision qui comptait était celle de MacMahan, car Colin et le conseil l'avaient nommé à la tête des opérations. La réussite dépendrait énormément de leur réseau de Terriens. C'est pourquoi il était logique que ce soit lui qui dirige les opérations et non Jiltanith. Et si Colin était commandant de bord (dans un sens), savoir si « ses » hommes étaient ou non toujours sous ses ordres posait un intéressant problème juridique. D'ailleurs, il connaissait ses limites, et il n'était tout simplement pas compétent pour orchestrer une opération de ce type.

« Il faudra que je soutienne Colin, grand-père, dit Mac-Mahan. Je suis désolé, mais c'est ainsi. »

Horus fixa la table pendant un moment puis acquiesça malgré lui.

« Très bien, Colin, vous ferez partie de l'équipe qui attaquera Cuernavaca, poursuivit MacMahan. Vous procéderez à la frappe, enverrez votre message et puis vous filerez, compris ?

— Compris.

— Et, ajouta-t-il doucement, 'Tanni sera votre pilote.

— Quoi ? » Colin serra les dents avant de rien dire qu'il pût regretter ensuite. Mais il avait le regard incandescent et celui de Jiltanith brûlait d'un feu plus vif encore.

« 'Tanni sera votre pilote, répéta MacMahan d'une voix douce. C'est en tant que commandant d'une opération militaire que je m'adresse à vous et je n'ai pas vraiment de temps pour la diplomatie. Alors taisez-vous l'un et l'autre et écoutez. »

Colin repoussa sa chaise et acquiesça. Jiltanith se contenta de transpercer MacMahan du regard, mais le colonel choisit d'interpréter son silence comme un accord.

« Très bien. Je sais qu'il y a une certaine tension entre vous deux, dit-il en employant une litote clémente, mais nous n'avons pas de place pour ça ici. Il s'agit d'une opération importante, comme nous venons tous trois de le signifier à grand-père.

» Colin, vous êtes le seul à pouvoir émettre ce message et, si vous participez à cette frappe, vous devriez pouvoir dissimuler votre transmission par torsion spatiale sous un rapport ostensible à l'attention de votre QG. Mais nous ne savons ni à quelle vitesse ni avec quelle force les hommes d'Anu réagiront. C'est pourquoi il faut impérativement que notre meilleure pilote soit aux commandes. Vous êtes bon, Colin, et vos réflexes sont extraordinaires, même selon les normes impériales, mais vous n'avez malgré tout qu'une pratique réelle très limitée du pilotage d'un chasseur impérial.

» 'Tanni, en revanche, est une pilote née, et la plus jeune de nos impériaux, dotée de réflexes presque aussi bons que les vôtres, mais elle est surtout beaucoup plus expérimentée. L'ensemble de la mission sera placée sous vos ordres, mais c'est elle qui sera votre pilote et vous serez son officier chargé de l'électronique, sans quoi aucun de vous ne partira. »

MacMahan les regarda avec fermeté et Colin jeta un coup d'œil à Jiltanith. Il la surprit en train de l'observer et une étincelle brilla soudain dans leurs yeux.

« Très bien, soupira-t-il enfin, puis il fit un large sourire. Si j'avais su à quel genre d'enflure entêtée j'avais affaire, je n'aurais jamais accepté de vous laisser diriger cette opération, Hector.

— Ah, mais je suis ce que vous avez de mieux dans le genre… commandant », répondit MacMahan.

Colin se tut et son sourire s'élargit tandis qu'une nouvelle pensée lui traversait l'esprit. Une fois qu'il serait coincé dans le même chasseur avec Jiltanith, il faudrait bien qu'elle l'appelle par un nom quelconque !

C'était incroyable de voir avec quelle constance il était capable de se tromper, pensa Colin, morose, tout en vérifiant son équipement une dernière fois. Cela faisait une semaine qu'il travaillait avec Jiltanith dans le même simulateur et elle n'avait toujours pas choisi de nom pour s'adresser à lui.

Ils étaient seuls à bord. À qui d'autre pourrait-elle bien parler ? Il lui était donc plus facile d'affirmer son point de vue en refusant d'utiliser son nom ou son grade. Et il était certain qu'elle préférerait mourir que de l'appeler « monsieur ».

Il sourit amèrement. Ça lui fournissait un dérivatif aux crampes qui lui nouaient l'estomac. Bien qu'il ait été militaire de carrière avant de rejoindre la NASA, Colin avait tiré exactement deux fois sous le coup de la colère, y compris lors de son attaque avortée contre l'annexe de *Dahak*. La première fois, c'était il y avait des années, lorsque le lieutenant MacIntyre, encore bien jeune et aux commandes de son chasseur Lynx, s'était retrouvé subitement nez à nez avec un chasseur irakien dans une zone aérienne censément internationale. Colin ne savait toujours pas comment il avait pu échapper au missile autoguidé que le chasseur lui avait balancé. Heureusement, l'Irakien n'avait pas eu la même chance.

Les autres impériaux étaient tous des vétérans de la longue guerre souterraine, et c'était bien pratique. La sérénité avec laquelle ils effectuaient leurs préparatifs avait apaisé ses nerfs plus qu'il n'était prêt à l'admettre… mais, dans une certaine mesure, ça ne faisait qu'empirer la situation. Il était là en tant que commandant en chef, et ceux qui étaient sous ses ordres avaient plus d'expérience au combat que lui ! En matière de référence, ce n'était pas l'idéal.

Colin ferma sa combinaison de vol et vérifia le champ de force globulaire unidirectionnel qui servait de casque aux pilotes impériaux. Il devait l'admettre, il s'agissait d'un immense progrès : il pouvait pénétrer à l'intérieur de son « casque » en traversant le champ de force et la qualité de vision était formidable. Cependant il ressentit quelque chose comme de la nostalgie en pensant à la disparition de tous les petits indicateurs qui encombraient autrefois l'intérieur de l'équipement officiel de la NASA.

Il accrocha son pistolet gris aux sangles de sa combinaison. Non pas que cette arme puisse lui servir à grand-chose s'ils devaient décrocher. Encore faudrait-il d'ailleurs qu'ils aient une chance de le faire s'ils se retrouvaient nez à nez avec un armement lourd.

Voilà. Il était prêt. Il sortit nonchalamment de l'armurerie pour se diriger vers la salle de préparation, content d'être le seul à pouvoir lire les taux d'adrénaline indiqués par les biosenseurs des implants de tous les autres.

L'équipage des chasseurs se tenait calmement assis dans la salle de préparation du *Nergal*. Ils n'étaient que huit, car les appareils de combat subluminiques n'étaient pas des planétoïdes. Ils ne transportaient que six chasseurs et chaque chasseur embarqué réduisait la charge de leurs armes internes.

La plupart des impériaux semblaient terriblement vieux à Colin. Geb volait en formation avec son chasseur – celui de Jiltanith –, le seul qui bénéficiait d'une escorte, et son artilleur était le seul autre « jeune » parmi eux. Tamman avait dix ans à l'époque de la mutinerie, mais on ne l'avait pas renvoyé en stase pendant aussi longtemps que Jiltanith et il avait bien deux siècles d'expérience derrière lui.

Cependant, malgré leur âge apparent, les autres impériaux faisaient partie de la meilleure équipe d'Hector. On les avait triés sur le volet. Ce serait la première fois en trois mille ans que ceux du *Nergal* auraient recours à une technologie impériale dans le cadre d'une frappe majeure ostensible. Mais il y avait eu des escarmouches occasionnelles et inattendues entre les petits appareils des deux camps, et ces hommes s'en étaient sortis.

« Très bien. » MacMahan entra dans le compartiment d'un pas vif et s'assit sur le coin de la console de l'officier chargé des informations. « Vous avez tous été briefés, vous connaissez tous le plan et vous connaissez tous la partition. Je ne vous répéterai que ceci : il faudra suspendre toutes les autres attaques jusqu'à ce que 'Tanni et Colin soient prêts *et* qu'ils aient émis. Jusque-là vous ne bougerez pas le cul d'un pouce ! »

Il y eut des hochements de tête. L'attente risquait de les exposer davantage devant les Sudistes, mais attaquer avant que Colin ait transmis son rapport de frappe et averti *Dahak* serait bien plus dangereux. Le vieux vaisseau les abattrait bien plus sûrement que les gens d'Anu, contre lesquels jouerait la surprise.

« Bien, dit MacMahan. Alors en selle. » Les équipages commencèrent à sortir en file indienne, mais le colonel posa la main sur l'épaule de Colin alors qu'il allait les suivre. « Attendez un peu, Colin. Je veux vous dire un ou deux mots, à 'Tanni et vous-même. »

Jiltanith attendit avec Colin tandis que les autres sortaient, mais, même alors, elle préférait encore se tenir à côté de Mac-Mahan, ainsi séparée de son coéquipier.

« Je vous ai demandé d'attendre car je viens d'obtenir de nouvelles informations sur votre cible, dit MacMahan. La confirmation nous en est parvenue de l'un de nos agents au sein de La Mecque noire, Cuernavaca est sans nul doute la base d'où a été lancée l'attaque contre Cal et, avec un tout petit peu de chance, Kirinal se trouvera là-bas lorsque vous entrerez. »

La haine qui embrasa le regard de Jiltanith n'était pas dirigée contre Colin cette fois-ci, mais il sentit ses lèvres se tordre pour se fendre en un sourire carnassier.

Kirinal. Il avait ressenti un frisson de froide fascination en lisant son dossier. C'était le chef des opérations d'Anu, l'homologue d'Hector MacMahan, et elle aimait son travail autant que

Girru. Sa perte nuirait gravement aux Sudistes, mais ce ne fut pas la première chose qui traversa l'esprit de Colin. Non, sa première pensée fut la suivante : Kirinal avait personnellement ordonné le meurtre de la famille de Cal.

« J'ai envisagé de vous le taire, admit le colonel, mais vous l'auriez découvert en rentrant, et j'ai assez d'ennuis comme ça avec vous deux sans en rajouter une couche ! De plus, savoir que Kirinal se trouve là-bas ferait de cette mission une affaire personnelle pour tout le monde ici, j'imagine. Mais, maintenant que vous le savez, je veux que vous l'oubliiez. Je sais que vous ne pouvez pas le gommer entièrement, mais, si vous ne pouvez empêcher la vengeance de fausser votre jugement, dites-le-moi tout de suite. Geb et Tamman se chargeront alors de la première frappe. »

Colin se demanda si Jiltanith pourrait éviter ça. D'ailleurs, y parviendrait-il lui-même ? Mais il croisa son regard, et, pour la première fois, ils étaient en parfait accord.

MacMahan les observait, masquant son inquiétude derrière un visage inexpressif, et il songea à leur donner l'ordre d'éviter la cible quelle que soit leur réponse. Peut-être n'aurait-il pas dû le leur dire après tout. Non. Ils avaient le droit de savoir.

« Très bien, fit-il enfin. Allez-y et... (le son de sa voix les arrêta dans le sas et il sourit légèrement) bonne chasse à vous. »

Ils disparurent, et le colonel MacMahan resta assis tout seul dans la salle de réunion déserte. Son air impassible avait disparu. Mais il se releva bientôt, redressa les épaules et chassa de son visage l'amertume désespérée qu'on y lisait. C'était un pilote très talentueux et expérimenté, mais il n'avait pas les implants qui lui auraient permis de mener à bien son propre projet, point final.

Les neurocapteurs de Colin se connectèrent à ce que l'US Navy aurait appelé la « console d'armement électronique » du chasseur tandis que Jiltanith et lui-même s'installaient dans leurs couchettes de vol. Il ressentit une légère poussée d'impatience de la part des ordinateurs. Intellectuellement, il savait qu'un ordinateur n'était rien de plus que la somme de ses programmes, mais les Terriens pratiquaient l'anthropomorphisme avec les ordinateurs depuis des générations, et les impériaux, associés de façon beaucoup plus proche, beaucoup plus intime avec leurs serviteurs électroniques, ne remettaient jamais cette pratique en question. Si on y réfléchissait, l'esprit humain était-il tellement plus que la somme de ses programmes ?

Quoi qu'il en soit, il savait ce qu'il ressentait : le chasseur montrait les crocs, exprimant son impatience à travers les signaux qu'il lui renvoyait, indiquant que le système était paré.

« Armes et systèmes de survie optimaux », rapporta-t-il à Jiltanith, et elle lui lança un regard de biais. Elle le savait, évidemment. Les connexions de leurs neurocapteurs étaient assez croisées pour cela. C'était cependant une habitude acquise depuis tant d'années d'entraînement qu'il lui était impossible de la perdre à présent. Quand on avait fini de vérifier la liste de contrôle, on faisait un rapport au pilote.

Colin sentit son regard se poser sur lui une seconde de trop, puis elle hocha légèrement la tête. Ses longs cheveux ondulés formaient un chignon serré au sommet de son crâne, retenu par des peignes étincelants qui devaient valoir une petite fortune, ne serait-ce qu'en tant qu'antiquités. Elle portait son poignard incrusté de pierreries à côté de son pistolet, là où lui-même fixait son arme à gravitons. C'était une arme semi-automatique, dotée d'un magasin à la charge réduite à trente coups, assez léger pour ses muscles non augmentés. Elle l'avait conçu et confectionné elle-même, et il avait l'air aussi anachronique qu'inévitable près de son poignard. Elle incarnait, songea-t-il ironiquement, et ce n'était d'ailleurs pas la première fois, une étrange alliance entre le passé et l'avenir. Puis elle prit la parole.

« OK ! dit-elle, et il cligna des yeux. Tenez-vous prest… commandant. »

C'était la première fois qu'elle réagissait à l'un de ses rapports d'état. Telle fut sa première pensée. Puis il prit conscience du titre qu'elle avait fini par lui donner.

Colin se demandait encore ce que signifiait cette concession lorsque le chasseur décolla.

CHAPITRE QUATORZE

Jiltanith était douée.

Colin avait reconnu son talent et, plus encore, son affinité naturelle avec sa fonction, même dans le simulateur. À présent elle s'éloignait du *Nergal* et remontait le long tunnel soigneusement camouflé sans gâcher un erg d'énergie. Sans même une pensée inutile. Les ailes du chasseur étaient siennes et les parois de pierre du conduit par lequel il allait voir le jour défilaient à vive allure, jusqu'à ce qu'ils planent enfin dans un vrombissement fluide.

Les étoiles se mirent subitement à scintiller comme de petits morceaux de glace au-dessus d'eux, et Colin fut empli d'un étrange sentiment de joie. Il y avait une force nouvelle et vibrante dans les transmissions de ses liaisons électroniques. Elles brillaient de l'éclat de ce sens du mouvement et du vol, lumineux et sauvage, que possédait Jiltanith. Pendant un instant tout au moins, elle était libre. Elle ne faisait qu'un avec son chasseur en parcourant le ciel nocturne, libre de traquer ses ennemis. C'est ce qu'il percevait en elle, comme une explosion de joie que sa soif de vengeance et sa propension à la violence accentuaient encore. Pour la première fois depuis qu'ils s'étaient rencontrés, il la comprenait parfaitement et se demandait s'il en était heureux, car il se voyait en elle. Peut-être était-il moins instinctif, moins sombre et moins mélancolique. Peut-être n'était-il pas non plus aussi tranchant, mais il restait son semblable.

Les mutins ne représentaient qu'un obstacle lorsqu'il avait quitté *Dahak*... mais Sean était encore vivant alors. Il avait perdu beaucoup moins que Jiltanith, vu beaucoup moins d'amis et de parents réduits en cendres dans la guerre secrète et sans fin que se livraient les impériaux naufragés sur Terre. Mais il avait appris à haïr. La découverte aussi brutale d'une telle noirceur au fond de lui-même l'effrayait, cette même noirceur dont était empreinte Jiltanith, ainsi qu'il le savait depuis le début.

Colin interrompit le cours de ses pensées, espérant qu'elle était trop absorbée par la joie de voler pour les remarquer, et il se concentra alors sur ses propres ordinateurs. Jusqu'alors ils étaient restés à l'intérieur du champ de camouflage du *Nergal*. À partir de maintenant, ils seraient livrés à eux-mêmes.

Le chasseur impérial avait la taille d'un demi-Beagle. C'était un appareil au nez effilé, tout en courbes lisses et moignons d'ailes. On l'avait optimisé pour le vol dans l'atmosphère, mais il était aussi à l'aise et bien plus facile à manœuvrer dans le vide, bien qu'aucun des enfants du *Nergal* ne s'y soit rendu depuis des millénaires. Ils avaient passé la plupart de leur temps à zigzaguer entre les sommets des arbres pour échapper aux batteries de senseurs d'Anu, et c'est ainsi qu'ils volaient à présent.

Ils arrivèrent au-dessus du Pacifique, se placèrent à quelques mètres de la houle, et Jiltanith poussa doucement le moteur. Une main de géant plaqua Colin contre sa couchette et un sillage d'écume se forma dans l'océan derrière eux tandis qu'ils filaient vers le sud à trois fois la vitesse du son. L'accélération était presque rafraîchissante après tout ce temps, comme un vieil ami dont il aurait perdu la trace depuis sa rencontre avec *Dahak*, mais elle soulignait aussi la seule faiblesse criante de Jiltanith en tant que pilote.

L'atmosphère était un milieu bien moins clément que le vide. Même à la puissance maximale du chasseur, la friction et la compression s'alliaient pour réduire sa vitesse de pointe de façon spectaculaire. Il y avait toutefois une immense compensation – en choisissant de recourir aux commandes de gouverne pour manœuvrer plutôt que de s'en remettre exclusivement à la magie gravitonique du système de propulsion, on pouvait atteindre la même vitesse tout en laissant une signature énergétique beaucoup plus faible – mais il fallait toujours faire des compromis. Dans ce cas, il s'agissait d'une vulnérabilité accrue à la détection thermique et aux systèmes de visée : sans la protection d'un champ de propulsion, la coque chauffait ; mais c'était là un désavantage relativement mineur.

C'est la perte de puissance de propulsion qui posait un vrai problème : on ne pouvait annuler les forces d'inertie ni les forces g de l'accélération. En volant sur ses commandes de gouverne atmosphérique, ce dangereux petit engin était soumis aux lois du mouvement et devenait aussi pénible à manœuvrer qu'il serait difficile de faire tenir debout son équipage... Si Jiltanith se trouvait contrainte de manœuvrer lors d'un affrontement avec un impérial entièrement augmenté dans cet environnement dynamique, elle signait son arrêt de mort car elle s'évanouirait bien avant son opposant.

Malgré tout, MacMahan avait assurément raison. Si on en venait au combat aérien, le camouflage ne servirait pas à grand-chose. Ce serait une question de puissance brute, de réflexes, de ruse et de talent de spécialiste en guerre électronique des combattants en présence. Les pilotes passeraient aussitôt à plein régime. Enveloppée dans un champ de propulsion à la puissance maximale, Jiltanith serait alors aussi libre des forces g que n'importe quel pilote impérial.

Cependant, l'objet de la mission consistait précisément à éviter tout combat aérien. S'ils étaient contraints de passer à pleine puissance, pas un système électronique de brouillage au monde ne pourrait les dérober aux détecteurs d'Anu... ce qui signifiait qu'ils n'oseraient pas revenir vers le *Nergal* à moins d'avoir détruit ou semé leurs poursuivants et d'être repassés en mode

camouflage. Des compromis, se dit amèrement Colin en vérifiant leur vitesse de vol. Toujours des compromis.

Ils volaient à Mach 4, remarqua-t-il, et il sourit en imaginant
la réaction des gens à bord d'un avion-cargo dont ils croise-
raient la route, filant au-devant de leur propre bang supersonique sans laisser aucune image radar.

Ils frapperaient leur cible dans à peu près dix-sept minutes.
Étrange. Il ne se sentait plus du tout nerveux.

« Nous arrivons à notre dernier virage, dit Colin onze
minutes plus tard.

— Bien », fit doucement Jiltanith.

Elle avait la voix rêveuse ; Colin n'existait plus vraiment pour
elle à ce moment-là. La réalité se résumait à son chasseur aussi
lisse qu'un poignard : elle ne faisait qu'un avec lui. Colin parta-
geait ses perceptions à travers ses senseurs. Il sentait l'intensité
de sa détermination et la clarté cristalline de sa conscience à travers ses propres capteurs. Il était satisfait.

Ils virèrent à toute allure et se préparèrent à l'attaque éclair
tandis que Geb et Tamman redescendaient à l'arrière, s'éloi-
gnant d'eux comme prévu.

L'immense domaine privé situé dans la vallée profonde, en
forme de cuvette, qui se trouvait au nord de Cuernavaca était le
véritable QG de La Mecque noire et de l'Armée d'Allah aux
Amériques, bien que très peu de terroristes aient été au courant.
Cela en faisait une plate-forme opérationnelle majeure, l'une
des cibles les plus savoureuses qu'aient pu identifier Mac-
Mahan et Jiltanith. Plus de quarante Sudistes et deux cents des
Terriens auxquels ils faisaient le plus confiance étaient basés là,
coordonnant les activités terroristes d'un hémisphère, et l'isolement de ce domaine permettait d'abriter une quantité substan-
tielle de matériel impérial. Une attaque réussie contre une telle
cible justifierait très certainement l'envoi d'un rapport de frappe
immédiat à leur propre QG.

Mais MacMahan avait également choisi cette cible-là pour une autre raison. La géographie du domaine la rendait idéale pour des missiles quantiques car les pentes de la vallée contiendraient le souffle de l'explosion en l'orientant vers le ciel. Les Nordistes s'attendaient à ce que le recours à ces armes ébranle considérablement Anu. Elles provoqueraient la consternation et feraient l'objet de spéculations frénétiques parmi la grande majorité des peuples de la Terre. Or, s'il y avait une chose que les deux groupes d'impériaux avaient cherché à éviter à tout prix durant des siècles, c'était bien la publicité. Et, s'il fallait convaincre Anu que l'équipage du *Nergal* ne plaisantait pas, cette attaque n'y manquerait pas.

Cependant, l'importance même de la cible signifiait aussi que les défenses seraient probablement renforcées. Si les chasseurs de l'ennemi devaient riposter, c'était à Geb et Tamman de les descendre si possible. Sinon, il leur revenait la tâche beaucoup plus sordide de servir de leurres pour détourner l'attention des Sudistes sur eux-mêmes et épargner Colin, puis…

« Merde ! » grommela Colin, et Jiltanith se raidit à ses côtés tandis qu'il lui envoyait des informations *via* un capteur annexe. Des scanners impériaux actifs couvraient la cible. À leur vitesse actuelle, ils traverseraient leur champ de camouflage dans moins de cinq minutes.

Colin se raidit intérieurement tout en faisant tourner ses méninges à plein régime avec l'aide de ses ordinateurs de bord afin de localiser le point de réception de ces scanners. S'il ne s'agissait que d'un poste d'observation, ils seraient sur leur cible avant que quiconque pût réagir, mais s'il s'agissait de systèmes de défense automatiques…

« Et remerde ! » souffla-t-il. Il s'agissait bien de systèmes de défense automatiques – et de trois chasseurs en attente, parés au décollage, même si leur présence n'était pas le signe d'une alerte. Il y avait au moins dix de ces petits emmerdeurs là-bas, et, s'ils avaient anticipé une attaque, ils seraient tous prêts pour un décollage immédiat. Jiltanith et lui-même avaient tout simplement eu la foutue malchance d'arriver au moment même où quelqu'un se préparait à un vol de routine. Il était possible que Kirinal se rende quelque part à bord de l'un des chasseurs, escortée par les deux autres. Cela correspondait aux procédures opérationnelles sudistes normales.

Mais cela voulait dire que la base était bien mieux parée qu'en temps ordinaire, et il y avait ces systèmes automatiques. Colin « voyait » au moins quatre batteries de missiles et les emplacements de deux canons lourds à énergie, ce qui dépassait largement les estimations de leurs services de renseignement.

Ses pensées défilaient si vite qu'elles étaient à peine formulées, mais Jiltanith les intercepta. Il ressentit sa déception comme la sienne. Ces gens étaient bien ceux qui avaient envoyé Girru et Anshar massacrer la famille de Cal, ainsi que Sean et Sandy, mais les ordres étaient clairs.

« Nous allons devoir abandonner », fit Colin. Pourtant, alors même qu'il prononçait ces paroles, sa liaison neuronale remettait l'ensemble des systèmes en ligne.

« Ainsy ferons-nous. » Pourtant Jiltanith ne dévia pas d'un pouce, et il sentit au travers de leur neuroliaison sa détermination à pousser les propulseurs à leur limite.

« Ils vont percer notre camouflage vingt secondes au moins avant que j'acquière la cible, dit-il d'un ton absent.

— Nenni, il fauldra moins de dix secondes pour que soient à portée de vostres tirs, répondit-elle.

— Ah ! Et vous voilà spécialiste d'AE maintenant aussi ? » Puis il haussa les épaules. « Foncez. Pleine puissance et droit dans le mille, Jiltanith ! D'abord leur armement.

— S'il vous semble bon, commandant », ronronna-t-elle, et le chasseur émit un sifflement aigu en prenant de l'altitude à toute allure, tel un météore qui aurait eu le mal du pays.

Pendant une seconde seulement, l'accélération plaqua de nouveau Colin contre sa couchette, puis le champ de propulsion atteignit son maximum et les forces g disparurent. Il sentit alors l'onde de choc de l'alarme balayer l'enclave sudiste tout entière. La défense aérienne automatique était déjà en train de les traquer, mais ses propres systèmes s'étaient mis en action un instant plus tôt. Au moment où l'ennemi se mettait à chercher le chasseur, ses propres programmes défensifs avaient déjà empli le ciel nocturne de leurres qui filaient au loin, entonnant leur chant de sirène, tandis que les brouilleurs saturaient les scanners en émettant l'équivalent du bruit blanc en terme de distorsion spatiale.

Les scanners des stations au sol étaient plus puissants, dotés de cerveaux électroniques plus grands et plus futés que ses propres petits ordinateurs de bord, mais ils s'étaient retrouvés en position de faiblesse au départ. Il fallait qu'ils éclaircissent la situation avant de pouvoir trouver leur cible. Tout se jouait maintenant entre Colin, aidé des systèmes de ciblage de son chasseur véloce, et les contrôleurs aux commandes de ces machines.

Colin n'avait pas le temps de réfléchir ; seule comptait sa concentration. Mais des images kaléidoscopiques s'enflammaient en marge de ses pensées. Il y eut des lumières stroboscopiques plus intenses, puis la panique au moment où il crut qu'une station au sol les avait repérés. Et Jiltanith décrocha dans un impossible virage à angle droit. Le soulagement : ils avaient échappé avant l'acquisition. L'excitation galopante. La détermination et l'intensité des émotions qui submergeaient le pilote. Ses pensées s'embrasaient et Colin se trouvait envahi par un sentiment sauvage de satisfaction : sa solution de tir lui vint soudain comme par magie.

Sa première salve partit. Il était hors de question d'utiliser des missiles hypercapables dans l'atmosphère. Ils entraîneraient beaucoup trop d'air dans l'hyperespace, faisant dès lors échouer ses calculs de masse par rapport à la puissance et les ramenant dans l'espace normal Dieu sait où. Mais il en allait autrement

pour les missiles quantiques. Leur système gravitonique en sur-
régime les propulsait d'un coup et les portait instantanément à
soixante pour cent de la vitesse de la lumière, à la limite du ver-
rouillage de phase. Les systèmes de défense antimissiles faisaient de leur mieux, mais la vitesse des missiles quantiques et la
faible distance qui les séparait de leur cible ne donnaient pas le
temps de les traquer. C'était impossible, même pour les systèmes impériaux, et Colin entendit le cri triomphal digne d'une
panthère que lança Jiltanith en voyant sa première frappe
atteindre la cible.

Des boules de feu explosèrent dans la nuit. Les missiles
quantiques n'emportaient aucune ogive car ils n'en avaient pas
besoin. Il s'agissait d'états énergétiques et non de projectiles,
météorites robotiques hypervéloces qui fondaient sur leur cible
le long de trajectoires précises tout en émettant un sifflement
suraigu, traquant les armes au sol qui menaçaient leurs maîtres.

Les petits générateurs de boucliers qui protégeaient les armes
des Sudistes étaient encore en train de monter en charge à
l'arrivée des missiles de Colin. Mais ils auraient aussi bien pu
avoir atteint leur puissance maximale. Cela n'aurait rien changé.
En cinquante et un millénaires, les Nordistes n'avaient jamais
pris le risque d'une escalade dans le conflit au point d'avoir
recours à des armes impériales aussi effrontément, et les
Sudistes présumaient qu'ils ne s'en serviraient jamais. Leurs
systèmes défensifs étaient conçus pour résister à des armes terriennes voire aux armes impériales relativement inoffensives
que les Nordistes avaient utilisées par le passé. Ils étaient donc
fatalement inadéquats.

Jiltanith fit brutalement volter son chasseur tandis que derrière eux l'holocauste digne des foudres de Jupiter vomissait ses
flammes vers le ciel. Une cuvette de feu brillait sur le fond des
collines mexicaines plongées dans les ténèbres. Les ordinateurs
de Colin évaluaient déjà la première frappe. Aussi faibles qu'ils
aient été, les boucliers de la base avaient absorbé une incroyable

quantité d'énergie avant de céder – assez pour éviter que l'ensemble du domaine ne soit plus qu'un immense cratère –, mais un canon à rafales d'énergie avait échappé à la destruction. Il tempêtait, téméraire devant l'ennemi, et Jiltanith releva son défi. Elle revint comme l'ange de la mort et se jeta dans sa gueule.

La chaleur radiante de la première frappe, à laquelle s'ajoutaient les efforts frénétiques du système de brouillage du chasseur, ne permettait pas aux scanners de fixer leur cible, et les canons se trouvaient de fait préprogrammés pour des tirs aveugles, ratissant le volume d'espace qui devait contenir le chasseur. Mais Jiltanith n'était pas là où l'attendaient ceux qui avaient conçu ce programme de tir, et Colin ressentit une sorte de crainte sacrée détachée devant sa maîtrise naturelle alors même qu'il tirait un autre missile.

Contrairement au chasseur, les armes à énergie ne pouvaient esquiver en changeant d'altitude ou de cap. Le missile atteignit sa cible dans un grésillement, et une nouvelle explosion furieuse défigura la terre.

Jiltanith fit demi-tour pour effectuer un troisième passage, soit deux de plus que ce qui était requis par leur plan d'opération ou même considéré comme prudent, et les systèmes de défense au sol restèrent silencieux. Malgré les efforts des boucliers, il n'y avait plus que d'immenses plaies à vif là où se trouvaient les armes, et la vallée tout entière n'était qu'un océan d'herbes et d'arbres en feu, embrasés au seul contact de la radiation thermique. Les bâtiments du somptueux domaine n'étaient plus que gravats fumants, mais les véritables installations qu'ils cachaient restaient debout bien qu'endommagées.

L'un des chasseurs parés au décollage s'élançait déjà vers le ciel, serres en avant, mais Colin l'ignora. Il avait tout le temps du monde et son dernier tir fut d'une perfection digne du manuel. Une formation de quatre missiles encadra la cible, zébrant les cieux déjà ivres de flammes d'un feu nouveau. Il n'y avait pas de boucliers pour absorber l'impact cette fois-ci. Le quatrième et dernier missile suivit le premier d'une micro-seconde tout au plus.

Un ouragan de lumière s'éleva dans le ciel comme un fouet aveuglant tandis que de la terre, de la pierre et de la chair vaporisées se déversaient dans la nuit. Les boules de feu enflèrent, s'unissant, fusionnant pour former une effroyable sphère. Un second chasseur sudiste fut happé juste au moment où il décollait, et il explosa telle une étincelle de métal en fusion tombée de la forge de Vulcain. L'onde de choc rattrapa les assaillants au vol. Ils furent secoués comme un rat dans la gueule d'un fox-terrier, mais Jiltanith accueillit la secousse comme une amante. Elle chevaucha sa fureur – l'embrassant sans la combattre –, et l'univers fut pris d'une danse folle, plus démente encore vue de la gangue protectrice de leur champ de propulsion, tandis que la pilote surfait sur les rapides de l'onde de choc. Ils resurgirent à l'autre extrémité, et Colin prit alors conscience qu'elle s'était servie de cette terrible turbulence pour se placer sur la trace du seul chasseur qui avait échappé à la destruction.

Colin n'avait besoin d'aucune évaluation de son attaque finale. Il ne pouvait rester qu'un immense cratère. Il venait de tuer plus de deux cents personnes... et ne ressentait que de la satisfaction. Et aussi le désir impatient de traquer et de tuer le seul chasseur sudiste à avoir échappé à sa colère.

Il n'y avait aucun moyen de savoir qui pilotait cet autre chasseur, ni s'il transportait un équipage au complet, ni quel était son armement. Peut-être n'y avait-il que le pilote. Peut-être n'était-il pas même armé.

Colin ne le saurait jamais, mais il ressentait une sorte d'empathie impitoyable – non pas de la pitié, mais quelque chose comme de la compréhension – pour cet appareil en fuite. Jiltanith et lui étaient invincibles, ils étaient le bras de la vengeance. Il découvrit les dents et fit appel à son armement air-air tandis que la chaleur blanche de l'orage de feu virait au rouge en s'apaisant derrière lui. Jiltanith les précipita au-dessus du Pacifique plongé dans la nuit, en chasse.

Ses systèmes capturèrent leur cible. Colin émit un ordre *via* son neurocapteur en direction des ordinateurs et deux autres missiles partirent. Plus lents que les missiles quantiques, c'étaient des armes autoguidées dont la vitesse était réduite pour réagir aux manœuvres d'esquive. Mais ils étaient dotés d'ogives. Trois kilotonnes. Des têtes nucléaires montées sur des fusées de proximité. Colin avait le regard rêveur tout en suivant leur parcours grâce à ses sens électroniques, mais, à l'instant précédant la détonation, un troisième missile incandescent arriva de l'ouest. Il avait presque oublié Geb et Tamman, et le chasseur sudiste ne se rendit probablement jamais compte que Jiltanith et lui-même n'étaient pas seuls.

Il n'y eut aucun débris.

Jiltanith n'avait besoin d'aucun ordre. Elle continua sa course vers l'ouest, réduisant sa vitesse, perdant de l'altitude, et la puissance de leur propulsion décrut pour les envelopper à nouveau dans une cape d'invisibilité. Colin vérifia ses capteurs prudemment et attendit d'être certain qu'ils avaient échappé à toute détection, puis Jiltanith vira pour filer au bercail en direction du nord. Il alluma la com du chasseur puis activa l'implant à torsion spatiale qu'il n'avait pas osé utiliser depuis plus d'un mois. Il ressentit un étrange et léger *clic* à l'intérieur de son crâne lorsque les récepteurs de Dahak reconnurent et acceptèrent les protocoles d'identification de son implant.

« Ordre de catégorie un. Ne pas répondre, émit-il à la vitesse de la pensée. Authentification delta-un-gamma-bêta-un-sept-huit-thêta-neuf-gamma. Priorité alpha. Rester en attente pour transcription depuis ce chasseur. Exécuter à réception. »

Colin ferma son implant instantanément, tout en priant pour que la pulsation presque aussi forte de la com du chasseur ait dissimulé la sienne aux fidèles d'Anu. La transcription codée que lui et lui seul avait préenregistrée et placée au milieu du rapport de frappe durait approximativement deux millisecondes, et Dahak avait ses ordres.

Alors il eut enfin un instant pour se relaxer et cligner des yeux, accommodant sur l'intérieur du cockpit. Un instant pour prendre conscience du fait qu'ils avaient réussi... et qu'ils étaient en vie.

« Mission accomplie, dit-il doucement tout en se tournant pour regarder Jiltanith pour la première fois depuis qu'ils avaient lancé leur attaque.

— Ouy, bien joué », répondit-elle. Leurs regards se croisèrent, et pour la première fois il n'y avait aucune hostilité entre eux.

« Magnifique vol, 'Tanni », dit-il, et il la vit écarquiller les yeux en l'entendant prononcer ce diminutif pour la première fois. Pendant un instant il crut être allé trop loin, mais elle acquiesça alors.

« N'estes poinct phlegmaticque vous-mesmes... Colin », dit-elle.

Puis elle sourit.

LIVRE TROIS

CHAPITRE QUINZE

Colin MacIntyre était assis dans le carré du *Nergal* et battait les cartes, dissimulant un sourire tandis qu'Horus gardait sur lui un œil de faucon depuis l'autre côté de la table. Ils attendaient le dernier rapport d'Hector.

Les équipages de la Flotte de guerre se livraient à tout un ensemble de jeux de hasard ésotériques, la plupart électroniques, mais Horus dédaignait ces passe-temps trop civilisés. Il adorait les jeux de cartes terriens : le bridge, la canasta, les piques, les cœurs, l'euchre, le black jack, le whist, le piquet, le chemin de fer, le poker... tout particulièrement le poker, qui n'avait jamais été le favori de Colin. En fait, le principal intérêt de Colin pour les cartes était celui d'un magicien amateur, et Horus était horrifié de voir à quel point l'exercice était aisé pour un impérial qui avait appris à escamoter les cartes avec une vitesse et des réflexes purement terriens... entre autres talents.

« Vous coupez ? » proposa Colin, et il agita tristement la tête tandis qu'Horus faisait cinq coupes différentes avant de lui rendre le paquet.

« Où en sont vos pertes à présent ? demanda-t-il en distribuant. Un million environ ?

— C'est plutôt le triple », dit amèrement Jiltanith en ramassant ses cartes sans se soucier d'observer les doigts de Colin avec la même intensité que son père.

« Augmentez la mise », dit-il, et des jetons sonnèrent; père et fille les firent glisser. S'ils avaient réellement joué pour de l'argent, Colin aurait été milliardaire, sans même compter la fortune mal acquise à laquelle Horus lui avait demandé de renoncer par écrit après avoir compris qu'il avait triché sans vergogne. Colin sourit largement et Jiltanith grogna, mais son amertume passée s'était dissipée.

Elle n'était toujours pas à l'aise avec lui, mais elle faisait au moins semblant, et il en était reconnaissant envers Hector. Le colonel les avait longuement passés l'un et l'autre à la mouli- nette après avoir visionné ce que les scanners avaient enregistré de leur raid. Mais le cœur n'y était apparemment pas, et Colin avait vu une étincelle dans son regard lorsque Jiltanith l'avait appelé « Colin » pendant leur débriefing. Il avait craint lui aussi qu'elle ne se renferme à nouveau dans sa froide hostilité une fois la poussée euphorique passée, mais, bien qu'elle eût fait quelque peu marche arrière et qu'il sût qu'elle lui en voulait encore, elle luttait contre ce sentiment, comme si elle reconnais- sait (sur le plan intellectuel tout au moins) que Colin n'était pas responsable de ce qu'il était devenu. Sa présence à la table de jeu en était la preuve.

Colin aurait préféré une manière moins traumatique de pro- voquer ce changement, mais il espérait que le colonel était content de la manière dont ça avait marché. Hector disposait d'excellents arguments, du point de vue militaire, pour les assi- gner sur le même vol, mais il avait fallu du courage – oui, de la tripe – pour y faire appel.

« Deux cartes, annonça Horus, et Colin fit glisser les deux petits rectangles de carton vers lui.

— 'Tanni ? » Il releva un sourcil poli, et elle fit la moue.

« Nenni, ceste main m'est assez favorable.

— Hum. » Il étudia ses propres cartes pensivement, puis il en prit une. « Vos mises ?

— Va pour cent, dit Horus, et Jiltanith suivit.

— Pour voir, et j'ajoute cinq cents, dit pompeusement Colin, et Horus lui lança un coup d'œil de colère.

— Pas cette fois-ci, jeune trublion ! gronda-t-il. Je veux voir votre relance et je renchéris de cent.

— Père, estes-vous doncques hors du sens ? dit Jiltanith en déposant ses cartes. Pourquoy jeter si bon argent après si mauvaise mise ?

— Ce n'est pas une façon de parler à ton père, 'Tanni. » Horus avait l'air blessé, et Colin dissimula un autre sourire.

« Pour voir, et je relance encore de cinq cents », murmura-t-il. Horus lui lança un coup d'œil furieux.

« Bon sang ! Je vous ai observé pendant que vous distribuiez. Vous ne pouvez pas... » Le vieil impérial avança encore d'autres jetons. « J'annonce, dit-il ironiquement. Voyons voir si vous pouvez battre ça ! »

Il mit ses cartes à plat – quatre valets et un as – et lui lança un regard noir.

« Horus ! Horus ! » soupira Colin. Il secoua la tête tristement et abattit sa propre main carte par carte, commençant par le deux de trèfle et finissant par le six.

« Non ! » Horus fixa la table, en état de choc. « Une quinte ? »

— Estoit voué à l'échec, mon père, soupira Jiltanith, et une étincelle dansa au coin de son œil. C'est chose bien estrange pour homme si sage que de vouloir soy ruiner si prestement.

— Oh, tais-toi ! » lâcha Horus en s'efforçant de ne pas sourire lui aussi. Il ramassa les cartes et lança un regard noir à Colin. « Cette fois-ci, c'est moi qui vais distribuer. »

« Bon Dieu ! Que le Briseur les emporte en enfer ! »

Celui qui autrefois avait été le capitaine (ingénieur mécanicien) Anu se mit debout d'un bond et frappa si fort la table du poing qu'il en fissura l'épais revêtement. Il regarda fixement les lézardes en forme de toile d'araignée pendant un instant, puis il saisit le meuble et le précipita contre la paroi d'acier de combat de toutes ses forces dans un violent fracas discordant. La table rebondit. Son épais plastique impérial était déformé et cabossé.

Il y jeta un coup d'œil furibond, le torse gonflé de colère, puis il frappa l'épave d'un coup de pied qui la projeta encore contre la paroi. Il recommença à plusieurs reprises, puis il se retourna vivement, les poings serrés sur les hanches.

« Et toi, Ganhar ! Quel fameux "analyste en renseignement" tu fais au bout du compte ! Qu'est-ce que tu as à dire pour ta défense, bon Dieu ? »

Ganhar sentit la sueur perler à son front mais, prudent, il ne l'essuya pas tout en rivant ses yeux sur le plexus d'Anu. Il n'osait pas le dévisager, mais il pourrait être aussi dangereux de croiser son regard en un pareil moment. Ganhar avait aidé Kirinal à mener les opérations externes d'Anu pendant plus d'un siècle, mais le chef des opérations nouvellement promu n'avait jamais vu Anu aussi furieux, et il maudit Kirinal en silence pour s'être fait tuer. Si elle était encore en vie, il aurait pu faire ricocher la colère de son chef sur elle.

« Rien n'indiquait qu'ils avaient planifié quoi que ce soit de la sorte, patron », dit-il, espérant que sa voix paraîtrait plus posée qu'il n'en avait l'impression. Il était sur le point d'ajouter qu'Anu lui-même avait vu et approuvé toutes les estimations des services de renseignement, mais la prudence le coupa dans son élan. Anu était devenu de moins en moins stable au fil des ans. Lui rappeler sa propre faillibilité à ce moment précis était fortement contre-indiqué.

« Rien ! » reprit violemment Anu d'une voix de fausset. Il grommela quelque chose dans sa barbe puis inspira profondément. Sa rage semblait s'être dissipée aussi vite qu'elle était venue ; il ramassa sa chaise et s'assit calmement. Lorsqu'il reprit la parole, il avait la voix presque normale.

« Très bien. Tu as merdé, mais peut-être n'était-ce pas entièrement de ta faute », dit-il, et Ganhar, soulagé, sentit qu'il se relâchait intérieurement.

« Mais ils nous ont touchés, poursuivit le chef des mutins, le ton plus dur. Je l'admets – je ne pensais pas qu'ils auraient les tripes de faire un truc comme ça non plus. Et ça leur a réussi. Que le Briseur les emporte ! »

Tous les yeux se tournèrent vers l'holocarte qui flottait au-dessus de l'espace qu'avait occupé la table, ponctuée de points rouges qui jadis étaient verts.

« Cuernavaca, Fenyang et Gerlotchovko en une seule nuit ! grogna Anu. L'équipement n'a pas tant d'importance, mais ils ont mis vos dégénérés les tripes à l'air et nous avons perdu quatre-vingts impériaux de plus. *Quatre-vingts !* Ça fait plus de dix pour cent d'entre nous pour ce seul mois. »

Ses subordonnés se tenaient assis en silence. Ils pouvaient tout aussi bien faire le calcul, et le nombre des victimes les consternait. Leurs ennemis ne leur avaient pas fait subir autant de pertes en cinq mille ans, et le fait que leur propre excès de confiance l'avait rendu possible ne faisait qu'aggraver les choses. Ils savaient que l'ennemi vieillissait, que le temps jouait en leur faveur. Il ne leur était jamais venu à l'esprit qu'il pourrait avoir le culot de passer à l'offensive après toutes ces années.

Pire encore la manière dont ils avaient été attaqués. Le recours ostensible aux armes impériales avait sérieusement ébranlé leur confiance, et ils auraient très bien pu connaître le désastre. Aucun des dégénérés ne semblait comprendre ce qui s'était passé, mais ils ne pouvaient pas l'expliquer non plus. L'infiltration des principaux gouvernements par les Sudistes, notamment au sein de l'Alliance asiatique, avait suffi à repousser toute action militaire précipitée contre des objectifs pure-ment terrestres, mais ils exerçaient un contrôle beaucoup plus lâche à l'Ouest, et la volonté de leurs ennemis de prendre de tels risques faisait réfléchir.

En outre, songea Ganhar en silence, peut-être l'ennemi avait-il des raisons de se montrer assez confiant pour penser qu'il pouvait contrôler la situation. C'était possible car, si les Sudistes avaient planté leurs crochets au plus profond des agences civiles, ceux du *Nergal* les avaient distancés au sein des armées occidentales.

Les premiers rapports avaient suscité de nombreuses demandes de riposte ou, tout au moins, d'enquête prioritaire sur ce qui s'était passé, mais leurs propres pions civils avaient réussi à contenir toute « action trop précipitée », bien qu'il y ait eu quelques scènes enflammées. Toutefois, une chape de silence était retombée sur les armées occidentales et Ganhar trouvait que ça ne présageait rien de bon.

Il se mordit la lèvre. Il aurait voulu disposer de meilleures sources au sein des renseignements militaires, mais il s'agissait d'une structure clanique. Et, même s'il détestait l'admettre, la manière dont les Nordistes considéraient délibérément les « dégénérés » comme leurs égaux présentait des avantages marqués. Ils avaient passé des siècles à construire leurs réseaux, recrutant souvent dès la naissance, voire avant. En revanche, Kirinal et lui-même s'étaient concentrés sur le recrutement d'adultes, préférant travailler sur des individus dont les faiblesses étaient aisément repérables. Ce qui offrait certains atouts, comme la possibilité de cibler des gens en pleine ascension, mais la tendance à constituer des organismes militaires de taille de plus en plus réduite et à orientation professionnelle jouait contre eux.

Les enquêtes de fond de l'armée étaient au moins aussi rigoureuses que celles de ses homologues civils, et les fuites récurrentes en provenance d'agences civiles avaient de plus en plus fréquemment conduit à la nomination d'officiers de carrière aux postes vraiment sensibles. Pire, Ganhar savait que les Nordistes avaient des liens bien établis avec les familles de tradition militaire, même si seul le Briseur lui-même aurait pu les épingler. Et cela signifiait que leurs contacts dans l'armée étaient carrément *nés* à leur poste, soutenus par des protecteurs enclins à préférer les leurs et à soupçonner doublement les autres.

Ganhar, en revanche, n'avait d'autre choix que de corrompre des officiers déjà en place, ce qui revenait à prendre le risque d'une contre-infiltration, ou de créer des carrières fictives (toujours risqué, même contre de tels primitifs, et d'autant plus s'ils étaient conseillés par des impériaux). C'est pourquoi il avait semblé si logique de se concentrer plutôt sur leurs dirigeants civils.

Il espérait que cette politique n'allait pas leur revenir en pleine figure.

« Eh bien, Ganhar ? » La voix rugueuse d'Anu vint interrompre le cours de ses pensées. « Pourquoi crois-tu, toi, qu'ils soient sortis à découvert ? À supposer que tu aies une opinion. »

Tandis que Ganhar hésitait, cherchant une réponse qui assurerait sa survie, une autre voix répondit.

« Il se peut, dit prudemment le capitaine Inanna, qu'ils soient désespérés.

— Explique-toi, dit sèchement Anu, et elle haussa les épaules.

— Ils vieillissent, dit-elle d'une voix douce. Ils ont utilisé des chasseurs impériaux, et le nombre d'impériaux encore en vie est forcément limité. Peut-être sont-ils dans une situation bien pire que ce que nous pensions. Peut-être est-ce leur dernière tentative pour nous paralyser pendant qu'ils peuvent encore utiliser une technologie impériale.

— Mouais ! » Anu examina d'un œil réprobateur ses poings posés sur ses genoux. « Tu as peut-être raison, dit-il enfin, mais ça ne change rien au fait qu'ils ont détruit les trois quarts de nos principales bases. Le Créateur seul sait ce qu'ils vont faire ensuite !

— Que peuvent-ils donc faire, chef ? » C'était Jantu, l'officier en chef chargé de la sécurité de l'enclave. « La seule autre grosse cible était Nanga Parbat et nous l'avons déjà fermée. Ils nous ont blessés, c'est certain, mais il s'agissait des seules cibles qu'ils pussent frapper avec des armes impériales. Et... ajouta-t-il en lançant un coup d'œil en direction de Ganhar, si nous les avions placées plus près de grands centres de population, ils n'auraient même pas pu les frapper. »

Ganhar grinçait des dents, Jantu était une brute sadique, plus à l'aise quand il réduisait les dissidents au silence que quand il devait réfléchir. Il aimait proposer de grandes solutions simplistes aux problèmes des autres. Si on les rejetait, il pouvait toujours dire qu'il avait averti tout le monde qu'on s'y prenait mal. Si elles étaient adoptées et qu'elles réussissaient, il s'en attribuait le mérite ; si elles échouaient, c'était que quelqu'un d'autre les avait mal appliquées. Comme son traditionnel cheval de bataille en faveur de l'utilisation des villes pour protéger les bases des attaques, arguant du fait que la faiblesse de l'ennemi pour les dégénérés les protégerait. Cela les rendrait aussi beaucoup plus difficiles à cacher, mais il n'aurait pas eu à régler ce problème-là.

« Je n'en suis pas si sûre. » Inanna détestait Jantu presque autant que Ganhar, et son regard, désormais noir et non pas brun, était dur. « Ils ont pris le risque de paniquer les dégénérés au point de déclencher une guerre. Pour autant que nous le sachions, ils auraient tout aussi bien pu nous frapper si nos bases avaient été enterrées sous New York ou Moscou.

— J'en doute, dit Jantu, découvrant ses dents pour former ce que l'on pourrait appeler – charitablement – un sourire. Dans tout…

— Ça n'a pas d'importance, l'interrompit Anu froidement. Ce qui importe, c'est que ça s'est produit. Quelle est ta meilleure estimation quant à leur prochaine manœuvre, Ganhar ?

— Je… ne sais pas. » Ganhar choisit ses mots avec prudence. « Je ne suis pas ravi du calme qu'ont affiché les armées des dégénérés jusqu'à présent. Il se peut que cela signifie quelque chose. Mais je n'ai rien de précis pour fonder des projections. Je suis désolé, chef, mais c'est tout ce que je peux dire. »

Il se prépara à affronter un nouvel accès de rage, mais il était toutefois plus sage de se montrer honnête que de laisser une erreur lui retomber dessus. Or il n'y eut aucune explosion de fureur. Anu se contenta d'acquiescer lentement.

« C'est bien ce que je pensais, grogna-t-il. D'accord. Nous avons déjà mis la plupart de nos impériaux – ce qu'il en reste ! – à l'abri. Nous ne déplacerons pas nos dégénérés pour le moment, ni les impériaux les moins fiables. Jantu a raison sur un point. Il ne leur reste aucune concentration à frapper. Voyons ce que ces salauds vont faire ensuite avant de ramener quiconque ici. »

Ses acolytes acquiescèrent en silence et il leur fit signe de partir. Ils se levèrent et Jantu ouvrit la voie. Ganhar et les autres suivirent à plusieurs pas derrière lui.

Anu sourit sans humour à ce spectacle. Ces deux-là se détestaient cordialement, et c'est ce qui les empêchait de conspirer ensemble, même si cela devait réduire un peu leur efficacité. Mais, si Ganhar merdait à nouveau, pas même le Créateur ne pourrait le sauver.

Inanna resta en arrière, mais il l'ignora et elle haussa les épaules puis suivit Ganhar. Anu la suivit des yeux tandis qu'elle s'éloignait. Elle était à peu près la seule à qui il faisait encore confiance, dans la mesure où il pouvait se le permettre.

C'étaient tous des idiots. Des idiots et des incompétents. Sinon ils auraient repris *Dahak* pour lui il y avait cinquante mille ans. Mais Inanna était moins incompétente que les autres, et elle seule avait l'air de comprendre. Les autres s'étaient ramollis, ils avaient oublié qui et ce qu'ils étaient. Ils avaient accepté l'échec de leur plan. Ils avaient la prudence de ne pas le dire, mais au fond de leur cœur ils l'avaient trahi. Inanna, elle, reconnaissait le poids du destin, la pression qui, même à présent, le poussait vers la fuite et l'empire. Bientôt, tout ça se transformerait en un flot irrésistible, lessivant ce misérable petit monde de seconde zone pour le conduire à la victoire, et Inanna le savait.

C'est pourquoi elle restait loyale. Elle voulait partager ce pouvoir en tant que maîtresse, sous-fifre ou lieutenant. Cela n'avait pas d'importance à ses yeux. Ce qui valait mieux pour elle, se dit-il sombrement. Non pas qu'elle fût désagréable au lit. Et ce nouveau corps était encore ce qu'elle avait eu de mieux. Il essaya de se souvenir du nom de cette grande beauté aux cheveux de jais, mais cela n'avait pas d'importance. Son corps appartenait à Inanna maintenant, et le talent d'Inanna l'habitait.

La porte de la salle de réunion se referma silencieusement derrière le capitaine et il emprunta d'un pas majestueux sa sortie privée, percevant les armes automatiques qui la protégeaient alors qu'elles identifiaient ses implants. Il entra dans ses quartiers et contempla amèrement le mobilier somptueux. Splendide, en effet, mais ce n'était là que l'ombre de la magnificence des quartiers du commandant de *Dahak*. Il était resté confiné là trop longtemps, on lui avait refusé sa destinée pendant de trop longues années. Mais son jour viendrait. C'était inévitable.

Il traversa la cabine principale, ignorant les sculptures lumineuses impériales et la musique douce, négligeant les tapisseries inestimables, la joaillerie et les tableaux qui couvraient cinq mille ans de l'histoire de la Terre, puis il s'examina dans le miroir. Il avait maintenant quelques petites rides autour des yeux, et il tourna la tête ; ces mêmes yeux se posèrent sur l'holocube encadré à l'image d'Anu tel qu'il avait été, contemplant une fois encore la puissance et la présence qui avaient été les siennes. Son corps actuel était plus grand, il avait les épaules larges, il était puissant, mais ce n'était malgré tout qu'une pâle copie de celui avec lequel il était né. Et il vieillissait. Il resterait à son sommet peut-être encore un siècle, puis il serait temps d'en choisir un autre. Il avait espéré que, lorsque la mort viendrait, il serait à nouveau là-haut parmi les étoiles d'où il venait, et enseignerait à l'Empirium le sens véritable du mot « empire ».

Son corps d'origine demeurait en stase, bien qu'il ne l'ait pas revu depuis qu'on l'avait placé là. Le voir et se souvenir de ce qu'il avait été jadis le peinait, mais il l'avait préservé car c'était le sien. Il n'avait pas permis à Inanna de développer les techniques permettant de le cloner. Pas encore. Il gardait cela pour un autre temps, celui où il célébrerait dignement son inévitable triomphe.

Le jour viendrait, promit-il à son visage étranger, où il régnerait sur le royaume qui aurait dû lui revenir. Il ferait alors cloner Anu tel qu'il avait été. Il vivrait éternellement dans son propre corps, et les étoiles elles-mêmes lui serviraient de jouets.

Ganhar traversa le couloir d'un pas rapide, perdu dans ses pensées. Que préparaient donc ces salopards ? C'était un bouleversement si radical après tant d'années sans changer de mode opératoire. Il y avait une raison derrière cela et, aussi reconnaissant fût-il de l'intervention d'Inanna, il ne pouvait croire que le seul désespoir en était la cause. Pourtant, il n'avait aucune meilleure réponse, et c'est ce qui l'effrayait.

Ganhar soupira. Il avait protégé ses arrières aussi bien que possible. Il ne lui restait qu'à attendre voir ce qu'ils étaient en train de préparer. En tout cas, cela rendrait la situation difficilement pire. Anu était dément, et sa folie empirait au fil des années. Mais Ganhar ne pouvait rien y faire… pour l'instant. Le Créateur seul savait combien d'espions du « chef » figuraient parmi les autres. Nul ne savait qui Anu pourrait bien se convaincre (ou se faire convaincre) de regarder comme un traître.

Jantu se léchait probablement les babines, priant chaque jour pour pouvoir utiliser quelque chose contre lui, et Ganhar n'avait aucune raison sensée de lui fournir aucun prétexte. Il avait des plans lui-même. Il soupçonnait les autres de comploter tout autant. Mais, jusqu'à ce qu'ils s'échappent enfin de cette foutue planète, ils avaient besoin d'Anu. En fait, ils avaient plutôt besoin d'Inanna et de ses équipes médicales, mais cela revenait quasiment au même. Ganhar n'avait pas la moindre idée de la raison qui poussait l'officier des biosciences à faire preuve d'une telle loyauté envers ce fou, mais, tant qu'il en serait ainsi, toute tentative d'élimination serait à la fois futile et fatale.

Ganhar entra dans le sas de transit et le laissa l'emporter en trombe jusqu'à son bureau. Peut-être y aurait-il d'autres rapports à présent – il menait ses équipes assez durement pour ça ! S'il n'y en avait pas, il pourrait au moins passer ses nerfs sur quelqu'un.

Le général Sir Frederick Amesbury, KCB, CBE, VC, DSO, eut un sourire crispé devant le portrait du roi accroché au mur de son bureau. L'arbre généalogique de Sir Frederick remontait jusqu'au règne d'Édouard le Confesseur. Contrairement à de nombreux alliés du *Nergal* nés sur Terre, il n'était pas un descendant direct de l'équipage, bien qu'il y ait eu quelques alliances collatérales éloignées, car sa famille les aidait depuis le dix-septième siècle.

Or, après toutes ces années, la situation devenait critique, et le général américain Hatcher progressait au-delà des espérances de Sir Frederick. Bien entendu, c'est Hector qui avait poussé Hatcher à l'action, et on avait préparé le terrain auprès de Sir Frederick pour qu'il accorde son soutien à la première ébauche de proposition du Yankee, mais Hatcher se débrouillait foutrement bien.

Il consulta la pendule de son bureau et son sourire se fit carnassier. Les SAS et les Royal Marines devaient frapper la base des Sourcils rouges à Hartlepool dans moins de deux heures, après quoi Sir Frederick devrait le notifier au Premier ministre. Le conseil considérait que le Premier ministre était encore maître de ses décisions, et Sir Frederick approuvait assez ce point de vue, mais il serait intéressant de voir si cela suffirait à sauver son propre poste lorsque les ministres de la Défense et de l'Intérieur – qui n'étaient, eux, absolument pas maîtres de leurs décisions respectives – exigeraient sa tête.

Oberst Erich von Grau se raccroupit au fond du fossé. À ses côtés, le *Leutnant* observait les chalets isolés dans le méandre de la Moselle à travers ses jumelles à verres polarisants, mais Grau avait déjà procédé à une ultime vérification. Ses deux cents hommes d'élite étaient pratiquement invisibles, et il avait maintenant d'autres soucis. Il dressa l'oreille, dans l'attente qu'éclate l'orage, et s'autorisa un sourire crispé.

Il s'était offert une petite fête tranquille lorsqu'il avait reçu les ordres du *Nergal* et que les nouvelles des trois premières frappes avaient ébranlé le monde. Il avait à peine pu attendre la requête des Américains. Les services de renseignement allemands avaient repéré ce camp d'entraînement du 12-Janvier depuis longtemps, bien que le ministre de la Sécurité eût choisi d'ignorer cette information.

Mais *Herr* Trautmann ne savait rien de cette petite virée et l'armée n'avait nullement l'intention d'en parler aux civils avant d'avoir fini. Les supérieurs de Grau avaient appris leurs leçons à la dure et ils faisaient plus confiance au CFSU qu'à leurs propres dirigeants civils. Ce qui était regrettable, mais un homme comme Grau le comprenait mieux que la plupart.

« Nous nous dirigeons vers l'intérieur », dit une voix dans la radio, et von Grau eut un large sourire en direction du *Leutnant* Heil. Heil ressemblait beaucoup à son supérieur en plus jeune – ce qui n'était pas surprenant, sans doute, puisque l'arrière-arrière-arrière-arrière-arrière-grand-mère de Grau était aussi l'arrière-arrière-grand-mère de Heil – et leurs sourires étaient identiques.

La soudaine détonation d'un avion supersonique retentit au-dessus d'eux tandis que des bombardiers de la Luftwaffe faisaient leur entrée en pleine postcombustion à cinquante mètres de là.

« On y va. » Le major Tama Matsuo, de l'armée du Japon, toucha l'épaule de son sergent et ils se faufilèrent tous deux dans l'ombre à la suite de l'équipe du lieutenant Yamashita. Les ténèbres plongeaient Bangkok dans un anonymat rassurant, mais les poignées du lance-grenades automatique du major lui glissaient dans les doigts.

Accompagné du sergent, il tourna au coin de la rue et tous deux se fondirent dans les buissons à la base d'un mur de pierre, rejoignant les hommes qui les y attendaient déjà. Tama vérifia à nouveau l'heure. Les hommes du lieutenant Kagero devaient être en position, mais ils disposaient encore de trente-cinq secondes au chronomètre.

Le major observait le cadran noir de sa montre, cherchant à contrôler son souffle. Il espérait que les renseignements d'Hector MacMahan étaient fiables. Il avait été difficile de convaincre ses supérieurs d'approuver un raid sur le territoire de l'Alliance asiatique sans l'obtention d'un accord civil, même si son père était le chef du personnel impérial et s'il s'agissait de frapper le QG étranger de l'Armée japonaise pour la pureté de la race. Et si l'opération échouait, ce serait une catastrophe pour sa réputation. À supposer, pour commencer, qu'il survive.

Il regarda s'écouler les dernières secondes. L'initiative lui semblait toujours un peu téméraire. Réjouissant mais risqué. Malgré tout, celui qui veut les tigrons doit s'aventurer dans la tanière. Il espérait seulement que le conseil ne s'était pas trompé. Et qu'il ne ferait rien qui puisse le déshonorer aux yeux de son grand-père.

« Maintenant », dit-il calmement dans le micro devant ses lèvres, et le petit-fils de Tamman engagea ses hommes dans le combat.

Le colonel Hector MacMahan sortit dans la cour arrière de sa maison tandis que la vedette camouflée descendait tel un spectre dans le canyon qui se trouvait derrière pour se poser sur l'herbe sans bruit. Les rapports arriveraient bientôt, accompagnés, selon toute attente, des protestations des civils. Les hommes d'Anu avaient passé des années à infiltrer les organisations civiles qui déterminaient la politique et contrôlaient l'armée (en temps normal), mais même le plus influent d'entre eux aurait eu du mal à tout arrêter maintenant.

MacMahan se sentit gagné par un sentiment d'admiration pour ses supérieurs, et notamment pour le général Hatcher. Ils n'en savaient pas autant que lui mais n'ignoraient pas qu'on avait tenu la bride trop longtemps. Anu était devenu juste un peu trop capricieux – ou peut-être trop confiant.

Par le passé, il avait déplacé les QG de ses « dégénérés » dès qu'ils avaient été repérés. Mais, durant ces dernières années, il s'était contenté d'interdire tout assaut contre leurs bases principales. Anu n'avait pas pu empêcher l'interception ni l'attaque de groupes d'action, de bases d'entraînement ou de postes de ravitaillement isolés, mais au sein de la communauté du renseignement ses hommes de main défendaient l'argument suivant : il était plus sage de surveiller les groupes dirigeants que de les attaquer et de risquer ainsi de les voir disparaître.

Mais les assauts lancés contre trois bases terroristes de réelle importance et dont les généraux ignoraient jusqu'à l'existence, tout au moins pour deux d'entre elles, avaient fait déborder le vase. Ils ignoraient qui les avait lancés, comment et pourquoi, mais ils savaient ce que cela signifiait. Leur propre charte visait à l'éradication du terrorisme, et, lorsqu'ils prirent conscience que quelqu'un d'autre était en train de faire leur boulot, c'en fut trop. Hatcher et ses compagnons s'étaient révélés encore plus aisés à convaincre qu'Hector ne l'aurait cru.

Ils ne pouvaient pas faire grand-chose contre les groupes islamistes ou asiatiques soutenus officiellement. La plupart de leurs bases étaient retranchées dans des pays hostiles à leur gouvernement. Mais, pour la variété locale, c'était une autre histoire. Il était d'ailleurs surprenant de voir à quel point les notes de service informant de leur projet les supérieurs des généraux, officiels tout au moins, avaient été systématiquement égarées.

Et, s'ils ne pouvaient frapper les groupes étrangers eux-mêmes, MacMahan savait qui s'en chargerait. Il ne leur en avait pas fait part, mais il soupçonnait qu'ils trouveraient rapidement tout seuls.

Le sas s'ouvrit et le colonel émit un sifflement aigu. Un aboiement joyeux lui répondit tandis que sa chienne Tinker Bell, rotweiler croisée labrador, le dépassait pour sauter dans la vedette. Elle fourra son museau dans le visage du chef d'artillerie Hanalat pour la lécher affectueusement. La femme aux cheveux blancs se mit à rire et tira sur les oreilles souples du grand chien alors que MacMahan jetait ses sacs de paquetage dans la vedette et montait à sa suite.

Le général Hatcher lui avait ordonné de se faire rare pendant les quelques semaines à venir, sans se rendre compte que le colonel avait l'intention de suivre cet ordre à la lettre. Le chef des opérations du commandement des Forces spéciales unifiées avait l'intention d'affronter l'orage lorsque ses patrons découvriraient ce qu'il avait fait, même si MacMahan avait dans l'idée que ce ne serait pas aussi terrible que ne le redoutait le général. La plupart de ses supérieurs étaient des hommes et des femmes intègres, et les traîtres auraient du mal à faire des remous quand ils seraient confrontés à l'approbation générale qu'anticipait MacMahan.

Une fois que l'on aurait compris à quel point le colonel avait bien préparé sa disparition, son patron comprendrait bien entendu qu'il était au courant des raids mystérieux bien avant l'heure. Les Nordistes n'avaient jamais essayé d'enrôler Hatcher, mais il n'était pas stupide. Il comprendrait qu'on l'avait utilisé, bien qu'il fût improbable que cela l'empêche de dormir. MacMahan détestait l'idée de devoir s'enfuir sans lui donner d'explication. Mais il n'avait pas le choix, car une chose était certaine : lorsque les Sudistes découvriraient ce qui s'était passé et comment, ils s'intéresseraient subitement de beaucoup plus près à un certain colonel Hector MacMahan, du corps des *marines* US, actuellement rattaché au CFSU.

Non que cela ait de l'importance. En effet, son rôle d'instigateur faisait partie du plan, diversion planifiée pour détourner les soupçons de leurs autres hommes, et il avait toujours su son poste plus exposé que la plupart des autres. C'est pourquoi il était célibataire, sans famille, et que, de toute façon ils ne pourraient pas le trouver quand ils se mettraient à sa recherche.

Il aurait seulement voulu voir la figure d'Anu à réception de ces nouvelles.

CHAPITRE SEIZE

Jantu, le chef de la sécurité, s'adossa dans son siège et fredonna gaiement. Il ne ressentait nullement le besoin de feindre dans l'espace sécurisé de son propre bureau tandis qu'il se remémorait la dernière réunion de commandement.

Le « chef » avait éclaté d'une formidable colère lorsque les nouvelles étaient tombées. Cette fois-ci, il s'y était plus ou moins attendu, ce qui signifiait qu'il avait eu le temps de faire monter la mayonnaise. Ce qu'il avait pu dire à ce pauvre Ganhar !...

Des nouvelles vraiment terribles... mais davantage pour certains que pour d'autres. La plupart des morts parmi les impériaux faisaient partie des hommes de Ganhar, et rien de ce qui l'affaiblissait ne pouvait être entièrement mauvais. Il était exaspérant de penser que des dégénérés avaient pu faire un travail aussi net, mais, quoi qu'il arrive sur le terrain, l'enclave, qui était sous sa propre responsabilité, demeurait inviolée et elle le resterait. Il n'avait donc pas été éclaboussé pour sa part. Non, c'est ce pauvre Ganhar qui avait écopé, et peut-être, avec un petit coup de pouce judicieux, cela pourrait-il lui être fatal.

C'était gentil de la part de ceux du *Nergal* d'avoir éliminé Kirinal pour lui. Maintenant, s'il parvenait à se débarrasser de Ganhar, il pourrait bien s'arranger pour rassembler la sécurité et les opérations sous le contrôle d'un seul homme. Il était bien entendu probable que le « chef » rechignerait et choisirait une nouvelle tête pour les opérations, mais Jantu serait parfaitement enchanté si Anu faisait le choix le plus logique. Et, même s'il optait pour quelqu'un d'autre que Bahantha, le nouveau venu serait d'un rang désespérément inférieur à Jantu. D'une manière ou d'une autre, il contrôlerait tout arrangement en matière de sécurité qui résulterait du... départ de Ganhar.

Il serait alors temps de se charger d'Anu lui-même. Jantu n'aurait pas laissé un homme sain d'esprit lui barrer la route menant au pouvoir, il n'aurait aucun remords à destituer un fou. On pourrait d'ailleurs considérer cela comme un devoir civique, et il s'autorisait souvent un sentiment de vertu chaque fois qu'il l'envisageait.

Jantu n'avait pas pris conscience du degré de folie de cet homme quand il avait présenté pour la première fois le plan visant à s'emparer de *Dahak*. Il avait néanmoins perçu qu'Anu n'était pas franchement des plus stables. Renverser l'Empirium ? Ridicule ! Mais Jantu était prêt à le suivre jusqu'à ce qu'ils aient pris le vaisseau, après quoi, avec l'aide de ses propres hommes, il éliminerait Anu et mettrait en œuvre une version modifiée du plan original. Il serait tellement plus simple de faire des loyalistes ses ilotes et de bâtir alors son propre empire dans un secteur assez désert de la Galaxie plutôt que de s'opposer à l'Empirium et de se faire écraser pour sa peine.

Ce plan était passé à la trappe après l'échec de la mutinerie, mais il ne fallait pas s'arrêter là. En effet, la situation actuelle semblait encore plus prometteuse.

Anu et peut-être aussi Inanna pensaient que l'Empirium était encore là-haut, attendant qu'on vienne le conquérir. Mais l'expansion de l'Empirium aurait dû amener sur Terre au moins une colonie et depuis longtemps. Les planètes habitables n'étaient pas si nombreuses. Selon l'estimation la plus prudente de Jantu, les équipes de repérage de BuCol auraient dû se montrer depuis quarante mille ans. Leur absence prolongée suggérait toutes sortes de possibilités pleines d'espoir à un homme comme Jantu.

Si l'Empirium avait connu des temps difficiles, eh bien, les plans de conquête d'Anu pouvaient s'avérer valables au bout du compte. Et la première étape consistait à oublier cette stupide clandestinité et à prendre ouvertement le contrôle de la Terre. Quelques démonstrations de la puissance de l'armement impérial devraient faire rentrer dans le rang jusqu'au plus récalcitrant des dégénérés. S'il pouvait recruter un contingent de cipayes convenablement motivés et sortir de l'ombre, Jantu pourrait fabriquer une base tech digne de ce nom en quelques dizaines d'années et entreprendre de ramasser les rênes du pouvoir galactique d'une seule main.

Mais, tout d'abord, il y avait Ganhar. Anu venait ensuite. Inanna pourrait poser quelques problèmes car il continuerait à avoir besoin de ses qualifications médicales, au moins jusqu'à ce qu'un successeur bien formé entre en fonction. Malgré tout, il se sentait confiant et pensait pouvoir convaincre le capitaine de se montrer raisonnable. Il serait dommage de gâcher une enveloppe aussi charmante que la sienne aujourd'hui. Mais Jantu croyait fermement en l'efficacité de souffrances judicieusement infligées lorsqu'il s'agissait de modifier les comportements.

Il sourit avec félicité, sans ouvrir les yeux, et se mit à fredonner une chansonnette plus entraînante et plus gaie.

Ramman regarda les parois du tunnel défiler devant la vedette et commença à s'inquiéter. Il détenait maintenant le code. Tout ce qu'il devait faire à ce stade consistait à parvenir jusqu'au point de collecte pour l'y déposer. Facile.

Et dangereux. Il n'aurait jamais dû accepter, mais les ordres étaient prioritaires, il n'avait pas le choix. Et si cette idée était pure folie, il était trop impliqué pour pouvoir faire marche arrière. Mais l'était-il vraiment après tout ?

Il essuya ses paumes humides sur son pantalon et ferma les yeux. Bien sûr que oui ! C'était un homme mort si jamais le « chef » découvrait qu'il avait ne serait-ce que parlé à l'autre camp, et sa mort serait aussi désagréable que l'imaginerait Anu.

Ramman serra les dents en considérant l'amère ironie qui l'avait conduit jusque-là. La peur d'Anu l'avait poussé à contacter l'autre camp dans un désir de fuite désespéré. Pourtant, c'était aussi ce qui lui avait ôté tout espoir de fuite. Horus puis sa salope de fille avaient catégoriquement refusé qu'il s'échappe, à plus forte raison de l'y aider !

Avec effort il arrêta d'essayer de se sécher les mains, espérant qu'il ne s'était pas déjà trahi. Il aurait dû se rendre compte de ce qui allait se passer. Pourquoi Horus et les siens devraient-ils lui faire confiance ? Ils savaient ce qu'il était, ce qu'il avait été, à quel point lui faire confiance aurait pu se révéler fatal. Ils l'avaient donc laissé dans l'enclave pour se servir de lui. Et il les avait laissés faire. Avait-il seulement le choix ? Il leur suffisait de se montrer maladroits lorsqu'ils chercheraient à entrer en contact avec lui pour mettre un point final à sa longue vie. À partir de là, Anu s'en chargerait personnellement.

Ramman leur avait fourni beaucoup d'informations au fil des ans, et tout s'était si bien déroulé qu'il s'y était presque habitué. Mais c'était avant leur dernière exigence. Folie ! Ils couraient tous à leur perte et l'entraîneraient dans leur chute.

Il savait ce qu'ils devaient être en train de concocter. Il n'y avait qu'une seule chose pour expliquer logiquement ses ordres, et ils n'avaient jamais rien tenté d'aussi dément.

Mais que se passerait-il s'ils y arrivaient ? S'ils réussissaient, ils ne manqueraient certainement pas d'honorer la parole qu'ils lui avaient donnée et le laisseraient en vie. Non ?

Le seul ennui, c'était qu'ils ne réussiraient pas. Impossible.

Peut-être devrait-il en informer Ganhar. S'il allait trouver le chef des opérations et lui indiquait la position de la boîte aux lettres, l'aidait à tendre un piège à l'agent de Jiltanith… cela vaudrait certainement en sa faveur, non ? Peut-être pourrait-il convaincre Ganhar de prétendre qu'il s'était agi d'un stratagème complexe de contre-espionnage ?

Mais s'il n'y parvenait pas ? Si Ganhar le livrait tout simplement à Jantu comme le traître qu'il était ?

Les immenses portails intérieurs s'ouvrirent pour laisser pénétrer la vedette jusqu'au cœur de l'enclave. Ramman se trouvait alors sur le fil tranchant d'une angoissante indécision.

Ganhar frotta ses yeux fatigués et fronça les sourcils en examinant l'holocarte qui flottait au-dessus de son bureau. Elle affichait de moins en moins de points verts et une proportion inverse de points rouges, toujours plus nombreux. Ses hommes avaient maintenu des liaisons directes avec un nombre assez faible de bases terroristes que les dégénérés avaient frappées. En moins de vingt-quatre heures, trente et un – *trente et un !* – quartiers généraux, camps et bases d'entraînement avaient été rayés de la carte lors d'opérations parfaitement synchronisées et dont l'efficacité féroce avait abasourdi Ganhar lui-même. Le choc avait été bien plus grand pour ses pions dégénérés. Mourir pour une cause était une chose, mais même le plus fanatique des bigots religieux ou politiques se devait de prendre un instant pour réfléchir au coup dur que venait d'encaisser le terrorisme international.

Ganhar soupira. Sa propre position était gravement menacée, et sa vie avec. Il ne pouvait pas y faire grand-chose, ce qui était perturbant. Il ne devait sa survie qu'au seul fait d'avoir averti Anu qu'il devait se tramer quelque chose, mais cela ne durerait plus très longtemps.

L'incapacité de ses pions civils à arrêter leurs propres soldats et même à l'avertir de ce qui se préparait était effrayante. Ceux du *Nergal* devaient avoir infiltré l'armée bien plus profondément qu'il ne le craignait ; s'ils pouvaient accomplir tant, qu'avaient-ils bien pu faire d'autre à son insu ?

Et, plus précisément, *pourquoi* faisaient-ils cela ? L'hypothèse d'Inanna selon laquelle l'âge les avait forcés à attaquer tant qu'ils avaient assez d'impériaux pour manier leurs équipements était logique jusqu'à un certain point, mais ils avaient généré la dernière série de catastrophes à partir de ressources purement terriennes. Il fallait une stratégie prudemment élaborée pour pouvoir aussi bien combiner les efforts indigènes et impériaux, ce qui incitait à penser que cette opération avait été planifiée longtemps à l'avance. Ce qui suggérait alors qu'il y avait un objectif moins immédiat qui dépassait la destruction d'alliés barbares remplaçables.

Ganhar parvint jusque-là sans difficulté. Malheureusement, cela ne lui fournissait toujours pas d'indice sur ce que ces salauds préparaient. Il avait beau retourner ses informations dans tous les sens, il n'arrivait toujours pas à trouver une seule raison pour justifier un changement de tactique aussi radical et abrupt.

L'identification de l'un des hommes de main dégénérés de l'ennemi qu'ils n'avaient pas soupçonné était à peu près la seule chose à laquelle ses subalternes étaient parvenus. Non que cela l'aidât beaucoup, car ce Hector MacMahan avait disparu. Ce qui pourrait signifier qu'on avait voulu le faire repérer et que…

Le carillon d'accès vint interrompre le fil de ses pensées, et il se raidit tout en se massant la nuque, alors même qu'il émettait un ordre mental en direction du mécanisme du sas. Le panneau glissa latéralement et le capitaine Inanna fit son entrée.

Ganhar écarquilla légèrement les yeux, car l'officier médecin et lui n'étaient pas vraiment amis. En effet, ce qu'ils avaient en commun se résumait à peu près à la haine qu'ils partageaient pour Jantu – et Inanna n'était jamais venue dans ses quartiers privés. Ses antennes mentales frémirent, et il lui fit un signe courtois l'invitant à venir s'asseoir sur une chaise Louis XIV, laquelle était placée sous une tapisserie de la dynastie Tang datant du septième siècle.

« Bonsoir, Ganhar. » Elle s'assit et croisa ses longues jambes galbées. À vrai dire, ce n'étaient pas précisément les siennes, mais pas plus que le corps de Ganhar n'était « le sien » au sens courant du terme. Inanna en avait vraiment choisi un d'une beauté à couper le souffle.

« Bonsoir », répondit-il d'une voix sans expression. Mais elle sourit comme si elle percevait sa curiosité dévorante, ce qui était probablement le cas. Elle était peut-être d'une loyauté sans faille envers un fou, probablement elle-même un peu dérangée aussi, mais elle ne s'était jamais montrée stupide ni n'avait manqué d'imagination.

« Cette visite t'étonne, hein ? » dit-elle. Il envisagea une réponse puis se contenta de lever les sourcils poliment, et elle se mit à rire.

« C'est assez simple. Tu es dans le pétrin, Ganhar. Et pas qu'un peu. Et tu le sais, n'est-ce pas ?

— Cette pensée m'avait traversé l'esprit, admit-il.

— Bien plus que ça. En fait, tu es resté assis là à suer comme un porc car tu sais que, si tu soumets encore un seul mauvais rapport, ce sera… le néant ! » Elle claqua des doigts et il tressaillit.

« Ta compassion est touchante, mais je doute que tu ne sois venue que pour m'avertir au cas où je n'aurais pas remarqué.

— Non, effectivement. » Elle sourit avec entrain. « Tu sais que je ne t'ai jamais aimé, Ganhar. Franchement, j'ai toujours pensé que tu étais motivé par la seule convoitise, ce qui ne serait pas un problème si je n'étais pas tout à fait sûre que, parmi tes plans, figure le projet de te retrouver en première position. Avec, bien entendu, des conséquences fatales pour Anu et moi-même. »

Ganhar cligna des yeux et, devant son incapacité à cacher sa surprise, il vit danser une lueur de joie dans les yeux d'Inanna.

« Ganhar, Ganhar ! Tu me déçois ! Ce n'est pas parce que tu me crois un peu dingue qu'il faut t'autoriser à me juger stupide ! Tu as peut-être même raison quant à mon état mental, mais tu devrais faire un peu plus attention et ne pas laisser cette idée influencer tes calculs.

— Je vois. » Il posa le coude sur son bureau à travers l'holo-carte puis la regarda aussi calmement qu'il le pouvait. « Puis-je supposer que tu soulignes mes déficiences pour une raison précise ?

— Voilà. J'ai toujours su que tu étais doué. » Elle fit une pause, sarcastique, le forçant ainsi à demander. Il n'avait pas d'autre choix.

« Et cette raison est donc… ?

— Eh bien, je suis là pour t'aider. Ou pour te proposer une sorte d'alliance, de toute façon. » Il se redressa, et une étrange dureté chassa toute lueur d'amusement de son regard.

« Pas contre Anu, Ganhar, dit-elle froidement. Que je sois folle ou non, cela ne te regarde pas, mais lève seulement le petit doigt sur lui et tu es un homme mort. »

Ganhar frémit. Il n'avait pas la moindre idée des fondements de cette promesse glaciale, mais il n'avait pas non plus envie de les découvrir. Elle semblait bien trop sûre d'elle-même. Et, comme elle venait de le souligner, elle n'était pas franchement stupide. À supposer qu'il survive aux semaines à venir, il faudrait qu'il revoie ses plans pour ce qui concernait le capitaine Inanna.

« Je vois, dit-il après une longue pause. Mais, si ce n'est pas contre lui, contre qui alors ?

— Voilà que ça recommence. Tâche de te convaincre que je suis raisonnablement intelligente, Ganhar. Cela nous facilitera les choses à tous les deux.

— Jantu ?

— Bien sûr. Ce putois a des plans qui nous concernent l'un comme l'autre. Mais (son sourire se fit carnassier) j'ai aussi des projets pour lui. Jantu est en très mauvaise santé, mais il ne le sait pas encore. Il ne le saura pas… jusqu'au moment de sa prochaine transplantation. »

Ganhar frissonna de nouveau. Les greffes de cerveau étaient des opérations délicates, même avec une technologie impériale, et un certain nombre d'accidents restaient probablement inévitables. Mais il avait supposé qu'Anu choisissait ceux qui, parmi les patients, souffriraient de complications. Il ne lui était jamais venu à l'esprit qu'Inanna ait pu en prendre l'initiative.

« Donc, continua-t-elle sur un ton badin, il nous faut encore décider de ce que nous ferons de lui en attendant. Si jamais il quittait l'enclave, il pourrait avoir un accident. J'ai envisagé cela, et c'eût été une manière propre de vous tuer, lui, Kirinal et *toi*, n'est-ce pas ? Tu es responsable des opérations externes... c'est ton pire rival... qui ne se serait pas demandé si vous ne l'aviez pas arrangé, lui et toi ?

— Tu as une manière singulière de convaincre un "allié" de te faire confiance, souligna prudemment Ganhar.

— Je te prouve simplement que je peux être honnête envers toi, Ganhar. Ma franchise ne te rassure-t-elle pas ?

— Pas particulièrement.

— Eh bien, c'est probablement sage de ta part. Et c'est là mon idée : tu es vraiment plus futé que Jantu – moins retors, mais plus futé. C'est pour cela que, j'en suis raisonnablement certaine, tu n'envisages pas l'exécution de tes propres projets, celle d'Anu – la mienne peut-être aussi –, dans un avenir proche. » Elle sourit joyeusement de son jeu de mots. « Mais si tu devais disparaître de l'équation, Jantu est assez stupide pour tenter le coup aussitôt. Il ne réussirait pas, mais ça, il ne le sait pas, et je suis sûre que nous aboutirions à une lutte ouverte au final. Si cela devait arriver, Anu ou moi-même pourrions faire partie des victimes. Et je n'apprécierais pas vraiment.

— Alors pourquoi ne pas le dire à Anu ?

— Décidément, ce qu'il y a de plus prévisible chez toi, c'est ta capacité à me décevoir, Ganhar. Tu dois être fou pour imaginer que je n'ai pas compris qu'Anu l'est aussi. Le terme technique, si ça t'intéresse, est "paranoïa avancée, compliquée par une mégalomanie". Elle n'a pas encore atteint un stade hallucinatoire incontrôlable, mais nous allons dans cette direction. Et, tant qu'à être honnêtes, admettons que la paranoïa soit un instrument de survie dans des situations comme celle-ci. Après tout, un paranoïaque n'est fou que lorsque les autres ne cherchent pas à l'éliminer.

» Mais je suis sans doute la seule personne en qui il ait confiance, et la raison en est que j'ai prudemment évité de m'impliquer dans l'une de vos petites intrigues. Si je l'avertissais au sujet de Jantu, il commencerait par se demander si je n'ai pas décidé de faire alliance avec toi. Il n'est pas spécialement connu pour sa modération, et la solution la plus simple à son problème serait de nous tuer tous les trois. Je n'apprécierais pas beaucoup cela non plus.

— Et alors pourquoi ne pas...

— Attention, Ganhar ! » Elle se pencha vers lui, les yeux aussi durs que deux opales noires, et sa voix si douce se faisait sifflante. « Sois très, très prudent quant à ce que tu me proposes. Bien sûr que je pourrais... je suis son médecin après tout. Mais je ne le ferai pas. Ni maintenant ni jamais. Souviens-toi de cela.

— Je... comprends, dit-il tout en se passant la langue sur les lèvres.

— J'en doute. » Ses yeux se radoucirent et, dans une certaine mesure, cela effrayait encore plus Ganhar que leur dureté, puis elle secoua la tête. « Non, j'en doute, répéta-t-elle sur un ton plus naturel, mais cela n'a pas d'importance. Ce qui importe, c'est que tu as désormais une alliée contre Jantu – pour le moment tout au moins. Nous savons l'un et l'autre qu'avant de s'améliorer la situation va empirer ; je ferai mon possible pour t'épargner les tirs pendant les réunions, je te soutiendrai contre Jantu et peut-être même quand tu lui tiendras tête à *lui*. Pas toujours de manière directe, sans doute, mais je le ferai. Je veux que tu sois là pour te charger de la reconstruction de notre réseau opérationnel.

— Tu veux que ce soit moi parce que tu ne veux pas que Jantu s'en charge, c'est ça ? demanda Ganhar en la regardant droit dans les yeux.

— Oui, bien entendu. Mais ça revient au même, non ? »

Ce n'était très certainement pas la même chose, mais Ganhar décida de ne pas insister. Elle le regarda au fond des yeux pendant un instant puis acquiesça.

« Je vois que tes petites méninges tournent à plein régime, dit-elle sèchement. C'est bien. Mais, d'une alliée à l'autre, je te suggère de trouver une recommandation convaincante pour Anu. Quelque chose de positif et de grandiose. Nul besoin d'*accomplir* grand-chose, tu comprends, mais une bonne dose de violence pourrait aider. Il aimerait ça. L'idée de riposter – de *faire* quelque chose – plaît toujours aux mégalomanes.

— Je... » Ganhar s'interrompit et inspira profondément. « Inanna, as-tu conscience de l'impression qui se dégage de ton discours ? Je ne vais pas suggérer que tu fasses quoi que ce soit contre Anu. Tu as raison. Je ne comprends pas pourquoi tu entretiens de tels sentiments, mais je les accepte et m'en souviendrai. Cependant, ne t'inquiètes-tu pas de ce que je pourrais faire d'autre avec l'information que tu viens de me fournir ?

— Bien sûr que non, Ganhar. » Elle se cala au fond de son siège avec un regard bienveillant. « Nous savons l'un comme l'autre que je viens de semer la pagaille dans tous tes calculs, mais tu es un petit garçon intelligent. Au bout de quelques décennies d'analyse, tu comprendras que je ne l'aurais pas fait si je n'avais pas déjà pris mes précautions. C'est appréciable en soi, n'est-ce pas ? Savoir que, folle ou non, je te tuerai au moment même où tu représenteras une menace pour Anu ou moi-même doit influencer ta réflexion, non ?

— On peut le dire ainsi.

— Alors cette visite ne m'a pas fait perdre mon temps, n'est-ce pas ? » Elle se leva et s'étira en se servant de l'exquise perfection du corps qu'elle habitait pour l'aguicher délibérément tout en prenant la direction du sas. Puis elle marqua un arrêt, regarda par-dessus son épaule avec une sorte de coquetterie.

« Oh! J'ai failli oublier. Je voulais t'avertir au sujet de Bahantha. »

Ganhar cligna encore des yeux. Qu'est-ce qui n'allait pas avec Bahantha? C'était sa principale assistante, numéro deux dans les opérations maintenant qu'il avait remplacé Kirinal, et l'une des très rares personnes en qui il avait confiance. Ses pensées se lisaient sur son visage, et Inanna fit non de la tête en voyant son expression.

« Les hommes! Tu ne savais même pas qu'elle était la maîtresse de Jantu, hein? » Elle rit joyeusement devant sa soudaine surprise.

« Tu en es certaine?

— Bien entendu. Jantu contrôle les canaux de sécurité officiels, mais moi je contrôle les biosciences et c'est un bien meilleur système d'espionnage que le sien. Tu ferais peut-être mieux de t'en souvenir toi aussi. Mais, en tout état de cause, je crois que tu devrais te débrouiller pour qu'elle ait quelques ennuis, non? Un accident serait parfait. Rien qui puisse te trahir, juste de quoi l'envoyer à l'infirmerie. » Son sourire carnassier évoquait à Ganhar de façon frappante celui d'un piranha de la Terre.

« Je... comprends, dit-il.

— Bien », répondit-elle, et elle quitta nonchalamment sa cabine. Le sas se referma, et Ganhar regarda dans le vague en direction de la carte. C'était étonnant. Il venait de se faire une puissante alliée... mais pourquoi donc se sentait-il encore plus mal?

Abu al-Nasir, qui s'interdisait de se considérer comme Andrew Asnani depuis plus de deux ans, s'assit à l'arrière de la vedette et se mit à bâiller. Il avait vu assez de technologie impériale durant les six derniers mois pour cesser de s'en émerveiller et jugeait qu'il valait mieux laisser les impériaux qui l'entouraient s'en apercevoir.

À la vérité, sa curiosité était inextinguible car, contrairement à la plupart des Nordistes nés sur Terre, il n'avait jamais vu le *Nergal* ni rencontré sciemment un seul de ses impériaux. Ce qui, s'ajoutant à son héritage sémite, l'avait rendu si parfait pour son rôle. Il faisait partie de leur groupe tout en restant à part, sans aucun lien de sang ni aucun héritage familial qui permette de le rapprocher d'eux, aussi loin que chercheraient les Sudistes.

Cela signifiait aussi qu'il avait grandi sans connaître la vérité. Et le choc de cette découverte avait été le second événement le plus traumatique de sa vie. Mais cela lui avait donné à la fois l'opportunité de se venger et l'occasion de bâtir quelque chose de positif sur les ruines de sa vie. C'était plus qu'il ne s'était permis d'espérer depuis bien trop longtemps.

Il bâilla de nouveau. Il se souvenait du soir où son univers avait basculé. Il savait que quelque chose de spécial devait arriver, bien que ses espérances les plus folles aient erré à mille lieues de la réalité. Les colonels en titre au service de la CFSU n'avaient pas pour habitude de convier les jeunes sergents du vénérable Quatre-vingt-deuxième Régiment d'aviation à venir les retrouver en pleine nuit au milieu d'une forêt de Caroline du Nord. Pas même quand le sergent en question avait posé sa candidature pour servir dans les unités antiterroristes du CFSU. À moins que, bien entendu, sa candidature ait été retenue et que quelque chose de très, très étrange fût en préparation.

Mais on avait rejeté sa candidature. À vrai dire, le CFSU n'en avait jamais officiellement pris connaissance. Le colonel Mac-Mahan l'avait éliminée des ordinateurs et l'avait cachée car il avait une proposition pour le sergent Asnani. Une proposition très spéciale qui exigerait la mort du sergent Asnani.

Le colonel, al-Nasir devait l'admettre, s'était montré excellent juge quant à sa personnalité. La mère du jeune Asnani, son père et sa sœur cadette marchaient le long d'une rue dans une ville du New Jersey lorsqu'une bombe de La Mecque noire avait explosé. Et quand Asnani eut entendu ce que lui suggérait le colonel, il aurait accepté plutôt deux fois qu'une.

L'accident « fatal » arrangé lors d'un saut d'entraînement s'était parfaitement déroulé, purgeant Asnani de toutes les bases de données opérationnelles, et son véritable entraînement avait alors commencé. Le CFSU n'avait rien à voir là-dedans, bien qu'il fallût un peu de temps pour qu'Asnani en prenne conscience. Il n'avait pas deviné non plus que ce programme d'entraînement épuisant était aussi un dernier test, une évaluation à la fois de ses capacités et de sa personnalité, jusqu'à ce que ceux qui l'avaient réellement recruté lui disent la vérité.

Si un autre qu'Hector MacMahan le lui avait dit, il ne l'aurait peut-être pas cru, malgré les merveilles technologiques dont le colonel lui avait fait la démonstration. Puis, lorsqu'il avait pris conscience de l'identité de ceux qui l'avaient recruté et de la raison pour laquelle ils l'avaient fait... que la mort de ses père, mère et sœur ne venait que s'ajouter aux millions d'autres victimes secrètement massacrées pendant des siècles, il s'était senti prêt. Et c'est ainsi que, quand le CFSU avait monté l'opération Odyssée, on y avait placé celui qui jadis avait été Andrew Asnani, parfait inconnu pour tous, à l'exception d'Hector Mac-Mahan lui-même.

Maintenant la vedette s'inclinait en descendant, et Abu al-Nasir, commandant en second des opérations de combat de La Mecque noire, s'apprêtait à saluer ceux qui l'avaient convoqué là.

« Mis à part le fait que nous n'avons réussi à infiltrer qu'un seul homme, les choses semblent bien se dérouler », dit Hector MacMahan. Jiltanith l'avait suivi dans le carré des officiers et elle fit un signe de tête en direction de Colin. Puis elle se choisit une chaise et s'assit avec son habituelle grâce féline.

« Jusqu'à présent, convint Colin. À quoi vous attendez-vous ensuite, 'Tanni et vous ?

— Difficile à dire, admit Hector. Ils ont fait rentrer la plupart des leurs maintenant et, logiquement, ils ne bougeront pas de leur enclave en nous attendant. D'autre part, chaque fois que nous utilisons l'un de nos impériaux dans une opération, nous leur donnons une chance de remonter la piste jusqu'à nous, alors ils nous sacrifieront probablement quelques boucs émissaires. Il faudra que nous en frappions quelques-uns pour que ça marche, et j'ai déjà mis à exécution notre plan d'opérations. Nous sommes dans les temps, mais encore faut-il que le moment soit propice et la chance de notre côté.

— Mais pourquoi ne suis-je pas si content de vous entendre prononcer les mots "chance" et "logiquement" ?

— Parce que vous savez que les Sudistes ne sont pas forcément circonscrits et que, même si c'est le cas, nous devons procéder avec une parfaite précision si nous voulons réussir.

— Hector dist vray, Colin, intervint Jiltanith. Il est désormais entendu qu'Anu est furieux voyre pire encore. Quelz moiens avons-nous pour juger du degré de sa furie ? De ma part, vray est que moult es ses serviteurs partagent sa furie, sans quoy ilz l'auroient renversé depuis des lustres. Ce serait pure folie que d'adjouster en nostres entreprinses l'idée que les folz gouvernent leurs conseils intérieurs, et folie plus grande encores que d'envisager l'idée contraire. Et, si c'est ainsi, seuls des folz prétendraient connoître leurs desseins avecques certitude.

— Je vois. Mais n'est-ce pas précisément ce que nous avons essayé de faire ?

— Ycelles parolles sont bien vrayes. Toutesfoys c'est qu'il nous fault agir, si povons victoire espérer. Et, comme dist Hector, clairement il y eut des mouvements parmi leurs serviteurs cependant que je parle. Furieux ou sain d'esprit, Anu n'a guère d'aultre choix. Avons veu comment ses boucz émissaires restent exposés à nos tirs, et sembleroit bien qu'Hector ait justement flairé la manière dont ilz raisonnent. Mais est aussi vray qu'un seul choix erroné peut aussi bien nous anéantir tous autant que sommes. En vérité, ne suis guère effrayée moy-mesme car Hector est esprit rusé. Sommes tous soubz sa conduicte, sa pensée multiplie nostre force. Est fort improbable que notre entreprinse congnoisse quelque échec.

— Ne me faites pas rougir, dit sèchement MacMahan. Rappelez-vous que je n'ai qu'un seul homme à l'intérieur et que, même si l'essentiel de notre stratégie opère parfaitement, nous pourrions toujours être touchés en chemin.

— Certes, avez tousjours esté perspicace, mesme enfant, mon Hector. » Elle sourit et ébouriffa les cheveux de son lointain neveu. Il oublia son habituelle impassibilité et lui fit un large sourire. « N'estoit-ce poinct tousjours ainsy ? Rien qui vaille quelque peine n'est sans danger aulcun. Toutesfois m'est avis qu'en petites choses et non poinct en ycelles que sont grandes voyre povons rencontrer nostre désarroi.

— Par exemple ? demanda Colin.

— Cela dépend de paramètres trop nombreux pour que nous puissions le dire. Si ce n'était pas le cas, il n'y aurait pas de surprises. Il est improbable qu'ils puissent nous faire beaucoup de mal, mais vous êtes un soldat vous aussi, Colin. Quelle est la première loi de la guerre ?

— Celle de l'emmerdement maximal, dit Colin, lugubre.

— Exactement. Nous nous sommes assurés autant que possible qu'aucune catastrophe ne nous touche, mais il reste que nous parions avec une paire en main, comme dirait Horus – Ramman et Ninhursag –, et une carte à tirer : notre homme au sein de La Mecque noire. Nous ne savons pas quelles cartes détient Anu, mais, s'il décide de passer et de se tenir tranquille ne serait-ce que quelques années, tout notre château s'effondre.

— Pour l'amour de Dieu, épargnez-moi les métaphores de poker !

— Désolé, mais elles sont adéquates. Le seul paramètre important est l'état mental d'Anu. Si subitement il reprend ses esprits et décide de tous nous ignorer jusqu'à ce que nous partions, nous perdons. Il faut lui faire subir assez de dommages pour lui donner des fourmis dans les doigts, mais sans éveiller ses soupçons ; lui faire assez mal pour le rendre impatient de revenir à la charge et d'exiger réparation. Mais, dans le même temps, cesser de lui faire trop mal, qu'il soit assez confiant pour revenir aussitôt à la charge. Ce qui signifie que nous devons frapper au moins quelques-uns de ses "boucs émissaires" une fois que ses hommes importants seront tous passés sous terre, puis nous calmerons progressivement le jeu lorsque nos gains commenceront à diminuer manifestement.

— Eh bien, conclut Colin en s'efforçant de donner à la fois une impression de confiance et de prudence, si quelqu'un peut réussir, c'est bien vous deux.

— Merci. C'est ce que je pense aussi », dit Hector, et Jiltanith acquiesça.

La femme trapue à la peau brun olivâtre était tranquillement assise dans la vedette, mais elle avait l'œil alerte et brillant. Il y avait des Terriens et des impériaux tout autour d'elle, et l'épreuve la plus difficile consistait à laisser transparaître un relatif intérêt pour eux.

Ninhursag ne s'était jamais considérée comme une actrice, mais peut-être en était-elle une maintenant. Si oui, on aurait pu dire que sa survie tenace équivalait à une critique favorable.

Elle n'avait vécu dans l'enclave que brièvement et n'y était pas retournée pendant plus d'un siècle ; un certain degré de curiosité était donc normal de sa part. De même, tout indigène que l'on amenait dans l'enclave devait avoir de la valeur et faire logiquement l'objet d'un certain intérêt. Le problème consistait à laisser affleurer sa curiosité sans donner à quiconque une raison de soupçonner ce qu'elle savait : au moins l'un d'entre eux était bien plus que ce qu'il paraissait. Ses instructions ne mentionnaient pas d'allié terrien, mais elles n'auraient aucun sens s'il n'y avait pas de messager et, s'il s'agissait d'un impérial, elle aurait pu tout aussi bien faire passer l'information elle-même.

En même temps, elle se savait suspecte car elle n'avait jamais fait partie du cercle intérieur d'Anu. Il était donc naturel qu'elle se sente un peu nerveuse. Cependant, si elle se montrait trop agitée, ce serait pire que de rester impassible. Ses actes et son attitude devaient montrer qu'elle savait qu'on la soupçonnait, mais elle devait apparaître trop intimidée pour que ces soupçons soient justifiés.

À la vérité, c'est cette dernière nécessité qu'elle trouvait la plus difficile. Son horreur de ce qu'Anu et Inanna avaient fait subir à leurs compagnons mutins et aux pauvres primitifs sans défense de cette planète s'était transformée en une fureur froide et dure. Elle détestait devoir la brider. Quand elle avait appris qu'Horus et l'équipage du *Nergal* avaient déserté Anu et choisi de le combattre, elle avait d'abord songé à s'enfuir dans leur camp, mais ils l'avaient convaincue qu'elle était bien plus précieuse comme taupe. La prudence y avait eu son rôle, c'était certain – ils ne lui faisaient pas entièrement confiance et ne voulaient prendre aucun risque d'infiltration de leurs propres rangs –, mais c'était inévitable et sa seule autre option aurait été de partir seule, de disparaître et de faire la morte pour qu'aucune des deux factions ne la trouve.

Cependant, il était impensable de rester inactive, et c'est pourquoi elle était devenue l'espionne du *Nergal*, en laquelle on n'avait qu'une confiance limitée, et elle était parfaitement consciente du risque qu'elle prenait. La terreur l'accompagnait depuis trop longtemps déjà, omniprésente et glacée, mais elle ne dominait pas Ninhursag. Ce qui n'était pas le cas d'un tout autre sentiment : la haine.

La soudaine flambée de violence l'avait surprise autant que tous les fidèles d'Anu, mais, mise en relation avec les étranges instructions de Jiltanith, elle prenait un sens aussi effrayant qu'enthousiasmant. Les ennemis d'Anu ne pouvaient vouloir les codes d'accès que pour une seule raison.

Ninhursag avait évité de se demander comment ils espéraient les faire sortir de l'enclave, car ce qu'elle ne savait ni ne soupçonnait ne pouvait lui être extorqué. Mais elle avait toujours été dotée d'un esprit vif, et les grandes lignes de leur plan étaient tout à fait évidentes. La folle imprudence qui le caractérisait la choquait, mais elle savait ce qu'ils avaient planifié et, même si la catastrophe les guettait au final, elle se sentait impatiente.

La vedette piqua, et elle sentit un picotement dans ses implants tandis qu'ils se préparaient à dérober la clef de la forteresse d'Anu pour le compte de ses ennemis.

CHAPITRE DIX-SEPT

Le silence et l'obscurité régnaient à l'intérieur du puissant vaisseau spatial. Seuls les sections hydroponiques, les parcs et les atriums étaient éclairés. L'ensemble de la formidable structure battait cependant au rythme de la conscience électronique d'un être nommé Dahak.

C'était une bonne chose, pensait l'ordinateur, de ne pas être humain. À sa place un homme serait devenu fou bien avant que l'humanité n'ait réappris l'art de travailler le métal. Évidemment un humain aurait peut-être trouvé un moyen d'agir sans attendre la venue de quelqu'un comme Colin MacIntyre.

Mais il n'était pas humain. Certaines qualités lui faisaient défaut, car on ne les lui avait pas programmées. Son fonctionnement fondamental était heuristique, sans quoi il n'aurait pas développé ce concept de soi qui depuis longtemps l'avait différencié d'Infomatrix. Il n'avait cependant pas effectué cette ultime transition jusqu'à l'humanité. Il s'en était toutefois approché bien plus que tout autre de son espèce auparavant, et peut-être un jour franchirait-il ce pas. Il envisageait d'y parvenir et se demandait si sa capacité à anticiper cette potentialité reflétait les premiers balbutiements d'une imagination.

C'était une question intéressante à laquelle il pourrait consacrer avec profit quelques secondes infinies de sa pensée. Mais il ne pouvait y répondre. Il était la somme d'un intellect et d'un système électronique, non de l'intuition et de l'évolution. Il n'avait aucune base expérimentale de ce qu'étaient les intangibles capacités et émotions humaines. L'imagination, l'ambition, la compassion, la pitié, l'empathie, la haine, le désir... l'amour. Il s'agissait là de mots qu'il avait trouvés dans sa mémoire en s'éveillant, des concepts dont il pouvait réciter la définition sans hésiter mais sans vraiment les comprendre.

Et cependant... il les sentait s'agiter dans son cœur sans âme. Cette froide détermination visant à détruire les mutins et leur œuvre ne reflétait-elle que les ordres de priorité alpha de feu Druaga, mort depuis longtemps ? Ou bien était-il possible que cette détermination soit la sienne, celle de *Dahak*, aussi ?

Une chose était pourtant certaine. Il avait progressé bien davantage pour comprendre les émotions humaines au lieu de seulement les définir durant ces six mois passés sous les ordres de Colin MacIntyre que pendant les cinquante-deux mille ans qui les avaient précédés. Une autre entité, distincte de lui-même, s'était introduite dans son univers solitaire, quelqu'un qui ne l'avait pas traité comme une machine ni l'annexe d'un vaisseau spatial douée de parole, mais bien comme une personne.

Voilà ce qui était nouveau. Et, durant les semaines qui avaient suivi le départ de Colin, Dahak s'était repassé chacune de leurs conversations, avait étudié chacun des gestes enregistrés, analysé presque chacune des pensées que son nouveau commandant avait eues ou donné l'impression d'avoir. Il y avait en lui une étrange compulsion qu'aucun ordre n'avait engendrée et qu'aucun programme de diagnostic ne pouvait disséquer, et c'était encore là une expérience nouvelle.

Dahak avait aussi étudié ses ordres de priorité alpha les plus récents, élaborant, comme demandé, de nouveaux schémas et de nouvelles projections à la lumière de la découverte d'une seconde faction de mutins. Il comprenait ce processus et cet exercice mental lui procurait ce qu'un humain appellerait sans doute du plaisir.

Mais certains de ces ordres étaient tout sauf satisfaisants. Il comprenait pourquoi on lui interdisait d'envoyer des renforts à son commandant ou d'engager des actions directes avant que les Nordistes n'attaquent les Sudistes, pour éviter de révéler ses capacités réelles. Mais l'ordre de communiquer avec les dirigeants nordistes au cas où Colin viendrait à mourir et celui, catégorique et indiscutable, de se placer sous le commandement d'une certaine Jiltanith et des autres enfants des mutins – à ces ordres-là il n'obéirait que contraint et non parce que tel était son désir.

Son désir. Eh bien, il devenait vraiment plus humain. Qu'est-ce qu'un ordinateur avait donc à raisonner ainsi ? S'il avait jamais exprimé un souhait ou un désir aux concepteurs de son programme fondamental, ils auraient été horrifiés. Ils l'auraient éteint, auraient purgé sa mémoire et l'auraient reprogrammé depuis le début.

Mais pas Colin. Et c'est pourquoi, ainsi le comprenait Dahak dans le tout premier éclair d'intuition qu'il ait jamais eu, il ne désirait pas obéir aux ordres de son commandant. Car cela signifierait que Colin était mort, et Dahak ne *désirait* pas que Colin meure. Car Colin représentait quelque chose de bien plus important pour son bon fonctionnement que l'ordinateur ne l'avait lui-même cru.

C'était un ami, le premier ami que Dahak ait jamais eu. Et, quand il en prit conscience, un soudain tremblement parut traverser l'immense circuit moléculaire de son puissant intellect. Il avait un ami et il comprenait le concept d'amitié. Imparfaitement sans doute, mais les humains le comprenaient-ils parfaitement eux-mêmes ? Non.

Aussi imparfaite que soit sa compréhension, ce concept était une *gestalt* d'une efficacité renversante. Dahak l'avait intériorisé sans s'en rendre compte, tout comme ces autres « émotions » plus ou moins humaines. Car avec l'amitié venait la crainte – pour un ami en danger – et la capacité de haïr ses ennemis.

Ce n'était pas quelque chose de complètement agréable, songeait l'immense ordinateur, cette amitié... Le froid détachement intellectuel de son armure avait été entamé – pas entièrement, mais en partie – et, pour la première fois en cinquante mille ans, il conçut comme une ironie amère de se retrouver désarmé malgré son immense puissance de feu, et cela faisait mal. Voilà. Encore un autre concept humain : la peine.

Le puissant vaisseau spatial clandestin continua sa course sans fin sur son orbite, sombre et silencieux, vide de tout locataire. Il abritait pourtant une vie. Il était habité par une conscience et travaillé par l'angoisse. Mais il était aussi mû par une détermination nouvelle qui n'appartenait qu'à lui. Le puissant intellect électronique, la *personne* qui se trouvait en son cœur, avait en effet appris à aimer, enfin... et Dahak le savait.

La petite équipe se faufilait, invisible, à travers les rues de Téhéran. Leurs vêtements noirs et moulants les auraient identifiés comme des étrangers – des émissaires, certainement, du « Grand Satan » – si quelqu'un les avait vus, mais ce n'était pas le cas car, cette nuit-là, la magie technologique du Quatrième Empirium était de sortie à Téhéran.

Tamman fit une pause à l'angle d'une rue pour attendre le retour de son second. Il se sentait sourd et aveugle à l'intérieur de ce champ de camouflage portatif. Il était étrange de prendre conscience qu'un Terrien pouvait lui être supérieur dans une entreprise de ce type, mais Tamman ne se souvenait pas d'un temps où il n'avait ni « vu » ni « senti » l'ensemble de son environnement électromagnétique et gravitonique. À cause de cela, il se sentait incomplet, comme amputé, même doté de ses amplificateurs sensoriels, lorsqu'il ne devait compter que sur ses sens naturels, et un homme dont la confiance était ébranlée ne pouvait guère opérer de reconnaissance efficace, aussi perçantes soient sa vue et son ouïe.

Le sergent Amanda Givens revint aussi silencieusement que le vent nocturne, émergeant tel un spectre dans le champ de sa conscience, et lui fit signe de la tête. Il acquiesça en retour, puis il avança furtivement avec cinq autres membres de leur équipe, toujours à sa suite.

Tamman lui était reconnaissant de sa présence. Amanda était une des leurs, descendante directe de l'équipage du *Nergal*, et, comme Hector, elle avait aussi fait partie du CFSU jusqu'à très récemment. Elle lui rappelait Jiltanith ; non pas physiquement, car elle était aussi banale que 'Tanni était belle, mais dans sa façon féline, toujours posée, de se tenir prête et sa force intérieure. Que ses sens et ses capacités soient inférieurs à ceux d'un impérial n'avait pas ébranlé la confiance qu'elle avait en elle-même. Si seulement on avait pu lui poser un jeu d'implants, pensa Tamman. Elle n'était pas belle, mais il ressentait plus qu'un intérêt passager pour elle, plus qu'il n'en avait jamais ressenti pour une femme depuis Himeko.

Amanda s'arrêta de nouveau, si brusquement que Tamman faillit la percuter. Il parvint à lui adresser un grand sourire réprobateur, mais il se sentait mal à l'aise… limité. Qu'on lui donne un chasseur impérial et une demi-douzaine d'ennemis, et il se sentirait comme chez lui. Ici, il était vraiment un étranger, en dehors de son milieu naturel et conscient de l'être.

Amanda pointa du doigt et Tamman acquiesça en reconnaissant les bâtiments en ruine qui constituaient leur objectif. Le régime en place avait dû trouver piquant de placer le QG de La Mecque noire dans le complexe de l'ancienne ambassade britannique, mais La Mecque noire avait dû se sentir contrariée de l'accepter au lieu de la vieille ambassade américaine croulante que la principale faction du Djihad islamique avait réclamée.

Il donna des ordres de la main à son équipe, et ils s'éparpillèrent, trouvant abri derrière la ligne de sacs de sable non gardée qui entourait le bâtiment. Il se rappelait les diatribes vitriolées qui émanaient souvent de ces mêmes locaux, émises vers le monde des ennemis de La Mecque noire. Ces positions étaient toujours gardées par des troupes « prêtes à défendre leur foi avec le sang de leur vie » contre la menace permanente d'une attaque des Grands Satans. Non, bien sûr, qu'un seul membre de La Mecque noire ait jamais pensé qu'un ennemi pût réellement les atteindre ici.

Il passa son équipe en revue une dernière fois. Tous étaient à couvert et il leva son fusil à énergie. Ses compagnons étaient terriens d'origine, entraînés pour des missions comme celle-ci par leur propre gouvernement ou dans des classes dirigées par des gens comme Hector et Amanda. Ils savaient manier leurs armes locales avec une redoutable efficacité, mais ils étaient encore bien plus dangereux munis de celles qu'ils avaient à présent. Aucun n'était assez costaud pour porter un fusil à rafales d'énergie, pas même son propre modèle sur mesure et à canon scié. Mais l'équipage du *Nergal* s'était spécialisé dans l'adaptation ingénieuse depuis des siècles et les fruits de son travail étaient au rendez-vous cette nuit-là. Hector voulait qu'Anu sache précisément qui se tenait derrière cette opération.

Tamman pressa la détente et la nuit silencieuse vola en éclats.

La déflagration gravitonique vint frapper les sacs de sable du cercle intérieur qui entourait le portail du complexe, déchiquetant les enveloppes de plastique ; le sable vola, tranchant en deux les sentinelles ensommeillées. Leur sang se mêla au sable, maculant d'une boue rouge le mur derrière eux, jusqu'à ce que la fureur rapace du fusil l'éventre à son tour.

Un nuage de poussière de pierre s'éleva. Des fragments de brique et de ciment s'abattirent dans un bruit de grêle, et Tamman arrosa l'ensemble du complexe de son rayon comme avec une lance à incendie, semant partout la destruction tandis que son fusil chauffait dangereusement entre ses mains. Tamman était un homme puissant, masse de muscles et d'os bien disciplinée, car il savait qu'il n'aurait jamais un jeu complet d'implants. Il avait compensé ce manque par un entraînement physique fanatique. C'était l'unique raison pour laquelle il pouvait se servir de ce fusil aux dimensions réduites, plus lourd que la plupart des armes collectives produites sur Terre, malgré tout plus léger qu'aucune arme impériale de taille normale. On l'avait allégé essentiellement en supprimant le système de refroidissement. Il en avait perdu beaucoup de résistance, et Tamman le sollicitait au-delà de ses limites, mais il maintenait la détente enfoncée, ratissant le complexe.

Le mur extérieur tomba et la façade du bâtiment le plus proche explosa dans un nuage de poussière et d'éclats de verre. Des jets de lumière jaillirent en vomissant des étincelles tandis que les câbles électriques claquaient comme des fouets. De petits incendies éclataient, et les rafales d'énergie poursuivaient leur œuvre destructrice en s'engouffrant dans les bâtiments. Elles éventraient les infrastructures comme de la toile, et les étages supérieurs commencèrent alors à s'écrouler inexorablement.

Un bourdonnement rauque émis par le fusil signala la panne imminente des microcircuits de l'arme soumise à rude épreuve. Tamman relâcha enfin la détente.

Le vent nocturne portait l'atroce mélopée funèbre des blessés aux cris aigus, et le bruit des bâtiments qui glissaient puis s'effondraient résonnait dans les ténèbres. Des silhouettes à demi vêtues filaient comme prises de démence, dans une frénésie et une confusion manifestes à travers les jumelles à amplification lumineuse du commando. Les systèmes de surveillance de La Mecque noire ne signalaient toujours rien, et le silence quasi total du fusil à rafales d'énergie ne faisait qu'accroître leur perplexité. Mais le véritable cauchemar avait à peine commencé.

Trois fusils à gravitons épaulés ouvrirent le feu, ratissant le complexe par-delà les ruines du mur extérieur. Leur tir n'émettait qu'un sifflement aigu noyé dans le craquement stridulé de leurs projectiles supersoniques. Et il n'y avait aucune étincelle au bout du canon. La plupart des fléchettes meurtrières étaient inertes cette fois, mais explosives une salve sur cinq. D'autres membres de La Mecque noire périrent encore, volèrent en morceaux ou bien s'effondrèrent en hurlant. Puis les lance-grenades firent feu.

Il n'y eut aucune explosion, car il s'agissait de grenades à distorsion de fabrication impériale, et la terrible élégance de leur conception était effroyable. Il s'agissait de petits hypergénérateurs un peu plus gros qu'un poing massif, et quand elles tombaient elles devenaient l'épicentre d'un champ de translation multidimensionnelle d'une circonférence de dix mètres. Tout ce qui se trouvait dans cette zone sphérique se volatilisait tout simplement dans l'hyperespace – à jamais – dans le claquement d'air produit par l'implosion...

Des bouts de trottoir et des pierres brisées disparurent sans bruit dans les limbes. Les terroristes devinrent fous et se mirent à hurler. Des hommes et, infiniment pire, des morceaux d'hommes se volatilisaient sous l'effet de ces grenades, et ce carnage presque entièrement silencieux dépassait largement ce qu'ils pouvaient endurer. Ce fut la débandade. Ils s'enfuirent en courant, tombant sous les tirs des fusils à gravitons. Puis la folie de cette nuit atteignit enfin son paroxysme lorsque Amanda Givens se servit enfin de son arme.

Quand elle lança une grenade à plasma au milieu de l'ennemi, la clarté du jour à midi éclaboussa le ciel sans lune et, pendant un instant, le cœur du soleil lui-même se déchaîna sans limite. C'était de l'énergie pure, capable de faire fondre la pierre et qui consumait l'air même. La radiation thermique fit claquer son fouet depuis le centre de l'explosion. Elle atteignit ses victimes implacablement, transforma les silhouettes en fuite en torches humaines, embrasa les ruines de son souffle, aveugla les imprudents qui la regardaient en face.

Et lorsque l'éblouissante lumière incandescente disparut aussi abruptement qu'elle était venue, l'attaque prit fin. Pour tout univers, il ne restait à la poignée de terroristes survivants que le sifflement et le grondement des flammes, les cris des estropiés et des mourants. Le nuage de fumée qui s'élevait vers les cieux était encore chargé de la puanteur de la chair carbonisée.

Les sept bourreaux s'en allèrent et se fondirent silencieusement dans la nuit. Leur vedette camouflée les récupéra quarante minutes plus tard.

Le général Gerald Hatcher fronça les sourcils en examinant le dossier classé secret. Mais il prit un air ironique durant un instant en considérant à quel point cette mesure était absurde. Toute la planète ne cessait d'en parler.

Son amusement s'évanouit aussi vite qu'il était venu et il se cala dans son siège pivotant, les lèvres pincées, songeur.

Les... événements singuliers de ces dernières semaines avaient suscité une immense vague d'incertitude, et les « vacances non planifiées » d'un nombre surprenant de dirigeants politiques, industriels et économiques n'avaient pas contribué à apaiser l'opinion. Dans une certaine mesure, leur disparition lui avait été bien utile, car parmi eux figuraient la plupart de ceux que Hatcher s'attendait à entendre protester face à ces opérations non autorisées, non sanctionnées et très probablement illégales contre des enclaves terroristes. Toutefois, leur absence n'était pas pour le rassurer.

Hatcher pianota sur son buvard et regretta – ce n'était pas la première fois – d'avoir si vite ordonné à Hector MacMahan de disparaître... même si cela n'avait pas changé grand-chose aux plans de son subordonné. Pourtant, il aurait aimé par-dessus tout passer quelques minutes à écouter Hector lui expliquer cette folie.

Une chose au moins était limpide : les soi-disant meilleurs experts de toute l'humanité n'avaient aucune idée de la manière dont ces gens-là procédaient. On n'avait rien trouvé de mieux pour expliquer ce nouveau et profond cratère en bordure de Cuernavaca que la chute d'une météorite, quoique personne n'ait avancé cette hypothèse très sérieusement. Sans même tenir compte des enregistrements sismographiques qui indiquaient des frappes *multiples* ni de l'impossible précision du point d'impact, il était inconcevable qu'un corps incandescent de cette taille-là ait pu traverser l'atmosphère sans qu'on l'ait vu venir !

Et puis il y avait ces explosions nucléaires inexpliquées au-dessus du Pacifique. On avait au moins une idée assez précise du fonctionnement des armes nucléaires, mais restait à savoir qui s'en était servi et contre quel ennemi. Et que dire de ces frappes en Chine et dans les Tatras ? Il s'agissait d'opérations aériennes, même si on ne savait pas ce qui s'était passé à Cuernavaca, mais nul n'avait expliqué comment le bombardier en question avait pu échapper au radar de détection au sol, à la reconnaissance par satellite ou à l'œil humain tout simplement. Hatcher n'avait aucun renseignement sûr sur Fenyang, mais on avait eu recours à des explosifs « conventionnels » à Gerlot-chovko, bien que, selon les meilleures estimations des analystes, aucun explosif chimique *connu* ne correspondît à la puissance des ogives. En outre, les alliages pulvérisés et les débris de cristaux qu'on avait retrouvés ne provenaient d'aucune technologie sur Terre.

Et maintenant ça. Abeokuta, Beyrouth, Damas, Kuieyang, Mirzapour, Téhéran… Quelqu'un frappait systématiquement des bases terroristes, les cibles rêvées qu'aucun militaire occidental n'avait jamais espéré atteindre, et ne laissait que des ruines derrière lui. En outre il se servait d'un grand nombre de ces foutues armes dont ses hommes n'avaient jamais entendu parler !

Mis à part Hector, bien entendu. Hatcher était absolument convaincu qu'Hector savait non seulement ce qui se passait mais qu'il avait aussi joué un rôle non négligeable dans l'élaboration du projet. C'était assez troublant si l'on tenait compte des vérifications de sécurité qu'avait subies le colonel MacMahan, de son dossier remarquable en tant qu'officier et du fait qu'il était l'un de ses amis.

Une chose était évidente, bien que personne ne semblât prêt à l'admettre. Ceux qui étaient partis en guerre contre les terroristes de la planète n'en étaient pas natifs eux-mêmes, pas avec de telles capacités. Ce qui soulevait alors toutes sortes de questions exaspérantes. Qui étaient-ils ? D'où étaient-ils venus ? Pourquoi étaient-ils là ? Pourquoi ne s'étaient-ils pas fait connaître à l'humanité tout entière ?

Hatcher ne pouvait y répondre. Peut-être n'en serait-il jamais capable, mais il ne pensait pas que cela se passerait ainsi, car les indices, aussi fragmentaires fussent-ils, suggéraient quelque chose de tout aussi difficile à avaler. Il y avait au moins deux factions qui s'affrontaient, et l'une des deux allait finir par gagner.

Hatcher referma le dossier et sonna son assistant pour qu'il le ramène dans la chambre forte. Puis il soupira et s'approcha des fenêtres de son bureau.

Oh oui. Un camp allait gagner et, quand ce serait fait, il rendrait sa présence manifeste. Ouvertement. Au fond de lui-même, Hatcher était certain qu'ils s'étaient *déjà* installés comme chez eux. Cela expliquerait tant de choses. La flambée de violence terroriste, la curieuse réticence des gouvernements du monde développé à prendre de vraies mesures, ces mystérieuses « vacances », l'évidente implication d'Hector avec au moins l'une de ces deux factions *forcément* extraterrestres…

Toutes ces destructions ciblées ne pouvaient signifier qu'une chose : une guerre secrète était en train de déborder au grand jour, et la bataille avait lieu sur la planète de Hatcher. Toute la foutue planète retenait son souffle, dans l'attente de découvrir le vainqueur, et on ne savait même pas qui étaient les combattants !

Mais Hatcher soupçonnait que, tout comme lui, la plupart de ces milliards de gens plongés dans l'incertitude priaient Dieu la nuit pour que le vainqueur soit celui qui réduisait en miettes les terroristes. Car si le camp qui *soutenait* des gens comme ceux de La Mecque noire l'emportait, la Terre vivrait alors l'enfer.

Le colonel Hector MacMahan était assis dans son bureau à bord du seul bâtiment de guerre de ses hommes. Il étudiait ses propres rapports. Il avait mal aux yeux à force de fixer le vieil écran au phosphore et il ressentit brièvement une amère jalousie vis-à-vis des impériaux qui l'entouraient. Ce n'était pas la première fois qu'il leur enviait leurs neurocapteurs et leurs shunters informatiques.

Il se renfonça dans son siège et se massa les tempes. Tout se passait bien, mais il se sentait mal à l'aise. Il en allait toujours ainsi quand une opération était en cours, mais c'était pire que d'habitude. Quelque chose le taraudait et cela l'effrayait. Cette voix sarcastique ne lui parlait que rarement car il faisait bien son travail et commettait peu d'erreurs graves. Mais il la reconnaissait. Il avait oublié quelque chose, fait un mauvais calcul à un moment donné, tablé sur une hypothèse des moins probables… il avait fait *quelque chose*. Et la réponse était au fond de son subconscient, pensait-il ironiquement. Le problème était de trouver la façon de la faire remonter à la surface de ses pensées.

Il soupira et ferma les yeux, laissant apparaître sur son visage une inquiétude qu'il ne montrait ni aux subordonnés ni aux supérieurs, mais il ne parvenait pas à mettre le doigt dessus. Jusqu'à présent, ils n'avaient subi que très peu de pertes. Un impérial seulement et cinq de leurs Terriens. Aucun impérial cependant, aussi jeune fût-il, n'aurait pu survivre au tir aveugle d'un canon de trente millimètres. Mais on n'aurait jamais dû autoriser Tarhani à mener le raid de Beyrouth à son âge. Elle s'était malgré tout montrée inflexible. Elle haïssait cette ville depuis plus de cinquante ans, depuis qu'un camion piégé avait fait exploser son petit-fils préféré avec deux cents autres de ses camarades des *marines*.

MacMahan secoua la tête. Les professionnels cherchaient à éviter l'esprit de vengeance, d'autant plus quand il s'agissait d'assigner d'autres hommes à des missions à haut risque. Mais pas cette fois-là. Quelle qu'en soit l'issue, c'était la dernière campagne du *Nergal* et 'Hani avait eu raison : elle était vraiment vieille. Si quelqu'un devait mourir en menant cette attaque, mieux valait que ce fût elle plutôt que l'un de ses enfants...

Cependant, MacMahan savait qu'il y avait un autre facteur. Malgré tout son entraînement, toute son expérience, malgré la compétence durement acquise avec laquelle il avait planifié et organisé cette opération, il n'était qu'un enfant. Il en allait toujours ainsi. Un homme parmi d'autres au milieu des Terriens, mais un enfant – au regard des années, tout au moins – lorsqu'il montait à bord du *Nergal*.

Les impériaux prenaient bien garde de ne pas le souligner, et MacMahan savait qu'ils l'acceptaient comme leur égal. Mais pour sa part il ne pouvait les considérer, eux, comme ses égaux. Il savait ce qu'avaient vu et enduré des gens comme Horus et 'Hani, Geb et Hanalat, 'Tanni et Tamman. Il avait pour eux un profond respect, un respect qui relevait presque du sacré. Mais ses sentiments étaient plus complexes. Il connaissait leurs faiblesses, savait que cette situation découlait d'erreurs qu'eux-mêmes avaient commises et, malgré tout, il les vénérait. Ils formaient sa famille, ils étaient ses ancêtres, les anciens, les avatars incarnés de la cause à laquelle il avait consacré sa vie. Il connaissait l'importance de la mission de Beyrouth pour 'Hani... c'était la seule vraie raison pour laquelle il l'avait laissée la conduire.

Mais cela ne l'aidait pas à comprendre ce que cette petite voix sarcastique cherchait à lui dire.

MacMahan se leva et éteignit son terminal. Il avait appris, entre autres choses, qu'il était pire de se laisser hypnotiser par cette petite voix que de l'ignorer. Encore quelques raids contre les liens périphériques d'Anu avec les terroristes, et il serait temps de lancer l'opération Faux-Semblants. Elle fournirait un prétexte flagrant pour réduire l'intensité des affrontements.

Il était un peu surpris de constater à quel point cela l'enchantait. Les cibles des Nordistes étaient des terroristes, mais il s'agissait malgré tout d'êtres humains. Leur massacre pesait sur sa conscience. Pas à cause de ce qu'ils étaient, mais pour l'effet que cela produisait sur ses hommes… et sur lui-même.

« Il me semble, dit Jantu pensivement, que nous devrions envisager une riposte. »

Il fit une pause pour avaler une gorgée de café, regardant Anu du coin de l'œil, et seule une longue pratique lui permit d'éviter de laisser paraître un sourire lorsque le « chef » lança un regard chargé de colère en direction de Ganhar. Ce pauvre homme si soucieux allait devenir sous peu feu Ganhar, car il était coincé, et Jantu attendait avec impatience de le voir tenter de se tirer de cette mauvaise passe.

Mais Ganhar se maîtrisait bien. Il rencontra le regard de Jantu sans trahir aucune émotion, et quelque chose dans son expression troubla soudain le chef de la sécurité. Il n'avait pas encore mis le doigt dessus lorsque Ganhar réduisit en pièces ses calculs.

« Je suis d'accord », dit-il calmement, et Jantu faillit s'étouffer en buvant son café. Heureusement pour sa tranquillité d'esprit, il était trop occupé à éponger les taches sur sa tunique pour remarquer la joie discrète qui brillait dans le regard du capitaine Inanna.

« Ah ? » Anu lança un regard perçant à Ganhar, l'œil dur. « C'est une bonne idée, Ganhar, si l'on tient compte de la façon dont tu as merdé de A à Z ces derniers temps.

— Avec tout le respect que je te dois, chef… (le ton de Ganhar semblait bien plus calme qu'il ne pouvait l'être, et Jantu le savait bien) ce n'est pas moi qui nous ai mis dans ce pétrin. Je n'ai hérité de la direction des opérations qu'après la mort de Kirinal. D'autre part, je t'ai averti dès le début que je n'étais pas ravi de voir les armées des dégénérés se tenir si tranquilles et, d'ailleurs, je t'ai signalé que nous n'avions aucun moyen de savoir ce que les impériaux préparaient pour la suite, dit-il en haussant les épaules. Mes hommes t'ont donné toutes les informations dont nous disposions, chef. Nous n'en avions tout simplement pas assez pour pouvoir prédire ce qui allait se passer. »

Anu lui lança un regard furieux, et Ganhar se fit violence pour ne pas détourner les yeux.

« Tu veux dire que tu n'as pas *repéré* l'information.

— Non, je veux dire qu'il n'y en avait pas. Tu as eu huit chefs des opérations pendant les derniers deux mille ans – neuf avec moi – et aucun n'a trouvé le *Nergal* pour toi. Tu sais à quel point nous avons travaillé dur pour y parvenir. Mais, si nous ne pouvons pas même les trouver, comment sommes-nous censés savoir ce qui se trame dans leurs conseils intérieurs ? Tout ce que j'essaie de dire, c'est que nous ne pouvons pas y arriver.

— Il me semble, fit Anu en élevant inexorablement la voix vers des niveaux sonores encore plus menaçants, que tu cherches à planquer tes fesses. Tu trouves des excuses minables parce que tu n'as pas la moindre idée, que le Créateur soit damné ! de la façon de réagir à ça !

— Tu as tort, chef », dit Ganhar, bien qu'il lui ait fallu ce qui lui restait de courage pour sortir cette phrase. Anu n'avait pas l'habitude de s'entendre dire qu'il avait tort, et son visage prit une teinte apoplectique tandis que Ganhar poursuivait, tirant avantage du silence pesant : « Il se trouve que j'ai bien un plan. Deux, à dire vrai. »

Anu laissa échapper un sifflement. Ses subalternes prenaient rarement ce ton calme, presque défiant, devant lui, et le choc entama sa colère. Peut-être Ganhar avait-il réellement un plan pour justifier son apparente confiance. Sinon, Anu aurait toujours le loisir de le faire exécuter après l'avoir entendu.

« Très bien, dit-il d'un ton grinçant. Parle.

— Bien entendu, la première solution, et la plus simple, serait de ne rien faire du tout. Nous avons désormais mis nos hommes à l'abri. Au bout du compte, leurs actions se limitent à l'élimination d'une bande de terroristes dégénérés. Cela fait beaucoup de bruit et il se peut qu'ils trouvent ça impressionnant, mais, fondamentalement, ils ne nous font aucun mal. Nous pouvons toujours recruter d'autres hommes du même tonneau, et chaque fois qu'ils recourent à la technologie impériale, ce sont eux qui prennent le risque de perdre des hommes et ils nous offrent une opportunité de les traquer jusqu'au *Nergal.* »

Ganhar observa les yeux d'Anu. Il savait – aussi sûrement que Jantu et Inanna – qu'il venait de suggérer ce qu'il y avait de plus intelligent à faire. Mais hélas il lisait dans les yeux d'Anu que ce n'était pas ce qu'il y avait de plus intelligent à *suggérer.* Il haussa mentalement les épaules et avança sa seconde proposition.

« C'est le plus simple, mais je ne pense pas que ce soit nécessairement la meilleure chose à faire, dit-il dans un mensonge. Nous connaissons certains de leurs dégénérés et nous en avons repéré d'autres qui pourraient travailler pour eux. » Il haussa à nouveau les épaules, cette fois-ci physiquement. « Très bien, s'ils veulent l'escalade, nous disposons d'un plus grand nombre d'hommes et nos ressources sont largement supérieures. Escaladons à notre tour.

— Ah ? » Anu leva un sourcil, l'expression figée.

« Exactement, chef. Ils nous ont pris par surprise à Colorado Springs et ils ont profité de cet avantage depuis. Ils sont passés à l'offensive, et jusqu'à présent cela ne leur a coûté que quelques dizaines de militaires dégénérés lors d'attaques lancées contre des terroristes sur leur propre territoire et *peut-être...* dit-il en appuyant sur cet adverbe, un ou deux de leurs propres hommes depuis qu'ils sont partis à l'assaut des bases étrangères. Ils se sentent probablement très confiants à présent. Tuons donc quelques-uns de leurs hommes et voyons s'ils comprennent le message. »

Ganhar eut un sourire déplaisant et retint un soupir de soulagement lorsque Anu lui rendit son sourire. Il vit le chef des mutins hocher lentement la tête puis détourna son regard plein de défi en direction de Jantu, appréciant la frustration rageuse manifeste sur le visage de l'homme chargé de la sécurité.

« Comment ? » La voix d'Anu était douce mais il avait le regard impatient.

« Nous avons déjà commencé, chef. Mes hommes s'efforcent actuellement de prédire quelles seront leurs prochaines cibles de manière à préparer l'intervention de certaines de nos équipes. Après cela, nous pourrons nous mettre à frapper directement les suspects. Rendons-leur, pour ainsi dire, la monnaie de leur pièce.

— J'aime bien cette idée, chef », intervint Inanna d'une voix douce. Anu lui jeta un coup d'œil, et elle haussa les épaules. « Au minimum, cela les empêchera de mener la danse à leur guise, et, avec un peu de chance, nous pourrons peut-être tuer quelques-uns de leurs impériaux. Toute perte leur fera proportionnellement beaucoup plus de mal qu'à nous.

— Je suis d'accord », dit Anu, et Ganhar eut l'impression que l'on venait de le délester du poids de la planète. « Créateur, Ganhar ! Je ne croyais pas que tu en avais le cran. Pourquoi ne pas l'avoir suggéré plus tôt ?

— Je pensais que c'eût été prématuré. Nous ne connaissions pas l'ampleur de l'attaque qu'ils avaient l'intention de monter. S'il s'agissait d'un test, une réaction excessive aurait pu les encourager à frapper plus fort en manière de représailles. » Et n'étaient-ce pas là que *foutaises*, pensa Ganhar amèrement. Mais le sourire d'Anu s'élargit.

« Je vois. Eh bien, lance les opérations. Envoyons donc quelques-uns d'entre eux et de leurs précieux dégénérés au Briseur et voyons s'ils apprécient ! »

Ganhar lui rendit son sourire. En vérité, songea-t-il, mis à part la possibilité de tendre une embuscade aux commandos de l'autre camp, c'était la suggestion la plus stupide. Presque tous les dégénérés que ses hommes suspectaient d'allégeance au *Nergal* avaient déjà disparu aussi complètement qu'Hector Mac-Mahan. Il viserait d'abord les suspects qui restaient, après quoi il pourrait tout aussi bien choisir des cibles au hasard. À part la satisfaction que pourrait en tirer Anu, cela ne mènerait à rien, quel que soit le nombre de dégénérés qu'ils élimineraient.

C'était dément et probablement futile, mais Inanna avait eu raison. La violence de la riposte plaisait de façon évidente à Anu, et c'était ce qui importait. Aussi longtemps qu'Anu était convaincu que Ganhar agissait, ce dernier conserverait sa ligne de conduite et s'en tiendrait à ce que cela impliquait. C'est-à-dire rester en vie.

« Fournis-moi un plan préliminaire aussi vite que possible, Ganhar », dit Anu, s'adressant au chef des opérations avec une courtoisie dont il n'avait pas fait preuve depuis Cuernavaca. Puis il les libéra d'un signe de la tête, et ses trois subordonnés se levèrent pour partir.

Jantu était pressé de revenir à son bureau, mais Inanna lui barra la route dans le couloir, comme par hasard, tandis qu'elle se tournait vers Ganhar.

« Oh, Ganhar, dit-elle, j'ai bien peur de devoir t'annoncer de mauvaises nouvelles.

— Ah ? »

Jantu marqua un temps d'arrêt. Il ne voulait rien perdre de ce qui pouvait être source d'ennuis pour Ganhar, se dit-il avec perversité.

« Oui. L'une des vôtres s'est trouvée prise dans le sas de transit du *Bislaht* lors d'une panne – une saute accidentelle de gravitons. Nous pensions qu'elle n'était que légèrement blessée lorsque nous l'avons transportée à l'infirmerie, mais j'ai bien peur que nous nous soyons trompés. Je suis navrée de t'apprendre que l'un de nos technomeds n'a pas repéré une hémorragie cérébrale et que nous l'avons perdue.

— Oh. » Il y avait quelque chose d'étrange dans la voix de Ganhar. Il n'avait pas l'air assez surpris, et il y avait aussi un léger sous-entendu bizarre et malsain. « Ah, qui était-ce ? lui demanda-t-il au bout d'un instant.

— Je crains qu'il ne s'agisse de Bahantha », répondit Inanna, et Jantu s'arrêta net. Il dévisagea Inanna, incrédule, et elle se tourna lentement pour le fixer dans les yeux. Quelque chose luisait dans les profondeurs de son regard, et il déglutit, soudain gagné d'un effroyable soupçon.

« Je vois que cela t'ébranle aussi, Jantu, dit-elle doucement. Terrible, n'est-ce pas ? Même ici dans l'enclave, on ne peut être complètement en sécurité. »

Et elle sourit.

CHAPITRE DIX-HUIT

« Qu'ils soient maudits ! Qu'ils aillent au diable ! »

Le visage habituellement impassible d'Hector MacMahan était déformé par la colère. Ses poings serrés tremblaient le long de ses flancs, et Colin détourna les yeux du colonel, écœuré lui aussi, pour observer ceux qui étaient assis à la table.

Horus avait l'air secoué et malade, comme un homme pris au piège dans un horrible cauchemar. Isis restait silencieuse, ses frêles épaules voûtées. Elle avait les cils humides et fixait sans les voir ses mains que l'âge avait rendues maigres, posées sur ses genoux.

Jiltanith gardait un visage de marbre, les mains relâchées jointes sur la table, mais son regard lançait des éclairs. Aucune des deux factions d'impériaux n'avait jamais opéré aussi ouvertement pour autant qu'elle s'en souvienne, et, bien qu'en théorie elle ait admis la possibilité de pareilles représailles, elle ne les avait pas réellement envisagées. Et voilà que ça s'était produit… Colin percevait la fureur qui émanait d'elle… et la volonté déterminée qu'il lui fallait pour se contrôler.

Mais quel était son propre sentiment ? Il y réfléchit un instant et décida qu'Hector avait tout aussi bien parlé pour lui.

« D'accord, dit-il enfin, nous savions qu'ils n'étaient pas franchement équilibrés. Ils nous ont déjà donné de nombreuses preuves de leurs goûts sanguinaires. Nous aurions dû le prévoir.

— C'est *moi* qui aurais dû le prévoir, voulez-vous dire, fit amèrement MacMahan.

— J'ai dit "nous" et c'est ainsi que je l'entendais. Cette stratégie était la vôtre, Hector, mais nous étions tous impliqués dans son élaboration. En outre, le conseil l'a approuvée. Nous avons cru que, s'ils nous savaient à l'origine des frappes, c'est nous qu'ils prendraient forcément pour cibles. C'était logique et nous avons tous partagé ce point de vue.

— Cela est vray, Hector, dit Jiltanith d'une voix douce. Ce plan était le fruit de nos travaux à tous, et non pas du tien seul. » Elle sourit amèrement. « Et n'avions-nous pas dit tous deux à Colin que les folz povaient encores nous affliger ? N'assume pas plus grande coulpe que celle qui te revient.

— D'accord. » MacMahan inspira profondément et s'assit. « Excusez-moi.

— Nous comprenons, dit Colin. Mais à présent dites-nous l'étendue des dégâts.

— J'imagine que ça pourrait être pire. Ils ont tué environ trente de nos Terriens – sept d'un seul coup lorsqu'ils ont frappé cette Walkyrie à Corpus Christi. Vlad Tchernikov aurait été la huitième victime ; il est encore possible qu'il perde son bras si nous ne pouvons pas le sortir de l'hôpital et l'amener à l'infirmerie du *Nergal* –, mais les pertes parmi les nôtres ne sont pas très élevées. La plupart des gens qu'ils ont massacrés sont très exactement ce qu'ils paraissent, c'est-à-dire des citoyens ordinaires.

» Le missile quantique lancé contre Éden deux a fait environ dix-huit mille victimes. C'était leur revanche sur Cuernavaca, j'imagine. La bombe qui a explosé à Goddard a touché deux cents autres personnes. La bombe nucléaire qu'ils ont réussi à introduire à Klyutchevskaya a soufflé les installations, mais il y a eu un minimum de victimes grâce à l'avertissement téléphonique des "terroristes". À Sandhurst et West Point, il s'agissait d'armes impériales – des grenades à distorsion spatiale et des fusils à énergie. J'imagine qu'il s'agissait de représailles pour Téhéran et Kuiyeng. Les Britanniques ont perdu environ trois cents hommes, West Point environ cinq. » Il fit une pause et haussa les épaules, mécontent. « C'est un avertissement. Ils veulent nous faire reculer et je… nous aurions dû le voir venir. C'est typique du raisonnement terroriste et cela correspond tout à fait à la mentalité malsaine d'Anu.

— Je suis d'accord. La question est la suivante : comment réagissons-nous ? Horus ?

— Je ne sais pas, dit l'interpellé d'une voix morne. Nous leur avons fait subir plus de pertes que jamais. J'aimerais pouvoir dire qu'il faut arrêter. Il le faudra bien dans peu de temps, de toute façon, et trop de gens se font tuer. Je ne me crois pas capable d'encaisser encore un autre bain de sang. » Il regardait ses mains et parlait avec difficulté.

« C'est une goutte d'eau dans l'océan comparé à Genghis Khan ou Hitler, mais c'est encore trop. Tout recommence et cette fois c'est nous qui l'avons déclenché. Que le Créateur nous vienne en aide. Ne pouvons-nous pas arrêter plus tôt que prévu ? » Il tourna des yeux désespérés vers Hector et Jiltanith. « Je sais que nous nous sommes tous accordés sur la nécessité de l'opération Faux-Semblants, mais n'ont-ils pas déjà subi assez de dégâts pour nous permettre de parvenir à nos fins ?

— Isis ?

— Je dois me ranger à l'avis de papa, dit-elle d'une voix faible. Peut-être suis-je trop impliquée personnellement à cause de Cal et des filles, mais… » Elle fit une pause et ses lèvres tremblèrent. « Je… je ne veux pas porter la responsabilité d'un autre massacre, c'est tout, Colin.

— Je comprends, fit-il doucement, puis il se tourna vers sa sœur : Jiltanith ?

— Est moult vray en vostres parolles, mon père, et toi, ma sœur, dit calmement Jiltanith, toutesfois, si nous cessons nostres actions tant de brief après ces meurtres, sans aucune perte en nostre camp, ne se peut-il poinct que nous alimentions les soupçons ? Si jamais doute estoit aultrefois, il n'y en a plus pour le présent. Anu et ses hommes sont parfaitement furieux. Toutesfois, au cueur de leur furie guette le dangier, car est bien peu probable que prennent l'idée d'un homme sain d'esprit.

» Car nous avons brutalement frappé ses hommes, et Anu nous a administré quelques soufflets en retour. M'est avis qu'à l'instant même ils nous surveillent, attentifs, prêts à tester notre bravoure. Et si trop peu de sang versé et non poinct le nostre – car nous savons tous que c'est ainsi qu'Anu le verra – met fin à nostres coups, cela n'aiguisera-t-il pas l'esprit d'un homme si retors, aussi fol soyt-il ? Dangier, si faible soyt-il, est dangier toutesfois. C'est contre ce mesme dangier que Faux-Semblants feut entreprise. » Elle rencontra le regard suppliant de son père.

« Vérité donne au pain goust bien amer en si cruelle situation (sa voix était encore plus douce) mais, quoique nostre cueur nous dict, de vray, combien de vies Anu puet bien sacrifier importe peu. Sang d'yceux est innocent. Il nous hantera toute nostre vie. Toutesfois, si nous échouons, toute la compassion que nous aurons préservée vivra encores mais seulement jusques la venue des Achuultani. M'est avis que nous n'ousions cesser – pas encores, pendant un temps. Quelques attaques encores, puis nous passerons à Faux-Semblants selon nostre entreprise, tel seroit mon avis. »

Colin acquiesça lentement tout en percevant son angoisse. Elle avait les paupières baissées, comme pour masquer le tourment que ses paroles avaient engendré, et derrière son visage fermé il savait qu'elle voyait défiler d'innombrables anonymes, hommes, femmes et enfants, qu'elle n'avait jamais rencontrés. Cependant elle avait raison. Que le sang versé soit celui d'innocents ne signifierait rien pour Anu. Ne tiendrait-il pas pour acquis qu'il en allait de même chez ses ennemis ?

On ne pouvait pas le savoir, mais Jiltanith était résolue à affronter cette éventualité logique et le courage moral nécessaire pour l'exprimer.

« Merci, dit-il. Hector ? »

— 'Tanni a raison, soupira Hector, lugubre. Devant Dieu j'aurais préféré qu'elle ait tort, mais cela n'y changera rien. Nous ne pouvons prédire la réaction d'Anu, mais ce que nous savons de lui le désigne comme un homme qui blesse les autres par plaisir et qui considère qu'aucun "dégénéré" n'a de valeur en soi. Il ne s'arrêterait pas pour quelques victimes. Alors, si nous agissons ainsi, il se demandera peut-être pourquoi. Or nous ne pouvons en prendre le risque. »

Le colonel regardait fixement la table tout en appuyant dessus de ses deux poings fermés.

« L'idée de provoquer des massacres me fait horreur – tout comme la mort inutile ne serait-ce que d'un seul homme – mais, si nous nous trompons dans nos calculs et que nous nous arrêtons trop tôt, tous ceux qui sont déjà tombés seront morts en vain.

— Je suis d'accord, dit Colin d'un ton appuyé. Il faut agir de manière à les convaincre que ce sont bien eux qui nous auront *contraints* à cesser le feu. Poursuivez la mise en chantier de Faux-Semblants, Hector. Voyez si vous pouvez réduire les délais, mais faites-le.

— Ce sera fait. » MacMahan se leva, et seules des oreilles impériales auraient pu entendre ses dernières paroles en quittant la pièce.

« Que Dieu me pardonne », murmura-t-il.

Ninhursag était assise sur le banc et faisait tout pour paraître inoffensive. Ce qui la frappait, c'est que le parc central de l'enclave paraissait grossier et inachevé comparé aux souvenirs qu'elle gardait des zones de récréation de *Dahak*. Elle le consigna dans sa mémoire avec toutes ses observations depuis son retour du monde extérieur. L'ensemble de ces observations était presque aussi troublant, dans une certaine mesure, que le jour où elle s'était éveillée pour apprendre ce qu'Anu avait fait à ses compagnons mutins.

Elle parvint à se maîtriser lorsqu'un homme grand et mince passa non loin. Tanu, pensa-t-elle. Elle l'avait bien connu jadis, mais ce n'était plus Tanu. Elle ignorait lequel des lieutenants d'Anu avait réclamé son corps, et elle ne voulait pas le savoir. C'était déjà assez dur de le regarder déambuler ainsi tout en sachant qu'il était mort.

Elle détourna les yeux, pensive. L'enclave tout entière donnait une impression d'inachevé, comme s'il s'agissait d'un bivouac et non d'une résidence. Anu et ses partisans vivaient sur cette planète depuis cinquante mille ans mais ils n'y avaient jamais appartenu. C'était comme s'ils avaient délibérément refusé d'oublier leur origine extraterrestre. Il y avait des immeubles confortables ici et là sous la glace, construits aussitôt après l'atterrissage, mais ils n'avaient rien bâti d'autre depuis, et presque personne n'habitait ceux qui existaient déjà. Ils s'étaient retirés dans leurs appareils, refusant d'abandonner leurs quartiers à bord des transporteurs malgré leur taille exiguë. En ce qui la concernait, Ninhursag savait qu'elle serait devenue folle depuis belle lurette si elle était restée si longtemps confinée dans de tels quartiers.

Elle observa les embruns de l'une des très rares fontaines clapotantes qu'on avait pris la peine de construire et se mit à réfléchir : peut-être était-ce en partie le miasme de la folie qui flottait dans l'atmosphère. Ces gens avaient depuis longtemps dépassé leur espérance de vie. Ils restaient parqués dans leur environnement artificiel, à l'exception de quelques virées occasionnelles à l'extérieur. Les organismes qu'ils avaient volés étaient jeunes et forts, mais les personnalités qui les habitaient horriblement vieilles, et l'enclave était une cocotte-minute.

De par leur nature même, la plupart des hommes d'Anu étaient fêlés, sans quoi ils n'auraient pas été là ; tout au long de ces interminables années d'exil, cloîtrés dans ce monde minuscule, leurs esprits s'étaient repliés sur eux-mêmes. Ils étaient restés seuls avec leurs haines, leurs ambitions et leurs rancœurs, plus longtemps que l'esprit humain n'est conçu pour le supporter, et ce qui n'était que fêlure s'était transformé en un gouffre de démence. Les meilleurs d'entre eux n'étaient que leurs propres caricatures. Quant aux pires...

Ninhursag frissonna en espérant qu'aucun des scanners de sécurité ne l'avait remarqué.

Leur société était morte, pourrie jusqu'à la moelle. Ils ne l'admettraient pas – à supposer qu'ils pussent même le reconnaître –, cependant la vérité éclatait partout autour d'eux. Ils étaient éveillés depuis cinq mille ans et n'avaient pourtant rien ajouté du tout à leur base tech, sinon quelques modifications hautement personnelles visant à améliorer leurs techniques respectives d'espionnage et d'élimination. Leur population était réduite. Or il est de la nature des sociétés de changer et d'apprendre. Toute culture se condamne sans cela. Si elle n'est pas détruite de l'extérieur, ses propres membres finissent par se tourner les uns contre les autres au cœur de la matrice statique dans laquelle ils sont revenus. Qu'ils soient capables de l'admettre ou non, leur inertie n'avait aucune importance car, au plus profond d'eux-mêmes, là où se rencontrent la vitalité et le dynamisme des peuples, nourris d'émotions et d'espoirs qu'ils n'ont peut-être pas même formalisés, ils savaient que la roue du destin tournait alors même qu'ils battaient la mesure... et mouraient...

Ninhursag était désormais lucide : partout la suspicion, l'ambition, les perversions d'une époque dégénérée qui se sait telle. Et, peut-être encore plus révélateur, il n'y avait pas d'enfants. Ces gens n'étaient pas célibataires, mais ils avaient délibérément renoncé à la seule chose qui aurait pu les forcer à changer et à évoluer. Et ils s'étaient ainsi coupés de leurs propres racines humaines. Comme une femme devenue stérile avec l'âge, leur horloge biologique s'était arrêtée. Ils avaient alors cessé de se percevoir comme une espèce vivante, en constante évolution.

Pourquoi s'étaient-ils infligé cela ? Ils étaient – ils avaient été – des impériaux, et l'Empirium le savait, il fallait que l'équipage d'un vaisseau comme *Dahak* partage ce sentiment de vitalité et de renouveau, jusque dans le cadre d'un déploiement d'un quart de siècle seulement. Même ceux qui n'avaient pas d'enfants pouvaient voir ceux des autres, et de fait participer à la marche de leur propre espèce. Mais les hommes d'Anu avaient choisi d'oublier, et elle ne pouvait pas comprendre cela.

Leur immortalité volée avait-elle ôté toute valeur à la naissance d'enfants ? Ou bien avaient-ils peur d'engendrer une génération étrangère à leurs propres desseins pervertis ? Qui pourrait se rebeller ? Elle n'en savait rien. Elle n'avait aucun moyen de le savoir. Ils appartenaient désormais à une autre espèce que la sienne – ombre noire et malveillante qui occupait les corps des siens.

Ninhursag se leva. Elle marcha lentement à travers le parc et se dirigea vers les bâtiments où elle avait déjà installé ses propres quartiers, méfiante, consciente de la manière dont son gardien la suivait comme son ombre. Il ne faisait aucun effort de discrétion, mais il lui avait été utile de savoir exactement où trouver l'agent de sécurité chargé de sa surveillance.

Elle jeta un coup d'œil indolent aux Terriens d'origine ébahis présents dans le parc, remarquant leur crainte respectueuse devant cet environnement qui lui semblait si grossier. Elle se demanda lequel d'entre eux récupérerait la puce qu'elle avait cachée sous son banc.

Abu al-Nasir regarda s'éloigner Ninhursag puis il déambula jusqu'au banc qu'elle avait occupé. La voûte du parc, avec son plafond de ciel bleu d'été et de nuages moutonneux, était époustouflante. Il était difficile de se croire enterré sous des centaines de mètres de glace et de roche. L'illusion de se trouver en plein air était presque parfaite, et peut-être les coques des vaisseaux aux tons de bronze qui se profilaient au-delà des bâtiments y contribuaient-elles aussi.

Il s'assit et s'adossa, observant d'un œil indolent les scanners de sécurité que le colonel MacMahan lui avait décrits. Voilà : bien placés pour surveiller le banc, mais seulement de face. C'était pratique.

Il laissa tomber une main derrière lui, à peu près à la hauteur de son étui de revolver en temps normal. Le sergent Asnani n'avait jamais ressenti aucun besoin particulier d'être armé à tout moment ; Abu al-Nasir se sentait nu sans son arsenal privé. Mais il n'était guère surprenant que les mutins aient interdit le port d'armes à leurs hommes de main.

Ce n'était pas surprenant et pourtant cela soulignait la différence entre eux et leurs alliés d'un côté, et la façon dont l'équipage du *Nergal* travaillait avec ses propres collaborateurs de la Terre de l'autre. Abu n'avait jamais visité le *Nergal*, mais il s'était entraîné parmi ceux qui le servaient, et il connaissait le colonel MacMahan. Le colonel n'était pas un larbin – cette pensée en elle-même était absurde –, cependant chacun de ses alliés impériaux lui aurait fait confiance au point de lui tourner le dos alors même qu'il était armé.

Mais al-Nasir avait déjà conclu à la véracité de tout ce que lui avait dit le colonel à propos des impériaux du Sud. Depuis son initiation au sein de La Mecque noire, il s'était habitué à l'irrationalité. L'extrémisme, la haine, la convoitise, le sadisme, le fanatisme, la mégalomanie, le mépris de la vie humaine… il avait tout connu, et il reconnaissait ici quelque chose de très semblable. Les crocs moins visibles et le grognement plus sourd, mais peut-être encore pire du coup. Et ces gens se considéraient en vérité comme une espèce entièrement différente, du seul fait de l'amélioration artificielle de leur organisme… et de leur capacité à torturer et à tuer les Terriens.

L'impression de vieillesse qui transparaissait derrière ces visages jeunes et beaux était effrayante. Al-Nasir était content qu'il n'y ait aucun enfant. L'idée de ce que deviendrait forcément un enfant dans cette atmosphère empoisonnée lui retournait l'estomac, et pourtant il n'en était plus à ça près.

Il replia nonchalamment la main tout en caressant le banc de bois, l'air de rien, et ses paupières s'alourdirent tandis qu'il écoutait le clapotis de la fontaine. Il était visiblement relâché, même si cela restait discret. Il se mit à caresser plus lentement le banc, comme si le cours des pensées oiseuses qui animaient ses doigts s'était progressivement ralenti.

Il toucha le point minuscule, à peine perceptible, que formait la puce contenant le message, et il déplaça l'index. La puce glissa sous son ongle, invisible sous la fine pellicule de corne, et il ne laissa paraître aucune étincelle de joie triomphante sur son visage. Si le colonel s'était trompé au sujet de Ninhursag, il était un homme mort, mais il restait néanmoins impassible.

La caresse de sa main se prolongea quelques minutes, puis il posa négligemment l'avant-bras sur l'accoudoir. Tous les nerfs de son corps détendu lui hurlaient de se lever, de s'éloigner du point de collecte, mais c'était un jeu qu'il avait appris à bien jouer et il s'installa encore plus confortablement sur le banc.

Environ une heure, pensa-t-il. Un petit somme réparateur, parfaitement innocent, aux yeux de tous, puis il pourrait partir. Il ferma les yeux, sa tête roula vers l'arrière et Abu al-Nasir se mit à ronfler.

La ville de La Paz rêvait sous une lune argentine et les rues se vidaient tandis que Shirhansu restait assise à côté de la fenêtre et caressait ses cheveux blond cendré.

Même après toutes ces années, elle trouvait toujours difficile d'accepter comme la sienne cette main à la peau claire, comme les siens ces yeux bleu-vert qui la fixaient dans le miroir. C'était un corps charmant, bien plus beau que celui dans lequel elle était née, mais il la désignait comme étrangère au cercle inté-

rieur. Cela dit, il lui évitait aussi de présenter l'apparence insolite – aux yeux des Terriens – de la race impériale, et c'était un
atout potentiellement inestimable.

Elle soupira et déplaça le fusil à énergie sur ses genoux,
regrettant une fois encore de ne pouvoir porter d'armure de
combat. C'était évidemment hors de question. Les champs de
camouflage pouvaient faire beaucoup, mais s'il opérait sans
armure ou, pire encore, s'il ne s'agissait que d'indigènes,
l'ennemi serait très difficile à repérer. En outre, on pouvait facilement détecter une armure sans en porter soi-même... et bien
avant que ses propres batteries de scanners n'aient repéré
l'adversaire. Elle avait donc dû s'en dépouiller elle aussi.

C'était une mission stupide. Shirhansu était contente d'avoir
été chargée de cette opération plutôt que d'une autre – elle
n'était pas comme Girru et ne prenait aucun plaisir à massacrer
des dégénérés en masse –, mais c'était malgré tout stupide. À
supposer qu'elle parvienne à surprendre quelques-uns des
hommes du *Nergal*, ils ne la laisseraient jamais les suivre
jusqu'au bâtiment de guerre. Même si elle y réussissait, il était
évident que l'auxiliaire qui les récupérerait scannerait d'abord
soigneusement les parages. Et il repérerait alors son équipe à
elle, aussi bien camouflée soit-elle. Il serait sans nul doute également armé, et y avait-il un seul chasseur pour couvrir ses
propres hommes ? Bien sûr que non. Les équipages des chasseurs, en nombre limité, étaient assignés à des frappes offensives... excepté la réserve de cinquante pour cent qu'Anu
exigeait de conserver pour protéger l'enclave. Shirhansu ne
comprenait d'ailleurs pas ce qu'il redoutait tant : que pourrait
faire l'équipage du *Nergal* contre son bouclier ?

Elle souffrait bien entendu d'un léger handicap lorsqu'il fallait comprendre le « chef ». Son cerveau fonctionnait encore.

Ce qui expliquait aussi pourquoi elle manifestait si peu
d'enthousiasme à l'idée d'essayer de suivre l'une des équipes du
Nergal. Ils avaient fait preuve d'une efficacité consternante ces

derniers temps, même en tenant compte du fait qu'ils n'avaient frappé pratiquement que des cibles indigènes. Et cela ne surprenait pas Shirhansu non plus. Au fil des siècles, elle avait développé un profond respect mêlé de ressentiment envers ses ennemis, car la répartition des victimes était bien moins déséquilibrée qu'elle n'aurait dû. Ils avaient survécu à tout ce que son camp, fort de la supériorité de sa base tech, leur avait balancé. Et ils étaient parvenus – dans une certaine mesure – à garder leur QG parfaitement dissimulé. Ce n'était pas maintenant qu'ils allaient perdre les pédales.

L'idée était complètement stupide, mais elle savait pourquoi on avait mis cette mission sur pied malgré tout, et elle approuvait tout ce qui pouvait assurer la survie et la position de Ganhar à la tête des opérations. Elle appartenait en effet à sa faction. Nouer cette alliance lui avait paru un bon choix à l'époque – il était certainement moins taré que Kirinal! – mais Shirhansu s'était mise à douter depuis peu. Pourtant, Ganhar donnait l'impression de se reprendre et, si elle pouvait l'aider par sa présence ici, elle en tirerait également profit, alors…

Sa com portative sécurisée émit un doux carillon presque inaudible. Elle la porta à son oreille et ses yeux s'ouvrirent grand. Les analystes de Ganhar avaient vu juste. Ces salopards s'apprêtaient à frapper Los Puñas!

Elle prononça quelques mots succincts dans la com, espérant que son propre champ de camouflage masquerait comme prévu la pulsation *via* torsion spatiale. Puis elle vérifia son arme. Elle la régla à dix pour cent de sa puissance – personne ne portait d'armure à l'intérieur des champs de camouflage qui s'approchaient et il n'y avait aucune raison de creuser un trou trop profond dans la chaussée – et ouvrit une fente dans son propre champ de camouflage, permettant à ses implants de scanner une étroite bande devant elle tandis que son dos et ses flancs restaient dissimulés.

Tamman suivait Amanda le long du trottoir, aussi invisible que le vent. Il se sentait plus à l'aise qu'à Téhéran, mais ses sens augmentés pouvaient lui être plus utiles pour surveiller ses arrières que pour sonder les ténèbres devant elle, et elle l'avait convaincu qu'il valait mieux que le commandant reste en arrière.

Il laissa transparaître sa mauvaise humeur et sa bouche se tordit en une grimace renfrognée. Le massacre des innocents continuait et s'était même accéléré. Éden deux restait la pire de toutes les atrocités, mais il y en avait d'autres. Les agents de la sécurité du Shepherd Center avaient résisté à un assaut, mais le nombre des victimes était élevé. Pourtant, Tamman était persuadé que les assaillants avaient reçu l'ordre de se retirer plutôt que de mener l'attaque à son terme. Anu ne voulait pas faire subir trop de dégâts à l'industrie aérospatiale, comme l'avait manifestement prouvé cet épisode : l'infanterie américaine avait repoussé des impériaux entièrement augmentés, équipés de fusils à énergie et de grenades à distorsion spatiale. Or, aussi efficace soit-elle, elle n'était munie que d'armes terriennes. L'intention d'Anu était donc parfaitement limpide.

Cependant, c'était la seule attaque sudiste à laquelle on avait résisté, si le mot était adéquat. Et le nombre des victimes commençait à troubler son sommeil. L'expérience des tranchées de la Première Guerre mondiale et les camps d'extermination de la Seconde avaient été atroces, et Phnom Penh pire encore à sa manière, horribles l'Afghanistan et les interminables effusions de sang entre l'Iran et l'Irak pendant les années quatre-vingt, et franchement abominables les massacres de Kananga au Zaïre... Jamais pourtant on ne s'habituait à une telle forme de profanation, quand bien même on en verrait tous les jours.

Los Puñas – « Les Poignards » – étaient des enfants de chœur comparés à La Mecque noire, mais on avait la certitude qu'ils étaient bien au service d'Anu. Le mutin n'apprécierait pas du tout qu'on les pulvérise, et il serait bien agréable de les éradiquer. Tamman n'essaierait pas de prétendre le contraire. Mais il serait encore plus agréable de tenir quelques-uns des bouchers d'Anu dans son collimateur.

« Tenez-vous prêts, murmura Shirhansu. Frappez-les quand ils atteindront la place.

— Frappez-les ? Je pensais que nous étions censés les suivre à la trace, 'Hansu. » C'était Tarban, son second. Dans l'obscurité, Shirhansu se renfrogna.

« S'il en réchappe parmi eux, c'est ce que nous ferons, gronda-t-elle, mais mieux vaut épingler quelques-uns de ces salopards.

— Mais…

— La ferme, et lâche cette com avant qu'ils ne la repèrent ! »

« Tamman, c'est un piège ! » La voix qui lui hurlait dans l'oreille gauche était celle d'Hanalat, le pilote qui devait les récupérer. Elle les avait repérés par ses senseurs. « Je capte une liaison par torsion spatiale devant vous. Il y a au moins deux points d'émission ! Tirez-vous de là !

— Compris », grogna-t-il en remerciant le Créateur. Il avait en effet emporté un équipement de communication terrien, comme l'avait suggéré Hector. Le colonel avait calculé que les hommes d'Anu traqueraient surtout les appareils relevant de la technologie impériale, et il devait avoir raison. Tamman était encore en vie, même après réception de cet avertissement.

« Très bien, les gars, dit-il à son équipe. Tirons-nous d'ici en douceur. Joe… (Joe Crynz, cousin éloigné de Tamman et dernier homme de la file, transportait un lance-grenades à distorsion spatiale) tiens-toi prêt à nous couvrir. Les autres, revenez doucement sur vos pas. Essayons de filer tranquillement si possible. »

Il n'y eut aucune réponse. Son équipe s'arrêta lentement et se mit à rebrousser chemin. Tamman retint son souffle, priant pour qu'ils s'en sortent. Ils étaient sans défense ici, véritables cibles immobiles...

« Que le Briseur t'emporte, Tarban ! » rugit Shirhansu tout en posant son fusil sur le rebord de la fenêtre. C'est elle qui avait le meilleur point de mire parmi ses vingt hommes et elle ne voyait que trois de ces salauds. Ses sens – naturels comme artificiels – étaient aux aguets derrière la fente de son champ de camouflage. Mais leurs champs à eux interféraient salement. Elle ne les distinguait pas assez bien pour être sûre de faire mouche à cette distance. Mais – merci, Tarban – ils n'allaient pas se rapprocher.

« Feu ! » ordonna-t-elle froidement dans sa com.

Tamman retint un cri lorsqu'une boule d'énergie explosa en bordure de son champ de camouflage. Ses sens – amplifiés presque au maximum alors qu'il essayait de tirer son équipe de ce piège – n'étaient plus qu'un éclair de douleur dans la couronne du rayon. Mais on l'avait raté, et il se jeta sur le côté à la vitesse éblouissante de ses réflexes améliorés.

Larry Clintock fut moins chanceux. Au moins trois tireurs embusqués l'avaient pris pour cible. Il n'eut pas même le temps de hurler et fut mis en pièces par les rafales d'énergie... contrairement à Amanda, et le sang de Tamman se glaça en l'entendant crier.

Il se mit à couvert par réflexe – et inutilement – derrière un arbre en pot, et sa vision augmentée perçut l'éclair d'énergie qui jaillissait d'une fenêtre élevée. Il fit voler en éclats l'encadrement de la fenêtre d'un tir de son fusil, arrosant la rue de brique brisée, et le tireur embusqué opta pour la discrétion, à supposer qu'il soit encore en vie.

La grenade de Joe éructa derrière lui, et un trou béant apparut dans la façade d'un second bâtiment, mais l'autre camp avait aussi des grenades à distorsion spatiale. Un énorme morceau de bitume se volatilisa, tandis que l'eau d'une conduite tranchée jaillissait comme d'une fontaine. Tamman se remit debout d'un bond. Il aurait dû fuir pour rejoindre Joe et les autres, mais ses jambes le portaient vers l'avant, là où le cri d'Amanda avait retenti pour laisser place à un silence terrifiant.

D'autres rafales destructrices zébrèrent la nuit dans sa direction, faisant voler en éclats le bitume, mais ses hommes savaient ce qui était en train de se passer. Leurs champs de camouflage, en phase avec le sien, leur permettaient de le voir. Ils se dispersèrent pour se mettre à couvert là où ils purent et entreprirent de mitrailler les bâtiments qui donnaient sur la place. Ils tiraient à l'aveuglette mais balançaient un déluge de feu. En marge de sa conscience, Tamman percevait les fléchettes des fusils à gravitons qui entamaient les bâtiments en pierre, les pulsations frémissantes des grenades à distorsion et le murmure d'autres fusils à rafales d'énergie qui cherchaient aussi à l'abattre.

La cuisse gauche d'Amanda n'était plus qu'un court et affreux moignon, mais sa blessure ne saignait pas. Sa tenue de commando impériale s'était resserrée automatiquement pour former un garrot dès qu'elle avait été touchée. Cependant, elle n'était qu'humaine et s'était évanouie sous le choc – ou peut-être était-elle morte. Tamman chassa cette idée avec horreur, plaça la blessée sur un brancard de pompier puis remonta la rue en sens inverse à toute allure.

Un souffle destructeur lui fouettait les talons. Et il hurla de douleur quand un rayon d'énergie lui arracha un morceau de la taille d'un steak dans la cuisse. Il faillit tomber, mais ses propres implants – aussi incomplets fussent-ils – atténuèrent la douleur aussi vite qu'elle avait surgi. Les tissus se refermèrent et il poursuivit sa course effrénée.

Le champ d'une grenade à distorsion le manqua de quelques centimètres. L'accélération produite par le déplacement de l'air lui lacéra le dos comme la griffe d'un invisible démon, et il entendit alors un autre cri : une rafale avait touché Frank

Cauphetti. Tamman jeta un coup d'œil en passant, mais Frank n'avait plus de torse.

Il tourna enfin au coin de la rue tandis que les survivants de son équipe se rapprochaient, et ils filèrent alors tous les quatre dans la nuit.

« On ne devrait pas les suivre, 'Hansu ?

— Bien sûr, Tarban, vas-y donc ! Toi et ton foutu bavardage, vous venez de nous faire louper un carton ! Sans parler de Hanshar – ce salaud l'a tranché en deux d'un coup de fusil. Alors fais-moi plaisir, vas-y et suis-les donc... Je suis sûre que le pilote de leur vedette sera enchanté de te vaporiser, espèce de connard bon à rien ! »

Il y eut un silence dans la com et Shirhansu se força à maîtriser sa rage. Créateur ! ils étaient si près du but ! Mais ils en avaient eu au moins deux, peut-être même trois. On n'avait pas fait mieux contre un commando digne de ce nom. Non que ce fût suffisant pour satisfaire Anu. Pourtant, s'ils toilettaient un brin le rapport avant...

« Bon, soupira-t-elle enfin, tirons-nous avant que les habitants du coin ne deviennent trop curieux. Retrouvez-moi à la vedette. »

CHAPITRE DIX-NEUF

« Comment va-t-elle ? »

Tamman leva les yeux vers Colin qui venait de poser la question d'une voix douce. Il s'assit lentement, une jambe tendue pour éloigner sa cuisse de sa chaise. Il avait le visage rongé par le souci. « Ils disent que ça ira. » Il tendit le bras vers la jeune femme dans le brancard. La partie inférieure de son corps était enfermée dans le cocon formé par les appareils sophistiqués de la médecine impériale. Il lui caressa doucement les cheveux.

« Ça ira, répéta-t-il amèrement, mais sur une seule jambe. Créateur ! c'est injuste. Pourquoi *elle* ?

— Pourquoi qui que ce soit ? » fit Colin tristement. Il observa le visage pâle et ordinaire d'Amanda Givens et soupira. « Au moins, tu l'as tirée de là en vie. Souviens-t'en.

— Oui. Mais si elle était dotée des biotechs qu'elle mérite, elle ne serait pas dans ce lit – et elle pourrait aussi voir sa jambe repousser. » Il regarda à nouveau Amanda. « Ce n'est même pas leur faute, et pourtant ils donnent tant, Colin. Tous.

— *Vous* tous, corrigea doucement Colin. Ce n'est pas comme si tu avais quelque chose à voir avec la mutinerie non plus.

— Mais j'ai au moins reçu les biotechs d'un enfant. » La voix de Tamman était très basse. « Elle n'y a pas même eu droit. Hector non plus. Mes enfants non plus. Leur vie est pareille à la flamme d'une chandelle et ils finissent par s'éteindre. Ils sont si nombreux. » Il caressa encore les cheveux d'Amanda.

« C'est ce que nous essayons de changer, Tamman. Elle aussi.

— Je sais, dit l'impérial à mi-voix.

— Alors ne lui enlève pas ça, ajouta Colin d'un ton posé. Certes, c'est une Terrienne d'origine, comme moi, mais on m'a enrôlé. Elle a *choisi* de combattre. Elle connaissait les risques et ce n'est pas une enfant. Alors ne la traite pas comme telle, car c'est la seule chose qu'elle ne te pardonnerait jamais.

— Comment es-tu devenu si sage ? demanda Tamman au bout d'un moment.

— C'est dans les gènes, mon pote », dit Colin. Il sourit plus naturellement et laissa Tamman seul avec la femme qu'il aimait.

Ganhar fit basculer sa chaise vers l'arrière et reposa le talon sur le bord de son bureau. Il venait juste de subir une entrevue assez houleuse avec Shirhansu, mais, l'un dans l'autre, elle avait raison – ils avaient eu de la chance de toucher ne serait-ce qu'un seul homme du *Nergal*, et mieux valait ne pas recommencer. Les émissions produites par le bavardage de Tarban dans sa com les avaient trahis en l'occurrence, mais, maintenant que l'autre camp était tombé dans un piège, il ne tomberait sûrement pas dans un second de sitôt. Il couvrirait ses commandos avec des scanners assez puissants pour transpercer n'importe quel champ de camouflage portatif.

Ganhar réfléchissait, mécontent. Il essayait de décider ce qu'il devait recommander cette fois-ci. La logique voulait qu'on retire quelques chasseurs des raids offensifs et qu'on s'en serve pour épingler chacune des vedettes du *Nergal* qui entrerait en scène avec des scanners actifs. Mais Ganhar avait acquis un vif respect pour Hector MacMahan – qui, il en était certain, dirigeait l'ensemble de cette campagne. Et le colonel trouverait une parade tout aussi logique et tout aussi évidente : ses propres chasseurs camouflés couvriraient les vedettes du *Nergal* et épingleraient les chasseurs de Ganhar lorsqu'ils révéleraient leur présence en attaquant.

Cela sentait à plein nez l'escalade dans les combats, et il en avait assez. MacMahan ne pourrait concurrencer les ressources d'Anu, mais ceux du *Nergal* savaient où ils allaient frapper et concentreraient leurs forces dans ce but. Lui, Ganhar, devait couvrir toutes les cibles potentielles. Il ne pouvait déployer des forces en surnombre n'importe où, à moins qu'Anu ne le laisse réduire les opérations offensives et utiliser les chasseurs pour assurer leur défense.

Ce que ne ferait bien entendu jamais Anu.

Ganhar se frotta les yeux avec lassitude, et ses pensées se mirent à défiler dans sa tête comme une procession funèbre. Ce n'était pas bon. Même s'ils arrivaient à localiser le *Nergal* et à le détruire avec tout son équipage, il restait encore Anu. Anu et tous les autres – lui-même compris – et la vanité sans fin de leur existence. Anu était dément, mais Ganhar était-il si sain d'esprit lui-même ? Que croyait-il qu'il se passerait si jamais ils parvenaient à quitter cette planète enténébrée ?

Comme Jantu, Ganhar était parvenu à ses propres conclusions quant à l'apparente disparition de l'Empirium. S'il avait tort, alors ils étaient tous condamnés. L'Empirium ne leur pardonnerait jamais. Des êtres comme eux ne bénéficieraient d'aucune clémence – certainement pas des mutins qui en étaient arrivés à faire subir pareilles horreurs aux indigènes sans défense de la Terre.

Et s'il n'y avait plus d'Empirium ? Dans ce cas, bien plus probable, ils connaîtraient un destin pire encore. Car il y aurait toujours Anu. Ou Jantu. Ou quelqu'un d'autre. La folie les avait tous contaminés car ils avaient vécu trop longtemps et craignaient trop la mort. Ganhar se savait plus sain d'esprit que la majorité de ses compagnons, et qu'avait-il fait pour sa part au nom de la survie ? Il avait travaillé avec Kirinal malgré son sadisme, en connaissance de cause, puis il l'avait remplacée. Il n'avait conçu ce plan obscène que pour rester en vie un peu plus longtemps.

Girru et Kirinal l'auraient adoré, pensa-t-il amèrement. Ce massacre de dégénérés sans défense...

Non, non pas « dégénérés ». Primitifs, peut-être, mais pas dégénérés, car c'est lui et ses compagnons qui l'étaient devenus. Il y avait peut-être quelque éclat à oser défier la puissance de l'Empirium, mais aucun dans ce qu'ils avaient fait aux peuples de la Terre et à leurs propres compagnons sans recours.

Il baissa les yeux et fixa les mains qu'il avait volées. Et son estomac se noua. Il ne regrettait pas la mutinerie ni la longue bataille amère contre l'équipage du *Nergal*. Ou peut-être que si après tout. Il ne ferait pas semblant d'avoir ignoré ce qu'il faisait et ne se mettrait pas non plus à geindre et sangloter devant le Créateur. Mais le reste, notamment ce qu'il avait fait en tant que chef des opérations, l'écœurait.

Or il n'y avait aucune façon de défaire tout cela, ni même d'y mettre un terme. S'il essayait, il mourrait. Et, même après toutes ces années, il voulait vivre. Mais ce qui le paralysait vraiment, c'est que, même s'il avait voulu mourir, sa mort n'aurait servi à rien, hormis peut-être à lui donner l'illusion fugace d'avoir expié. Même s'il pouvait se convaincre d'agir – et, cyniquement, il n'était pas certain d'en être capable –, Anu serait encore là. Les fous disposaient de l'avantage du nombre, de la puissance de feu et de la base tech, et rien de ce que le *Nergal* et son équipage pourraient faire à court terme n'y changerait quoi que ce soit.

Les mains du chef des opérations Ganhar se crispèrent alors qu'il les fixait et se demandait quand il allait finalement se mettre à craquer. Il avait vu l'éveil de la culpabilité chez quelques autres. Cela se passait d'ordinaire lentement, et certains avaient alors mis fin à leur longue vie. D'autres avaient été repérés par les serviteurs zélés de Jantu et on en avait fait des exemples. Mais il n'y en avait jamais eu beaucoup, et aucun d'entre eux n'avait pu faire davantage que ce dont il était capable pour sa part.

Ganhar soupira, se leva puis sortit lentement de son bureau. La vanité de tout cela lui pesait, mais il savait qu'il s'assiérait à la table de réunion et dirait à Anu que tout se passait selon le plan. Peut-être finirait-il par prendre conscience qu'il se méprisait pour cela, mais il le ferait, et il n'avait aucune raison de prétendre le contraire.

Ramman se rongeait les ongles dans son petit appartement. Ses quartiers aux murs pastel étaient jonchés de vêtements et de couverts sales, et ses narines se retroussèrent à l'odeur âcre de la literie. Il y avait certains désavantages à se montrer négligent quand on jouissait de sens augmentés.

Il se savait sous surveillance : son comportement étrange et son isolement par rapport à ses compagnons étaient dangereusement susceptibles d'attirer les soupçons et il ne pouvait se le permettre. Pourtant sa terreur grandissante et son désespoir le paralysaient. Il était incapable de rien faire pour y remédier. Il se sentait comme un lapin pris au collet, attendant le retour du trappeur, et, s'il se mêlait aux autres, ils le verraient forcément.

Ramman se leva et tourna erratiquement dans la pièce tout en se tordant les mains derrière le dos. De la folie. Jiltanith et son père avaient perdu l'esprit. Ils échoueraient et on saurait alors que quelqu'un les avait aidés en leur fournissant les codes d'accès. La chasse aux sorcières pourrait balayer des innocents, mais on piégerait sûrement le coupable, c'est-à-dire lui. On le trouverait, l'arrêterait... Il frissonna en pensant à Jantu et aux choses innommables auxquelles la technologie impériale avait servi pour châtier d'autres « traîtres ».

S'il se tenait tranquille, n'en parlait à personne, il vivrait au moins un peu plus longtemps. Au moins jusqu'à ce que les hommes du *Nergal* lancent leur attaque vouée à l'échec.

Il retomba sur le bord du lit et se mit à sangloter dans ses mains.

« Est heur de commencer Faux-Semblants, dit calmement Jiltanith. Le destin qui attendait le groupe de Tamman en est la
preuve. Semblablement les massacres qui gagnent en atrocité
nous fournissent un prétexte crédible pour nous arrêter une fois
que nous aurons ajouté Faux-Semblants au tableau.

— Je suis d'accord, dit MacMahan d'une voix douce, et il se
tourna vers Colin.

— Oui, fit celui-ci. Il est temps de mettre un terme à cette
folie. Est-ce que tout est prêt ?

— Oui. J'ai prévu de placer Geb et Tamman à la tête de
l'escadron, avec Hanalat et Carhana en escorte.

— Nenni », dit Jiltanith, et MacMahan lui jeta un regard
étonné, pris à défaut par le tranchant de sa voix. « Nenni,
répéta-t-elle. Mèneroi moy cest escadron.

— Non ! » La virulence de sa protestation surprit Colin, et
Jiltanith le regarda droit dans les yeux avec défi – non pas cet air
de défi haineux et amer qu'elle lui réservait auparavant, mais
une détermination qui l'accabla.

« Tamman feut blessé, dit-elle d'un ton radouci.

— Une blessure charnelle dont l'infirmerie et ses biotechs se
sont déjà pratiquement chargés », dit MacMahan avec le ton
prudent de l'homme qui sait qu'il s'aventure sur un terrain glissant, même s'il ne connaît pas la nature exacte du danger.

« N'ai poinct dict de sa chair, Hector. Certes, ce seroit raisonnable que de le choisir nouvelle fois, mais c'est que son cueur
subit trop profonde blessure. Ne l'ai poinct veu s'occuper de
quiconques comme avecques Amanda, non poinct depuis que
morut Himeko.

— Nous avons tous été blessés, 'Tanni, protesta MacMahan.

— Vray, accorda-t-elle, néantmoins Tamman bien plus gravement.

— 'Tanni, vous ne pouvez pas y aller, intervint Colin en lui
tendant la main par-dessus la table. Vous ne pouvez pas. Vous
êtes le commandant suppléant de *Dahak*. »

Il aurait pu se mordre la langue lorsqu'il vit s'écarquiller ses yeux sombres. Puis elle reprit son regard habituel et releva le menton. C'était un geste léger, mais il s'agissait bien d'une demande d'explication.

« Eh bien, je devais choisir quelqu'un, dit-il pour se défendre. Ça ne pouvait pas être Horus ou l'un des impériaux les plus âgés – ils avaient pris part de manière *active* à la mutinerie. Je ne pouvais pas prendre ce risque étant donné les priorités alpha de Dahak. Il fallait donc que ce soit l'un des enfants, et vous étiez le choix le plus logique.

— Et n'avez poinct jugé utile de m'en mot dire ? demandat-elle tandis qu'une étrange et intense lueur remplaçait la surprise dans son regard.

— Eh bien… » Le visage de Colin s'empourpra et il jeta un coup d'œil suppliant en direction de MacMahan, mais le colonel se contenta de le regarder impassiblement. « Peut-être que j'aurais dû. Mais cela ne me semblait pas la meilleure chose à faire à l'époque.

— Et pourquoy doncques ? Ouy, et que pour le présent j'y songe, pourquoy ne poinct avoir dit à quiconques qu'aviez nommé un des nostres pour vous suivre en vostre commandement ?

— Franchement… eh bien, pour autant que j'aie souhaité vous faire confiance à tous, je n'étais pas complètement certain de le pouvoir quand j'ai enregistré les ordres de Dahak. C'est l'une des raisons pour lesquelles j'ai insisté pour le faire moimême », dit-il, et il sentit un immense soulagement en la voyant acquiescer d'un air pensif sans se mettre subitement en rage.

« Entends que, dit-elle d'une voix douce, aviez en l'idée que si oncques savions qui aviez choisi pour vostre successeur, lors voillons vous trahir, que vous aurions lors occis finalement ?

— C'est à peu près ça, admit-il, mal à l'aise. Je n'ose contacter à nouveau Dahak, et il ne peut pas repérer mes implants en mode passif. Si je m'étais trompé sur votre compte et que vous l'aviez su, vous auriez pu m'éliminer et lui dire que j'avais été tué par les Sudistes. » Il la regarda d'un air bien plus suppliant que lorsqu'il s'était tourné vers MacMahan. « Je ne pensais pas vraiment que vous feriez cela, mais, avec l'arrivée des Achuultani et tout le reste qui partait en vrille, je ne pouvais prendre ce risque.

— Estoit plus sage de vous que oncques n'avois espéré », dit-elle, et il cligna des yeux de surprise en la voyant sourire de ses dents blanches pour manifester son approbation. « Crénom, Colin… sembleroit que nous avons peu vous faire belle peur.

— Vous comprenez donc !

— N'ai pas esté la tête des espies du *Nergal* toutes cestes années durant sans acquérir quelque esprit, dit-elle sèchement. N'estoit que prudence de vostre part. Toutesfois question me tourmente encores. Pourquoy me choisir moy pour vostre second ? Et en cas que ce choix deviez faire, pourquoy ne poinct me dire icelui mesme aujourd'huy ? Entre nous n'est que confiance après tout ce qu'estoit passé depuis lors, vray ?

— Eh bien… » Il se sentit rougir à nouveau. « Je n'étais pas sûr de la manière dont vous réagiriez, dit-il enfin. Nous n'étions pas exactement… dans les meilleurs termes, vous savez.

— Vray », admit-elle, et cette fois ce fut elle qui rougit. C'était à son tour de lancer un coup d'œil oblique vers Mac-Mahan qui, à son éternel crédit, ne la regarda qu'avec un léger scintillement dans les yeux. « Et mesmes sachant cela, vous m'eussiez tousjours veue portant vostres chausses ?

— Je n'avais pas l'intention de donner mes "chausses" à quiconque, dit-il avec irritation, et je n'aurais pas été là pour le voir au cas où ce serait arrivé ! Mais, oui, s'il fallait quelqu'un, c'était vous. » Il haussa les épaules. « Vous étiez la meilleure pour ce poste.

— Cuyde cestes parolles à difficulté, murmura-t-elle, et estoit furie voyre esprit plus grand que ne possède moy qu'offrir pareil don à yquelle vous haïssoit tant.

— Pourquoi ? » demanda-t-il, le ton soudain plein de douceur. Il la regarda droit dans les yeux, oubliant la présence de MacMahan un instant. « Vous comprenez les précautions que j'estimais devoir prendre – est-il donc si difficile d'accepter que j'aie compris les raisons pour lesquelles vous me haïssiez, 'Tanni ? Et que je ne vous en aie pas blâmée pour autant ?

— Isis m'a dict mesmes parolles, reprit lentement Jiltanith, et m'a dict qu'ycelles estoyent de vous, et nonobstant n'avois poinct esprit tourné pour les entendre. » Elle secoua la tête et sourit pour la première fois d'un air vraiment amical. « Vostre cueur est plus grand que le mien, mon bon Colin.

— Certes, dit-il, mal à l'aise, essayant de prendre un ton léger. Appelez-moi tout simplement docteur Schweitzer. » Son sourire s'élargit, mais la douceur persista dans son regard sombre. « Quoi qu'il en soit, ajouta-t-il, nous sommes tous amis maintenant, n'est-ce pas ?

— Ouy-da, dit-elle avec fermeté.

— Alors il n'y a pas de raison que cela cesse, comme vous le diriez. Et vous ne pouvez pas voler en tête d'escadron lors de l'opération Faux-Semblants, car nous ne pouvons prendre le risque de vous perdre.

— N'est poinct ainsy, dit-elle instantanément, le regard éclairé de ruse. N'estes poinct trépassé et poinct non plus près de l'estre, et ne vous ressembleroit pas si vous n'eussiez poinct nommé aultre après moy. Est Tamman, parise, ou quelque aultre es les enfants… »

Il refusa de répondre, mais elle le lut dans son regard.

« Eh bien, qu'il en soyt ainsi. Tamman est fort différent de moy, mon bon Colin. Vous congnoissez – bien mieux que tout aultre – combien mon cueur puet haïr, mais les flammes de ma haine à moi sont froydes et non poinct bruslantes. En cela il ne me ressemble poinct. Il a encores besoin de temps avant que de povoir esclarcir son esprit, et Faux-Semblants ne puet estre tasche pour un entendement plein de brume.

— Mais…

— Elle a raison », intervint tranquillement MacMahan, et Colin lui lança un coup d'œil de reproche furieux. Le colonel haussa les épaules. « J'aurais dû le constater moi-même. Tamman n'a pas quitté l'infirmerie depuis qu'il y a transporté Amanda. Il partirait, mais il a besoin de temps pour se reprendre avant de retourner en mission. Et 'Tanni est notre meilleur pilote – vous le savez mieux que beaucoup. Il n'est pas prévu de combat, mais, s'il devait y en avoir, elle est la mieux armée pour faire face. Nous lui adjoindrons Rohantha comme artilleur. D'ailleurs, elles formeront une meilleure équipe que Geb et Tamman.

— Mais…

— Le débat est clos, Colin. 'Hantha et moy prendrons la teste de cest escadron.

— Bon Dieu, je ne veux pas qu'elle aille là-haut dans une foutue chaloupe, Hector !

— Ça n'a pas d'importance. 'Tanni et moi sommes responsables de cette opération – pas vous – et elle a raison. Alors taisez-vous et comportez-vous en soldat… commandant ! »

Le carillon de la porte d'accès au bureau privé de Ganhar retentit ; il leva les yeux de l'holocarte qu'il venait de mettre à jour et ordonna au sas de s'ouvrir. Il était tard et il s'attendait plus ou moins à voir Shirhansu, mais ce n'était pas elle. Il plissa les yeux de surprise en regardant entrer son visiteur.

« Ramman ? » Il se cala dans son fauteuil. « Que puis-je faire pour toi ?

— Je… » Les yeux de l'homme ne cessaient de parcourir la pièce comme ceux d'un animal pris au piège, et Ganhar eut du mal à réprimer une grimace de dégoût quand l'odeur de malpropreté de Ramman vint lui chatouiller les narines.

« Eh bien ? fit Ganhar tandis que l'hésitation de l'autre se prolongeait.

— Est-ce que... est-ce que tes quartiers sont sûrs ? » demanda Ramman avec hésitation, et Ganhar fronça les sourcils, surpris à nouveau. Ramman avait l'air sérieux, mais, étrangement, il avait l'air aussi de chercher à se donner le temps de prendre une décision.

« C'est le cas, dit lentement Ganhar. Je les fais contrôler tous les matins.

— Bien, fit Ramman, et il s'octroya une nouvelle pause.

— Écoute, dit enfin Ganhar, si tu as quelque chose à dire, dis-le !

— J'ai peur, admit Ramman au bout d'une autre pause exaspérante. Mais il faut que je parle à quelqu'un. Et... (il parvint à esquisser un sourire oblique et malsain) j'ai encore plus peur de Jantu que de toi.

— Pourquoi ? demanda Ganhar avec dureté.

— Parce que je suis un traître, murmura Ramman.

— *Quoi ?* »

Ramman sursauta comme si Ganhar l'avait frappé, mais on aurait dit aussi qu'il venait de franchir un Rubicon intérieur. Quand il reprit la parole, sa voix blanche et pressée était plus sonore.

« Je suis un traître. J... J'ai été en contact avec... avec Horus et sa fille, Jiltanith, pendant des années.

— Tu leur as *parlé* ?

— Oui. Oui ! J'avais peur d'Anu, bon sang ! Je voulais... Je voulais déserter, mais ils ne m'ont pas laissé faire ! Ils m'ont forcé à rester, à espionner pour leur compte !

— Espèce de fou, lâcha Ganhar d'une voix douce. Pauvre connard de fou ! Rien d'étonnant à ce que Jantu te fiche les jetons. » Puis, tandis que l'effet du choc s'estompait, il plissa de nouveau les yeux. « Mais, si c'est la vérité, pourquoi me l'avouer ? Pourquoi l'avouer à quiconque ?

— Parce que... parce qu'ils vont attaquer l'enclave !

— Ridicule ! Ils ne pourraient jamais forcer le bouclier !

— Ils n'en ont pas l'intention. » Ramman se pencha vers Ganhar, et le rythme de sa voix se fit précipité. « Ils entreront par les points d'accès.

— Ils ne peuvent pas... ils n'ont pas le code d'accès !

— Je sais. Ne comprends-tu donc pas ? Ils veulent que je le vole pour leur compte !

— C'est stupide, objecta Ganhar en fixant Ramman, sale et rampant. Ils doivent bien savoir qu'Anu ne te fait pas confiance – ou bien leur as-tu menti là-dessus ?

— Non, je n'ai pas menti, dit Ramman avec dureté. Et même si je ne le leur avais pas dit, ils auraient su combien de temps on m'avait laissé en dehors de l'enclave.

— Alors ils doivent aussi savoir que Jantu a l'intention de changer le code dès que tous les éléments indignes de confiance auront été renvoyés dehors.

— Je le sais, bon sang ! Écoute-moi, pour l'amour du Créateur ! Ils ne me demandent pas de sortir ce code. Je dois le déposer quelque part *pour quelqu'un d'autre*. Un des dégénérés !

— Par le Briseur ! » murmura Ganhar. Que le Créateur les maudisse, mais c'était logique ! S'ils avaient réussi à faire entrer l'un de leurs dégén... *hommes* à l'intérieur, c'était logique, audacieux, peut-être téméraire, mais logique... Et toute leur offensive prenait sens. Les faire entrer dans l'enclave... voler le code... le faire sortir clandestinement et frapper avant qu'Anu et Jantu ne le modifient... C'était brillant !

« Pourquoi me le dire maintenant ? demanda-t-il.

— Parce qu'ils ne s'en sortiront jamais ! Mais, s'ils essaient, Anu saura que quelqu'un leur a donné le code, et je serai parmi ceux qui se feront tuer pour cette raison !

— Et tu crois que je peux y faire quelque chose, moi ? Tu es encore plus bête que je ne pensais, Ramman !

— Non, écoute ! J'y ai pensé et il y a un moyen, dit Ramman avec fébrilité. Et ça nous servira à l'un comme à l'autre.

— Comment ? Non, attends. Je vois. Tu me parles, je piège

leur courrier, et nous faisons passer ça pour une manœuvre de contre-espionnage, hein ?

— Exactement !

— Hmmm. » Ganhar regarda fixement son holocarte puis il secoua la tête. « Non, il y a une meilleure façon, dit-il lentement. Tu pourrais aller au bout et effectuer ton dépôt. Nous leur donnerions le code pour leur tendre une embuscade avec toutes nos troupes en armure, tout notre équipement en ligne, et les balayer alors – les étriper une bonne fois pour toutes.

— Oui. Oui ! fit Ramman avec avidité.

— Très bien », conclut Ganhar en s'efforçant d'imaginer les conséquences d'un triomphe aussi écrasant. Ceux du *Nergal* seraient neutralisés, mais qu'arriverait-il alors ? Il serait un héros, mais, même héros, sa vie resterait dans la balance, car Inanna savait ce qu'il pensait du « chef ». Peut-être Anu le savait-il aussi. Et il se souvenait de ses autres réflexions, comment il en était venu à s'écœurer de sa propre attitude. En outre il ignorait toujours ce qui avait poussé les hommes du *Nergal* à lancer leur offensive, même s'il savait comment ils avaient l'intention de la mener à son terme. Mais si Ramman et luimême les piégeaient, on pourrait mettre fin à cette longue guerre clandestine. Ganhar n'aurait plus besoin de massacrer des innocents... non qu'il n'y ait pas assez de Kirinal et de Girru pour continuer juste pour le plaisir...

« Quand es-tu censé effectuer ton dépôt ? demanda-t-il enfin.

— Je l'ai déjà fait, admit Ramman.

— Je vois. » Ganhar acquiesça d'un air absent tout en ouvrant un tiroir de son bureau. « Je suis content que tu m'aies dit cela. Je vais enfin être en mesure d'agir efficacement pour rétablir la situation sur cette planète, Ramman, et je n'aurais pu le faire sans toi. Merci. »

Sa main sortit du tiroir, et Ramman regarda bouche bée le petit pistolet à énergie. Il avait encore la bouche ouverte lorsque Ganhar lui fit exploser la tête.

LIVRE QUATRE

CHAPITRE VINGT

Jiltanith et Rohantha s'installèrent dans leurs couchettes de vol et vérifièrent leurs ordinateurs très attentivement, car cette nuit les enjeux étaient plus grands que jamais, et pas seulement pour elles.

Elles n'empruntaient pas un chasseur mais une chaloupe spécialement modifiée. Plus grande même qu'une vedette d'une capacité de vingt hommes, la chaloupe, l'une des deux seules embarquées à bord du *Nergal*, était truffée de systèmes de camouflage, de trois fois la charge normale de missiles en sus des ordinateurs qu'on avait ajoutés et reliés aux deux vedettes et aux deux chasseurs identiques stationnés juste à côté dans la baie de lancement. Il y avait encore un troisième chasseur derrière elles. Hanalat et Carhana procédaient à leurs propres vérifications avant le décollage. Même si Faux-Semblants réussissait parfaitement, cela entraînerait un trou énorme dans les équipements du *Nergal*.

Jiltanith acquiesça, satisfaite des rapports de ses propres systèmes de vol; les signaux indiquant que tout était prêt affluaient *via* ses neuroliaisons latérales avec l'équipement de Rohantha. Elle ouvrit un canal vers les opérations de vol.

« Parée, se contenta-t-elle d'annoncer.

— Bonne chasse », lui répondit-on, et elle sourit en baissant les yeux vers sa console : ce n'était pas la voix d'Hector mais celle de Colin MacIntyre. Depuis qu'il avait avoué l'avoir choisie comme seconde, il avait l'air toujours disponible, comme s'il planait à proximité, et elle savait qu'il s'était résigné à la laisser participer à cette mission à contrecœur. Elle envisagea de lui répondre quelque chose, mais leur nouvelle relation – laquelle, d'ailleurs ? – restait trop fragile, trop inexplorée. Ils auraient du temps pour cela plus tard. Tout au moins l'espérait-elle.

Au lieu de quoi elle fit décoller la chaloupe du pont du hangar et prit la tête de la procession d'appareils dans le long tunnel incliné. Elle était libre à nouveau… et affamée. Mais c'était différent cette fois-ci. Sa faim était moins dévorante. Il n'y avait aucune tension palpable entre elle et son artilleur.

En outre, la chaloupe était plus lourde, moins véloce. Moins autonome qu'un chasseur dans le vide, mais de fait plus rapide dans l'atmosphère où, grâce à ses générateurs plus puissants, elle affrontait la résistance de l'air sans être autant ralentie. Mais elle n'avait aucune commande de gouverne atmosphérique disponible en mode camouflage, et sa puissance même la rendait plus lente lors des accélérations ou décélérations, moins maniable… et plus difficile à cacher.

Ils s'élevèrent jusqu'en haut du conduit, guettant tout avertissement de dernière minute des équipes du *Nergal* chargées des scans. Mais il n'y eut aucune alerte, et le petit appareil se glissa dans l'atmosphère, indétecté. Des pensées calmes et posées affluèrent vers les ordinateurs et ils se dirigèrent vers l'est.

Derrière la sérénité trompeuse de ses pensées superficielles, le cerveau de Jiltanith tournait à plein régime comme un ordinateur, dans l'attente d'une ultime révélation de l'erreur qu'elle aurait commise. Elle s'attendait à n'en pas trouver, mais elle ne pouvait s'empêcher de chercher, et ça l'irritait. Ce n'était pas la marque d'une personne confiante comme elle aimait se voir.

Malgré tout l'équipement consacré à Faux-Semblants, ils n'étaient que quatre impliqués dans la mission. Rohantha et elle dans la chaloupe ; Hanalat et Carhana dans le seul chasseur doté d'un pilote. Mais c'était ce qu'il fallait… à supposer qu'Hector et elle aient évalué correctement les nouvelles dispositions d'Anu. Dans le cas contraire...

C'était l'emploi de la chaloupe qui l'ennuyait le plus, admit Jiltanith en elle-même, alors qu'elle conduisait la procession vers sa cible à une vitesse légèrement inférieure à Mach 1. Elle n'avait jamais été conçue pour exécuter des virages serrés ni subir un combat rapproché. Son seul canon à énergie n'était qu'un jouet à côté des puissantes et multiples batteries d'un chasseur, et, bien que ses systèmes électroniques eussent de plus amples capacités et que son armement en missiles amélioré lui conférât une force de frappe respectable à longue portée, Jiltanith savait ce qui arriverait si elle se trouvait prise dans un combat rapproché avec un véritable chasseur.

Cependant, seule une chaloupe possédait la centrale énergétique, la vitesse et la capacité de chargement dont ils avaient besoin. Elle ne pouvait que s'en remettre à Rohantha et à ses systèmes de camouflage, et prier.

Elle se raidit quand une alerte carillonna dans sa connexion avec Rohantha. Des chasseurs ennemis – deux – volant au sud. Ils volaient plus haut et plus vite que sa propre formation, et l'efficacité de leurs systèmes de camouflage s'en trouvait réduite. Si Jiltanith avait piloté elle aussi un chasseur, elle n'aurait rien demandé de mieux que de se ruer à leur poursuite. En fait, elle réprima un désir soudain de mettre les gaz et de s'enfuir, mais elle retint sa respiration tandis que son esprit rejoignait celui de Rohantha, traquant les mouvements de l'ennemi. Lequel poursuivit sa route vers son propre objectif et disparut des scanners passifs.

Jiltanith se força à se détendre, essayant d'oublier sa terreur en songeant aux innocents qu'ils allaient encore abattre. Elle modifia sa trajectoire très légèrement, virant au nord d'Ottawa avant de repartir sud-sud-ouest, et elle parvint à reléguer ses pensées dans un coin de son esprit. La nécessité de rester concentrée l'y aida. Ses systèmes de navigation ronronnaient, l'électronique de contrôle de sa chaloupe la caressait comme un amant, et elle se rapprochait inexorablement de la zone cible. Bientôt. Bientôt…

Shirhansu bâilla, puis elle prit un virage rapide, contournant le bunker camouflé. Si Ganhar avait raison (et ses analystes avaient fait un travail impeccable jusqu'à présent), il se pourrait qu'il y ait à nouveau de l'action bientôt. Elle l'espérait. La fusillade de La Paz, quoi qu'on pût en dire, l'avait soulagée malgré la frustration de savoir que tant d'ennemis lui avaient échappé. Et cette fois Tarban ne l'accompagnait pas. Il y avait bien sûr toujours des risques, mais sa propre position était bien protégée et cette fois elle disposait d'une puissance de feu plus que suffisante. En fait, ce serait…

« Nous captons quelque chose 'Hansu ! »

Elle se glissa aussitôt à côté de Caman. Il se penchait légèrement en avant, les yeux dans le vague, à l'écoute de ses systèmes électroniques. Elle jeta un œil sur l'écran qui se trouvait près de lui. Caman n'en avait pas besoin, mais cela permettait à Shirhansu de voir ce que lui indiquaient ses scanners sans pour autant se connecter aux systèmes et s'y perdre.

Des scans actifs en provenance du nord ! Ganhar avait donc vu juste. L'autre camp n'avait nullement l'intention de se laisser prendre au piège une fois de plus. Ils balayaient donc au-devant de leur force d'attaque. Maintenant, la question était de savoir s'ils avaient aussi bien anticipé que Ganhar les manœuvres à venir.

Elle regarda un tout petit point rouge se déplacer au-dessus des collines basses et des arbres parfaitement détaillés de l'holo-écran. Les ordinateurs le classaient comme vedette, mais aucune vedette ne serait assez téméraire pour voyager sans escorte. Il fallait encore que les scanners, opérant en mode passif jusqu'à présent, repèrent d'autres appareils, mais on trouverait ces salopards le moment venu.

Jiltanith avait pris les commandes pour le moment et contrôlait aussi les systèmes offensifs de Rohantha. Elle était prête à réagir à tout moment. La base au nord de l'État de New York n'était pas Cuernavaca et, bien qu'elle ait toujours figuré sur la liste d'Hector, on l'avait soigneusement évitée jusqu'à présent. Elle était assez tentante pour qu'on y prête attention – base majeure de relais pour les armes et les terroristes étrangers visant des cibles dans les États du Nord-Est et au Canada, ce à quoi s'ajoutait la présence de coordinateurs sudistes et d'une petite quantité de technologie impériale – mais elle était aussi relativement proche de la « maison ». Plus important encore, c'était un appât. Ils avaient besoin d'une cible comme celle-là pour mettre en scène l'opération Faux-Semblants.

À ses côtés, Rohantha était tendue et se concentrait sur ses ordinateurs spécialement programmés. À cet instant, elle « pilotait » les deux vedettes et l'escorte de chasseurs par des liaisons radio directionnelles. C'était risqué, car cela signifiait qu'il fallait positionner la chaloupe de manière à ce que les ondes radio les atteignent, mais bien moins risqué que de s'appuyer sur des liaisons par torsion spatiale. Et ses liaisons directionnelles avaient l'avantage de rester indétectables à moins qu'un ennemi ne croise littéralement leur route.

On n'échangeait aucune parole dans la chaloupe. Malgré ses propres activités, Jiltanith restait en partie réceptive aux pensées de Rohantha *via* leurs neurocapteurs respectifs, tandis que la vedette de tête s'approchait de la cible et alors que ses scanners actifs sondaient minutieusement les alentours, la transformant en un phare dans le ciel.

« Je les tiens, 'Hansu ! lança Caman avec exaltation. Tu les vois ? »

Shirhansu acquiesça. Une seconde vedette venait d'apparaître sur l'écran. Ses coordonnées étaient moins définies, car elle n'utilisait aucun scanner, mais la liaison *via* torsion spatiale

qui la reliait au premier appareil avait brièvement percé son
champ de camouflage. Ils avaient donc bien envoyé la première
en pilote automatique, hein ?

Elle leva un petit micro, souriante. Ils s'étaient servis d'une
liaison radio contre elle à La Paz et elle n'y était pas préparée
alors. Cette fois, elle en avait une elle aussi. Peut-être surveil-
laient-ils les ondes, mais, même s'ils la repéraient, ils ne pouvaient être certains qu'il s'agissait d'impériaux.

« Première équipe, dit-elle doucement en anglais. À vous ! »

Il n'y eut aucune réponse, mais loin au-dessus de la surface
de la Terre deux chasseurs impériaux fondirent vers le sol à
Mach 3 tout en recevant des données concernant leur cible. Les
scanners de Caman passaient par cette liaison radio primitive
pour les leur retransmettre.

« Missiles ! »

Rohantha laissa échapper ce mot inutile et Jiltanith acquiesça
sèchement. Les signatures énergétiques des missiles impériaux
étaient caractéristiques ; ils descendaient des cieux embrasés,
et les traceurs de 'Hanta faisaient frénétiquement machine
arrière.

Les deux vedettes se mirent à exécuter des manœuvres d'évasion préprogrammées tandis qu'arrivaient les missiles. C'était
bien entendu inutile. Elles l'avaient planifié ainsi, mais elles
n'auraient rien pu y changer de toute façon. Les missiles attei-
gnirent leur cible dans un hurlement aigu, et Jiltanith eut un
mouvement de recul lorsque la flamme thermonucléaire déchira
les cieux. Les Sudistes utilisaient des missiles lourds !

Elle pâlit en se figurant l'intensité des radiations émanant de
ces boules de feu. Leur appareil se trouvait à peine à un kilomètre du sol, et le Créateur seul savait l'effet qu'elles auraient
sur les habitants de la région. Mais elle connaissait celui de leur
système de brouillage électronique sur les antennes directionnelles de Rohantha ! La technologie impériale y était insensible,

mais elle avait compté avec des armes plus légères à l'effet moins ruineux sur le spectre électromagnétique... Elle espérait seulement que les données de ciblage étaient passées... et que les manœuvres des ordinateurs des drones étaient à la hauteur. S'il fallait ouvrir une liaison par torsion spatiale alors même que les Sudistes les observaient...

Les deux vedettes avaient disparu dans la déflagration, et Jiltanith vira pour s'éloigner de l'explosion tandis que Rohantha reprenait le contrôle des systèmes de bord. Elle avait fait tout ce qu'elle avait pu par télécommande.

« Dans le mille pour les deux vedettes ! » s'écria Caman, et Shirhansu se pencha par-dessus son épaule, observant triomphalement l'écran.

Ce foutu commando ne toucherait plus aucune cible ! Mais son triomphe était mêlé d'inquiétude tandis que ses chasseurs remontaient dans le ciel pour s'éloigner autant que possible de leur position de tir sans sortir du mode camouflage...

« Des missiles ! Tirs multiples ! » lança subitement Caman, et Shirhansu étouffa un juron.

Ganhar avait eu raison une fois de plus, que le Briseur l'emporte ! Mais les équipages de ses chasseurs avaient encore de bonnes chances de s'en sortir. Sur son écran holographique, elle regarda les missiles remonter et se disperser dans le ciel. Il était impossible qu'ils aient trouvé précisément leur cible, mais ils avaient manifestement repéré quelque chose à partir des traces laissées par ceux qui avaient détruit les vedettes.

« Équipe deux », dit-elle en se servant cette fois d'une com par torsion spatiale. Le puissant système de brouillage des têtes nucléaires de l'équipe un rendrait la tâche de détection difficile, même à des systèmes impériaux. Et il était désormais inutile de rester caché, de toute façon. Il n'était pas même nécessaire de préciser sa mission à son second escadron de chasseurs – ils le savaient et ils étaient déjà à l'œuvre.

Merde ! Le chasseur d'Erdana avait échappé aux missiles qui le traquaient, mais il s'agissait d'armes autoguidées et trois au moins avaient pris en chasse Sima et Yanu ! Elle vit Sima passer à plein régime, abandonnant son camouflage maintenant qu'il se savait repéré. Des leurres fleurirent sur l'écran et les systèmes de brouillage se battirent pour protéger le chasseur. Deux des missiles perdirent leur cible et virèrent dans une autre direction. L'un deux vint frapper un leurre dans une explosion de fureur de trois kilotonnes. L'autre s'évanouit tout simplement dans la nuit. Mais le troisième parvint à franchir toutes les défenses que Yanu lui avait opposées et sa cible disparut de l'écran.

Shirhansu déglutit, la bouche amère, furieuse, mais l'heure n'était pas à la consternation. Les scanners de Caman avaient repéré les deux chasseurs qui avaient tiré, et l'équipe deux – quatre chasseurs impériaux – se lança à leurs trousses tandis que des missiles fendaient déjà les cieux.

Jiltanith exulta en voyant l'un des chasseurs sudistes disparaître dans une boule de feu. C'était plus qu'ils n'avaient espéré, et elle était impressionnée par la manière dont les ordinateurs des chasseurs sans équipage avaient mené l'opération à bien.

Ils poursuivaient à présent leur travail, et elle fit virer de bord sa chaloupe, volant en rase-mottes, protégée par Hanalat et Carhana tandis qu'ils filaient vers le nord à Mach 2 et priaient pour que leurs systèmes de camouflage tiennent le coup…

Shirhansu observa la réaction des Nordistes devant l'intervention de ses propres chasseurs. Ils passèrent à plein régime, l'un deux filant vers l'ouest en direction du lac Érié, l'autre décrochant vers l'est en piqué pour trouver refuge dans les montagnes. Des leurres embrasèrent le ciel nocturne dans un feu d'artifice nucléaire. Le chasseur qui se dirigeait vers l'ouest réussit à échapper à la première salve de missiles lancés à sa poursuite, contrairement à l'autre. Il fut simultanément touché par trois missiles.

Shirhansu concentra alors son attention sur le dernier chasseur, priant pour que son équipage prenne assez peur – et se montre assez stupide – pour fuir directement vers le *Nergal*. Mais ces impériaux étaient d'une autre trempe. Ils revinrent de la rive occidentale du lac, ripostant avec leurs propres missiles. Et elle réprima une admiration involontaire pour leur courage alors qu'ils affrontaient quatre poursuivants dans une bataille perdue d'avance plutôt que de révéler les coordonnées de leur base.

Ce qui suivit fut bref et féroce. Le dernier chasseur ennemi était pris en tenaille et son équipage à l'évidence plus déterminé qu'habile. Ses armes se mirent à traquer tous ses adversaires à la fois, dispersant ses tirs au lieu d'essayer de détruire un seul ennemi pour se frayer un chemin qui lui permette de s'enfuir, et ses brusques manœuvres d'évasion avaient quelque chose de fataliste, voire de mécanique. Les systèmes de défense de sa propre formation s'occupèrent de ces tirs, et le chasseur de Changa émergea soudain si près de sa cible qu'il se servit de ses canons à énergie au lieu d'un autre missile pour l'anéantir.

Les débris de la carcasse fondue, à demi vaporisée, s'éparpillèrent dans les eaux froides et tranquilles du lac Erié. Les vainqueurs se remirent en formation au-dessus du nuage de vapeur et disparurent en un éclair vers le sud. Shirhansu relâcha ses épaules et se redressa, prenant conscience alors seulement qu'elle était restée penchée. Elle s'essuya le front. Il était moite.

C'était fini. Toute l'opération avait pris moins de cinq minutes et c'était fini.

« Appelle-moi Ganhar », dit-elle à Caman d'une voix douce, et son assistant acquiesça joyeusement.

Shirhansu inspira profondément et croisa les bras en réfléchissant à ce qu'elle allait dire. C'était dommage pour Sima et Yanu, mais ils avaient détruit les deux vedettes, le commando ainsi que leurs escortes camouflées en ne perdant qu'un seul chasseur. Ce qui représentait le tiers des chasseurs du *Nergal* et au moins cinq de leurs impériaux. Vraisemblablement six puisqu'il devait bien y avoir un impérial au sein du commando, et peut-être sept s'ils avaient eu la folie de mettre un homme aux commandes de la vedette de tête.

Shirhansu s'autorisa un léger sourire. Pas un seul survivant – et rien n'indiquait non plus l'émission d'un message d'information en direction du *Nergal*. Toute la force d'attaque avait été engloutie, et il était improbable qu'ils aient même compris comment c'était arrivé. Ils n'avaient jamais rien subi de tel. Comparativement, la perte de Cuernavaca était insignifiante. Et c'était elle, Shirhansu, qui dirigeait l'opération. Elle avait mené les deux interceptions réussies !

« Ganhar en ligne, dit Caman, et Shirhansu sourit plus largement en prenant la liaison com.

— Ganhar ? 'Hansu. Nous les avons tous eus – d'un coup de balai ! »

Jiltanith et Rohantha se relâchèrent. Elles savaient que Hanalat et Carhana faisaient de même à bord de leur chasseur.

Leurs pertes en équipement avaient été sévères, mais c'est ce qu'on avait prévu et aucune vie n'avait été sacrifiée. Aucune des leurs en tout cas, pensa Jiltanith, et elle s'efforça de détourner ses pensées des Terriens que les boules de feu et les radiations générées par l'échange de tirs n'avaient pas manqué de toucher. Au moins, le territoire était faiblement peuplé, se dit-elle tout en sachant qu'elle se raccrochait à un semblant d'espoir.

Mais l'ennemi ne pouvait savoir que les Nordistes n'avaient perdu aucun homme. Il croirait que les pertes du *Nergal* avaient été d'une telle ampleur que la peur leur avait fait suspendre les opérations offensives.

Ils atteindraient peut-être leur objectif, et elle était impatiente de revenir au *Nergal* faire son rapport sur cette mission réussie.

Hector serait heureux de savoir qu'elle s'était bien débrouillée, mais elle esquissa un petit sourire clandestin qu'elle dissimula à Rohantha alors qu'en son for intérieur elle admettait une découverte étonnante.

C'était le visage de Colin qu'elle avait vraiment envie de voir.

CHAPITRE VINGT ET UN

Le général Gerald Hatcher se tenait au sommet d'une colline près de son véhicule de commandement monté sur coussin d'air, surplombant ce qui était jadis une campagne joliment boisée. Il écoutait le grondement de ses détecteurs de radiations. Le vent soufflait dans son dos et les niveaux restaient relativement bas ici, mais c'était un piètre réconfort alors qu'il baissait les yeux dans la gueule fumante de l'enfer.

Des fumées s'élevaient au-dessus des feux de forêt qui se trouvaient encore loin. Le Service des forêts, les pompiers et des volontaires parmi les habitants qui avaient survécu en marge de cette zone luttaient pour les maîtriser. La plupart de ces gens n'avaient pas de dosimètres non plus, et Hatcher secoua lentement la tête. Le courage avait bien des visages, mais ce carnage dépassait tout ce qu'un brave aurait pu affronter. Hatcher gardait une posture plus droite et plus digne d'un soldat que jamais, mais au fond de lui-même il pleurait.

Des gyrophares rouges et bleus clignotaient sur le toit des véhicules d'urgence plus loin dans le désert fumant, et le ciel nocturne grouillait d'hélicoptères et de vertols qui se frayaient un chemin entre les dangereux courants chauds et les radiations. Ils ne trouveraient pas beaucoup d'hommes à secourir là-bas… et ce n'était que l'une des zones contaminées.

Hatcher se tourna en entendant le gémissement des ventilateurs tandis qu'un autre véhicule sur coussin d'air remontait la pente, balayant les branches tombées et les cendres sous ses jupes. Il vint se garer à côté du sien. Le sas s'ouvrit et son assistant, le capitaine Germaine, en descendit. Sa tenue de combat était maculée de boue et de cendres. Hatcher vit qu'il avait les traits tirés quand il retira son masque à oxygène. Germaine se dirigea d'un pas lourd vers son supérieur.

« Quelle est l'étendue des dégâts, Al ? demanda calmement celui-ci.

— À peu près aussi grande qu'on peut l'imaginer, mon général, dit Germaine à voix basse, avec un geste de la main en direction de la plaine dévastée. Les équipes de recherche essaient encore de se frayer un chemin jusqu'au centre, mais, au dernier recensement des victimes que j'ai entendu, nous en sommes déjà à cinq cents et ça continue d'augmenter.

— Et cela n'inclut pas ceux que le flash a aveuglés et ceux qui mourront encore.

— Non, mon général. Et c'est l'un des sites les moins touchés, poursuivit Germaine sur un ton amer et d'une voix saccadée. L'une de ces satanées bombes a explosé juste au-dessus d'une ville au sud. Seize mille personnes. » Sa bouche se tordit. « Il est improbable qu'on y trouve des survivants, mon général.

— Bon Dieu, murmura Hatcher, et même lui n'aurait su dire s'il s'agissait d'une prière ou d'une malédiction.

— Oui, mon général. Le seul point positif – s'il n'est pas obscène d'employer ce terme –, c'est qu'ils semblent avoir été sacrément précis. Les compteurs indiquent une zone de contamination mortelle relativement réduite et le vent souffle vers le sud-est, loin des grands ensembles urbains. Mais Dieu sait quelles seront les conséquences sur le patrimoine génétique du territoire et ce que les Canadiens vont récupérer de toute cette merde. » Ce dernier mot lui sortit dans un cri étranglé alors que son masque de détachement tombait en lambeaux. Puis il se tourna de moitié vers le général, serrant les poings.

« Je sais, Al. Je sais. » Hatcher soupira et se reprit. Ses yeux d'ordinaire perçants étaient tristes alors qu'il regardait au loin en direction du champ de bataille. Et c'était bien le mot juste, même si aucun des systèmes de détection des États-Unis n'avait repéré quoi que ce soit avant ou après les explosions. Au moins, il y avait des satellites en position de voir ce qui s'était passé pendant l'affrontement... non que ces enregistrements puissent le réconforter en rien...

« Je m'en retourne au bureau, Al. Restez ici et tenez-moi au courant.

— Oui, mon général. »

Hatcher fit un geste et son jeune officier chargé des communications, le visage pâle, s'approcha de lui. Ses cheveux auburn étaient un peu plus longs que ne le prescrivait le règlement et ils volaient au vent qui s'engouffrait dans la gueule de l'incendie à dix kilomètres de là.

« Contactez-moi le major Weintraub, lieutenant. Dites-lui de me rejoindre au QG.

— Bien, mon général. » Le lieutenant se dirigea vers les radios du véhicule de commandement, et Hatcher posa la main sur l'épaule de Germaine.

« Surveillez votre dosimètre, Al. Si l'aiguille passe au jaune, tirez-vous de là et revenez à la base. Le major et moi-même voudrons vous parler, de toute façon.

— Oui, mon général. »

Hatcher pressa brièvement son épaule raidie, puis il se dirigea d'un pas lourd vers son véhicule. Il s'éleva sur son coussin d'air et fit des révérences maladroites sur le terrain accidenté, mais Hatcher était assis, plongé dans ses pensées, et il remarquait à peine les cahots.

Les choses n'évoluaient pas bien. Le camp d'Hector avait commencé à frapper, mais maintenant ses hommes se faisaient éclater la tronche en beauté, et le reste de l'humanité avec eux.

La première vague de contre-attaques avait surpris Hatcher. Quelques assauts lancés contre des segments isolés de l'effort aérospatial, quelques massacres sanglants de familles isolées.

Cela ressemblait davantage à des coups d'épingle qu'à des opérations de grande envergure. Et il avait décidé avec hésitation que les méchants, quels qu'ils fussent, traquaient les quelques hommes d'Hector qu'ils pouvaient identifier ; mauvais, mais néanmoins compréhensible.

Cependant, en l'espace de douze heures, une lame destructrice et bien plus sanglante avait balayé la planète comme un tsunami. West Point, Sandhurst, Klyutchevskaya, Goddard, Éden deux...

Il était clair que l'autre camp avait choisi l'arme traditionnelle des terroristes : la terreur. Si l'on y ajoutait les rapports en provenance de La Paz où avait forcément eu lieu une confrontation directe entre les factions extraterrestres, et maintenant cette nouvelle obscénité à New York, il semblait que l'équilibre des forces était en train de basculer. C'était affreux. Son examen préliminaire des enregistrements satellite semblait le confirmer.

La première alerte que tout le monde avait reçue était l'explosion de têtes nucléaires, mais les caméras avaient tout observé. Il était clair qu'un camp s'était fait salement amocher et, à en juger par les ogives dont chacun s'était servi, ce n'étaient pas les méchants. Ceux d'Hector avaient utilisé des nucléaires de faible puissance, mais leurs ennemis se fichaient pas mal des victimes. Ils avaient opté pour le grand feu d'artifice quel que soit le nombre de morts. Les responsables des satellites estimaient les charges des vainqueurs à vingt kilotonnes environ, peut-être un peu plus.

Hatcher soupira, mécontent. D'autres pièces du puzzle s'étaient assemblées tandis que ses analystes s'efforçaient de comprendre ce qui se passait. La nature et l'organisation des opérations des hommes d'Hector suggéraient qu'elles avaient toutes été minutieusement préparées, qu'ils économisaient leurs forces et préservaient leurs ressources, alors que leurs adversaires opéraient à une échelle bien plus vaste. Leurs interventions étaient étendues et plus souvent simultanées que successives. Tout cela indiquait que l'équilibre des forces n'était pas en faveur du camp d'Hector et qu'il se trouvait probablement en très mauvaise posture.

L'histoire regorgeait d'exemples de forces dépassées par le nombre qui avaient triomphé d'ennemis plus maladroits ou à la technologie moins avancée. Mais Hatcher ne parvenait pas à trouver un seul cas où le camp le plus faible avait réussi à vaincre un ennemi tout aussi avancé, plus nombreux et sachant parfaitement bien ce qu'il faisait. Notamment lorsque les plus forts étaient aussi les barbares.

Son véhicule de commandement atteignit l'autoroute et tourna vers le nord, se dirigeant vers le vertol qui l'attendait pour le ramener à son QG. Hatcher se frotta les yeux avec lassitude. Il fallait que Weintraub et lui-même reprennent leurs esprits, même si Dieu seul savait ce que ça pourrait bien changer. Jusqu'à présent, tout ce qu'on avait pu faire, c'était renforcer les défenses civiles et rester à couvert. On était tellement dépassé qu'on ne pouvait rien faire d'autre, mais, si ceux d'Hector devaient tomber, il revenait à Hatcher d'intervenir au mieux de ses moyens.

Même sans cela, il aurait essayé, car il y avait une chose pour laquelle Gerald Hatcher entretenait une détermination féroce. Ces salauds qui se fichaient de savoir combien d'innocents ils massacraient n'allaient pas prendre le contrôle du monde sans avoir à se battre, aussi avancés fussent-ils technologiquement.

« Oh, Seigneur ! » souffla Hector MacMahan. Son visage puissant et bronzé était livide tandis qu'il écoutait les multiples rapports en provenance des réseaux radio d'urgence du gouvernement et des agences civiles. Colin tendit le bras pour poser une main sur son épaule.

« Ce n'était pas notre faute, Hector, dit-il doucement.

— Mais si. » La voix amère de MacMahan était aussi féroce que son regard. « Nous n'avons pas manipulé ces foutus

monstres mais nous les avons provoqués ! Et fais-moi plaisir. Ne
me dis pas non plus que nous n'avions pas le choix ! »

Colin le fixa un instant dans les yeux puis lui tapota l'épaule
et se cala dans sa chaise. L'amertume d'Hector n'était pas dirigée contre lui, bien qu'il eût préféré voir MacMahan extériori-
ser la haine qu'il nourrissait envers lui-même. Cependant,
même dans sa douleur, Hector avait vu juste. Ils n'avaient pas
eu le choix… et Colin se demandait combien de commandants
au fil des âges avaient essayé de soulager ainsi leur conscience.

« Très bien », dit-il enfin. D'un ordre émis *via* son implant il
éteignit la radio pour mettre fin aux rapports des secouristes, et
le colonel lui jeta un coup d'œil furieux, comme s'il était contra-
rié par l'interruption de la pénitence auditive qu'il s'était impo-
sée. « Nous savons ce qui s'est passé. La question est de décider
si oui ou non cela a marché. 'Tanni ?

— Ne puis dire que cela devroit estre ainsy », fit Jiltanith
d'une voix douce, et elle parvint à esquisser l'ombre d'un de ces
sourires triomphaux qu'ils avaient partagés avant que les rapports sur le nombre des victimes ne commencent à tomber.
« On cas qu'avoient repéré nostres aultres embarcations, eussent cherché nostre mort à tous. Pour autant qu'ils puissent sça-
voir, ils occirent nostre force tout entière.

— Horus ?

— 'Tanni a raison. Nous avons fait tout ce que nous pouvions. Je prie le Créateur pour que ce soit assez. » Le vieil impérial contempla ses mains et refusa de relever la tête. Isis le prit
dans ses bras avec douceur et, quand elle leva les yeux vers
Colin, ses larmes brillantes empêchèrent ce dernier de lui
demander son opinion. Il se tourna alors vers MacMahan.

« Oh oui, gronda le colonel avec férocité. Mon fantastique
plan de merde a parfaitement fonctionné. Tous ces cadavres
supplémentaires nous seront d'un grand secours, pas vrai ?

— Très bien, répéta Colin en gardant un ton soigneusement neutre. Dans ce cas, cessons toutes les autres offensives

sur-le-champ. Nous ne pouvons rien faire sinon attendre, de toute façon. » Les autres acquiescèrent, et il se leva. « Et puis je vous conseille à tous de manger quelque chose et de vous reposer. »

Il tendit la main à Jiltanith sans même y penser, et elle la serra. La chaleur de sa main lui fit prendre conscience de son geste, et il la regarda brièvement. Elle lui répondit par un petit sourire triste et le serra plus fort en se tenant à ses côtés. Ils avaient presque exactement la même taille, remarqua Colin, et, pour une raison qui n'était désormais plus si obscure, cela lui faisait plaisir malgré la douleur qu'ils partageaient.

Horus et Isis se levèrent plus lentement, mais MacMahan resta assis. Colin baissa les yeux vers lui ; il s'apprêtait à parler, mais Jiltanith lui pressa la main et secoua légèrement la tête. Il hésita encore un instant puis se ravisa, et ils sortirent sans un mot de la salle de réunion.

Le sas se referma derrière eux, mais pas assez vite pour bloquer le murmure des voix fantomatiques et colériques, et les pleurs : MacMahan avait rallumé les radios.

« Voilà pour ces salopards qui voulaient jouer les malins ! » Anu jubilait alors que Ganhar finissait son rapport. « On les a chopés le pantalon sur les talons et on leur a bien botté le train. Par le Créateur ! Bon travail, Ganhar. Très bon travail !

— Merci, chef. » Il devenait de plus en plus difficile à Ganhar de se contenir, et il se demandait ce qui se passait réellement au fond de lui.

« Quoi d'autre maintenant ? » demanda Anu. Et sa manière de se réjouir en se frottant les mains donnait la nausée au chef des opérations. « D'autres cibles en perspective ?

— Je ne pense pas que nous en ayons besoin, chef », dit prudemment Ganhar. Il vit la déception immédiate d'Anu, comme la contrariété d'un petit garçon à qui l'on aurait refusé une troisième part de dessert, puis il se força à poursuivre.

« Il semblerait que nous les ayons touchés bien plus que les seuls chiffres ne le suggèrent. Ils n'ont pas lancé une seule attaque depuis le retrait des hommes de Shirhansu, à savoir depuis trente-six heures. Soit ils sont en train de revoir leurs plans, soit ils ont déjà fini, chef. Quelle que soit l'option choisie, ils ne vont pas remonter au créneau maintenant. Partant de là, est-ce que nous voulons vraiment causer plus de dégâts que nécessaire ? Tout ce que nous détruirons devra être reconstruit avant que nous ne puissions poursuivre nos projets.

— C'est vrai », dit Anu malgré lui. Il se tourna vers son chef de la sécurité. « Jantu ? Tu t'es tenu drôlement tranquille. Qu'est-ce que tu en penses ?

— Je pense que nous devrions leur donner quelques coups supplémentaires pour la forme », dit Jantu, mais sa voix était bien moins ferme que par le passé. Il n'avait jamais pris conscience du plaisir qu'il tirait de sa liaison avec Bahantha. Sa mort l'avait sérieusement ébranlé, mais le coup porté à ses ambitions était pire encore. L'alliance de Ganhar et d'Inanna l'avait terriblement meurtri.

« Ganhar a raison, chef. » Inanna jeta un coup d'œil glacial au chef de la sécurité, comme pour confirmer ses pensées. « Le véritable problème a toujours été les hommes du *Nergal*. Rien ne sert d'abattre davantage de dégénérés, à moins que nous ne voulions nous imposer ouvertement.

— Non, dit Anu en secouant la tête. C'est déjà assez ennuyeux qu'ils soient conscients de notre présence. Si nous sortons à découvert, nous courons un trop grand risque de perdre le contrôle.

— Je suis d'accord, dit tranquillement Ganhar en regardant Jantu droit dans les yeux. En ce moment, les dégénérés n'ont aucune idée d'où nous nous trouvons, mais cela pourrait changer si nous ne nous montrons pas assez discrets. Notre avantage technologique ne signifie pas que nous soyons invulnérables non plus. Il y a plus d'une manière de nous atteindre. »

Jantu tressaillit tandis qu'Anu tournait vers lui à son tour un œil plein de colère. Rétrospectivement, il était évident, d'après les rapports de surveillance, que Ramman ne se comportait pas naturellement depuis son retour dans l'enclave, et, si Jantu avait été moins ébranlé par la découverte de l'alliance Ganhar-Inanna contre lui, il l'aurait probablement remarqué et il aurait collé cet homme à la question. En tout état de cause, il avait tellement laissé la situation lui échapper que c'était Ganhar, son pire rival, qui s'en était aperçu et avait traîné Ramman dans son bureau pour une confrontation.

Le chef des opérations avait foutrement de la chance d'être encore en vie, pensa Jantu avec haine. Ramman avait réussi d'une manière ou d'une autre à mettre la main sur un pistolet à énergie malgré son statut de suspect – ce que Jantu ne parvenait toujours pas à comprendre – et seule la rapidité de Ganhar à dégainer lui avait sauvé la vie. Satané Ramman! Il aurait au moins pu tuer ce fils de pute!

Malheureusement, tel n'avait pas été le cas, et Ganhar avait non seulement eu la vie sauve, mais il avait découvert la pire des failles dans la sécurité de toute l'histoire de l'enclave : un espion avait avoué de lui-même qu'il travaillait pour Horus. Et le fait qu'Horus avait pu joindre Ramman sans être détecté était un échec dont Jantu seul portait la responsabilité, non Ganhar. Sa défaillance à repérer Ramman, à quoi s'ajoutait la tentative presque aboutie du traître pour tuer son plus farouche adversaire, ressemblait dangereusement à une collusion plutôt qu'une négligence. C'était le sentiment d'Anu, Jantu le savait.

« Peut-être as-tu raison, admit-il alors, et les mots s'étranglaient dans sa gorge. Mais si c'est le cas, que faire d'autre ?

— Assurons-nous que nous ne nous sommes pas trompés sur leurs réactions, dit Ganhar d'un ton assuré. Nos dégénérés de valeur sont en sécurité à l'intérieur du bouclier, mais la bande du *Nergal* a fait exploser nos réseaux extérieurs. Commençons par reconstruire tandis que l'ensemble des dégénérés sont encore désorganisés. Il est impossible que cela passe inaperçu aux yeux de nos ennemis. S'ils ont encore assez de tripes pour nous affronter, ils s'en prendront à nos dégénérés dès qu'ils les auront repérés.

— Ça m'a l'air raisonnable, fit Anu. Quel groupe veux-tu d'abord jeter dehors ?

— Gardons ceux qui travaillent pour l'État et dans le secteur de l'industrie. » Ganhar avait lui-même vérifié le passé d'un trop grand nombre de ces hommes pour qu'il y ait des chances que le messager de Ramman en fasse partie. « Ils sont trop précieux pour que nous les mettions en danger.

— Si nous les gardons trop longtemps, ils perdront toute crédibilité, souligna Inanna. Notamment les hauts fonctionnaires gouvernementaux. Certains vont être destitués pour s'être enfuis quand il y avait du grabuge.

— Quelques jours de plus ne feront pas grande différence, et cela vaut la peine d'attendre pour les garder en vie si nous nous sommes trompés. Rappelle-toi que le seul fait de les avoir cachés les a marqués aux yeux de ceux du *Nergal*. S'ils ont réellement assez de tripes pour continuer, ils sauront exactement sur qui tirer. » Ganhar voulait mobiliser des arguments plus convaincants, mais il n'osait pas. Inanna était son alliée pour le moment, mais, si elle devinait ce qu'il préparait en réalité…

« Tu as raison une fois encore, Ganhar, dit Anu chaleureusement. Par le Créateur, il est presque dommage que Kirinal ne se soit pas fait tuer plus tôt. Si tu avais dirigé les opérations, nous n'aurions probablement pas été pris par surprise comme ça.

— Merci, chef. » Ces mots sonnaient comme des os brisés dans la gorge de Ganhar. « Mais je maintiens ce que j'ai dit. Nous n'avions tout simplement pas les moyens de prévoir ce qu'ils allaient faire. Nous ne pouvions que constater d'où venait le vent pour ensuite riposter violemment. »

Il vit une lueur d'approbation dans les yeux d'Inanna : elle savait mieux que quiconque que c'était exactement la note qu'il fallait jouer. Anu se sentait euphorique à présent, mais ses comportements habituels reprendraient vite le dessus, et il serait alors plus dangereux d'être trop compétent que l'inverse.

« Eh bien, tu as fait du bon travail, répéta Anu, et je suis enclin à suivre ton avis maintenant. Commence par les combattants… ils sont plus faciles à remplacer de toute façon. »

Il hocha la tête pour signifier que la réunion était ajournée ; les trois autres se levèrent et partirent.

Ganhar entendit le sas se refermer derrière lui avec un profond soulagement, puis il salua Inanna de la tête, fit un sourire glacial à Jantu et s'éloigna d'un pas majestueux. Pour l'instant, sauf erreur, sa position était sûre. Mais bientôt cela n'aurait plus aucune importance.

Il sentait le souffle glacial de la mort le long de sa colonne vertébrale, et c'est lui qui l'avait attiré là. Mais il ne savait pas encore exactement pourquoi. Les événements qu'il avait déclenchés – ou, plus précisément, auxquels il avait laissé suivre leur cours – le terrifiaient. Cependant il en tirait une étrange satisfaction. D'une manière ou d'une autre, cela mettrait fin à cet interminable jeu complexe de trahisons et de contre-trahisons. Et peut-être cela contribuerait-il à expier le malaise qu'il avait ressenti depuis qu'il avait remplacé Kirinal et depuis qu'il dirigeait personnellement le massacre organisé du peuple de la Terre.

Et ce serait aussi le pari qui mettrait fin à ce jeu interminable et vain. Le stratagème achevé, parfaitement huilé, qui anéantirait tous les autres tyrans potentiels qui complotaient et fomentaient de telles machinations. Il y avait une certaine douceur là-dedans, et – qui sait ? – il pourrait peut-être même y survivre après tout.

CHAPITRE VINGT-DEUX

Tout était très calme sur le pont du hangar du *Nergal*. La passerelle de commandement était trop petite pour la foule qui s'y était rassemblée. Colin l'embrassa pensivement d'un regard circulaire. Tous les impériaux qui avaient survécu étaient là, mais largement minoritaires par rapport à leurs descendants terriens et à leurs alliés. Peut-être devait-il en être ainsi. Il était normal que ce qui avait commencé par un affrontement entre les mutins d'Anu et les loyalistes de *Dahak* se solde par une bataille entre ces mêmes bouchers et les descendants de ceux qu'ils avaient trahis.

Il s'assit à côté de Jiltanith sur l'estrade, contre la paroi externe du grand compartiment, et se demanda comment ceux du *Nergal* réagissaient aux signes extérieurs du changement qui s'opérait dans ses relations avec elle. Il y avait encore dans son âme des zones obscures et figées qu'il doutait de jamais comprendre parfaitement. Il ignorait où cela les mènerait au bout du compte, mais il se satisfaisait d'attendre et de voir. À supposer qu'ils remportent la bataille et survivent tous deux, ils auraient tout le temps nécessaire pour le découvrir.

Hector MacMahan, plus immaculé que jamais dans son uniforme de *marine*, entra sur le pont du hangar accompagné d'un jeune homme au teint mat et assez beau portant la tenue d'un sergent-chef de l'armée américaine. Colin sentit un mouvement d'agitation dans l'assemblée tandis qu'ils prenaient place à la gauche de Jiltanith. Seuls quelques-uns avaient déjà rencontré

Andrew Asnani, mais tous avaient entendu parler de lui à présent.

Horus attendit qu'ils soient assis pour se lever et croisa les mains derrière le dos. Il avait abandonné son vieux sweat-shirt troué aux couleurs de Clemson pour cette réunion et, à la demande instante de Colin, portait le bleu nuit de la Spatiale pour la première fois en cinquante mille ans. Son col arborait l'unique nuage stellaire d'or correspondant au grade de capitaine de vaisseau et non à celui qu'il avait avant la mutinerie. Ce choix parlait à ses compagnons mutins, même s'ils ne comprenaient pas tout ce qu'il impliquait : Colin avait vu un ou deux des anciens impériaux se tenir un peu plus droits, les yeux un peu plus brillants en constatant ce changement.

« Nous avons longtemps attendu cet instant, dit Horus d'une voix calme, parcourant du regard les rangs silencieux. Nous-mêmes, et plus encore le peuple innocent de cette planète, avons payé un prix terrible pour y parvenir. Nombre d'entre nous sont morts en essayant de défaire ce que nous avions fait. Et plus nombreux encore sont ceux tombés en essayant de défaire ce que *d'autres qu'eux* avaient fait. Ces hommes ne verront pas ce jour, et pourtant, d'une certaine façon, ils sont à nos côtés. »

Il fit une pause et inspira profondément.

« Vous savez tous ce que nous avons essayé de faire. Il semblerait – et je vous mets en garde car les apparences peuvent être trompeuses –, il *semblerait* que nous ayons réussi. »

Un bruit semblable à celui du vent passant dans les herbes emplit le pont du hangar. Les paroles d'Horus n'avaient rien pour surprendre, mais elles apportaient un immense soulagement – et provoquaient des tensions encore plus grandes.

« Hector vous briefera sur notre plan d'opérations dans un instant, mais j'aimerais d'abord dire quelques mots à nos enfants et à nos alliés. » Il regarda dans le vague. Ses yeux âgés et pleins de détermination s'obscurcirent.

« Pardonnez-nous, dit-il doucement. Ce à quoi vous êtes confrontés est de notre faute, non de la vôtre. Nous ne pourrons jamais rembourser notre dette ni même vous remercier comme il faudrait pour les sacrifices que vos grands-parents, vos parents et vous-mêmes avez consentis pour nous tout en sachant que nous sommes les responsables de tant de maux. Quoi qu'il arrive, nous sommes fiers de vous – plus fiers, peut-être, que vous ne pouvez l'imaginer. En étant ce que vous êtes, vous nous avez redonné espoir, car, si nous pouvons demander de l'aide à des gens aussi extraordinaires que vous, alors c'est qu'il reste peut-être vraiment une part de bien en chacun de nous. Je... »

Il s'interrompit et s'éclaircit la voix, puis il s'arrêta sur un léger mouvement de la tête et s'assit. Il y eut un moment de silence. Il s'agissait d'émotions partagées, trop profondes pour qu'on les exprime. Puis tous les regards se tournèrent vers Colin qui se leva lentement. Il regarda calmement les hommes assemblés, conscient de la manière dont brillait sur son col le double nuage stellaire propre à son rang dans la Flotte, puis il baissa les yeux vers Horus.

« Merci, Horus, dit-il d'une voix douce. J'aimerais pouvoir me compter parmi ces gens extraordinaires auxquels tu viens de faire référence, mais je ne le puis, sauf peut-être par adoption. »

Il fixa Horus dans les yeux pendant un instant puis se détourna pour faire face au pont du hangar.

« Vous savez tous comment j'en suis venu à occuper la position que j'occupe et combien certains d'entre vous la méritaient bien plus sûrement. Je ne puis changer le cours de l'histoire, mais je suis d'accord avec chaque parole d'Horus. C'est un grand honneur pour moi que de vous avoir connus, mais sans comparaison avec l'immense privilège qui m'a été donné de vous avoir sous mes ordres.

» Et il y a autre chose. J'ai insisté pour qu'Horus porte l'uniforme de la Spatiale aujourd'hui. Il a discutaillé là-dessus, comme une fois ou deux précédemment... (cette remarque déclencha l'hilarité générale, comme il s'y attendait) mais j'ai insisté pour une raison. Nos impériaux ont cessé de porter cet uniforme parce qu'ils avaient le sentiment de l'avoir déshonoré, et peut-être était-ce le cas. Mais les hommes d'Anu l'ont conservé, et c'est là qu'il faut voir le véritable déshonneur. Vous avez commis une faute – une terrible faute – il y a cinquante mille ans, mais vous avez aussi reconnu votre erreur. Vous avez fait tout votre possible, bien plus que ce que l'on aurait pu exiger de vous, pour réparer le mal, et vos enfants, vos descendants et vos alliés ont combattu et sont morts à vos côtés. »

Il fit une pause et, comme Horus, inspira profondément. Lorsqu'il reprit la parole, sa voix était très formaliste, presque dure.

« Tout cela est vrai, et pourtant il demeure, d'après les règlements de la Flotte, que vous restez des criminels. Vous le savez. Je le sais. Dahak le sait. Et, si l'Empirium existe encore, un jour le commandement central de la Spatiale le saura car vous avez accepté de vous rendre à la justice impériale. Je vous honore et vous respecte pour cette décision, mais, à la veille d'une opération de laquelle tant d'entre vous ne reviendront sans doute pas, une situation qui vous importe tant à tous, si fondamentale pour tout ce à quoi vous avez œuvré, ne peut être laissée en l'état.

» C'est pourquoi, en ce jour, moi Colin MacIntyre, capitaine de vaisseau de la Flotte de guerre impériale, commandant *Dahak*, numéro d'immatriculation un-sept-sept-deux-neuf-un, par l'autorité qui m'est conférée par le règlement de la Spatiale neuf-sept-deux, sous-section trois, je convoque de fait une cour martiale extraordinaire pour examiner les actes commis par certains qui servaient à bord dudit vaisseau, alors sous le commandement du capitaine de vaisseau de la Flotte Druaga. Ce bâtiment se trouve à présent sous mon commandement. Je siège en tant que président et unique juge de la cour. D'autre part, d'après le règlement de la Spatiale neuf-sept-trois, sous-section un-huit, je me déclare aussi procureur et avocat de la défense, en l'absence de tout autre officier de la Spatiale habilité.

» L'équipage du bâtiment de guerre subluminique *Nergal*, numéro de coque SBB-un-sept-sept-deux-neuf-un-un-trois, est accusé devant cette cour d'avoir violé les articles dix-neuf, vingt et vingt-trois du Code de guerre, en ce qu'il a fomenté une rébellion armée contre ses supérieurs légitimes, qu'il a tenté de s'emparer de leur appareil et de déserter, tandis que l'Empirium était alors prêt à entrer en guerre; en raison et en conséquence de ces actes, il a aussi causé la mort de nombreux membres de l'équipage et contribué à l'abandon des autres sur cette planète.

» La cour a examiné les témoignages des accusés et les preuves apportées par ses propres observations, de même que les preuves contenues dans le journal de bord dudit bâtiment de guerre *Nergal* et d'autres archives faisant foi. Statuant sur la base de ces preuves et de ces témoignages, la cour n'a d'autre choix que de considérer les accusés coupables de toutes les charges retenues et de leur retirer tout rang et privilège d'officiers de la Flotte. En outre, puisque la peine pour ces crimes est la mort, en l'absence de toute disposition pour des condamnations moins lourdes, la cour les y condamne. »

Un long murmure à peine audible traversa le pont du hangar, mais nul ne dit mot. Nul ne pouvait parler.

« En sus des individus ayant activement participé à la mutinerie, il y a parmi l'équipage actuel du *Nergal* certaines personnes encore mineures à l'époque ou bien nées de l'équipage d'origine et/ou descendantes de l'équipage d'origine de *Dahak*, et par conséquent appartenant à l'équipage de *Dahak*. Dans une interprétation stricte de l'article vingt, il se pourrait que ces individus soient considérés comme complices après les faits, en ce qu'ils n'ont pas tenté de réprimer la mutinerie ni de punir les mutins à bord dudit *Nergal* lorsqu'ils furent devenus adultes. Dans leur cas, cependant, et au vu des circonstances, toutes les charges sont levées.

» La cour souhaite toutefois noter certaines circonstances atténuantes découvertes dans les archives du *Nergal* et par observation personnelle. Spécifiquement, la cour désire consigner le fait que les parties coupables ont tenté, au prix des vies de près de soixante-dix pour cent de leur effectif, de rectifier le mal qu'elles avaient fait. La cour souhaite donc consigner que les actes ultérieurs de ces mêmes mutins, tout comme ceux de leurs descendants et alliés, ont été à la hauteur de la meilleure tradition de la Flotte, surpassant de loin dans leur durée comme dans leur ampleur aucun dévouement au devoir enregistré dans les archives de la Spatiale.

» C'est pourquoi, en vertu de l'article neuf de la Constitution impériale, moi, capitaine de vaisseau Colin MacIntyre, en tant que commandant en chef présent sur la planète Terre, me déclare de ce fait gouverneur planétaire de la colonie qui s'y trouve, sous le sceau de la très haute autorité du gouvernement impérial. En tant que gouverneur planétaire, j'exerce mes pouvoirs d'après l'article neuf, section douze, de la Constitution, et prononce et décrète que… (il balaya les visages tendus de l'assemblée) toute personne servant à bord du bâtiment de guerre subluminique *Nergal*, numéro SBB-un-sept-sept-deux-neuf-un-un-trois, voit, pour services extraordinaires rendus à l'Empirium et à l'espèce humaine, tous ses crimes amnistiés. Si tel est son désir, elle sera réintégrée dans ses fonctions au sein de la Flotte de guerre avec son grade et son ancienneté garantis par moi-même en tant que commandant de *Dahak*, numéro un-sept-sept-deux-neuf-un, à compter de ces jour et heure. J'ordonne aussi ce jour que les conclusions de la cour et le décret du gouverneur soient aussitôt consignés dans les banques mémorielles dudit bâtiment de guerre *Nergal* et transférés dès que possible audit vaisseau de ligne *Dahak* pour transmission au commandement central de la Spatiale dès que possible.

» Ce tribunal, conclut-il, est ajourné. »

MacIntyre s'assit dans un silence tonitruant et se tourna lentement vers Horus. Il avait fallu qu'il passe des semaines à se triturer les méninges pour parvenir à cette décision et des journées abrutissantes à étudier les règlements adéquats pour trouver l'autorité et les précédents dont il avait besoin. Dans un sens, cela n'avait peut-être aucune importance, car il était aussi manifeste pour les Nordistes que pour les Sudistes que l'Empirium était peut-être tombé. Mais, d'un autre point de vue, et cela comptait bien plus encore, cela signifiait tant... et c'était bien le moins qu'il pouvait faire pour les gens qu'Horus avait si justement désignés comme « extraordinaires ».

« Merci... » Horus s'interrompit pour s'éclaircir la voix qu'il avait rocailleuse. « Merci, commandant, dit-il d'une voix faible. Pour mes compagnons et pour moi-même. »

On entendit un bruit en provenance du pont du hangar, un soupir, presque un sanglot, et c'est alors que tout le monde se leva. Le tonnerre des acclamations se réverbéra contre les parois d'acier de combat, frappant Colin de mille poings sonores, mais au milieu du tumulte il entendit une voix dans son oreille tandis que Jiltanith lui agrippait le bras d'une poigne de fer.

« Vous sçaycs gré, Colin MacIntyre, dit-elle d'une voix douce. Quand bien ce feust par chance, estes commandant, en effet, aussy sage que bon. Avez redonné leur âme à mon père et ma famille. Et du fond de mon cueur vous sçaycs gré. »

Il fallut du temps pour restaurer le calme, mais Colin n'aurait jamais pu leur refuser cet instant-là. Ils étaient *ses* hommes à présent, dans tous les sens du terme, et si des hommes étaient en mesure d'accomplir ce qu'ils se proposaient maintenant d'accomplir, qui mieux que les siens ?

Un calme mêlé de murmures revint enfin, et Hector MacMahan se leva, répondant au geste de Colin.

MacMahan ressentirait toujours la douleur et la culpabilité causées par les victimes civiles de l'opération Faux-Semblants.

Son visage s'était creusé de nouvelles rides et de nouvelles mèches blanches étaient apparues dans sa chevelure sombre, mais il n'était pas insensible à la catharsis qui venait de traverser le pont du hangar. Cela se voyait dans ses yeux et sur son visage tandis qu'il faisait face à l'assemblée.

« Très bien, dit-il calmement, venons-en à nos affaires », et il y eut un silence immédiat une fois encore.

Il enfonça des touches de son clavier de fabrication terrienne relié à son tableau de bord de briefing, et une holocarte détaillée apparut soudain entre l'estrade et la première rangée de sièges. Elle planait un mètre au-dessus du pont, inclinée de telle sorte que sa partie supérieure touchait pratiquement la tête du pont pour que chacun en ait une vue entière.

« Voici, dit MacMahan, l'enclave du Sud. Ce sont les meilleures informations que nous ayons à ce jour, et nous les devons à Ninhursag. Nous lui avons seulement demandé le code d'accès ; elle a clairement compris pourquoi et pris le risque considérable de compiler tout ceci pour nous. Si nous réussissons, les gars, nous lui devrons beaucoup.

» Comme vous pouvez le constater, l'enclave est une caverne d'environ douze kilomètres de large. Des parasites armés posés contre les parois forment un cercle extérieur, juste là. » Il toucha un autre bouton et les petits appareils holographiques luirent en rouge. « Ils n'ont pas d'équipage permanent et n'auront guère d'importance tant qu'ils demeureront ainsi. S'ils décollent, *Dahak* devrait pouvoir facilement les épingler.

» Ceux-ci, en revanche… (une autre formation s'éclaira, dessinant un second cercle plus dense et plus proche du centre de la caverne) sont des transporteurs, et ils vont poser problème. La plus grande partie de leur équipement en armes lourdes se trouve à l'intérieur, bien que Ninhursag ait été incapable d'en déterminer la répartition.

» La plupart de leurs hommes vivent là et non dans les unités d'habitation.

» Par conséquent c'est dans les transporteurs que leurs hommes se trouveront majoritairement quand ils s'apercevront qu'on les attaque, et les contre-attaques les plus musclées viendront de là. La procédure la plus facile serait de nous introduire dans l'enclave, d'y faire exploser une tête nucléaire et de nous tirer. La seconde solution la plus simple serait d'attaquer les transporteurs avec toutes nos forces et de les faire sauter avant que de mauvaises surprises n'en sortent. La tactique *la plus difficile* serait d'essayer de les prendre un par un. »

Il fit une pause et étudia son auditoire avec attention.

« Et c'est ce que nous allons faire », dit-il calmement. Il n'y eut pas un murmure de protestation. « Pour autant que nous le sachions, nombreux sont ceux restés en stase qui nous auraient rejoints depuis le début s'ils avaient pu. C'est assurément ce qu'a fait Ninhursag, au risque d'une mort plutôt affreuse si jamais elle s'était fait prendre. Ils méritent la chance de pouvoir choisir leur camp lorsque les combats seront finis.

» Mais, plus encore, nous allons avoir besoin d'eux. Il y a près de cinq mille militaires impériaux entraînés en stase à bord de ces appareils, et les Achuultani arrivent. Nous essaierons d'obtenir toute l'aide possible de l'Empirium, mais nous ne pouvons pas compter dessus. Dans le pire des scénarios, nous serons seuls et nous disposerons d'un peu plus de deux ans pour organiser la défense de cette planète à partir de ses propres ressources ; nous avons ainsi désespérément besoin de ces hommes. De même, il nous faut la base tech et les installations médicales qui se trouvent aussi à bord de ces transporteurs. C'est pourquoi il est hors de question de recourir aux armes de destruction massive.

» Selon les estimations de Ninhursag, nos impériaux sont dépassés en nombre dans un rapport de un à dix, et quelqu'un d'aussi paranoïaque qu'Anu aura forcément des armes automatiques placées à des points stratégiques. Nous emmenons une force d'à peine plus d'un millier d'hommes, presque tous

terriens d'origine, mais nos propres impériaux devront y aller
aussi. Nos Terriens sont tous des militaires entraînés et ils dis-
poseront de la meilleure combinaison d'armes terriennes et
impériales que nous pouvons leur fournir. Malgré tout, ils ne
seront pas à égalité avec les impériaux. Cela leur est impossible,
et, au mieux, ce sera une bataille rapprochée, difficile et brutale.
Nos pertes... (sans broncher il balaya du regard les yeux qui
l'observaient) seront lourdes.

» Elles seront lourdes, répéta-t-il, mais nous allons gagner.
Nous allons nous souvenir de tout ce qu'ils nous ont fait subir, à
nous et à notre planète, et nous allons leur botter le cul, mais
nous ferons aussi des prisonniers. »

À ces mots, il y eut une protestation informe, mais il la
contint d'un geste de la main.

« Nous ferons des prisonniers car il se peut que Ninhursag ne
soit pas notre seule alliée à l'intérieur – nous vous expliquerons
cela dans un moment –, parce que nous ne savons pas quelle
sorte de pièges Anu a bien pu nous tendre et que nous aurons
besoin de guides. Donc, si quelqu'un cherche à se rendre, per-
mettez-le-lui. Mais souvenez-vous de ceci : notre commandant
a d'autres officiers maintenant. Nous pouvons convoquer des
cours martiales ensuite et nous le ferons, et *les coupables seront
punis.* » MacMahan prononça ces derniers mots avec une douce
et terrible emphase, et la réponse qui leur fit écho glaça le sang
de Colin, mais il n'aurait pas protesté s'il avait pu le faire.

« Il y a un autre point, et ceci s'adresse à nos propres impériaux, reprit MacMahan. Nous, Terriens d'origine, comprenons vos sentiments mieux que vous ne pouvez le croire. Nous
vous honorons et vous aimons, et nous savons que vous serez
les cibles principales de l'adversaire. Nous ne pouvons l'empêcher et nous n'essaierons pas de vous priver de cet instant, mais,
lorsque tout sera fini, nous aurons besoin de vous plus que
jamais auparavant. Nous aurons besoin de chacun d'entre vous
pour le combat, y compris de Colin et de tous les enfants, mais

nous avons aussi besoin de survivants. Alors ne gaspillez pas vos vies ! Vous êtes nos officiers supérieurs ; s'il arrivait quelque chose à Colin, le commandement de *Dahak* reviendrait à l'un d'entre vous, et l'anéantissement des Sudistes n'est que la première étape. Ce qui importe vraiment, ce sont les Achuultani. *Ne vous faites pas tuer maintenant !* »

Colin espérait que les vieux impériaux percevaient la pure supplication dans sa voix, mais il se souvenait aussi de ses premières pensées au sujet d'Horus, sa peur que les impériaux du Nord ne soient plus parfaitement sains d'esprit eux non plus. Il s'était trompé – mais pas tant que cela. Ce n'était pas de la folie mais du fanatisme. Ils avaient vécu l'enfer pendant des milliers d'années pour en arriver à ce jour. Colin savait sans l'ombre d'un doute que, même s'ils entendaient et comprenaient le message d'Hector, ils allaient prendre bien plus de risques qu'aucun professionnel raisonnable et posé. Et ils se feraient tuer en bien trop grand nombre.

« Bon, reprit MacMahan sur un ton plus normal, voici ce que nous allons faire.

» Nous laisserons le *Nergal* où il est avec un équipage restreint. Il y aura un impérial, tiré au sort, pour en prendre le commandement en cas d'urgence, secondé par juste assez de Terriens entraînés pour le mener dans l'espace. Je déteste l'idée de devoir demander à l'un d'entre vous de rester en arrière, mais nous n'avons pas le choix. Si la situation nous échappe dans le Sud, nous abattrons ces salauds avec une charge nucléaire de démolition à l'intérieur du bouclier, mais cela signifie qu'aucun d'entre nous ne reviendra. »

Il fit une pause pour laisser cette idée pénétrer les esprits. Puis il poursuivit calmement.

« Dans ce cas, ceux qui resteront de l'équipage devront conduire le *Nergal* jusqu'à *Dahak*. *Dahak* vous attendra et ne tirera pas tant que vous resterez en dehors de la zone d'exclusion fixée par le commandant Druaga. Vous vous arrêterez donc à dix mille kilomètres et transmettrez l'ensemble de la mémoire du *Nergal* à *Dahak*, avec les conclusions de la cour martiale du commandant MacIntyre et son pardon par décret en tant que gouverneur planétaire. Une fois que *Dahak* aura reçu cela, vous appartiendrez à nouveau à son équipage et à la Flotte impériale. La mémoire du *Nergal* contient les meilleures projections et recommandations que Colin et le conseil aient pu rassembler, mais ce que vous ferez en réalité ne dépendra que de vous et de *Dahak*.

» C'est le pire des scénarios. Considérez cela comme une assurance contre quelque chose qui n'arrivera pas, nous le croyons fermement.

» Le reste d'entre nous prendra toutes les vedettes et tous les véhicules de combat au sol que nous pouvons maîtriser, et nous nous dirigerons camouflés vers le sud. Nous ne prendrons aucun chasseur. Ils seraient inutiles à l'intérieur de l'enclave et, plus important encore, nous aurons besoin de tous nos impériaux pour faire fonctionner nos autres équipements.

» Nous passerons par le point d'accès ouest, ici. » Une nouvelle zone de l'holocarte s'éclaira. « Nous détenons les codes grâce à Ninhursag, et rien n'indique qu'ils aient été modifiés. Nous avancerons le long de ces axes (d'autres lignes s'illuminèrent) avec des groupes répartis entre chaque transporteur. Chaque groupe d'attaque sera briefé individuellement sur sa mission et recevra autant d'informations sur le terrain que Ninhursag a pu nous en fournir. Vous disposerez aussi des codes personnels des implants de Ninhursag. Assurez-vous de ne pas la tuer par erreur. C'est une dame que nous souhaitons voir parmi nous pour célébrer la victoire.

» Si vous parvenez à entrer lors du premier assaut, très bien. Dans le cas contraire, les groupes d'attaque tenteront d'empêcher quiconque de quitter les transporteurs, tandis que la réserve se chargera d'abattre chaque obstacle l'un après l'autre. Espérons que, si l'un d'entre eux essaie de décoller pour s'enfuir, ils ne décolleront pas tous ensemble. Cela signifie que *Dahak* ne devra en détruire qu'un ou deux avant que les autres comprennent ce qui se passe. Avec nous à l'intérieur et *Dahak* opérationnel à l'extérieur, s'il leur reste une once de santé mentale, ils se rendront.

» Très bien. Voilà les grandes – très grandes – lignes de notre plan. Mon état-major les détaillera pour chaque groupe en particulier, et nous tiendrons une dernière séance de briefing pour tout le monde juste avant le départ. Mais il y a encore une dernière chose que vous devriez tous savoir, et c'est le sergent Asnani qui va vous la dire. Sergent ? »

Andrew Asnani se tenait là et il aurait voulu pendant un instant être encore Abu al-Nasir, le chef terroriste coriace et confiant, habitué à donner des instructions, tandis qu'il sentait leurs yeux avides sur lui et s'efforçait d'égaler le calme du colonel.

« Ce que veut dire le colonel MacMahan, fit-il, c'est qu'il s'est produit des événements inattendus au sein de l'enclave. Plus précisément, votre agent Ramman a tenté de vous trahir. »

Asnani tressaillit devant l'onde de choc qui parcourut soudain son auditoire, mais il poursuivit avec la même voix calme.

« Nul ne sait exactement ce qui s'est passé, mais il y a eu des rumeurs dans toute l'enclave, notamment parmi les Terriens. La version officielle est que Ganhar, le chef des opérations, l'a démasqué et que Ramman a avoué vous avoir fourni des informations des décennies durant pour obtenir le droit de déserter ; il aurait essayé de tirer pour s'enfuir, mais Ganhar aurait dégainé plus vite. C'est la version officielle, mais je ne crois pas que ce soit la vérité. Hélas, je ne peux en être sûr. Je ne peux que conjecturer. »

Asnani inspira profondément. Il avait vu les Sudistes, avait été l'un d'entre eux, dans une certaine mesure, et il était encore plus conscient que ses auditeurs de l'importance de son évaluation.

« Il est possible, dit-il prudemment, que Ramman ait réussi à transmettre ses informations à Ganhar avant d'être tué. On ne lui en avait pas dit plus qu'à Ninhursag, mais, si elle pouvait imaginer ce qui se préparait, lui aussi. Si c'est ce qui s'est passé, alors il se peut qu'ils nous attendent lorsque nous entrerons. » Son auditoire nota l'usage du « nous », et une ou deux personnes lui adressèrent un sourire crispé.

« Mais je ne crois pas que ce sera le cas. S'ils avaient planifié une embuscade, ils auraient surveillé le point de collecte, et, s'ils l'ont fait, ils savent que personne ne s'en est approché. Bien sûr, il n'est pas exclu qu'ils prennent conscience qu'il pouvait y avoir un plan *bis,* mais je les ai attentivement observés après l'annonce de ces nouvelles. Je pense que les impériaux eux-mêmes croient à la version officielle. Et, même s'il est possible que leur commandement ait choisi de faire circuler de fausses informations, je ne le crois pas.

» Je pense, poursuivit Asnani en articulant plus distinctement encore, que Ganhar a dit à Anu et aux autres exactement ce qu'ils ont déclaré à l'ensemble de leurs hommes. Je crois vraiment qu'il sait que nous arrivons et qu'il a délibérément dégagé la voie pour nous. »

Asnani fit une nouvelle pause, lisant l'incrédulité sur plus d'un visage, et haussa les épaules.

« Je sais à quel point cela peut sembler ridicule, mais j'ai des raisons de le penser. Tout d'abord, Ganhar était dans une très mauvaise passe avant qu'ils commencent leurs contre-attaques. Jantu, leur chef de la sécurité, avait sorti son couteau et, à ce que j'ai pu comprendre, tout le monde s'attendait à ce qu'il l'étripe. Ensuite, Ganhar n'a hérité de leur branche opérationnelle qu'après la mort de Kirinal. Il vient d'arriver en haut de l'échelle, et je crois en fait que se retrouver ainsi chargé de telles responsabilités lui a fait quelque chose. Je ne peux pas dire exactement ce qui s'est passé, mais il se trouve qu'Abu al-Nasir avait assez d'importance pour participer à plusieurs réunions avec lui, et j'ai remarqué qu'il baissait un peu plus sa garde avec les "dégénérés" qu'avec les impériaux. C'est un homme malheureux. Très malheureux. Quelque chose le ronge de l'intérieur. Même avant l'annonce de la nouvelle concernant Ramman, j'avais l'impression qu'il n'avait plus le cœur à l'ouvrage.

» Vous devez comprendre qu'à l'intérieur de l'enclave la situation ressemble à l'heure du repas des reptiles dans un vivarium. La différence entre ce que j'ai vu ici et là-bas… eh bien, c'est comme le jour et la nuit. Si j'étais à la place de n'importe lequel de leurs dirigeants, je regarderais par-dessus mon épaule à chaque seconde, craignant que ne s'abatte une hache dans mon dos. Ajoutez un peu de culpabilité à cette angoisse dévorante et prolongée, et vous pourriez tout simplement trouver un homme qui veut sortir de là d'une manière ou d'une autre.

» Je ne peux certainement rien garantir de tout cela. Il est possible que nous allions droit dans un piège, et, si c'est le cas, c'est mon évaluation qui nous y conduit. Mais, s'ils nous laissent traverser le point d'accès, nous serons à l'intérieur de leur bouclier et le commandant MacIntyre a accepté mon offre : je souhaite transporter personnellement l'une de vos charges nucléaires de démolition d'une mégatonne. »

Il avait le regard empli de détermination tandis qu'il les fixait dans le silence.

« Je ne peux pas vous garantir que ce n'est pas un piège, dit-il très, très doucement, mais je peux vous assurer que cette enclave sera détruite. »

Le général Gerald Hatcher ouvrit la porte de son bureau dans le poste de commandement souterrain et s'arrêta net. Il jeta un bref coup d'œil en arrière vers la réception, mais aucun des officiers et sous-officiers penchés sur leurs bureaux n'avait levé les yeux comme s'ils s'attendaient à sa surprise.

Il inspira longuement par le nez et franchit la porte, la refermant avec soin derrière lui avant d'aller à son bureau. Il n'avait jamais vu la valise rectangulaire de vingt-cinq centimètres de long qui se trouvait sur son buvard et il l'examina avant de la toucher. Il était improbable que quelqu'un ait pu passer clandestinement une bombe ou une saloperie du même genre dans son bureau. D'ailleurs, il aurait été tout aussi difficile de passer quoi que ce soit jusque dans son bureau.

Il n'avait jamais rien vu de semblable, et il remit bientôt en question sa première impression : ce n'était pas du plastique. Le matériau brillant, couleur bronze, avait une patine métallique qui réfléchissait la lumière de l'improbable monstre à trois têtes qui l'ornait comme une crête, et Hatcher se laissa tomber dans son fauteuil quand les implications du nuage stellaire entre les pattes antérieures du dragon prirent sens. Il tendit le bras et toucha prudemment la valise avec un sourire ironique d'autodérision devant sa propre hésitation.

Du métal, décida-t-il en la caressant du doigt, mais sans doute un alliage qu'il n'avait jamais rencontré. Et il y avait un petit bouton qui émergeait sur le côté. Il prit une longue inspiration et appuya dessus ; puis il se relaxa et expira lentement quand le couvercle de l'objet se souleva avec un *clic* paisible.

Il ouvrit la valise prudemment sur le bureau et en étudia l'intérieur. Il y avait au fond un petit panneau que l'on pouvait relever et trois boutons latéraux. Hatcher se demandait ce qu'il était censé faire ensuite, puis il sourit en voyant l'étiquette soigneusement dactylographiée et collée sur l'un des boutons. *Appuyez*, lisait-on, et l'incongruité prosaïque de cette étiquette chatouilla son sens de l'humour. Il haussa les épaules et s'exécuta, puis retira vivement la main lorsqu'une silhouette humaine prit instantanément forme au-dessus de la valise.

Dans une certaine mesure, Hatcher n'était guère surpris de voir apparaître Hector MacMahan. Le colonel portait un uniforme de combat de *marine* et une armure, et il avait à l'épaule droite une drôle d'arme courte dotée d'un chargeur à tambour.

Il ne faisait pas plus de vingt centimètres de haut, mais son sourire était parfaitement reconnaissable.

« Bonsoir, mon général. » La voix d'Hector était synchrone avec le mouvement des lèvres sur l'image. « J'ai conscience que cette démarche est un peu inhabituelle, mais nous devions informer quelqu'un de ce qui se passait et vous êtes l'une des quelques personnes auxquelles je fais implicitement confiance.

» Permettez-moi tout d'abord de vous présenter mes excuses pour avoir ainsi disparu. Vous m'avez dit de me faire rare… (un autre sourire tendu se dessina sur son visage à la taille d'un farfadet tandis que Hatcher le fixait, fasciné) et j'ai obéi. J'ai bien conscience de m'être fait un peu plus rare que vous ne l'entendiez, mais je suis certain que vous comprenez pourquoi. J'espère pouvoir m'excuser et tout vous expliquer de vive voix dans un avenir proche, mais il n'est pas exclu que ce soit impossible. C'est pourquoi je vous envoie ce message.

» Passons maintenant aux événements de ces dernières semaines. Pour le moment, comprenez seulement qu'il y a deux factions séparées de… eh bien, appelez-les extraterrestres bien que ce ne soit pas exactement le terme le plus adéquat. Quoi qu'il en soit, il y a deux camps qui s'affrontent clandestinement depuis très, très longtemps. Ce conflit a désormais émergé au grand jour et, avec un peu de chance, ce sera bientôt fini.

» À l'évidence, je soutiens un camp. Pardonnez-moi de m'être servi de vous et de vos ressources comme nous l'avons fait, mais c'était nécessaire. Il en allait de même pour… (le visage d'Hector s'assombrit soudain) les victimes. Je vous prie de croire que vous ne pouvez regretter ces morts plus que nous et que nous avons fait notre possible pour en réduire le nombre. Hélas nos adversaires ne partagent pas notre respect de la vie humaine.

» Ce message vise à vous informer de ce que nous sommes sur le point de lancer une opération qui, comme nous l'espérons et le croyons, s'avérera décisive. Vos propres rapports – en particulier ceux qui viennent de New York – peuvent vous conduire à penser que nous sommes en train de perdre la partie. Souhaitons que nos ennemis soient parvenus à la même conclusion. Si c'est le cas et si nos renseignements sont corrects, ils ne seront bientôt plus que nos *anciens* ennemis.

» Malheureusement, un grand nombre d'entre nous vont mourir aussi. Je sais combien vous haïssez les termes "victimes acceptables", Gerald, mais cette fois nous n'avons vraiment pas le choix. Même si nous devons tous périr, l'essentiel sera de les avoir anéantis. Mais, dans le même temps, il se peut qu'il y ait du grabuge en certains secteurs dans le Sud, et je suis désolé de vous dire que nous ne sommes vraiment pas certains du degré d'infiltration de leurs hommes à eux dans les gouvernements terriens et même dans votre propre état-major. Je crois que le CFSU est sain, et vous trouverez une disquette dans cette valise. Je vous demande de ne la lire que sur votre propre terminal et de ne pas la charger dans le système principal, car elle contient les noms et grades de huit cents sous-officiers et officiers généraux dans votre propre force et d'autres forces militaires auxquels vous pouvez accorder votre entière confiance.

» L'idée est la suivante : lorsque nous attaquerons, vos propres moutons noirs vont s'énerver. Je n'ai aucune idée de ce qu'ils feront si leurs seigneurs et maîtres sont abattus, et, franchement, nous n'avons ni les effectifs ni l'organisation nécessaire pour nous charger de tout ce qu'ils *pourraient* faire. En revanche, vous, en coopérant avec nos alliés listés sur la disquette, vous en avez les moyens. Nous vous demandons de rester en alerte et de faire votre possible pour contrôler la situation et prévenir toutes les pertes et les destructions supplémentaires qui pourraient être évitées.

» Surveillez vos communications. Vous trouverez des instructions sur la disquette pour pouvoir joindre les autres *via* un réseau que je crois sûr. Jusqu'à ce que vous leur ayez parlé, ne vous servez pas des canaux ordinaires. Par-dessus tout, ne parlez à *aucun* civil jusqu'à ce que vos plans soient prêts.

» Notre attaque commencera dans approximativement dix-huit heures à partir du moment où vous recevrez ce message. Je sais que ce n'est pas beaucoup, mais c'est le mieux que je puisse faire. Quand vous parlerez à ceux qui sont listés sur la disquette, ne mentionnez surtout pas l'attaque. Pour réussir, nous avons besoin d'un effet de surprise total et ils savent déjà de quoi il retourne. Ils s'attendront à discuter de "plans d'urgence généraux" avec vous.

» Je suis désolé de vous balancer ça dans les mains, Gerald, mais vous êtes un homme de bien. Si je ne reviens pas, sachez que cela a été un honneur de servir sous vos ordres. Embrassez Sharon et les enfants pour moi, et prenez bien soin de vous. Bonne chance, Gerald. »

Le petit Hector MacMahan disparut et le général Hatcher resta assis à fixer la valise plate ouverte. Il ignorait combien de temps exactement il était resté là, mais enfin il tendit le bras pour appuyer à nouveau sur le bouton et repasser le message. Puis il s'arrêta. Après un tel message, chaque seconde était précieuse.

Il souleva le panneau et sortit la disquette, puis il fit pivoter son fauteuil et alluma son terminal.

CHAPITRE VINGT-TROIS

Le pont du hangar était bondé une fois encore. Les impériaux se distinguaient nettement de leurs alliés par le reflet noir de suie des armures de combat, les membres gonflés et rendus massifs par les dispositifs de saut et les « muscles » servoméca-niques. Ils étaient parés d'armes et ils avaient le visage sombre sous leur casque à la visière relevée.

Les Terriens d'origine, bien plus nombreux, portaient le noir des tenues de commando moulantes des impériaux ou bien l'uniforme d'une vingtaine de nations. Il n'y avait que quelques tenues impériales et ceux qui les portaient n'avaient pas de gilet d'armes car elles offraient une bien meilleure protection qu'aucune armure terrienne. Les autres Terriens portaient les meilleures protections que l'on ait pu trouver sur Terre – pathé-tiques face à des armes impériales, mais c'était ce qu'ils pou-vaient faire de mieux. Et il y avait encore de nombreux Terriens dans l'enclave ; il était hautement probable qu'on dût affronter des armes terriennes aussi.

Leur armement était aussi mixte que leurs uniformes. Autant d'hommes que possible portaient en bandoulière des fusils à gravitons à canon scié, tandis que les plus forts avaient des fusils à rafales d'énergie légers, comme celui dont Tamman s'était servi à Téhéran et La Paz. Quelques équipes emportaient avec elles des canons à gravitons de dix millimètres montés sur des générateurs antigrav pour servir d'armes collectives. La plupart, cependant, se contentaient d'un armement terrien. Il y avait quelques fusils d'assaut (la prolifération et l'amélioration des gilets d'armes impliquaient un surcroît de puissance pour ces fusils par rapport aux armes d'infanterie vieilles d'à peine dix ans), mais les lance-grenades, les mitrailleuses légères et lourdes (ces dernières étant aussi dotées de générateurs antigrav) et les lance-roquettes étaient leurs armes de prédilection. Des lunettes de protection pendaient à chaque cou, fruits des ateliers de fabrication du *Nergal*. Elles offraient une vision presque aussi bonne que celle d'un impérial et, tout aussi important, elles « liraient » les implants d'un impérial à une distance de cinquante mètres.

Horus était absent : à son indicible déception, il avait été tiré au sort pour rester aux commandes du *Nergal*. Il aurait désespérément voulu argumenter, mais il s'en était abstenu. Les véhicules d'assaut transporteraient des charges maximales, mais, même ainsi, il y avait trop de gens qui voulaient en être et ne le pouvaient. Son propre équipage se composerait des Terriens les plus âgés et les moins aptes au combat, avec Isis pour second. Les enfants et ceux qui n'avaient pas reçu d'entraînement au combat ou à la navigation avaient été dispersés à des postes secondaires soigneusement dissimulés, protégés par des adultes entraînés au combat qui ne pouvaient entrer dans les véhicules d'assaut. Ses hommes partaient en guerre, et lui pas plus qu'un autre ne chercherait à fuir ses responsabilités.

Même à présent, son équipage de passerelle et lui-même observaient leurs batteries de capteurs et terminaient des vérifications de dernière minute de leur équipement, tandis que Colin et Hector MacMahan se tenaient sur l'estrade dans la baie de lancement.

« Très bien, dit Colin, nous avons passé en revue le plan en long et en large. Vous savez tous ce que vous avez à faire et vous savez aussi qu'aucun plan ne résiste à une confrontation avec l'ennemi. Souvenez-vous des objectifs et restez en vie si vous le pouvez. Comme le dirait Horus, cette fois-ci c'est banco. Mais si quelqu'un dans cette galaxie peut y arriver, c'est bien vous. Bonne chance, bonne chasse et que Dieu vous protège tous. »

Il allait pivoter sur lui-même quand MacMahan l'arrêta en élevant la voix.

« Sur le pont, garde-à-vous ! » lança le colonel en rythme, et tous ces guerriers au visage sombre se mirent tout d'un coup au garde-à-vous, première démonstration formelle de courtoisie militaire que Colin avait vue depuis qu'il était monté à bord du *Nergal*. Toutes les mains se levèrent pour saluer, et sa poitrine lui parut soudain trop étroite et trop contrainte. Il chercha une réaction adéquate, mais il n'était pas certain que sa voix ne le trahirait pas, c'est pourquoi il se contenta de saluer, puis sa main retomba d'un coup.

Il n'y eut aucune acclamation tandis qu'ils le suivaient jusqu'aux véhicules d'assaut en attente, mais il avait l'impression d'être un géant en montant dans la navette qu'il devait piloter.

La nuit enveloppa l'ouest de la planète et la pleine lune d'argent monta haut dans le ciel, sereine. Mais, au cœur de cette Lune, des instruments en mode passif observaient le monde en dessous. Dahak savait, contrairement à Anu, précisément où regarder. Et il remarquait maintenant les brèves et minuscules poussées d'énergie, presque indétectables, tandis que les auxiliaires du *Nergal* flottaient dans la nuit.

C'était parti, comprit-il calmement. Pour le meilleur ou pour le pire, son commandant avait lancé l'attaque, et l'énergie pulsait au cœur du réseau que formaient ses circuits, réveillant des armes qui étaient demeurées silencieuses pendant cinquante et un millénaires.

La force d'attaque se dirigeait vers le sud, et un vaste front orageux couvrait la plus grande partie du Pacifique sud, frappant les véhicules d'assaut de ses poings puissants. Colin en était heureux. Il conduisait ses guerriers droit dans sa gueule, à quelques encablures à peine des crêtes des vagues rageuses, et ils avalaient les kilomètres.

Ils se déplaçaient à une vitesse à peine supérieure à Mach 2, car ils n'osaient pas arriver à pleine puissance. Il y avait encore des chasseurs sudistes dehors dans la nuit. Ils le savaient et se cachaient dans les mâchoires de la tempête sous leurs champs de camouflage, certains de ce que *Dahak* veillerait sur eux depuis là-haut. Les cinq navettes d'assaut du *Nergal* suivaient Colin, mais il y en avait bien trop peu pour transporter toutes ses troupes. Plusieurs vedettes et les deux chaloupes convoyaient encore d'autres hommes, et les six chars lourds du *Nergal* flottaient sur leurs propres rétropulseurs gravitoniques. Ils pouvaient tenir l'allure à cette vitesse réduite. Ces chars étaient une bénédiction mitigée car il fallait deux impériaux pour les conduire et ces derniers étaient en nombre limité. Mais leur puissance de feu était formidable. Rien ne pouvait les arrêter sauf une frappe nucléaire directe. C'était ce dont Horus et lui-même avaient prudemment évité de discuter avec leurs équipages. Ces six chars abritaient douze des dix-huit enfants impériaux.

Le picotement de systèmes de scanners actifs les atteignit depuis le sud, encore faible, mais son intensité allait croissant tandis que Colin vérifiait sa position pour la millième fois. Encore vingt minutes pour les chars, estima-t-il, mais ces scanners les repéreraient dans dix minutes. Il inspira profondément et parla d'une voix tonique dans la com :

« Pilotes des navettes, allez-y ! » Les bateaux blindés et lourdement armés filèrent en avant dans un sifflement aigu, à neuf fois la vitesse du son.

Des alarmes retentirent à bord du bâtiment de guerre subluminique *Osir*, et l'homme qui avait été jadis le capitaine ingénieur mécanicien Anu se redressa sur son lit d'un bond.

Anu cligna des yeux avec rage, chassant les derniers voiles du sommeil, et il grimaça en rugissant. Ces putain de morveux sans couilles osaient l'attaquer, lui ! Ses neurocapteurs transmirent des informations à son cerveau avec une efficacité bien huilée. Il vit alors six navettes qui arrivaient en hurlant sur son enclave. Invraisemblable ! Que croyaient-ils donc faire ? Il les écraserait comme des insectes !

Il émit un ordre en direction des postes où se trouvaient les armes automatiques entourant le périmètre de l'enclave, puis un autre pour commander à ses chasseurs lointains d'abandonner le mode camouflage et de venir à la rescousse de l'enclave, un troisième enfin pour déclencher toutes les alarmes internes.

« Les voilà ! » murmura Colin ; il tressaillit quand des missiles et des rayons d'énergie zébrèrent soudain les ténèbres. On en arrivait au moment le plus risqué de l'approche mais c'était aussi ce pour quoi étaient conçues les navettes d'assaut. En outre, ces défenses automatiques se trouvaient à l'extérieur du bouclier principal.

Des leurres et des instruments de brouillage se mirent en activité, combattant les ordinateurs de défense, et, à ses côtés, les systèmes d'armement de Tamman s'allumèrent. Colin le sentit se pencher comme pour inciter ses serviteurs électroniques à travailler plus dur, mais il ne pouvait lui consacrer beaucoup d'attention. Il était trop occupé à faire virer la navette au fil de toutes les manœuvres d'évasion qu'il pouvait imaginer, et dans la nuit partout rôdait la mort.

Colin ravala un grognement lorsque l'une des navettes fut touchée par un tir direct et qu'elle explosa en un globe de feu. Hanalat et Carhana, pensa-t-il, nauséeux, et soixante Terriens avec elles. Un missile explosa dangereusement près d'une autre navette, et il eut la gorge nouée en voyant Jiltanith s'éloigner de la boule de feu. Les canons à énergie grondaient, et sa propre embarcation se mit à vibrer sous le choc d'un tir qui venait de ricocher sur le blindage.

Mais Tamman trouva alors sa solution de tir : une salve de missiles quantiques filèrent au loin, trop rapides, trop proches pour que les systèmes de défense parviennent à les stopper. Il s'agissait d'armes balistiques, insensibles aux leurres. En atteignant leur cible, elles produisirent une explosion qui secoua un continent tout entier et inonda le plateau du Highland américain d'une terrifiante lumière. D'autres navettes faisaient feu, et leurs missiles ne cessaient de croiser ceux qui montaient à la charge pour les détruire. Des canons tempêtaient en tirant vers le sol. Des explosions et de la fumée, de la pierre pulvérisée et de la glace vaporisée, des rayons d'énergie meurtriers – c'était à quoi se résumait le monde tandis que les hommes du *Nergal* se ruaient à l'attaque dans un grondement de tonnerre.

Anu croassa triomphalement quand la première navette d'assaut explosa, puis il jura avec férocité lorsque l'ennemi riposta. Il enfila précipitamment son uniforme tandis que l'enclave était secouée par la fureur de l'assaut. Briseur ! Que le Briseur les emporte tous ! Ses défenses étaient conçues pour arrêter l'attaque massive d'un bâtiment de guerre de quatre-vingt mille tonnes et non un débarquement. Les postes de tir retournaient dans les limbes – non pas successivement, mais par groupes de deux ou trois, et même par dix ! On l'avait assailli par surprise, de trop près pour ses armes lourdes anti-vaisseau, et ses défenses extérieures mal protégées s'effondraient dans les flammes alors même qu'il jurait.

Cela faisait trop longtemps qu'il n'avait pas vu l'Empirium en guerre. Il avait oublié à quoi cela ressemblait.

Ninhursag sortit de la douche en trébuchant, chassa frénétiquement ses cheveux trempés de ses yeux et descendit à toute allure le long du puits de transit de l'immeuble comme une

otarie nue et mouillée. Les sous-sols étaient conçus pour résister
à tout sauf une frappe nucléaire directe ou une bombe à distorsion spatiale. Elle n'avait rien à faire là-haut. Elle courait le
même risque de se faire tuer par un ami – ou par accident – que
par un ennemi.

Elle referma la porte renforcée, conçue pour résister aux
explosions, avant de prendre enfin conscience du fait qu'ils
étaient bien là ! *Ils l'avaient fait !*

« Navette deux, avec moi ! » lâcha Colin, et Jiltanith surgit des
nuages embrasés. Ils fondirent tous deux directement sur les
défenses qui faiblissaient pendant que leurs compagnons continuaient à mettre en pièces l'armement d'Anu. Là-bas ! La balise
du point d'accès !

Colin MacIntyre inspira profondément. À cette vitesse, ils
n'auraient pas le temps de changer de cap si le bouclier restait
levé, pas même avec une propulsion gravitonique. Son implant
déclencha le code que Ninhursag avait volé.

« *NON !* »
Anu hurla sa protestation dans un accès de fureur noire
quand il sentit s'ouvrir le bouclier. Comment ? *COMMENT ?*
Ils n'avaient aucun moyen de connaître le code ! Ramman était
mort et aucun autre impérial n'avait quitté l'enclave !

Mais ils l'avaient, ce code. Les portails de sa forteresse
s'ouvrirent largement tandis que filaient deux navettes couleur
de nuit dans le tunnel occidental, faisant rougeoyer les parois de
pierre sous l'effet de la chaleur due aux forces de compression
générées par leur passage.

« Nous y sommes ! » hurla Colin à ses passagers, et l'exulta-
tion de Tamman était semblable à un nuage de flammes près de
lui. Les navettes faisaient les montagnes russes à quelques
mètres à peine des parois du tunnel tout en volant côte à côte,

mais ni Colin ni Jiltanith n'y accordaient d'attention. Ils filaient droit devant et leurs batteries lourdes de canons à énergie montées sur le nez des appareils beuglaient tout en vaporisant jusqu'à l'air même qui leur barrait la route. Colin chevauchait la foudre de ses canons incandescents et invincibles, et le portail intérieur, en acier de combat impérial, explosa comme une barrière de paille.

Ils pénétrèrent l'enclave dans un bruit de tonnerre : les propulseurs hurlaient sous la torture en décélérant à plein régime. Même la technologie impériale avait des limites, et ils fonçaient encore à plus de cent kilomètres à l'heure quand ils s'abattirent contre les arbres du parc central et poursuivirent leur course jusque dans les immeubles. Les infortunés traîtres terriens qui se trouvaient sur leur route n'eurent que quelques secondes pour comprendre que leur heure était venue tandis qu'explosaient les immeubles. Sous le choc, les navettes s'arrêtèrent enfin au milieu des gravats. Il n'y avait pas plus de trente mètres entre les deux appareils. Leurs passagers se retrouvaient couverts de bleus et d'ecchymoses, mais les navettes d'assaut étaient justement construites pour subir ces mauvais traitements. Les sas s'ouvrirent et c'est alors que les troupes qui les attendaient chargèrent.

Un ou deux hommes de Colin tombèrent, mais ils ne rencontrèrent que quelques tirs dispersés. Ce n'était pas un piège, se dit-il avec exaltation. Pas un piège !

Il activa son dispositif de saut, bondissant par-dessus un tas de gravats fumants, et son propre fusil à énergie se mit à rugir. Il n'avait en face de lui qu'une poignée d'agents de sécurité armés, et il découvrit les dents en voyant exploser le premier de ses ennemis sans armure.

Une formidable déflagration due au déplacement de l'air provint du tunnel quand la seconde paire de navettes pénétra à toute allure dans l'enclave. C'est alors que le véritable cauchemar commença.

Anu se précipita sur la passerelle de commandement de l'*Osir*, maudissant ses hommes de main pour le manque de fiabilité qui l'avait conduit à ne pas leur faire confiance et l'avait contraint à ordonner que l'on désactive les autres bâtiments de guerre. Pas même l'équipage de l'*Osir* n'avait l'autorisation de vivre à bord. Mais il s'agissait de son poste de commandement, et il se glissa jusqu'à la console du commandant, activant ses systèmes de défense automatiques. Ils étaient programmés pour répondre à un soulèvement parmi ses hommes, non à une invasion de grande ampleur, mais peut-être permettraient-ils à ses serviteurs de gagner un peu de temps avant de passer à l'offensive.

Des armes dissimulées surgirent un peu partout dans l'enclave. Anu n'avait pas le temps de leur donner des instructions précises de toute façon. Elles ouvrirent le feu sur tout ce qui bougeait.

Ganhar dégringola de son lit lorsque les alarmes se mirent à hurler. Une lueur s'alluma dans ses yeux. Le doute, la peur et l'angoisse de l'incertitude s'évanouirent dans une explosion de triomphe et il se mit à rire sauvagement. *Tiens, taré ! Voyons un peu comment tu te débrouilles avec ces gens-là !*

Il sortit sa propre armure de combat. Il allait mourir, songea-t-il calmement, et, à moins qu'il n'y ait réellement une vie après la mort, il ne saurait jamais pourquoi il avait permis cela. Mais ça n'avait plus d'importance. C'était ainsi et il n'était pas du genre à laisser inachevé ce qu'il avait commencé.

La dernière navette qui avait échappé aux tirs pénétra avec fracas au milieu des ruines et se mit à vomir ses troupes. Les hommes du *Nergal* commencèrent alors à tomber. Des rayons d'énergie ratissaient le parc, attirés par le mouvement. Les Terriens étaient incapables de détecter les systèmes de ciblage et les armes qui les abattaient, contrairement aux scanners intégrés aux armures des impériaux. Alors ceux-ci montèrent au front.

Colin eut envie de pleurer lorsque Rohantha s'exposa imprudemment en bondissant sur une poutrelle de soutènement mise à nu dans les ruines. D'une rafale de son fusil à énergie, elle mit en pièces deux armes lourdes qui se trouvaient sur la paroi de la caverne, avant qu'elles ne balayent son équipe de Terriens. Elle parvint presque à revenir à couvert, et Nikan, son compagnon de cabine et amant, fit exploser le canon qui venait de la réduire en un tas de cendres.

Colin virevolta sur la pointe des pieds, esquivant une boule d'énergie qui le dépassa à vive allure et vint forer un trou de vingt centimètres dans un parachutiste israélien. Son propre fusil réduisit au silence le bourreau automatique qui avait abattu l'Israélien, et il se précipita vers les bâtiments de guerre tout en essayant de retrouver le nom de cet homme mort dans un recoin de sa mémoire.

Trois des chasseurs camouflés d'Anu redevinrent visibles, filant à travers les cieux à plein régime pour fondre sur le troupeau maladroit de vedettes, de chaloupes et de chars qui affluaient encore vers l'enclave. Leurs systèmes de ciblage trouvèrent leurs proies, mais les deux appareils de tête disparurent dans un cataclysme de boules incandescentes avant d'avoir pu tirer. L'équipage de la troisième formation s'entre-regarda bouche bée et avec horreur pendant un instant quand ses instruments lui indiquèrent ce qui s'était passé. Des hypermissiles ! Des hypermissiles *embarqués* ! – on ne pouvait les avoir lancés que depuis l'espace !

Ils périrent avant d'avoir pu avertir leur commandant que *Dahak* n'était pas mort.

Anu fit une grimace haineuse et triomphale. Même si les ordinateurs ne pouvaient lui donner qu'une impression confuse de ce qui se passait, il percevait que l'on était en train d'arracher les portes des placards des armureries à bord des transporteurs tandis que ses armes semaient la mort à l'extérieur.

Mais son rugissement de triomphe s'estompa alors que les combats gagnaient en intensité. Ces agresseurs n'étaient pas humains ! C'étaient des démons du Briseur surgis du fin fond des ténèbres de l'enfer : ils encaissaient les tirs et continuaient à affluer !

Une vague de commandos du *Nergal* arrosa la rampe d'atterrissage du transporteur *Bislaht* et un trio de fusiliers marins français munis d'une mitrailleuse de cinquante la prirent pour cible. Leurs coéquipiers les dépassèrent à toute allure à la suite de Nikan, se lançant à l'assaut de l'armurerie pour arriver avant que les mutins du *Bislaht* ne puissent saisir leurs armes.

Ils faillirent gagner la course. À peine une douzaine de défenseurs étaient en armure lorsqu'ils sortirent avec fracas du puits de transit. Nikan rugit avec fureur en abattant deux d'entre eux et chargea les autres, son fusil à énergie en mode automatique, semant partout la mort. Un troisième mutin tomba, puis un quatrième, mais le cinquième leva son arme à temps. Nikan se transforma en une fontaine de sang cernée d'une couronne de feu générée par ses packs énergétiques perforés. Le commando SAS qui se trouvait derrière lui mitrailla son meurtrier au fusil à gravitons.

La fumée et la puanteur du sang emplirent l'armurerie, et les commandos de Terriens, désormais privés de leur leader impérial, se mirent à couvert en s'accroupissant juste à l'intérieur du sas. Ils entreprirent alors de tirer sur tout ce qui bougeait.

Ganhar émergea du puits de transit pour se retrouver à l'intérieur du central de sécurité à bord du transporteur *Cardoh*. Les agents de sécurité passaient en jouant des coudes ou bien venaient se heurter à son armure tout en confluant vers le puits de transit, en direction de l'armurerie qui se trouvait en des-

sous, et, tel un Titan, Ganhar se frayait maladroitement un chemin à travers cette foule. Le bureau extérieur de Jantu était
désert et il ressentit une déception subite. Mais le sas intérieur
s'ouvrit et Jantu se tint alors sur le seuil, serrant un pistolet à
énergie dans la main.

Ganhar sourit à travers sa visière blindée, savourant le regard
dément de Jantu. Cela valait le coup, se dit-il froidement. Tout
cela valait vraiment la peine, ne fût-ce que pour ce moment-là.

Il releva légèrement son fusil à gravitons et les yeux affolés de
Jantu s'étrécirent. Il comprit soudain tandis que ses implants
reconnaissaient ceux de Ganhar. Dans cet instant fugace, le
chef des opérations vit passer un éclair d'intelligence intuitive :
Jantu prenait subitement conscience de ce qui s'était vraiment
passé quand Ramman était venu trouver Ganhar.

« Perdu », fit Ganhar doucement, et son fusil émit un sifflement aigu.

Colin s'étala face contre terre : une silhouette en armure
venait de le plaquer par-derrière. Il roula sur lui, s'emparant
de son arme de poing, avant de reconnaître Jiltanith. Il comprit
aussitôt pourquoi elle l'avait heurté lorsqu'une rafale d'énergie
fouetta l'air au-dessus de lui. Il se releva en s'appuyant sur
un coude, retraçant la voie qu'elle avait suivie. L'agent de
sécurité dépourvu d'armure se préparait à tirer une seconde
fois quand Colin le désintégra d'une rafale de son fusil à gravitons.

Dahak se sentait presque joyeux malgré l'angoisse qui le
tenaillait quant au sort de Colin. Ses scanners indiquaient que
les Nordistes avaient pénétré dans l'enclave. D'une manière ou
d'une autre, le bouclier allait bientôt tomber.

En attendant, il s'affairait à localiser tous les chasseurs d'Anu
qui s'étaient déployés en quittant leur mode camouflage pour
retourner vers le sud au plus vite. Il les traqua un par un avec

précision, répartit ses hypermissiles avec soin et décocha enfin une seule et même salve.

Vingt-neuf autres chasseurs impériaux disparurent en l'espace d'approximativement deux virgule vingt-sept secondes terriennes.

La fumée et les flammes dévoraient l'immense caverne. D'autres Sudistes encore s'emparaient d'armes et d'armures, émergeant en grappes isolées de silhouettes combattantes. Ils cherchaient à se rallier les uns aux autres au beau milieu du cauchemar qui venait d'éclater parmi eux. Quoique largement dépassés en nombre, ils étaient tous impériaux et, même sans armure de combat, bien plus efficaces qu'aucun adversaire terrien. Ou plutôt c'eût été le cas s'ils avaient compris ce qui se passait.

La plupart des armes automatiques d'Anu s'étaient tues à présent, car elles mettaient en danger l'un et l'autre camp et tous deux les avaient immédiatement fait taire. Pourtant elles avaient freiné le premier assaut tandis que d'autres partisans d'Anu s'armaient. Un espoir en perspective, mais ils avaient dangereusement cédé du terrain. Jusqu'à présent, Anu n'avait perdu tout contact qu'avec le *Bislaht*, mais les combats faisaient rage à bord de trois autres transporteurs, six autres encore se trouvaient encerclés et leurs sas subissaient des tirs nourris.

Briseur! Qui aurait cru que des dégénérés puissent combattre ainsi? Il n'y avait qu'une poignée de vieux impériaux usés parmi eux, mais on aurait dit des fous!

Il tressaillit lorsque ses scanners observèrent un quintette de Terriens sortant subitement de l'enchevêtrement de ruines. Ils formaient un gantelet encadrant trois de ses propres impériaux. Deux des dégénérés tombèrent, mais les autres balayèrent ses hommes en armure d'une incroyable combinaison d'armes terriennes et impériales. Des fléchettes de fusil à gravitons explosèrent à l'intérieur des armures, un lance-flammes les aspergea de feu liquide et une roquette terrienne antichar fit exploser le dernier survivant en l'envoyant valser à six mètres. Les dégénérés indemnes plongèrent à nouveau à couvert pour détaler, à la recherche de nouvelles proies.

C'était impossible. Anu le voyait de ses propres yeux et pourtant il n'arrivait toujours pas à y croire !

Mais c'est alors que lui parvint le rapport qu'il espérait. L'équipage du *Transhar* avait fini par activer quelques-uns de ses véhicules, et Anu eut un large sourire en voyant le premier char léger se diriger vers le sas, porté par ses rétropulseurs gravitoniques.

Andrew Asnani stoppa sa glissade. Il prit une inspiration tout en essuyant la sueur de son visage. Il avait été séparé du reste de son équipe, et le vacarme assourdissant de la bataille le martelait comme autant de coups de poing. Mais, malgré toute l'horreur de ce vacarme, c'était le plus doux qu'il avait jamais entendu. Cela prouvait qu'il n'avait pas conduit le colonel et ses hommes dans un piège. Il avait donc pu abandonner sa charge de démolition.

Il inspira encore une fois et serra son fusil d'assaut plus fermement en contournant les gravats d'une paroi brisée. Il se trouvait dans la section qui avait abrité les terroristes d'Anu, et pourtant incertain de la manière dont il y était parvenu. L'habitude peut-être. Ou peut-être autre chose…

Il s'aplatit soudain en voyant se dessiner des silhouettes dans l'épais nuage de poussière et de fumée. C'étaient des Terriens, non des impériaux. Ses lunettes de protection ne repéraient aucune signature d'implant. Mais il ne s'agissait pas des siens, constata-t-il sombrement, et il se renfonça dans l'ombre du mur abattu. Il y en avait au moins vingt, tous en armes, bien qu'il n'eût aucune idée de la façon dont ils se les étaient procurées. Aucune importance. Mauvaise cote contre lui, mais, avec un peu de chance, il n'aurait qu'à les laisser filer…

La chance n'était pas au rendez-vous. Ils se dirigeaient droit sur lui, et la saveur cuivrée de la peur lui emplit la bouche. C'était injuste ! Être arrivé si loin, avoir tant risqué et tomber maladroitement sur...

Le cours de ses pensées s'interrompit d'un coup, laissant la panique subitement derrière lui, et il ne chercha plus à se cacher. Abgram ! C'était bien l'homme qui menait la troupe, et cela changeait tout car c'était lui qui, cinq années plus tôt, avait dirigé l'attentat au camion piégé dans le New Jersey.

Depuis onze mois, Asnani connaissait l'identité des meurtriers de sa famille, et pourtant il ne pouvait rien faire sans ficher en l'air sa couverture et toute l'opération du colonel Mac-Mahan avec. Mais le tonnerre et les cris retentissaient encore dans ses oreilles, et la victoire ne dépendait plus de sa propre survie.

Il éjecta son chargeur à moitié vide, le remplaça par un nouveau puis vérifia le cran de sûreté, se raidissant sur ses jambes. Les terroristes approchaient, tapis dans l'ombre pour en émerger par endroits un instant plus tard comme il l'avait fait. Il ne pouvait quitter son abri sans être vu, mais, quoi qu'il arrive, dans vingt secondes ils l'auraient repéré. Dix mètres. Il les laisserait encore approcher de dix mètres.

Le sergent Andrew Asnani, de l'armée des États-Unis, jaillit tel l'éclair de sa cachette, l'arme en mode automatique.

Six hommes périrent instantanément, et celui connu sous le nom d'Abgram s'abattit, hurlant, au moment où ses compagnons concentraient leur tir sur l'apparition surgie parmi eux. Il leva les yeux avec douleur, regardant les balles marteler son gilet d'armes et sa chair, le sang jaillir de l'homme qui venait de tirer sur lui.

Ce fut la dernière image que vit Abgram, car Andrew Asnani n'avait plus qu'un seul dessein, et son ultime et brève rafale fit voler sa tête en éclats.

« *Merde !* »

Colin coupa son dispositif de saut et s'arrêta dans un enche-vêtrement d'arbustes abattus pour laisser passer un char léger. Un rayon d'énergie solide déchiqueta deux des Terriens d'Anu qui fuyaient, affolés, et ce qui avait été une fontaine vint frapper une silhouette en armure. Rihani, pensa-t-il, un des ingénieurs du *Nergal*. Mais, vu ce qui restait de lui, il ne pourrait jamais en être sûr. Il observa le char qui se posait sur ses chenilles pour accroître sa stabilité tandis que des grenades et des roquettes explosaient tout autour. Son blindage épais et son bouclier invi-sible ignoraient le chaos, et la tourelle pivotait, à la recherche de nouvelles cibles. Le long canon à énergie pointa dans sa direction ; il saisit la cheville de Jiltanith et la tira derrière lui, même si…

Un éclair surgit du portail en miettes et le char sudiste explosa dans un grondement. Celui qui l'avait abattu apparut dans un roulement de tonnerre, massif et trapu sur ses propres chenilles, broyant le sol de la caverne. Colin frappa du poing la poussière. Il ne contenait plus sa joie.

Le char lourd du *Nergal* avançait avec confiance, traquant l'ennemi de ses canons tandis que jaillissaient des éclairs de ses batteries antipersonnel et que les mitrailleuses à gravitons gémissaient depuis la tourelle supérieure.

Anu émit un grognement de rage quand le char du *Transhar* fut détruit, mais sa fureur redoubla lorsque le blindé ennemi se plaça dans une position de tir qui couvrait la rampe de lance-ment de véhicules du bâtiment. Un autre char tenta une sortie et fut réduit en miettes d'un seul tir méprisant.

Une grenade à distorsion spatiale ricocha et roula, montant en puissance au bord du bouclier du char, mais sans résultat. Les deux camps avaient enclenché leurs neutraliseurs, étouffant l'effet du minuscule hypergénérateur des grenades. D'ordinaire cette mesure favorisait la défense, mais Anu vit alors un second char ennemi émerger du portail, puis un troisième ! Et rien, mis à part une bombe nucléaire ou une ogive à distorsion spatiale, n'arrêterait ces machins-là. Ou encore un bâtiment de guerre qui viendrait en renfort des troupes au sol. Mais il n'en avait qu'un seul en activité et le reste de son équipage n'était pas encore arrivé.

C'était une course, pensa-t-il, lugubre. Une course entre l'équipage de l'*Osir* et la prochaine horreur qu'allaient engendrer ceux du *Nergal*.

Ganhar bondit avec légèreté hors du sas numéro 6 du *Cardoh*, et son équipement de saut absorba le choc de la chute de douze mètres. L'*Osir* se trouvait par là, se dit-il, toujours étrangement calme, comme détaché, et c'était là que se terrait Anu.

« Là-bas ! » hurla Colin, pointant du doigt le bâtiment de guerre *Osir* par-delà un espace de deux cents mètres balayé par les tirs. « Tu sens ça, 'Tanni ? On a activé ses systèmes ! Anu doit se trouver à bord !

— Ouy », acquiesça Jiltanith, puis elle s'interrompit pour épingler un Sudiste en fuite d'un coup de son fusil à énergie. Dans son armure, sa force égalait celle d'un impérial entièrement augmenté, et il fallait avoir vu ses réflexes pour le croire.

« Ouy-da, dit-elle encore, cependant ce ne sera point chose aisée que de traverser ceste zone d'exclusion, mon Colin !

— Non, mais si nous parvenons à pénétrer là-dedans…

— N'est personne pour couvrir nostres arrières et nous contournons ceste zone, avertit-elle.

— Je sais. » Colin scanna le chaos fumant, mais ils avaient semé leurs propres hommes. Il semblait n'y avoir que peu de Sudistes dans le voisinage. Ce qui rendait l'approche si périlleuse, c'était la présence de défenses automatiques qui balayaient la zone.

« Regarde là-bas, à gauche », dit-il soudain. Certains robots avaient été abattus, créant ainsi une brèche dans les défenses. « Tu crois que nous parviendrons à passer au travers avant qu'ils nous grillent ?

— Je ne sçaycs, répondit Jiltanith, mais peut-être povons-nous l'essayer.

— Je savais que l'idée te plairait », dit-il, essoufflé, et ils se mirent en route.

Hector MacMahan esquiva puis jura affreusement tandis qu'un fusil à gravitons ennemi mettait en pièces l'armure de Darnu, générant ainsi un tourbillon infernal. L'impérial tomba, et Hector arrosa d'une volée de fléchettes la source probable du tir.

Un Sudiste armé se leva en titubant pour retomber mort, mais ce n'était guère une juste rétribution, pensa MacMahan avec férocité alors qu'il menait les survivants de son équipe au front. Darnu valait cent Sudistes, et il s'en fallait de beaucoup que ce fût le premier impérial que le *Nergal* perdait durant cette nuit sanglante.

Mais ils repoussaient ces salauds. Les chars faisaient la diffé-rence – de même que les équipes montées à bord des autres transporteurs, qui avaient empêché l'ennemi de s'emparer de ses autres véhicules blindés. Ils avaient une chance, une bonne chance, si toutefois ils arrivaient à progresser encore…

La dernière des vedettes du *Nergal* jaillit du tunnel et explosa en plein vol. MacMahan jura encore, puis ses hommes avan-cèrent vivement à croupetons.

Ganhar lança un coup d'œil par-dessus son épaule. Il ne reconnut aucun des implants de ces deux silhouettes en armure. Briseur ! Il y en avait une troisième, inconnue, qui se profilait derrière eux ! S'ils avaient su qu'il les avait laissés entrer par la porte, ils l'auraient peut-être salué comme un allié, mais comment l'auraient-ils appris ? Par ailleurs, il était plus près qu'eux de l'*Osir*.

Il atteignit une rampe et la gravit à toute allure, cherchant à s'abriter derrière la coque en acier de combat tandis que les rayons et les fléchettes de fusils à gravitons lui fouettaient les talons. Il atterrit sur une épaule et fit une roulade dans le fracas de son armure. Il se releva et courut jusqu'au puits de transit. Anu serait sur la passerelle de commandement.

Jiltanith et Colin grimpèrent le long de la rampe principale sous l'ouragan des tirs des défenses automatiques, mais les armes encore actives étaient de trop courte portée pour les atteindre. La porte du sas était ouverte. Colin se précipita le premier et se jeta sur sa droite. Jiltanith le suivit et volta vers la gauche, mais le sas était désert et la porte intérieure également ouverte. Ils avancèrent aussi prudemment que possible dans l'urgence de la situation.

C'était plus calme ici, et le bruit métallique d'un pied en armure retentit derrière eux. Ils se retournèrent, mais c'était l'un des leurs, Geb. La suie et la fumée avaient maculé son armure tout autant que la leur. Il avait été touché à la poitrine, assez violemment pour briser ses côtes bio-améliorées, mais l'armure enfoncée avait tenu, bien que Colin n'aimât guère la façon qu'avait le vieil impérial de privilégier son flanc gauche.

« Content de te voir, Geb, dit-il, réprimant un gloussement à demi hystérique devant le ridicule de cette salutation. Alors on se promène ?

— Toujours plus haut, répondit Geb en haletant.

— Bien. Surveille nos arrières alors, tu veux bien ? » Geb acquiesça et Colin donna une tape sur les épaules en armure de Jiltanith. « Allons trouver Anu, 'Tanni », dit-il.

Il ouvrit alors la voie et se dirigea vers le puits de transit central.

Ganhar sortit du puits, douze ponts sous la passerelle de commandement, car celui qui se trouvait au-dessus était désactivé. C'était donc une mesure de sécurité qu'il ignorait, hein ? Il restait toujours les conduits. Il appuya sur l'interrupteur dans la cloison pour ouvrir le plus proche.

« Bonjour, Ganhar. » Il s'immobilisa en entendant la douce voix et opéra un scan rapide à trois cent soixante degrés. Elle était sans armure, mais son fusil à énergie visait sans faillir sa colonne vertébrale.

« Bonjour, Inanna. » Il parla doucement, sachant qu'il ne se retournerait jamais assez vite pour l'abattre de son fusil à gravitons. « Je croyais que nous étions du même côté.

— Je te l'ai dit, Ganhar. Je suis une fille intelligente. J'avais même mes propres micros dans le bureau de Jantu. »

Ganhar déglutit. Elle avait donc tout vu et savait pourquoi il se trouvait là.

« Je n'en ai qu'après Anu, reprit-il. Si je parviens à l'abattre, peut-être nous laisseront-ils nous rendre.

— Mauvaise idée, Ganhar, fit calmement Inanna. Ça aussi, je te l'ai déjà dit.

— Mais *pourquoi*, Inanna ? C'est un putain de taré !

— Parce que je l'aime, Ganhar. » Et elle tira.

Colin et Jiltanith utilisèrent le puits de transit pour monter aussi haut que possible, mais quelqu'un l'avait désactivé à partir du pont numéro quatre-vingt-dix. Ils en sortirent, cherchant une autre voie d'accès vers le sommet, et Colin eut le souffle coupé en entendant la déflagration d'un fusil à énergie en provenance du couloir juste derrière lui. Il allait se retourner quand un second rayon émis par la même arme zébra l'ouverture du puits. On l'avait manqué d'un centimètre. Il entendit alors l'arme de Jiltanith rugir et leva les yeux pour voir une silhouette sans armure dégringoler sur le pont. « Bon Dieu ! marmonna-t-il, celle-là est passée un peu trop près !

— Ouy-da, répondit Jiltanith, puis elle fit une pause. Cuyde que nostre chemin se trouve là-bas et présentement, mon Colin. À moins que mes yeulx ne disent poinct vray, deux corps gisent sur cestuy pont là-bas. Pariserois bien que le premier d'entre eulz cherchoit Anu comme nous-mesmes.

— Cuyde que tu as probablement raison », grogna-t-il, enjambant le puits de transit en reculant. Jiltanith avait atteint la femme sans armure à mi-poitrine, et le spectacle atroce l'obligea à détourner aussitôt le regard. Il n'avait pas le temps de l'examiner, de toute façon, et pourtant une étrange impression de familiarité le rendait quelque peu perplexe. Il lui jeta un autre coup d'œil, mais il ne l'avait jamais vue auparavant. Il se tourna vers le conduit à demi ouvert, enjambant la forme en armure mutilée qui se trouvait juste devant.

« Je me demande qui cela pouvait bien être », murmura-t-il tout en ouvrant la porte en grand.

Geb sortit du puits de transit et fit une pause pour reprendre son souffle tandis que Jiltanith se faufilait dans le conduit à la suite de Colin. Il devait avoir les côtes sérieusement touchées, pensa-t-il. Ses implants atténuaient la douleur, mais il avait du mal à respirer et il recevait assez d'analgésiques pour en avoir le vertige. Mieux valait ne pas se glisser dans un espace aussi restreint. Par ailleurs, ils auraient besoin de quelqu'un en bas pour couvrir leur retraite.

Il s'accroupit, s'efforçant de ne pas penser aux nombreux amis qui étaient en train de mourir par-delà cette coque paisible. Puis il jeta un coup d'œil à la silhouette morte en armure à ses pieds, se demandant, tout comme Colin et Jiltanith, qui avait été cet homme et pourquoi sa complice l'avait tué. Puis il se tourna vers le cadavre de la femme et se figea.

Non, se dit-il. S'il te plaît, Créateur, fais que je me trompe !

Mais il ne se trompait pas. Il connaissait bien ce visage, l'avait connu des millénaires plus tôt, quand il appartenait encore à une femme nommée Tanisis. Une belle jeune femme mariée à l'un de ses plus proches amis. Il l'avait crue morte au cours de la mutinerie et l'avait pleurée lui aussi, tout comme son mari... qui avait baptisé une fille née sur Terre du nom d'Isis en sa mémoire.

Et aujourd'hui, tant d'années après, Geb maudissait jusqu'au Créateur pour s'être trompé. Elle avait vécu, pensa-t-il avec un profond malaise, dormi au fil des millénaires, sans rêves, en état d'animation suspendue, vivante, encore jeune et belle... pour finir par être assassinée de façon obscène, massacrée pour qu'une des goules d'Anu revête sa chair.

Il se leva lentement, aveuglé par les larmes, et ajusta la visée de son fusil sur le mode grand angle. Il murmura une prière de remerciement car Jiltanith ne s'était pas souvenue du visage de sa mère ou bien n'avait pas observé le cadavre de près. Elle n'aurait plus cette opportunité, car il y avait un dernier service que Geb pouvait encore rendre à son amie Tanisis. Il pressa la détente et un souffle gravitonique destructeur fit disparaître le corps estropié dans les limbes.

Hector MacMahan regarda avec prudence autour de lui. Les six chars du *Nergal* étaient désormais actifs, et seul un char lourd sudiste avait réussi à sortir de la soute de son transporteur pour les défier. Les débris à moitié fondus de son épave jonchaient la caverne sur une étendue de deux cents mètres carrés, vomissant une fumée âcre et suffocante mêlée au brouillard qui enveloppait cette scène infernale.

Un grand nombre de leurs impériaux étaient morts, songea-t-il amèrement. Leur propre haine, à laquelle s'ajoutait la nécessité de protéger les Terriens, plus faibles, avait beaucoup coûté à leur camp. Il doutait que plus de la moitié d'entre eux soient encore vivants, même en comptant les équipages des chars, mais leur sacrifice avait donné aux commandos du *Nergal* le contrôle de tout l'ouest de l'enclave et de quatre des sept transporteurs dans le secteur oriental. Ils resserraient leur étau autour des poches de résistance tandis que les Terriens, protégés par les tirs des chars, progressaient avec prudence.

À moins que quelque chose n'évolue terriblement mal durant les trente prochaines minutes, ils allaient gagner la bataille.

Colin laissa aux « muscles » de son armure le soin de subir l'effort de l'escalade, sondant l'espace devant lui à l'aide de ses implants modifiés par *Dahak*; Jiltanith et lui s'approchaient de l'intense bourdonnement de la passerelle de commandement. Ils n'étaient plus qu'à un pont dessous quand il sentit les armes automatiques, couvertes par un champ de camouflage mais légèrement défaillant et de toute façon impuissant à tromper ses implants.

« Attends, grogna-t-il en direction de sa compagne.

— Qu'as-tu donc intercepté ?

— Des pièges et des armes à énergie, répondit-il d'une voix absente, examinant le champ complexe des lignes de tir qui s'entrecroisaient. Bon sang, c'est une saloperie. Eh bien... »

Il arracha son fusil à gravitons de ses sangles. Son arme à énergie aurait peut-être été plus utile, mais ces quartiers étaient bien trop étroits.

« Que fais-tu ?

— Je vais nous frayer un petit chemin », dit-il, et il pressa la détente.

Un ouragan d'aiguilles balaya le conduit. Elles s'enfoncèrent à moitié dans l'acier de combat avant d'exploser. Des batteries de scanners, des alarmes et des systèmes de ciblage furent réduits en miettes, et les armes s'affolèrent. Le puits au-dessus de lui se transforma en un feu d'artifice d'explosions de rayons d'énergie et de projectiles solides.

Anu releva la tête d'un coup quand le chaos se déchaîna dans l'un des conduits. On avait déclenché ses défenses, mais il se passait quelque chose d'anormal. Elles ne tiraient pas de manière contrôlée – elles s'entre-déchiraient les unes les autres !

Le carnage dura trente bonnes secondes puis Colin sonda le tas de ruines prudemment.

« C'est bon. En revanche, nous venons juste de tirer la sonnette. Tu penses qu'il faut continuer ?

— Il semblerait que nous n'ayons guère le choix.

— Je craignais que tu ne dises ça. Allons-y. »

Anu se détourna de sa console. Il avait le visage presque détendu.

Cela prendrait encore un moment, mais l'audace même de cette attaque avait été décisive. Ces chars lourds avaient fait pas mal de dégâts, mais c'est l'effet de surprise qui avait causé la défaite des mutins. Ses rêves vieux de cinquante mille ans s'effritaient entre ses doigts, et c'était entièrement la faute de ces traîtres rampants du *Nergal*. La leur et celle de ses propres subordonnés sans tripes.

Mais, s'il avait perdu, il pouvait encore veiller à ce qu'ils perdent aussi. Il traversa calmement la passerelle pour rejoindre la couchette de l'officier d'artillerie, insinuant son esprit avec précision dans le tableau de bord. Il aurait dû installer une bombe digne de ce nom, mais cela devrait faire l'affaire.

Il initia la séquence d'armement puis fit une pause. Non, attendons un peu. Laissons d'abord venir jusqu'ici celui ou ceux qui se tiennent dans le conduit. Il voulait voir au moins la gueule d'un de ces salopards quand il apprendrait ce qui allait arriver à son précieux monde putride.

Colin aida Jiltanith à sortir du conduit, puis il marqua un temps d'arrêt, le visage livide. Mon Dieu ! ce fils de pute était en train d'armer toutes les ogives qui se trouvaient dans les magasins !

« Allons-y ! » cria-t-il, et il se précipita vers la passerelle de commandement.

De sa main gantée, il frappa le dispositif d'urgence et fonça à la charge dès que le sas s'ouvrit. Son fusil à énergie était prêt à tirer sur la console du commandant de bord, mais à peine avait-il bondi sur la passerelle qu'il prit conscience de son erreur. La poigne de fer d'un champ de capture l'avait saisi comme dans un étau. Il s'arrêta instantanément, sans même osciller sous l'effet de l'élan de sa course, désormais prisonnier de l'armure, incapable même de tomber à terre.

« C'est gentil de nous faire une petite visite », dit une voix, et il tourna la tête à l'intérieur de son casque. Un homme de haute stature était assis devant le tableau de bord de l'artillerie, un pistolet à énergie à la main. Il ne ressemblait pas aux images d'Anu dans les archives, mais il portait le bleu nuit de la Flotte de guerre orné de l'insigne d'un amiral.

« C'est fini, Anu, dit Colin. Tu ferais aussi bien d'abandonner.

— Non, fit calmement Anu. Je ne suis pas du genre à me rendre.

— Je sais de quel genre tu es », dit Colin avec mépris, les yeux toujours rivés sur lui, tandis que ses implants observaient Jiltanith qui se rapprochait encore progressivement. Elle était à plat ventre sur le pont et cherchait à se frayer un chemin sous l'horizon du champ de capture. Mais ses sens améliorés n'étaient pas aussi aiguisés que les siens. Parviendrait-elle à le contourner sans danger ?

« Ah, vraiment ? répondit Anu d'un ton moqueur. J'en doute. Aucun d'entre vous n'avait assez d'esprit pour me comprendre, sinon vous vous seriez ralliés à moi au lieu d'essayer de me rabaisser à votre pitoyable niveau.

— C'est sûr, ironisa Colin. Tu as accompli un travail magnifique, n'est-ce pas ? Cinquante mille ans, et tu es encore coincé sur cette petite planète insignifiante. »

Le visage d'Anu se contracta et il entreprit de déclencher les ogives, puis il s'arrêta et s'extirpa de la couchette comme un serpent.

« Non, murmura-t-il. Je crois que je vais te regarder hurler pendant un moment pour commencer. Je suis ravi que tu sois en armure. Ça prendra un bon moment avant que cette petite arme de poing ne la transperce, et tu vas si bien le sentir. Commençons par un bras, d'accord ? Si j'attaque par une jambe, tu vas tomber et ça ne sera pas drôle du tout. »

Il se rapprocha, et des gouttes de sueur perlèrent au front de Colin. Si ce bâtard avançait de trois mètres encore, Jiltanith pourrait l'atteindre à travers la porte. Mais il la verrait alors, et elle était à plat ventre. Il se tortura la cervelle tandis qu'Anu faisait un pas de plus puis un autre. Il devait y avoir un moyen ! Forcément ! Ils avaient parcouru un si long chemin...

Une seconde ! Anu avait toujours eu tant d'assurance, peut-être n'avait-il pas changé...

Le mutin fit encore un pas, et Jiltanith leva son fusil. Son armure frottait si doucement contre le pont que des oreilles ordinaires n'auraient pu l'entendre. Mais Anu était de la caste des impériaux. Il se tourna avec la vitesse d'un serpent, écarquillant les yeux de surprise. Il abaissa d'un coup son arme et tira en un éclair.

Ce fut un cauchemar aveuglant. Le pistolet d'Anu rugit. Sa rafale d'énergie toucha Jiltanith à l'échine et s'y maintint. Une explosion de fumée sortit de son armure, mais elle pressa la détente à son tour. Une fléchette explosive détruisit la jambe droite d'Anu juste avant qu'une couronne de flammes et d'étincelles produite par la perforation des packs énergétiques ne se forme au-dessus de son armure.

Colin l'entendit crier dans sa com. Son fusil à gravitons lui tomba des mains et elle fut prise de convulsions. Pour Colin, le monde se transformait tout d'un coup en un bouillonnement de fureur.

Anu heurta le pont, hurlant jusqu'à ce que ses implants reprennent le contrôle. Ils atténuèrent la douleur, scellèrent les tissus déchirés, chassèrent les brumes du traumatisme, mais il lui en coûta de précieuses secondes et les implants de Colin – ses implants d'officier commandant – étendirent leur champ pour exiger l'accès aux ordinateurs de l'*Osir*.

Il y eut une onde de choc électronique, puis, comme le *Nergal*, l'*Osir* le reconnut, car Anu n'avait pas changé les codes de commandement. Il ne lui était pas même venu à l'esprit d'essayer. Il fixa Colin avec horreur, encore plus abasourdi que par la perte de sa jambe, incapable de croire ce qu'il était en train de constater. Il n'existait aucun officier de passerelle ! *Il les avait tous tués !*

Les pensées de Colin affluaient dans les ordinateurs de l'*Osir*, supprimant le champ de capture. Mais la haine et la folie aiguillonnèrent les efforts d'Anu et l'ordre qu'il lança s'insinua jusque dans le tableau de bord de l'artillerie. Il avait activé le code séquentiel de détonation.

Colin filait à sa suite, s'efforçant de l'annuler, mais il n'était pas dans la zone adéquate du cerveau de l'*Osir*. Il ne pouvait y parvenir à temps, c'est pourquoi il fit la seule chose en son pouvoir. Il projeta un gel complet de tout le réseau de commandement, et chacun des systèmes du bâtiment se bloqua.

Anu hurla de frustration, et Colin tituba tandis que le pistolet rugissait une fois encore. La rafale d'énergie vint le frapper en pleine poitrine, mais son armure tint le coup assez longtemps pour lui permettre de se jeter sur le côté. Anu déplaça vivement son arme, cherchant à maintenir sa cible fuyante dans la trajectoire, mais il n'avait pas compté avec les ajustements opérés par *Dahak* sur les implants de son commandant. Il mésestima les réflexes de Colin, et celui-ci alla se cogner contre une paroi. Le choc de l'armure contre l'acier de combat fit un terrible fracas et il ricocha comme un ballon de basket, se propulsant délibérément en direction d'Anu. Le mutin hurla encore quand un pied

en armure réduisit en bouillie la main qui tenait le pistolet. Il
tenta de fuir dans une roulade, mais Colin se jeta sur lui tel un
démon. Il étendit le bras puis l'agrippa, le secoua brutalement
après l'avoir saisi à bras-le-corps dans une étreinte de géant.
Enfin il lui tordit les mains.

Anu s'égosilla quand ses bras se brisèrent, et pendant un instant leurs regards se croisèrent – les yeux d'Anu fous de terreur
et de douleur mêlées, ceux de Colin tout aussi furieux et emplis
d'une douleur qui ne venait pas de sa chair – et Colin sut alors
qu'il tenait la vie d'Anu entre ses mains.

Mais il ne la prit pas. Il jeta sa victime de côté, dans une
fureur froide, et le mutin rebondit contre une paroi dans un
autre gémissement de douleur, avant de glisser jusqu'au pont,
impuissant dans son corps brisé. Colin l'ignora pour se jeter à
genoux près de Jiltanith. Il n'arrivait pas à lire ses bio-indica-
teurs à travers son armure gravement endommagée et il la souleva dans ses bras, répétant son nom et scrutant, désespéré, la
visière du casque.

Ses yeux s'ouvrirent lentement, et il eut un soupir de soulagement. « 'Tanni ! Es-tu... es-tu sérieusement touchée ?

— Certes, estoit comme ruade d'olifant, murmura-t-elle,
hébétée, mais sembleroit que soye indemne.

— Dieu merci ! murmura-t-il, et elle sourit.

— Ouy-da, cuyde que le Créateur n'estoit poinct pour rien
en cela, répondit-elle, la voix un peu plus ferme. Voyre mon
arnois, ou les deulz. Mais, après que m'avoir sauvée, cest arnois
ne puet plus rien faire d'aultre, mon bon Colin. Il fault que je
sorte de là si je vueil bouger. Ceste rafale a faict fondre tous mes
servocircuits.

— Tu as perdu l'esprit si tu crois que je vais te laisser sortir
de là-dedans maintenant !

— Estes doncques un tyran, dit-elle, et il la serra plus près.

— Le rang a ses privilèges, 'Tanni et je te sortirai d'ici en un
seul morceau, bon sang !

— Si vous semble bon, murmura-t-elle avec un petit sourire. Mais quoy faire avecques Anu ?

— Ne t'inquiète pas », dit froidement Colin.

Il plaça son armure hors d'usage en position assise pour qu'elle puisse voir le mutin estropié puis tourna son attention vers les ordinateurs. Il activa un système de diagnostic d'urgence isolé et se fraya prudemment un chemin à travers les circuits d'artillerie immobilisés jusqu'à l'ordre de détonation, puis il rechercha le circuit suivant dans la séquence. Il le désactiva, se retira et réactiva enfin les ordinateurs centraux. Il se tourna alors vers Anu, le visage froid.

« Comment ? » gémit le mutin. Même ses implants n'arrivaient pas à atténuer totalement la douleur de ses membres brisés, et il avait le visage livide. « Comment as-tu pu faire ça ?

— *Dahak* me l'a appris, dit Colin ironiquement, et Anu secoua la tête frénétiquement.

— Non ! Non ! *Dahak* est mort. Je l'ai supprimé ! » Son visage était déformé par la douleur de l'échec absolu qui supplantait sa souffrance physique.

« Ah vraiment ? » fit Colin d'une voix douce. Il avait un sourire cruel. « Dans ce cas, voici qui ne te dérangera pas du tout. »

Il se pencha vers le corps brisé et s'en saisit sans prêter attention au gémissement d'angoisse d'Anu.

« Que veux-tu faire, Colin ? demanda Jiltanith sur un ton pressant.

— Je lui donne ce qu'il voulait », répondit Colin, glacial, et il traversa la passerelle.

Une porte s'ouvrit dans un sifflement sur son ordre et révéla la cabine d'un canot de sauvetage. Puis il jeta Anu sur la couchette principale. Le mutin le fixa d'un regard de désespoir et de haine. Colin avait ce même sourire froid et cruel tandis que ses neurocapteurs émettaient un ordre catégorique pour programmer le canot, rendant impossible toute tentative d'intervention.

« Tu voulais *Dahak*, fils de pute ? Eh bien, *Dahak* te veut aussi. Je crois qu'il appréciera cette rencontre plus que toi.

— Non ! hurla Anu tandis que la porte se rabattait. *Nooooooooooon !* S'il te… »

La fermeture du sas lui coupa la parole et l'*Osir* frémit au moment du lancement du canot.

Le petit appareil luisant décrivit un arc en s'élevant et traversa le bouclier de l'enclave, fuyant la planète sur laquelle son bâtiment d'attache était venu se poser il y avait si longtemps. Il changea de trajectoire, virant sans faillir pour s'aligner vers le disque blanc et distant de la Lune. Son passager terrifié martelait mentalement, mais en vain, les ordres que Colin avait consignés dans les ordinateurs de bord. Le canot n'y prêtait aucune attention, poursuivant sa route vers le puissant vaisseau spatial qu'il avait quitté des millénaires plus tôt. À bord de ce dernier, des systèmes de repérage le prirent pour cible, notant son origine et sa trajectoire, et envoyèrent d'une impulsion un signal *via* torsion spatiale à sa rencontre, identifiant son seul passager à l'attention de Dahak.

L'ordinateur le regarda s'approcher, et des ordres de priorité alpha se mirent à carillonner au sein de ses programmes centraux. Dahak aurait pu frapper à l'instant même où il avait identifié la cible, mais il retenait son tir, attendait, laissait le canot transporter sa charge toujours plus près, et l'émotion humaine de l'anticipation envahit ses circuits.

Le canot atteignit la zone d'exclusion entourant le bâtiment de guerre, et un unique ruban d'énergie de cinq mille kilomètres jaillit de sous le cratère que les hommes avaient baptisé Tycho. Il s'étendit tel un fouet, capable de détruire un bâtiment comme l'*Osir*, et l'appareil argenté disparut.

L'intérieur du léviathan qui s'appelait *Dahak* résonna faiblement. Les systèmes de ciblage s'éteignirent avec un *clic* paisible. L'énorme montée d'énergie décrut en puissance dans un sifflement aigu, tandis que la gueule du canon refroidissait rapidement dans le vide de sa baie d'armement. Puis il n'y eut plus que le silence. Le silence et une autre émotion humaine... un sentiment d'accomplissement.

CHAPITRE VINGT-QUATRE

Deux mois après le jour où l'enclave était tombée, Colin Mac-Intyre, capitaine de la Flotte de guerre impériale, commandant le vaisseau de ligne *Dahak*, gouverneur de la planète Terre et du système solaire, sortit de son hoverjeep et inspira profondément l'air du matin, vif et limpide en cette saison automnale du Colorado. La frénésie habituelle du centre spatial Shepherd était figée, et il sentit que son chauffeur de la NASA fixait la tour en alliage à la patine bronze qui se dressait devant eux. Elle s'élançait avec arrogance vers les cieux. Le bâtiment de guerre subluminique *Osir* stationnait là depuis une semaine. Il l'attendait. Mais une semaine n'avait pas suffi aux hommes de la NASA pour s'y habituer.

Colin ajusta sa casquette et se dirigea vers le petit groupe au pied de la rampe de l'*Osir*. Il était heureux que ces mêmes personnes lui aient laissé quelques moments d'intimité pour rester seul avec la garde d'honneur permanente devant le Cénotaphe. C'était son unique nom, probablement le seul qu'il recevrait jamais, mais cela suffisait : il s'agissait d'une flèche d'obsidienne polie qui s'élevait à cinquante mètres devant la Tour blanche, étincelante et lisse. Sa plinthe en acier de combat massif portait le nom et la planète d'origine de tous ceux qui étaient morts en combattant les Sudistes.

La liste était longue. Colin s'était approché, scrutant les noms sans fin jusqu'à ce qu'il trouve les deux qu'il recherchait : SANDRA YVONNE TILLOTSON, LT.-COL., US AIR FORCE, TERRE, et SEAN

ANDREW MACINTYRE, SERVICE DES FORÊTS DES ÉTATS-UNIS, TERRE.
Son frère et son amie étaient en bonne compagnie, pensa-t-il
tristement. Celle des meilleurs.

Il s'efforça maintenant d'oublier son chagrin en s'approchant
du groupe qui l'attendait. Horus se tenait avec le général Gerald
Hatcher, Sir Frederick Amesbury et le maréchal Vassili Tchernikov – les trois hommes qui, plus que tout autre, avaient maintenu la cohésion de la planète dans le sillage des rapports
absurdes en provenance de l'Antarctique. Une fois la véracité
de ces récits fantastiques établie, presque tous les principaux
gouvernements avaient sombré dans la nuit, et Colin n'était
toujours pas certain de la manière dont ces hommes avaient
réussi à s'agripper à un semblant d'ordre, même avec le soutien
des alliés du *Nergal* dans l'armée.

« Horus, dit-il en saluant de la tête en direction de son ami, il
semblerait que je te laisse en de bonnes mains.

— C'est aussi mon avis », répondit Horus avec un petit sourire légèrement nostalgique.

Seuls onze des impériaux les plus âgés du *Nergal* avaient survécu à l'affrontement, mais ils avaient choisi de rester sur la planète où ils avaient passé tant d'années de leur longue existence.
Colin était content. Ils avaient plus que mérité leur droit au
départ, mais cela aurait semblé en quelque sorte injuste. Au
sens le plus strict, ils étaient les parrains survivants de l'espèce
humaine, branche terrienne. Si l'on pouvait faire confiance à
quelqu'un pour veiller sur les intérêts de la Terre, c'était bien à
eux.

Et la Terre en aurait besoin. Une seconde ligne de stations
automatisées avait cessé d'émettre, ce qui signifiait que les éclaireurs des Achuultani se trouvaient à moins de vingt-cinq mois
de distance. Colin disposait de ce délai pour gagner l'Empirium, découvrir pourquoi nul n'organisait de défense et revenir
vers le Soleil. C'était beaucoup demander et, franchement, il
doutait de pouvoir y arriver. Et l'absence de toute réponse aux

messages que *Dahak* ne cessait d'envoyer depuis qu'il avait récupéré les pièces détachées d'hypercom dans l'enclave n'était pas pour le rassurer non plus.

Il semblait que la seule façon dont on pût trouver de l'aide – si c'était possible – consistait à partir la chercher en personne, et seul *Dahak* en était capable. Ce qui signifiait que la Terre resterait livrée à elle-même jusqu'à son retour.

La situation n'était pas aussi désespérée qu'elle aurait pu. À supposer que les archives de *Dahak* concernant les précédentes incursions puissent leur servir de guide, les éclaireurs achuultani se trouvaient à une distance comprise entre un an et dix-huit mois devant leur force principale, et la Terre ne serait pas sans défense à leur arrivée. À l'exception de l'*Osir*, l'ensemble des bâtiments de guerre subluminiques de *Dahak* avaient été débarqués, avec la majorité des chasseurs du vieux vaisseau spatial et assez de véhicules de combat au sol pour conquérir cinq fois la planète. Ils resteraient en arrière pour former le noyau de la défense de Sol.

On avait aussi débarqué de *Dahak* deux des quatre unités de réparation de la Flotte, chacune représentant un complexe industriel spatial de cent cinquante mille tonnes à elle seule. Leur première tâche avait consisté en la construction d'un générateur de gravité que *Dahak* devait laisser à la place qu'il avait occupée pour éviter de perturber les habitats du point de Lagrange, sans même mentionner d'autres détails comme les marées sur Terre. Depuis qu'elles avaient achevé cette commande, elles répartissaient leurs efforts entre leur propre réplication et la production de missiles, de mines, de chasseurs et toute autre arme de guerre imaginable. La base technologique et industrielle qu'Anu avait mise en réserve pendant cinquante millénaires se mettait à fonctionner avec toute l'assistance terrestre qu'une planète vraiment effrayée pouvait fournir.

Non, la Terre ne serait pas sans défense quand arriveraient les Achuultani. Mais il faudrait une poigne de fer pour engager le monde natal de Colin à affronter les immenses changements qui l'attendaient, et c'est à Horus que reviendrait cette tâche.

Colin s'était proclamé gouverneur de la Terre, sans avoir jamais vraiment eu l'intention de prétendre à ce titre. Il avait conçu cela comme un moyen de rendre « officielle » l'amnistie des impériaux du *Nergal*, mais il était devenu clair que cet expédient temporaire était en fait une nécessité. Il faudrait longtemps avant que les Terriens ne fassent réellement confiance à aucun homme politique, et Hatcher, Amesbury et Tchernikov s'étaient unanimement accordés avec Horus. La Terre avait besoin d'une seule source d'autorité incontestée, sans quoi ses peuples seraient bien trop occupés à se battre les uns contre les autres pour s'inquiéter des Achuultani.

C'est pourquoi Colin avait proclamé la paix, soutenu par les ressources de *Dahak*, ce qui lui avait permis de la maintenir sans grand mal. Lorsqu'il s'était autoproclamé gouverneur planétaire au nom de l'Empirium (une fois de plus avec le potentiel nouvellement dévoilé de *Dahak* à l'arrière-plan) et qu'il avait promis l'autonomie locale, la plupart des gouvernements encore en place n'avaient été que trop contents de lui confier leurs problèmes. Il se pouvait que l'Alliance asiatique fasse encore des difficultés, mais Horus et ses nouveaux assistants militaires semblaient confiants dans l'idée qu'ils pourraient maîtriser cette situation.

Une fois qu'ils y seraient parvenus, toutes les armées existantes devraient fusionner, et Colin se sentait heureux de savoir qu'il serait bien loin pour sa part quand ses délégués mettraient cette décision-là en application. Il avait nommé Horus vice-gouverneur et l'ensemble de ses dix compagnons impériaux survivants conseillers impériaux à la Vie pour l'aider à garder la boutique en l'absence du « gouverneur ».

Tout cela devrait certainement permettre, se dit-il avec un sourire intérieur, que la « retraite » d'Horus lui épargne de s'ennuyer.

Le problème le plus épineux, de bien des façons, avait été le sort des Sudistes survivants. La quasi-totalité des quatre mille neuf cent trois mutins sortis de leur état de stase avaient fait part de leur intention de demander la citoyenneté terrienne et d'accepter une affectation dans les réserves et les milices locales. Colin en avait ré-enrôlé une centaine pour servir à bord de *Dahak* (sur une base probatoire), pour contribuer à former un noyau d'hommes expérimentés, mais le reste d'entre eux devaient rester sur Terre. Puisqu'ils avaient été soumis à un détecteur de mensonges impérial au moment de réaffirmer leur loyauté, il se sentait assez confiant en les laissant derrière lui. Horus garderait un œil attentif sur eux, et ils lui fourniraient un ensemble d'impériaux entraînés et entièrement augmentés pour lancer les opérations pendant que les installations médicales de feu Inanna se mettraient à produire des équipements biotechniques pour les défenseurs terriens de la planète.

Mais il restait encore trois cents impériaux qui s'étaient associés à Anu de leur plein gré ou bien avaient échoué au test du détecteur de mensonges. Ils étaient tous au moins coupables de mutinerie et de multiples homicides. La loi impériale ne prévoyait qu'une seule peine pour leurs crimes, et Colin avait refusé de les amnistier. Il avait fallu près d'une semaine pour achever les exécutions.

Telle avait été sa décision la plus douloureuse, mais il l'avait prise. Il n'avait pas d'autre option... et au fond de lui il savait que cet exemple – et son avertissement implicite – resterait présent à l'esprit de ceux qu'il laissait derrière lui, Terriens et impériaux.

Il partait donc à présent. L'équipage de *Dahak* était extrêmement réduit, mais au moins le vaisseau en avait à nouveau un. Les rescapés de la force d'assaut d'Hector MacMahan, la totalité des quatorze enfants survivants du *Nergal* et ses mutins réhabilités pour l'heure en formaient le noyau, et on l'avait encore un peu étoffé. Une fraction non négligeable de la CFSU et des SAS ainsi que l'ensemble de la seconde division de *marines* US, la dix-neuvième division russe des gardes parachutistes et la division japonaise Sendaï fourniraient la plus grande partie du personnel, ainsi que sept mille hommes triés sur le volet dans l'aviation et la marine de tous les pays du monde développé. En tout et pour tout, cela donnait à peine une centaine de milliers d'hommes, mais, avec tant de parasites laissés en arrière, cela suffirait. Ils seraient perdus telles des fourmis dans l'immensité du vaisseau, mais en prendre davantage risquerait d'épuiser la capacité même de *Dahak* à leur fournir des équipements biotechnologiques et à les entraîner avant qu'ils n'atteignent les frontières de l'Empirium.

« Eh bien, nous allons donc partir », dit Colin, s'arrachant à ses pensées. Il tendit la main pour serrer celles des trois militaires et fit un sourire à l'attention du maréchal Tchernikov.

« J'espère que mon nouvel ingénieur en chef pensera à vous, maréchal, dit-il.

— Votre ingénieur en chef et ses deux bras valides, camarade gouverneur, répondit chaleureusement Tchernikov. Même sa mère convient que son absence temporaire est un prix dérisoire à payer en retour.

— J'en suis heureux. » Colin se tourna vers Gerald Hatcher. « Désolé pour Hector, mais j'aurai besoin d'un bon officier chargé des opérations.

— Vous en avez un, gouverneur, dit Hatcher. Mais gardez l'œil sur lui. Il disparaît aux moments les plus terribles. »

Colin éclata de rire et prit la main d'Amesbury.

« Je suis navré que tant d'hommes de la SAS doivent partir avec moi, Sir Frederick. J'espère qu'ils ne vous feront pas défaut.

— Ce sont de bons gars, acquiesça Sir Frederick, mais nous ferons aller. Par ailleurs, si vous rencontrez le moindre problème, mes hommes devraient vous sortir de l'ornière une fois encore – même sous le commandement d'Hector. »

Colin sourit et tendit la main à Horus. L'impérial la regarda pendant un instant, puis tendit les bras et étreignit Colin, le serrant si fort que ses côtes renforcées grincèrent. Le vieil homme avait les yeux brillants, et Colin savait que les siens n'étaient pas tout à fait secs non plus.

« Prends soin de toi, Horus, finit-il par lui dire, la voix enrouée.

— J'y compte bien. Et prenez bien soin l'un de l'autre, 'Tanni et toi. » Horus le serra une dernière fois, puis il se raidit, les mains sur les épaules de Colin. « Nous nous occuperons de la planète pour toi, gouverneur. On peut dire que nous avons quelque expérience dans le domaine…

— Je sais. » Colin tapota la main posée sur son épaule, puis il recula d'un pas. Le son aigu d'un sifflet enregistré retentit. Il faudrait qu'il parle à Dahak de ce goût pervers pour les rituels navals terriens que le vaisseau semblait avoir acquis. Puis ses subordonnés se mirent au garde-à-vous. Il les salua en retour avec fermeté, pivota et gravit la rampe. Il ne se retourna pas lorsque la porte du sas se referma derrière lui, et l'*Osir* décolla en silence alors qu'il pénétrait dans le puits de transit.

Son second leva les yeux à son arrivée sur la passerelle de commandement.

« Commandant », dit-elle avec formalisme, et elle entreprit de se lever de la couchette de Colin, mais il lui fit signe de ne pas bouger et s'installa au poste du premier officier. Le disque luisant de la coque de *Dahak*, qui n'était plus dissimulé par son camouflage de tant de millénaires, flottait devant lui tandis que son visuel virait au bleu indigo et qu'apparaissaient les premières étoiles.

« Tu regrettes d'avoir manqué les adieux ? demanda-t-il doucement.

— Nenni, mon Colin, fit Jiltanith d'une voix tout aussi légère. Avois dict mes adieux depuis longtemps desjà. C'est là-bas qu'est ma fortune.

— Notre destinée à tous », acquiesça-t-il. Ils accéléraient toujours pour atteindre la vitesse de croisière selon les normes impériales, et *Dahak* grossissait rapidement. L'emblème du dragon à trois têtes leur faisait face, immense et fier une fois encore, d'une loyauté qui dépassait l'imagination humaine. Celle de la plupart des hommes, se souvint Colin, mais non de tous.

Le vaisseau stellaire grossissait toujours plus, immense et formidable. Une porte s'ouvrit dans la baie de lancement quatre-vingt-onze. L'*Osir* était enfin revenu à son point de départ.

Le bâtiment de guerre s'engagea dans l'ouverture caverneuse et la voix de *Dakak* retentit, emplissant le pont de l'ancienne, très ancienne annonce rituelle de la marine dont Colin était issu :

« Commandant à bord. »

Achevé d'imprimer en octobre 2004
par l'Imprimerie Bussière
à Saint-Amand-Montrond (Cher)
pour le compte de
la Librairie L'Atalante

N° d'imprimeur : 43435
Dépôt légal : octobre 2004